S0-CAF-851

Un Cuento de Magia...

› **Título original:** *A Tale of Magic*
› **Dirección editorial:** Marcela Aguilar
› **Edición:** Melisa Corbetto con Stefany Pereyra Bravo
› **Coordinación de diseño:** Marianela Acuña
› **Diseño de tapa e interior**: Brandon Dorman · © 2015 Hachette Book Group, Inc.
› **Armado:** Tomas Caramella

www.vreditoras.com

Publicado en virtud de un acuerdo con Little, Brown and Company, Nueva York, Nueva York, USA. Todos los derechos reservados.

MÉXICO: Dakota 274, colonia Nápoles
C. P. 03810, alcaldía Benito Juárez, Ciudad de México
Tel: 55 5220-6620 · 800-543-4995
e-mail: editoras@vreditoras.com.mx

ARGENTINA: Florida 833, piso 2, oficina 203,
(C1005AAQ), Buenos Aires
Tel.: (54-11) 5352-9444
e-mail: editorial@vreditoras.com

Primera edición: marzo de 2020

ISBN: 978-607-8712-27-4

Impreso en México en Litográfica Ingramex, S. A. de C. V.
Centeno No. 195, Col. Valle del Sur, C. P. 09819
Alcaldía Iztapalapa, Ciudad de México.

LIBRO 1

CHRIS COLFER

Traducción: Julián Alejo Sosa

Para todas las personas valientes que se atrevieron
a ser ellos mismos durante un tiempo que no los aceptaba.
Gracias a ustedes, soy lo que soy.

El Reino del Norte
FUERTE LONGSWORTH
El Reino del Oeste
EL LAGO DEL NOROESTE
LAS COLINAS DEL NOROESTE
El Reino del Sur

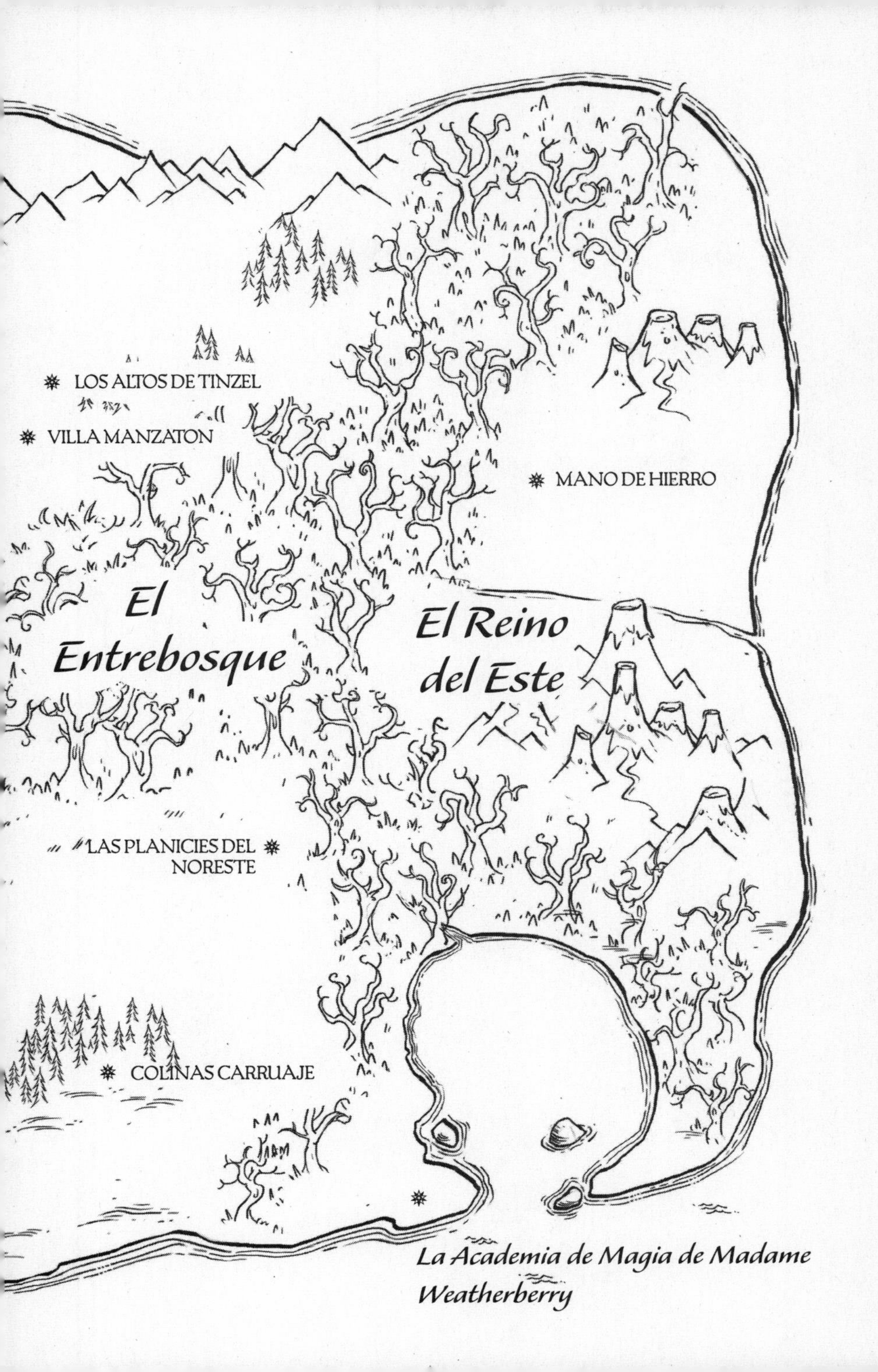
LOS ALTOS DE TINZEL
VILLA MANZATON
MANO DE HIERRO
El Entrebosque
El Reino del Este
LAS PLANICIES DEL NORESTE
COLINAS CARRUAJE
La Academia de Magia de Madame Weatherberry

PRÓLOGO

UNA AUDIENCIA INESPERADA

La magia estaba prohibida en los cuatro reinos, y eso era un modo sutil de decirlo. Para la ley, la magia era el peor delito que una persona jamás podía cometer y, para la sociedad, no había nada que fuera más despreciable. En la mayoría de los lugares, el simple hecho de estar *relacionado* con una bruja convicta o con un brujo era una ofensa castigable con la muerte.

En el Reino del Norte, los responsables y sus familias eran llevados a juicio y rápidamente quemados en la hoguera. En el Reino del Este, se necesitaban muy pocas pruebas para sentenciar al acusado y a sus seres queridos a la horca. Y en el

Reino del Oeste, las supuestas brujas o brujos eran ahogados sin juicio alguno.

Las ejecuciones rara vez las realizaban los organismos de seguridad o los oficiales del reino, sino que, por lo general, estos castigos eran llevados a cabo por grupos de ciudadanos furiosos que preferían hacer justicia por mano propia. Si bien los soberanos de los reinos no promovían tales prácticas brutales, eran completamente toleradas. A decir verdad, a los líderes les encantaba que la gente tuviera algo más para descargar su ira que no fuera el gobierno, y por esta razón, le daban la bienvenida a esta distracción e, incluso, la promovían durante tiempos de inestabilidad política.

–Quien elija el camino de la magia ha elegido el camino a la condena –anunció el Rey Nobleton del Norte. Mientras que *su* propia negligencia estaba causando la peor hambruna en toda la historia del reino.

–Nunca debemos mostrar empatía a personas que tiene prioridades tan abominables –agregó la Reina Endustria del Este y luego, casi de inmediato, aumentó los impuestos para financiar su palacio de verano.

–La magia es un insulto a Dios y a la naturaleza y un peligro para la moral como la conocemos –resaltó el Rey Belicton del Este. Por suerte para él, sus declaraciones distrajeron a la gente de los rumores que había sobre los ocho hijos ilegítimos que había tenido con ocho damas diferentes.

Una vez que una bruja o brujo era descubierto, era casi imposible que escaparan de la persecución. Muchos volaban hacia el bosque denso y peligroso que crecía entre las fronteras conocido como el Entrebosque. Desafortunadamente, el Entrebosque era el hogar de duendes, elfos, goblins, trolls, ogros y todas las especies que los humanos desterraron con el pasar de los años. Las brujas y brujos que buscaban refugiarse entre los árboles, por lo general, encontraban una muerte rápida y violenta en las manos de alguna criatura barbárica.

La única piedad que una bruja o brujo podía encontrar (si acaso eso era considerado *piedad*) estaba en el Reino del Sur.

Tan pronto el Rey Champion XIV heredó el trono de su padre, el fallecido Rey Champion XIII, su primer decreto real fue abolir la pena de muerte para todos los practicantes convictos de magia. En su lugar, los delincuentes eran sentenciados a pasar toda su vida en la prisión realizando trabajo forzoso (y se les recordaba cada día lo *afortunados* que deberían considerarse). Pero es importante mencionar que el rey no enmendó la ley por pura bondad, sino como un intento de encontrar la paz con un recuerdo traumático.

Cuando Champion era niño, su propia madre fue decapitada por un "sospechoso interés" en la magia. La denuncia vino del mismo Champion XIII, por lo que a nadie se le ocurrió cuestionar la acusación o investigar la inocencia de la reina, aunque los motivos de Champion XIII fueron cuestionados al día siguiente a la ejecución de su esposa, cuando se casó con una mujer más joven y bella. Desde el final prematuro de la reina, Champion XIV no podía dejar de contar los días hasta vengar a su madre destruyendo el legado de su padre. Y ni bien la corona fue colocada sobre su cabeza, Champion XIV dedicó gran parte de su reinado a borrar a Champion XIII de la historia del Reino del Sur.

Ahora en la vejez, el Rey Champion XIV se pasa la mayor parte de su tiempo haciendo lo menos posible. Sus decretos reales se han reducido a quejas y expresiones de molestia, y en lugar de hacer visitas reales, el rey saluda a las multitudes con pereza desde la seguridad de un carruaje en movimiento. Y lo más cercano a un discurso que hacía eran quejarse de que los corredores del castillo eran "demasiado largos" y las escaleras "demasiado altas".

Champion hizo de evadir a las personas un pasatiempo, especialmente a su engreída familia. Comía solo, se iba a la cama temprano, dormía hasta tarde y adoraba sus largas siestas (y que Dios tuviera piedad con la pobre alma que lo despertara antes de que estuviera listo).

Pero una tarde en particular, el rey se despertó temprano, no por un nieto descuidado o una mucama torpe, sino por un cambio repentino del clima. Champion se despertó asustado con una lluvia torrencial que azotaba las ventanas de su recámara y poderosos vientos sibilantes que resoplaban por la chimenea. Antes de que se fuera a dormir, el día estaba soleado y despejado, por lo que la tormenta fue una verdadera sorpresa para el soberano confundido.

–Me he despertado –anunció Champion.

El rey esperó a que el sirviente más cercano se presentara a toda prisa y lo ayudara a bajar de su enorme cama, pero nadie respondió el llamado.

Champion se aclaró la garganta agresivamente.

–Dije que me *he despertado* –gritó nuevamente, pero no recibió respuesta.

Las articulaciones del rey crujieron mientras se bajaba de la cama de mala gana y musitaba una serie de insultos al avanzar afanosamente por el suelo de piedra en busca de su capa y pantuflas. Una vez vestido, Champion abrió la puerta de su recámara de un golpe con la intención de regañar al primer sirviente con el que se cruzara.

–*¿Por qué nadie responde mi llamado? ¿Qué podría ser más importante que...?*

Champion se quedó en silencio y miró a su alrededor con incredulidad. El salón aledaño a su recámara por lo general estaba repleto de mucamas y mayordomos, pero en ese preciso momento, estaba completamente vacío. Incluso los soldados que hacían guardia en la puerta día y noche habían abandonado sus puestos.

El rey miró hacia el pasillo que se encontraba en el otro extremo del salón, pero estaba igual de vacío. No solo no había sirvientes y soldados, sino que también toda la *luz* había desaparecido. Cada vela en los candelabros y cada antorcha en las paredes estaba apagada.

–¿Hola? –dijo Champion por el corredor–. ¿Hay alguien ahí? –prosiguió, pero lo único que escuchó fue el eco de su voz.

El rey avanzó por el castillo con cautela en busca de otro ser vivo, pero lo único que encontró fue más y más oscuridad en cada rincón. Era increíblemente perturbador; había vivido en ese castillo desde pequeño y nunca lo había visto tan desposeído de vida. Miró a través de cada ventana con la que se cruzaba, pero la lluvia y la niebla le impedían ver algo afuera.

Eventualmente, el rey dobló en la esquina de un corredor largo y vio una luz parpadeante en su oficina privada. La puerta estaba completamente abierta y alguien parecía disfrutar del calor del fuego. Habría sido una imagen muy tentadora, de no ser por las circunstancias tan inquietantes. Con cada paso que daba, el corazón del rey latía cada vez más rápido, por lo que se asomó por la puerta ansiosamente para ver quién o qué lo esperaba en el interior.

–¡Ah, miren! ¡El rey se despertó!

–Al fin.

–Bien, bien, niñas. Debemos ser respetuosas con Su Majestad.

El rey encontró a dos niñas y a una mujer hermosa sentadas en el sofá de su estudio. Al entrar, se pusieron de pie e hicieron una reverencia hacia él.

–Su Majestad, es un honor conocerlo –dijo la mujer.

Llevaba un elegante vestido violeta que combinaba con sus inmensos ojos brillantes y, curiosamente, tenía un único guante cubriéndole el brazo izquierdo. Su cabello oscuro estaba atado por detrás con un tocado elaborado con todo tipo de flores, plumas, y un velo corto sobre su rostro. Las niñas no parecían tener más de diez años y llevaban túnicas blancas y lisas, acompañadas de un turbante sobre sus cabezas.

–¿Quién rayos son ustedes? –preguntó Champion.

–Ah, discúlpeme –dijo la mujer–. Yo soy Madame Weatherberry y ellas son mis aprendices, la señorita Tangerina Turkin y la señorita Cielene Lavenders. Espero que no le moleste que nos hayamos acomodado en su oficina. Venimos desde muy lejos y no pudimos resistirnos a un agradable fuego mientras esperábamos.

Madame Weatherberry parecía ser una mujer muy cálida y carismática. Era la última persona que el rey esperaba encontrar en el castillo abandonado, lo cual hacía que, en muchos sentidos, la mujer *y* la situación fueran mucho más extrañas. Madame Weatherberry extendió su brazo derecho para estrechar la mano de Champion, pero él rechazó el amigable gesto.

En cambio, el monarca miró a sus huéspedes inesperadas de arriba abajo y dio un paso hacia atrás.

Las niñas rieron entre dientes y miraron al rey paranoico, como si estuvieran viendo su alma y la encontraran divertida.

–¡Esta es una habitación privada de la residencia real! –las regañó Champion–. ¡¿Cómo se atreven a entrar sin permiso?! ¡Puedo hacer que las azoten por esto!

–Por favor, disculpe nuestra intromisión –dijo Madame Weatherberry–. Es muy ajeno a nosotras entrar sin permiso a la casa de alguien, pero me temo que no tuvimos otra opción. Verá, he estado escribiéndole a su secretario, el señor Fellows, desde hace mucho tiempo. Esperaba poder concretar una audiencia con usted, pero, desafortunadamente, el señor Fellows nunca respondió ninguna de mis cartas; es bastante ineficiente, si no le molesta que lo diga. Tal vez, sea hora de reemplazarlo, ¿qué le parece? De todos modos, hay un asunto muy urgente que me gustaría tratar con usted, por eso estamos aquí.

–¿Cómo entró esta mujer a mi castillo? –gritó el rey hacia el corredor vacío–. ¡¿En dónde rayos, en el nombre de Dios, están todos?!

–Me temo que todos sus súbditos no están disponibles por el momento –le informó Madame Weatherberry.

–¿Qué quiere decir con que *no están disponibles*? –preguntó Champion con una voz ronca.

–Ah, nada de qué preocuparse; *solo un pequeño encantamiento para asegurar nuestra seguridad*. Le prometo que todos sus sirvientes y soldados regresaran una vez que terminemos de hablar. Siempre consideré que la diplomacia es mejor cuando no hay distracciones, ¿no lo cree?

Madame Weatherberry habló con un tono calmo, pero una palabra en particular hizo que Champion abriera los ojos con mayor intensidad y la presión le comenzara a subir.

–*¿Encantamiento?* –el rey tomó una bocanada de aire–. Usted es… es… *¡una BRUJA!*

Champion señaló a Madame Weatherberry con tanto pánico que cada músculo de su hombro derecho se tensó. El rey gruñó mientras hacía fuerza con su brazo y las visitas rieron disimuladamente por su escena dramática.

–No, Su Majestad, no soy una *bruja* –dijo.

–¡No me mienta, mujer! –gritó el rey–. ¡Solo las brujas pueden hacer encantamientos!

–No, Su Majestad, eso no es verdad.

–¡Es una bruja y ha embrujado a todos en este castillo con su magia! ¡Pagará por esto!

–Ya veo que escuchar no es su mejor cualidad –dijo Madame Weatherberry–. A mí me sirve repetirme el mensaje tres veces para digerirlo por completo. Me parece una herramienta muy útil para los principiantes. Aquí vamos. *No soy una bruja. No soy una bruja. No soy una…*

–¿SI NO ES UNA BRUJA ENTONCES QUÉ ES?

No importaba cuán fuerte el rey gritara o cuán enfadado se pusiera; los modales de Madame Weatherberry nunca desaparecían.

–De hecho, Su Majestad, ese es uno de los temas que me gustaría discutir con usted esta noche –dijo–. Ahora bien, no deseamos tomarle más tiempo del necesario. ¿No le molestaría sentarse para que comencemos?

Como si hubiera sido empujada por una mano invisible, la silla que se encontraba detrás del escritorio del rey se movió sola y Madame Weatherberry le hizo un gesto para que se sentara en ella. Champion no estaba seguro de poder hacer algo, por lo que tomó asiento y miró nerviosamente a sus visitas de arriba abajo. Las niñas se sentaron en el sofá y juntaron las manos con prolijidad sobre sus piernas. Madame Weatherberry se sentó entre sus aprendices y se levantó el velo para poder mirar al soberano directo a los ojos.

–Primero, quiero agradecerle, Su Majestad –comenzó Madame Weatherberry–. Usted ha sido el único gobernante de la historia en mostrarle a la comunidad mágica algo de piedad, aunque lo entiendo, para algunos el encarcelamiento de por vida con trabajo forzoso es peor que la muerte, pero es solo un paso en la dirección correcta. Y tengo la confianza de que podemos convertir estos pasos en zancadas si simplemente... Su Majestad, ¿algo anda mal? No parece estar prestando mucha atención.

Un zumbido extraño acompañado de ruidos sibilantes había capturado la atención del rey curioso mientras ella hablaba. Miró alrededor del estudio, pero no pudo encontrar la fuente de los sonidos inusuales.

–Lo siento, me pareció oír algo –dijo el rey–. ¿Decía?

–Estaba profesándole mi gratitud por la piedad que le ha mostrado a la comunidad mágica.

El rey gruñó con disgusto.

–Bueno, se equivoca si cree que tengo algo de empatía por la *comunidad mágica* –refunfuñó–. Por el contrario, creo que la magia es tan asquerosa y antinatural como lo creen el resto de los soberanos. Mi preocupación está con la gente que usa la magia para sacar provecho de la ley.

–Y eso es admirable, señor –dijo Madame Weatherberry–.

Su devoción hacia la justicia es lo que lo diferencia del resto de los monarcas. Ahora bien, me gustaría iluminar su perspectiva sobre la magia, para que pueda continuar haciendo que este reino sea un lugar más justo y seguro para *toda* su gente. Después de todo, la justicia no puede existir para uno si no existe para todos.

La conversación apenas empezaba y el rey ya se estaba sintiendo molesto.

–¿A qué se refiere con *iluminar* mi perspectiva? –preguntó con una mueca de desdén.

–Su Majestad, la manera en la que se criminaliza y estigmatiza a la magia es la mayor injusticia de nuestros tiempos. Pero con las modificaciones y enmiendas adecuadas, *y algún tipo de estrategia publicitaria*, podemos cambiar todo eso. Juntos podemos crear una sociedad que acepte todas las formas de vida y les permita sacar su mayor potencial y... Su Majestad, ¿me está escuchando? Parece que lo perdí nuevamente.

Una vez más, el rey se sintió distraído por el zumbido misterioso y los sonidos sibilantes. Sus ojos miraron alrededor del estudio con mayor intensidad que antes y solo había oído algunas palabras sueltas de lo que Madame Weatherberry le había dicho.

–Debo haberla escuchado mal –dijo–. Por un momento, parecía como si me estuviera sugiriendo que *legalizara la magia*.

–Ah, no entendió para nada mal –dijo Madame Weatherberry soltando una pequeña risa–. Legalizar la magia es *exactamente* lo que le estoy sugiriendo.

Champion de pronto se sentó en su silla y presionó con

fuerza los apoyabrazos. Madame Weatherberry ahora tenía toda su atención. No podía simplemente estar sugiriéndole algo tan absurdo.

–¿Quién se cree que es usted, mujer? –preguntó el rey con desdén–. ¡La magia *nunca* será legalizada!

–De hecho, señor, está dentro de las posibilidades –dijo Madame Weatherberry–. Lo único que se necesita es un simple decreto que despenalice el acto y luego, a su debido tiempo, el estigma que la rodea disminuirá.

–¡Entonces pronto también despenalizaré los asesinatos y robos! –declaró el rey–. El Señor explica con claridad en el Libro de la Fe que la magia es un pecado horrendo y, por lo tanto, ¡un *delito* en este reino! Y si un delito no tiene consecuencias, ¡viviríamos en el caos absoluto!

–Ahí es donde se equivoca, Su Majestad –dijo–. Verá, la magia *no* es el delito que el mundo cree que es.

–*¡Claro que sí!* –objetó–. ¡He presenciado actos de magia utilizados para engañar y atormentar a gente inocente! ¡He visto cuerpos de niños masacrados por pociones y hechizos! ¡He visitado aldeas plagadas con maldiciones y maleficios! ¡Entonces, no se atreva a defender la magia frente a mí, Madame! ¡La comunidad mágica nunca recibirá un gramo de empatía o comprensión por parte de *este* soberano!

Champion no podía haber dejado su negación más en claro, pero Madame Weatherberry se sentó más al borde de su asiento y le esbozó una sonrisa como si hubieran encontrado un punto en común.

–Esto puede sorprenderlo, señor, pero estoy completamente de acuerdo –dijo.

–¿En serio? –preguntó con sospechas.

–Ah, sí, *completamente* –repitió–. Creo que aquellos que atormentan a gente inocente *deberían* ser castigados por sus acciones *y con dureza*, me atrevería a agregar. Solo hay una pequeña falla en su razonamiento. Las situaciones que ha presenciados no fueron causadas por magia sino por actos de *brujería*.

El rey frunció el ceño con mayor intensidad y miró a Madame Weatherberry como si estuviera hablando en otro idioma.

–*¿Brujería?* –preguntó con un tono burlón–. Nunca oí hablar de eso.

–Entonces, permítame explicarle –dijo Madame Weatherberry–. La brujería es una práctica atroz y destructiva. Surge de un deseo oscuro de *engañar* y *corromper*. Solo las personas con corazones malvados son capaces de practicar la brujería y, créame, merecen cualquier destino imaginable. Pero la *magia* es algo completamente diferente. En esencia, la magia es una forma de arte pura y positiva. Su objetivo es *ayudar* y *sanar* a aquellos que lo necesitan y solo proviene de aquellos que tienen bondad en sus corazones.

El rey se hundió nuevamente en su silla y se sujetó la cabeza, inundado por la confusión.

–Ah, cielos, lo abrumé –dijo Madame Weatherberry–. Déjeme simplificárselo. *La magia es buena, la magia es buena, la magia es buena. La brujería es mala, la brujería es mala, la brujería...*

–No sea condescendiente, mujer, ¡ya la escuché! –dijo el rey, irritado–. ¡Deme un momento para que mi cabeza lo digiera!

Champion dejó salir un largo suspiro y se masajeó la sien.

Por lo general, le costaba procesar información luego de una siesta, pero esto ya era otro nivel. El rey se cubrió los ojos y se concentró, como si estuviera leyendo un libro detrás de sus párpados.

–¿Entonces dice que la magia no es lo mismo que la brujería?

–Correcto –dijo Madame Weatherberry asintiendo animada–. No hay que mezclar peras con manzanas.

–¿Y ambas son diferentes en naturaleza?

–El polo opuesto, señor.

–Entonces, si no son *brujas* ¿cómo se le dice a aquellos que practican magia?

Madame Weatherberry levantó la cabeza con orgullo.

–Nos llamamos a nosotras mismas *hadas*, señor.

–*¿Hadas?* –preguntó el rey.

–Sí, *hadas* –repitió– Ahora, ¿entiende mi deseo de iluminar su perspectiva? La preocupación del mundo no es con las hadas que practican magia, sino con las brujas que cometen actos de brujería. Pero, trágicamente, hemos sido agrupadas juntas y condenadas como lo mismo durante siglos. Afortunadamente, con mi guía y su influencia, somos más que capaces de rectificar la situación.

–Me temo que no estoy de acuerdo –dijo el rey.

–¿Disculpe? –dijo Madame Weatherberry.

–Un hombre puede robar por avaricia y otro por supervivencia, pero ambos son ladrones, no importa si uno tiene *bondad* en su corazón.

–Pero, señor, creo haber dejado muy en claro que la brujería es el crimen, no la magia.

–Sí, pero *ambas* partes han sido consideradas pecadoras

desde el comienzo de los tiempos –continuó Champion–. ¿Sabe lo difícil que es redefinir algo para la sociedad? Me llevó *décadas* convencer a mi reino de que las patatas no son venenosas; ¡pero aun así la gente las evita en los mercados!

Madame Weatherberry negó con la cabeza desconcertada.

–¿Está comparando a un grupo de personas inocentes con patatas, señor?

–Entiendo su objetivo, Madame, pero el mundo no está listo para eso. Rayos, ¡*yo* no estoy listo! ¡Si quiere salvar a las hadas de un castigo injusto, entonces le sugiero que les enseñe a mantenerse en silencio y resistir la urgencia de usar magia! Eso sería mucho más fácil que convencer a un mundo terco que cambie sus costumbres.

–¿Resistir la *urgencia*? Señor, ¡no puede estar hablando en serio!

–¿Por qué no? La gente normal vive sobre las tentaciones todos los días.

–Porque está dando por sentado que la magia aparece accionando un interruptor, como si fuera una especie de *elección*.

–¡Por supuesto que la magia es una elección!

–*¡NO! ¡CLARO! ¡QUE! ¡NOOOO!*

Por primera vez desde que habían comenzado su conversación, el temperamento agradable de Madame Weatherberry cambió. El destello de una ira que hacía tiempo tenía asentada atravesó su humor alegre y en su rostro apareció una mirada fría e intimidante. Era como si Champion estuviera frente a una mujer diferente… una mujer a quien debía temer.

–La magia *no* es una elección –dijo Madame Weatherberry con firmeza–. La *ignorancia* es una elección. El *odio* es una elección. La *violencia* es una elección. Pero la mera *existencia* de alguien nunca es una elección o una falla, y, de seguro, no es un delito. Sería muy inteligente de su parte si se educara.

Champion se sintió demasiado asustado como para decir otra palabra. Podría haber sido su imaginación, pero el rey podía jurar que la tormenta afuera se intensificaba a medida que el temperamento de Madame Weatherberry cambiaba. Evidentemente, era un estado al que rara vez se rendía, ya que sus aprendices parecían igual de preocupadas que el rey. El hada cerró los ojos, respiró hondo y se tranquilizó antes de continuar con la discusión.

–Tal vez, deberíamos hacer una demostración para Su Majestad –sugirió Madame Weatherberry–. ¿Tangerina? ¿Cielene? ¿Me harían el favor de mostrarle al Rey Champion por qué la magia no es una elección?

Las aprendices intercambiaron una sonrisa entusiasta, habían estado esperando este momento desde hacía rato. Se pusieron de pie con un salto, se quitaron sus túnicas y soltaron el turbante que llevaban en sus cabezas. Tangerina reveló un vestido hecho con parches de panal y una colmena anaranjada en lugar de cabello que era el hogar de todo un enjambre de abejas. Cielene, por su lado, dejó al descubierto un traje de baño color zafiro y de su cabeza fluía una cortina de agua que bañaba todo su cuerpo y se evaporaba al llegar a sus pies.

Champion se quedó boquiabierto mientras miraba lo que las niñas habían estado ocultando. En todos sus años en el trono, jamás había visto a la magia tan materializada en la apariencia física de una persona. El misterio del zumbido extraño y los ruidos sibilantes fue resuelto.

–Mi Dios –dijo el rey, quedándose sin aliento–. ¿Todas las hadas son así?

–La magia nos afecta de maneras diferentes –dijo Madame Weatherberry–. Algunas personas llevan vidas completamente normales hasta que la magia se presenta por sí sola, mientras otros presentan rasgos físicos desde el día en que nacieron.

–No puede ser verdad –cuestionó el rey–. Si la gente nace con rasgos mágicos, ¡las prisiones estarían repletas de niños! Y nuestras cortes jamás han encarcelado a un bebé.

Madame Weatherberry bajó la cabeza y miró al suelo con tristeza en sus ojos.

–Eso es porque la mayoría de las hadas son asesinadas o abandonadas cuando nacen. Sus padres temen las consecuencias que puede conllevar traer un niño mágico a este mundo, por lo que hacen lo necesario para evitar el castigo. Fue un milagro que haya encontrado a Tangerina y a Cielene antes de que fueran lastimadas, pero hay muchos que no tienen la misma suerte. Su Majestad, entiendo su cautela, pero lo que les ocurre a estos niños es cruel y primitivo. Despenalizar la magia es para algo más que solo lograr justicia, ¡es para *salvar vidas inocentes*! De seguro puede encontrar algo de empatía y comprensión en su corazón.

Champion sabía que vivía en un mundo cruel, pero nunca había sido consciente de esos actos tan horribles. Se meció de atrás hacia adelante en su silla mientras su falta de voluntad le declaraba la guerra a su empatía. Madame Weatherberry sabía que estaba progresando con el rey, por lo que decidió usar un sentimiento que había guardado para el momento justo.

–Piense en lo diferente que sería el mundo si tuviera más compasión para la comunidad mágica. Piense en lo distinta que sería *su* vida, Su Majestad.

De pronto, la mente de Champion se inundó de recuerdos de su madre. Recordó su rostro, su sonrisa, su risa, pero por sobre todas las cosas, el abrazo fuerte que compartieron justo antes de que fuera arrastrada hacia una muerte prematura. A pesar de lo oxidada que se había tornado su memoria con el pasar de los años, esas imágenes quedaron marcadas para siempre en su mente.

–Me gustaría ayudarlas, pero despenalizar la magia puede ser más problemático que productivo. ¡Obligar a que el pueblo acepte lo que odian y temen podría causar una rebelión! ¡Las cacerías de brujas como las conocemos podrían terminar convirtiéndose en un completo genocidio!

–Créame que no desconozco la naturaleza humana –dijo Madame Weatherberry–. La legalización de la magia no debe ser apresurada. Por el contrario, debe manejarse con sutileza, paciencia y perseverancia. Si vamos a cambiar la opinión del mundo, debe ser de un modo animado y no forzado, y nada anima más a la gente que un buen espectáculo.

Una tensión nerviosa apareció en el rostro del rey.

–¿Espectáculo? –preguntó con temor–. ¿Qué clase de *espectáculo* está planeando?

Madame Weatherberry sonrió y abrió aún más sus ojos brillantes, esta era la parte a la que había estado esperando.

–Cuando conocí a Tangerina y a Cielene por primera vez, eran prisioneras de su propia magia –le contó–. Nadie podía acercarse a Tangerina sin ser atacado por abejas, y la pobre Cielene tenía que vivir en un lago porque mojaba todo lo que pisaba. Por lo que decidí hacerme cargo de las niñas y les enseñé a controlar su magia. Ahora ambas son jóvenes perfectamente funcionales. Me rompe el corazón pensar en todos los niños que están allí afuera, luchando contra quienes son, y por eso, he decidido abrir mis puertas y darles una educación adecuada.

–¿Abrirá una *escuela*? –preguntó el rey.

–Precisamente –dijo ella–. La llamaré la Academia para Jóvenes Practicantes de Magia de Madame Weatherberry, aunque todavía es un nombre provisorio.

–¿Y en dónde estará esta academia? –preguntó.

–Hace poco, reservé algunos acres en el lado sudeste del Entrebosque.

–¿El *Entrebosque*? –protestó el rey–. Mujer, ¿está loca? ¡El Entrebosque es mucho más peligroso para los niños! ¡No puede abrir una escuela allí!

–Ah, estoy de acuerdo con eso –dijo Madame Weatherberry–. El Entrebosque es excepcionalmente peligroso para gente que no está familiarizada con su terreno. Sin embargo, hay muchos miembros de la comunidad mágica, incluyéndome a mí misma, que han vivido muy cómodamente en el Entrebosque desde hace décadas. La tierra que he adquirido es muy remota y privada. He instalado toda la protección necesaria para garantizarle seguridad a mis estudiantes.

–Pero ¿cómo es que una academia ayudará a alcanzar la legalización de la magia?

–Una vez que haya entrenado a mis pupilos para que dominen sus habilidades, nos introduciremos lentamente al mundo. Usaremos nuestra magia para sanar a los enfermos y ayudar a quienes lo necesiten. Luego de algún tiempo, se habrá corrido la voz de nuestra compasión entre los reinos. Las hadas se convertirán en ejemplos de generosidad y nos ganaremos el afecto de la gente. El mundo verá todo el bien que la magia tiene para ofrecer, cambiará su opinión y la comunidad mágica finalmente será aceptada.

Champion se rascó la barbilla mientras contemplaba el magnífico plan de Madame Weatherberry. Pero, de todos los detalles que le había dado, se estaba olvidando del más importante de todos... la participación del *rey*.

–Parece bastante capaz de hacerlo por su propia cuenta. ¿Qué quiere de mí entonces?

–Desde luego, quiero su consentimiento –dijo–. Las hadas quieren que confíen en ellas y la única manera en la que ganaremos esa confianza es haciendo las cosas de la manera correcta. Por lo que me gustaría tener su permiso oficial para viajar libremente por el Reino del Sur para reclutar estudiantes. También me gustaría que nos prometa que los niños y las familias que encontremos no serán perseguidas. Mi misión es ofrecerles a estos jóvenes una mejor vida, no quiero poner a nadie en peligro con la ley. Será muy difícil convencer a los padres de que permitan que sus hijos asistan a una escuela para magia, pero con la bendición del soberano será mucho más fácil; especialmente, si esa bendición está por escrito.

Madame Weatherberry levantó una mano hacia el escritorio del rey y un trozo de papel dorado apareció delante de él. Todo lo que había solicitado ya estaba escrito, lo único que necesitaba era la firma del rey. Champion se frotó las piernas con ansiedad mientras leía el documento, una y otra vez.

–Esto puede salir muy mal –dijo el rey–. ¡Si mis súbditos descubren que le di a una bruja, perdón, a un *hada* un permiso para llevar a sus hijos a una escuela mágica, habrá revueltas en las calles! ¡Mi gente querrá ver mi cabeza en una bandeja!

–En ese caso, dígale a su gente que me ordenó *limpiar* el reino de los niños mágicos –sugirió ella–. Dígales que, para crear un futuro sin magia, solicitó que juntaran a los más jóvenes para llevarlos lejos. Descubrí que, cuanto más vulgar es la declaración, más la aceptan los humanos.

–¡Aun así, no deja de ser una apuesta para ambos! ¡Mi permiso no le garantiza protección! ¿No le preocupa su seguridad?

–Su Majestad, le recuerdo que hice que todo el personal de un castillo desapareciera de la nada, Tangerina controla un enjambre de abejas y Cielene tiene suficiente agua fluyendo a través de su cuerpo como para llenar todo un cañón. Creo que sabemos protegernos.

A pesar de su testimonio, el rey parecía más asustado que convencido. Madame Weatherberry estaba tan cerca de obtener lo que quería, que tenía que apaciguar las dudas de Champion antes de que se apoderaran de él. Por suerte, aún tenía un arma más en su arsenal para ganar su aprobación.

–¿Tangerina? ¿Cielene? ¿Serían tan amables de dejarnos al rey y a mí a solas por un momento? –les pidió.

Era evidente que Tangerina y Cielene no querían perderse ni una parte de la conversación de Madame Weatherberry con el rey, pero respetaron los deseos de su maestra y esperaron en el corredor. Una vez que la puerta se cerró detrás de ellas, Madame Weatherberry se inclinó sobre Champion y miró profundamente sus ojos con una expresión severa.

–Señor, ¿está enterado del *Conflicto del Norte*? –preguntó.

Si los ojos saltones del rey le dejaron algo en claro fue que estaba más que *enterado* del conflicto. La mera mención del Conflicto del Norte tuvo un efecto paralizante en el monarca que lo hizo titubear al responder.

–Cómo... cómo... ¿Cómo rayos sabe eso? –le preguntó–. ¡Es un asunto clasificado!

–La comunidad mágica puede ser pequeña y estar dividida, pero las palabras viajan más rápido cuando uno de los nuestros está... bueno, *causando una escena*.

–*¿Causando una escena?* ¡¿Así es como lo ven?!

–Su Majestad, por favor, mantenga la voz baja –dijo y luego señaló con la cabeza hacia la puerta–. Las malas noticias pueden llegar con mucha facilidad a oídos jóvenes. Mis niñas se empezarían a sentir mal si supieran lo que estamos discutiendo.

Champion sabía a lo que se refería porque él mismo estaba comenzando a sentir malestar. Recordar el tema era como ver a un fantasma; un fantasma dormido.

–¿Por qué menciona semejante cosa horrible? –preguntó.

–Porque ahora mismo no hay nada que le garantice que el Conflicto del Norte no cruce la frontera y llame a la puerta de su casa –le advirtió Madame Weatherberry.

El rey negó con la cabeza.

–Eso no ocurrirá. El Rey Nobleton me aseguró que se encargaría de la situación. Nos dio su palabra.

–¡El Rey Nobleton le mintió! ¡Le dijo al resto de los soberanos que tiene el conflicto bajo control porque se sintió humillado por lo severa que se tornó la situación! ¡Casi la mitad del Reino del Norte ha muerto! ¡Perdió a tres cuartos de su ejército y lo que queda disminuye con cada día que pasa! ¡El rey culpa a la hambruna porque está aterrorizado con perder el trono si su pueblo se entera de la verdad!

Todo el color del rostro de Champion se desvaneció y no dejaba de temblar en su asiento.

–¿Y bien? ¿Se puede hacer algo? ¿O simplemente se supone que me quede sentado y espere morir yo mismo?

–En estos últimos tiempos, ha habido esperanza –dijo Madame Weatherberry–. Nobleton nombró a un nuevo comandante, el General White, para guiar a las defensas restantes. Hasta ahora, el general ha manejado la situación con mucho más éxito que sus predecesores.

–Bueno, eso es algo –dijo el rey.

–Rezo porque el General White resuelva el asunto, pero usted debe estar preparado ante una eventual falla –dijo–. Y, en caso de que el conflicto cruce hacia el Reino del Sur, tener una academia de hadas entrenadas a la vuelta de la esquina podría ser *muy* beneficioso para usted.

–¿Cree que sus *estudiantes* podrán detener el conflicto? –preguntó con ojos desesperados.

–Sí, Su Majestad –contestó con completa confianza–. Me temo que mis futuros estudiantes lograrán cosas que el mundo de hoy considera imposible. Pero, primero, necesitarán un lugar para educarse y una maestra para guiarlos.

Champion se quedó muy quieto mientras consideraba la propuesta con mucho detenimiento.

–Sí… sí, podría ser *extremadamente* beneficioso –se dijo a sí mismo–. Desde luego, tendré que consultarlo con mi Consejo Asesor de Jueces Supremos antes de darle una respuesta.

–De hecho, señor –dijo Madame Weatherberry–. Me temo que es un asunto que podemos dejar por sentado sin consultárselo a los Jueces Supremos. Ellos suelen ser un grupo bastante conservador y odiaría que su terquedad se interpusiera en nuestro camino. Además, ha habido *discusiones* a lo largo de todo el país que debería conocer. Mucha de su gente está convencida de que los Jueces Supremos son los verdaderos gobernantes del Reino del Sur y que usted no es nada más que una marioneta.

–¿Por qué? ¡Eso es inaceptable! –exclamó el rey–. Yo soy el soberano, ¡mi voluntad es ley!

–Así es –dijo–. Cualquiera con algo de cerebro sabe eso. Sin embargo, los rumores persisten. Si yo fuera usted, empezaría por desmentir esas teorías desagradables desafiando a los Jueces Supremos de vez en cuando. Y no puedo pensar en una mejor manera de hacerlo que firmando el documento que tiene frente a usted.

Champion asintió mientras consideraba la advertencia. Eventualmente, la persuasión de Madame Weatherberry lo ayudó a tomar una decisión.

–Muy bien –dijo el rey–. Puede reclutar a *dos estudiantes* del Reino del Sur para su escuela de magia; un niño y una niña, eso es todo. Y deberá recibir el permiso escrito de sus tutores o no se les permitirá asistir a su escuela.

–Confieso que esperaba llegar a un mejor acuerdo, pero aceptaré lo que me ofrece –dijo Madame Weatherberry–. Es un trato.

El rey tomó la pluma y la tinta de un lado de su escritorio y realizó las correcciones al documento dorado. Una vez que terminó con ellas, Champion firmó el acuerdo y lo autentificó con un sello de cera del emblema real de su familia. Madame Weatherberry se puso de pie y dio un aplauso en celebración.

–¡Ah, qué momento maravilloso! ¿Tangerina? ¿Cielene? ¡Vengan! ¡El rey nos ha concedido nuestro pedido!

Las aprendices entraron a toda prisa al estudio y se sintieron muy entusiasmadas al ver la firma del rey. Tangerina enrolló el documento y Cielene lo ató con un listón plateado.

–Muchas gracias, Su Majestad –dijo Madame Weatherberry, dejando caer el velo de su tocado sobre su rostro–. ¡Le prometo que no se arrepentirá de esto!

El rey resopló con escepticismo y se frotó sus ojos cansados.

–Espero que sepa lo que está haciendo, porque si no le diré a todo el reino que fui embrujado y engañado por una…

Champion suspiró cuando levantó la vista. Madame Weatherberry y sus aprendices se habían desvanecido en medio del aire. El rey avanzó hacia la puerta para ver si se habían ido corriendo por el pasillo, pero estaba igual de vacío que antes. Unos minutos más tarde, todas las velas y antorchas del castillo se encendieron por arte de magia. Muchas pisadas resonaron por los corredores a medida que los sirvientes y los soldados regresaban a su rutina. El rey se acercó a la ventana y notó que incluso la tormenta había desaparecido, pero se tranquilizó mucho al ver el clima despejado.

Por el contrario, era imposible que el rey sintiera otra cosa más que temor al mirar los cielos del norte, ya que sabía que, en algún lugar del horizonte, la verdadera tormenta acechaba…

CAPÍTULO UNO

LIBROS Y DESAYUNOS

No era ningún misterio la razón por la que todos los monjes en la capital del Reino del Sur tenían problemas de audición. Cada amanecer, la ciudad de Colinas Carruaje se inundaba por el sonido ininterrumpido y estridente de las campanas de la catedral durante diez minutos seguidos. Como los terremotos, el sonido metálico hacia retumbar la plaza del centro, al igual que las calles de la ciudad y las aldeas aledañas. Los monjes las hacían sonar de una manera frenética e irregular para asegurarse de que cada ciudadano despertara y participara del día del Señor y, una vez que despertaban a todos los pecadores, volvían a la cama.

Sin embargo, no todos se sentía afectado por las campanas de la catedral. Los monjes se habrían puesto furiosos si se enteraban que una joven de la campiña se las arreglaba para dormir a pesar del odioso estruendo.

Brystal Evergreen de catorce años de edad se despertó de la misma manera que lo hacía todas las mañanas, por el sonido de alguien que golpeaba la puerta de su habitación.

–Brystal, ¿estás despierta? ¿Brystal?

Sus ojos azules se abrieron luego de la séptima u octava vez que su madre llamó a la puerta. No era una niña que tuviera el sueño muy pesado, pero las mañanas le resultaban todo un desafío, ya que, por lo general, estaba *exhausta* por haberse quedado despierta hasta muy tarde la noche anterior.

–¿Brystal? ¡Respóndeme, niña!

Brystal se sentó en la cama mientras las campanas de la catedral repicaban por última vez a lo lejos. Encontró una copia abierta de *Las aventuras de Tidbit Twitch* de Tomfree Taylor sobre su barriga y un par de gafas sobre la punta de su nariz. Una vez más, Brystal se había quedado dormida leyendo, por lo que rápidamente se quitó las pruebas de encima antes de ser descubierta. Escondió el libro debajo de su almohada, guardó las gafas de lectura en un bolsillo de su camisón y apagó la vela que había quedado encendida toda la noche sobre la mesa de noche.

–¡Jovencita, ya pasaron diez minutos de las seis! ¡Voy a entrar!

La señora Evergreen empujó la puerta y entró con todas sus fuerzas a la habitación de su hija como un toro que acababa de ser liberado de un corral. Era una mujer delgada con rostro pálido y ojeras oscuras debajo de sus ojos. Su cabello estaba atado en un rodete firme sobre su cabeza que, al igual que las riendas de un caballo, la mantenía alerta y motivada al hacer las tareas del hogar.

–Entonces *sí* estás despierta –dijo levantando una ceja–. ¿Es mucho pedir una simple respuesta?

–Buenos días, mamá –dijo Brystal con un tono alegre–. Espero que hayas dormido bien.

–No tan bien como tú, aparentemente –dijo la señora Evergreen–. Honestamente, niña, ¿cómo haces para dormir con estas campanas horribles sonando todas las mañanas? Son tan fuertes que pueden levantar hasta a los muertos.

–Suerte, supongo –dijo bostezando con mucho entusiasmo.

La señora Evergreen colocó un vestido blanco a los pies de la cama de Brystal y le lanzó a su hija una mirada contundente.

–Olvidaste tu uniforme en el tendedero otra vez –dijo–. ¿Cuántas veces debo recordarte que lo vayas a buscar sola? Apenas puedo encargarme de la ropa de tu padre y tus hermanos, no tengo tiempo para lavar lo tuyo.

–Lo siento, mamá –se disculpó Brystal–. Lo iba a hacer cuando terminara de lavar los trastes anoche, pero al parecer lo olvidé.

–¡Tienes que dejar de ser tan despistada! Andar soñando despierta es la última cualidad que los hombres buscan en una esposa –le advirtió su madre–. Ahora, apresúrate y cámbiate para que me ayudes a preparar el desayuno. Es un gran día para tu hermano, así que prepararemos su comida favorita.

La señora Evergreen avanzó hacia la puerta, pero se detuvo cuando notó un aroma extraño en el aire.

–¿Eso es *humo*? –preguntó.

–Acabo de apagar una vela –explicó Brystal.

–¿Y *por qué* había una vela encendida tan temprano por la mañana? –inquirió la señora Evergreen.

–La... la dejé encendida accidentalmente toda la noche –confesó.

La señora Evergreen se cruzó de brazos y miró a su hija.

–Brystal, será mejor que no estés haciendo lo que *creo* que estás haciendo –le advirtió–. Porque me preocupa lo que tu padre pueda hacer si descubre que has estado *leyendo* otra vez.

–¡No, lo juro! –mintió Brystal–. Solo me gusta dormirme con la luz de una vela encendida. A veces, la oscuridad me asusta.

Desafortunadamente, Brystal era terrible para mentir. La señora Evergreen podía ver a través de la mentira de su hija como si fuera una ventana que acabara de limpiar.

–El *mundo* es un lugar oscuro, Brystal –dijo–. Eres una tonta si dejas que algo te diga lo contrario. Ahora, entrégamelo.

–¡Pero, madre, por favor! ¡Solo me quedan algunas páginas!

–¡Brystal Evergreen, no te lo estoy preguntando! –dijo la señora Evergreen–. ¡Estás rompiendo las reglas de esta casa *y* las leyes del reino! ¡Ahora, entrégamelo de inmediato o iré a buscar a tu padre!

Brystal suspiró y le entregó su copia de *Las aventuras de Tidbit Twitch* que había escondido debajo de su almohada.

–¿Y los otros? –preguntó la señora Evergreen con la palma abierta.

–Ese es el único que tengo…

–¡Jovencita, no toleraré más tus mentiras! Los libros en tu habitación son como ratones en el jardín, nunca hay solo *uno*. Ahora, entrégame los otros o iré a buscar a tu padre.

La postura de Brystal se hundió al igual que sus esperanzas. Se levantó de la cama y guio a su madre hacia una tabla suelta en un rincón de la habitación bajo la cual guardaba su colección oculta. La señora Evergreen tomó una bocanada de aire sorprendida cuando su hija reveló una docena de libros en el suelo. Había textos sobre historia, religión, leyes y economía, así como también obras de ficción de aventura, misterio y romance. Y a juzgar por las cubiertas y páginas gastadas, Brystal los había leído muchas veces.

–Oh, Brystal –dijo la señora Evergreen con pesadez en su corazón–. De todas las cosas que tiene una muchacha de tu edad para interesarse, ¿por qué tuviste que elegir los *libros*?

La señora Evergreen dijo la palabra como si estuviera hablando de una sustancia desagradable y peligrosa. Brystal sabía que estaba mal tener libros en su poder (las leyes del Reino del Sur manifestaban con claridad que los libros eran *solo para los ojos de los hombres*), pero como nada hacía más feliz a Brystal que leer, repetidas veces se arriesgaba a las consecuencias.

Uno por uno, Brystal besó cada libro en el lomo como si se estuviera despidiendo de una pequeña mascota antes de pasárselos a su madre. Los libros se apilaron hasta pasar la cabeza de la señora Evergreen, pero como ella ya estaba acostumbrada a tener las manos llenas, no le resultó difícil encontrar el camino hacia la puerta.

–No sé quién te los está dando, pero necesitas cortar toda

relación con esa persona inmediatamente –dijo la señora Evergreen–. ¿Sabes cuál es el castigo para las niñas que son atrapadas leyendo en público? *¡Tres meses en un hospicio!* ¡Y eso sería *gracias* a las conexiones que tiene tu padre!

–Pero, mamá –se quejó Brystal–. ¿*Por qué* las mujeres no tienen permitido leer en este reino? La ley dice que nuestras mentes son demasiado delicadas para ser educadas, pero eso no es verdad. ¿Cuál es la *verdadera* razón por la que nos mantienen alejadas de los libros?

La señora Evergreen se detuvo en la puerta y se quedó en silencio. Brystal entendió que su madre estaba pensando en ello, porque muy pocas veces se quedaba así por cualquier otra cosa. La señora Evergreen miró nuevamente a su hija con seriedad y, por un breve momento, Brystal pudo haber jurado que vio una leve chispa de empatía en sus ojos, como si se hubiera estado haciendo la misma pregunta toda su vida y aún no encontrara respuestas.

–Si me lo preguntas a mí, las mujeres tenemos suficientes cosas para hacer en estos tiempos –dijo para dejar de lado el tema–. Ahora, vístete. El desayuno no se va a preparar solo.

La señora Evergreen volteó sobre sus tacones y se marchó de la habitación. Algunas lágrimas brotaron de los ojos de Brystal mientras observaba a su madre marcharse con sus libros. Para Brystal, no eran solo una pila de hojas atadas por un trozo de cuero, sus libros eran *amigos* que le ofrecían la única salida de la opresión del Reino del Sur. Se secó los ojos con el borde de su camisón, pero las lágrimas no duraron mucho. Brystal sabía que solo sería cuestión de tiempo para que pudiera rearmar su colección; su *proveedor* estaba mucho más cerca de lo que su madre sabía.

Se paró frente al espejo mientras se colocaba todas las prendas y accesorios de su ridículo uniforme escolar: un vestido blanco, calzas blancas, guantes de encaje blancos, hombreras blancas mullidas y tacones blancos con hebillas, y para completar la transformación, se ató un listón blanco en su largo cabello castaño.

Brystal miró su reflejo y soltó un suspiro largo que nació desde lo más profundo de su alma. Al igual que todas las mujeres del reino, se esperaba que se pareciera a una muñeca viviente siempre que estuviera afuera de su casa, y Brystal *odiaba* las muñecas. De hecho, todo aquello que influenciara remotamente a las niñas para ser *madres* o *esposas* lo agregaba de inmediato a la lista de cosas que detestaba, y dada la visión obstinada del Reino del Sur con las mujeres, había armado una lista muy larga con los años.

Desde que tenía memoria, Brystal sabía que estaba destinada a tener una vida fuera del confinamiento de su reino. *Sus* logros la llevarían más lejos que solo conseguir esposo y tener hijos, *ella* estaba destinada a tener aventuras y experiencias que estuvieran más allá de solo cocinar y limpiar, y *ella* encontraría una innegable felicidad, al igual que los personajes de sus libros. No podía explicar por qué se sentía de esa forma o cómo ocurriría todo eso, pero lo sentía con todo su corazón. Sin embargo, hasta que ese día llegara, no tenía otra opción más que seguir el rol que la sociedad le había asignado.

Mientras tanto, encontraba formas sutiles y creativas de seguir adelante. Para hacer que su uniforme escolar fuera tolerable, llevaba sus lentes de lectura atados a una cadena de oro, como un relicario, y luego lo escondía debajo de su vestido. No era muy seguro que pudiera leer algo que valiera la pena en la escuela, las jóvenes solo aprendían a leer recetas básicas y señales de tránsito, pero saber que ella estaba *preparada para leer* la hacía sentir como si tuviera un arma secreta. Y saber que se estaba rebelando, aunque lentamente, le daba el empujón de energía necesario para atravesar cada día.

–¡Brystal! ¡Me refería al desayuno de HOY! ¡Baja de inmediato!

–¡Ya voy! –contestó.

La familia Evergreen vivía en una casa de campo espaciosa a solo unos pocos kilómetros de la plaza central de Colinas Carruaje. El padre de Brystal era un Juez Ordinario reconocido en la corte del Reino del Sur, lo que le garantizaba a la familia Evergreen más riquezas y respeto que la mayoría de las familias. Desafortunadamente, como su sustento provenía de quienes pagaban impuestos, era considerado de mal gusto que los Evergreen disfrutaran de "extravagancias". Y como el Juez no valoraban nada más que su buena reputación, privaba a su familia de gustos "extravagantes" siempre que fuera posible.

Todas las pertenencias de los Evergreen, desde su ropa hasta sus muebles, eran objetos de segunda mano que sus amigos o vecinos les habían regalado. Ninguna de las cortinas tenía el mismo diseño, su vajilla y cubiertos provenían de juegos distintos y cada silla había sido hecha por un carpintero diferente. Incluso el papel tapiz había sido arrancado de las paredes de otras casas y formaba una mezcla caótica de patrones variados. Su propiedad era lo suficientemente grande como para emplear un personal de veinte personas, pero el Juez Evergreen creía que los sirvientes y los peones eran el gusto "más extravagante de todos los gustos extravagantes", por lo que Brystal y su madre se veían obligadas a realizar todo el cuidado del jardín y las tareas del hogar solas.

–Revuelve la avena mientras preparo los huevos –le ordenó la señora Evergreen a Brystal cuando finalmente llegó a la cocina–. Pero no la mezcles mucho esta vez, ¡tu padre odia la avena demasiado blanda!

Brystal se colocó un delantal sobre su uniforme escolar y tomó la cuchara de madera de su madre. Se quedó junto a la hornalla por menos de un minuto cuando una voz en pánico las llamó desde la habitación de al lado.

–¡Mamáaaaa! ¡Rápido! ¡Es una emergencia!

–¿Qué ocurre, Barrie?

–¡Se salió uno de los botones de mi toga!

–Ah, cielos santos –musitó la señora Evergreen en voz baja–. Brystal, ve a ayudar a tu hermano con su botón. Y hazlo rápido.

Brystal tomó el costurero y se marchó a toda prisa hacia la sala de estar junto a la cocina. Para su sorpresa, encontró a su hermano de diecisiete años sentado en el suelo. Tenía los ojos cerrados y se mecía de atrás hacia adelante con un montón de tarjetas en sus manos. Barrie Evergreen era un joven delgado de cabello castaño y desprolijo que se sentía nervioso desde el día de su nacimiento, pero hoy, estaba *excepcionalmente* nervioso.

–¿Barrie? –le dijo Brystal con suavidad–. Mamá me dijo que viniera para arreglarte el botón. ¿Puedes dejar de estudiar por un momento o quieres que venga más tarde?

–No, ahora está bien –dijo Barrie–. Puedo repasar mientras lo coces.

Se puso de pie y le entregó a su hermana el botón suelto. Al igual que todos los estudiantes de la Universidad de Derecho de Colinas Carruaje, Barrie llevaba una toga larga y gris y un sombrero negro cuadrado. Mientras Brystal enhebraba la aguja y cocía el botón en el cuello de su prenda, Barrie miraba con atención la primera tarjeta. No dejaba de tocarse los otros botones de su uniforme mientras estaba concentrado, por lo que Brystal le dio una bofeteada en su mano antes de que rompiera algo más.

–La Ley de Purificación del 342... la Ley de Purificación del 342... –leyó Barrie para sí mismo–. Fue promulgada cuando el Rey Champion VIII culpó a la comunidad de trolls de vulgaridad y desterró a los de su especie del Reino del Sur.

Satisfecho con la respuesta, Barrie dio vuelta la primera tarjeta y leyó la respuesta correcta al dorso. Desafortunadamente, había contestado mal y reaccionó con un quejido largo de derrota. Brystal no podía hacer otra cosa más que sonreír ante la frustración de su hermano; le recordaba a un cachorro intentando atrapar su propia cola.

–¡No es gracioso, Brystal! –dijo Barrie–. ¡Voy a desaprobar mi examen!

–Ah, Barrie, tranquilízate –le dijo ella, riendo–. No te irá mal. ¡Has estado estudiando las leyes toda tu vida!

–¡Es por eso que será tan humillante! ¡Si no apruebo mi examen hoy, no me graduaré de la universidad! ¡Si no me gradúo de la universidad, entonces no me convertiré en Juez Adjunto! ¡Si no me convierto en Juez Adjunto, entonces no me convertiré en Juez Ordinario como papá! ¡Y si no me convierto en Juez Ordinario, *nunca* me convertiré en Juez Supremo!

Como todos los hombres en la familia Evergreen que lo precedieron, Barrie estaba estudiando para convertirse en Juez en el sistema de cortes del Reino del Sur. Había asistido a la Universidad de Derecho de Colinas Carruaje desde que tenía seis años y, a las diez en punto de esa mañana, le tomarían un examen muy riguroso que determinaría si se convertiría en Juez Adjunto. Si era aceptado, Barrie pasaría la siguiente década procesando y defendiendo criminales en diversos juicios. Una vez que su tiempo como Juez Adjunto terminara, Barrie se convertiría en Juez Ordinario y presidiría juicios, al igual que su padre. Y, en caso de que su carrera como Juez Ordinario satisficiera al rey, Barrie podría convertirse en el primer Evergreen en convertirse en Juez Supremo en el Consejo Asesor del Rey, en donde ayudaría al soberano a *crear* las leyes.

Convertirse en Juez Supremo había sido el sueño de Barrie desde niño, pero su camino hacia el Consejo Asesor del Rey terminaría hoy si desaprobaba su examen. Por eso, Barrie se pasó los últimos meses estudiando las leyes y la historia de su reino siempre que podía para asegurar una victoria.

–¿Cómo volveré a mirar a nuestro padre a los ojos si no apruebo? –se preocupó Barrie–. ¡Debería rendirme ahora y ahorrarme la vergüenza!

–Deja de ser tan catastrófico –le dijo Brystal–. Sabes todo. Solo estás dejando que los nervios de dominen.

–No estoy nervioso... ¡Estoy hecho un *desastre*! ¡Estuve despierto toda la noche haciendo estas tarjetas y apenas puedo leer mi propia letra! ¡Sea lo que sea la Ley de Purificación del 342, definitivamente no es lo que dije!

–Tu respuesta estuvo muy cerca –dijo Brystal–. Pero estás

pensando en la Ley de Desgarrificación del 339, la cual fue promulgada cuando Champion VIII desterró a los trolls del Reino del Sur. ¡Desafortunadamente, su ejército confundió a los duendes con los trolls y sacó a la especie incorrecta! ¡Entonces, para validar la mezcla, Champion VIII sacó la Ley de Purificación del 342 y desterró del reino a *todas* las criaturas que hablaran y que no fueran humanos! ¡Los trolls, duendes, goblins y ogros fueron obligados a marcharse hacia el Entrebosque! ¡Pronto, sirvió de inspiración para los otros reinos y estos hicieron lo mismo, lo cual llevó a la Gran Limpieza del 345! ¿No es terrible? ¡Y pensar que el período más violento de la historia podría haberse evitado si Champion VIII solo se hubiera disculpado con los duendes!

Brystal notó que su hermano estaba algo agradecido por el recordatorio, pero también algo avergonzado porque haya sido su hermana menor quien lo ayudó.

–Ah, cierto... –dijo Barrie–. Gracias, Brystal.

–Un placer –dijo ella–. Aunque es una verdadera lástima. ¿Imaginas lo divertido que sería ver a una de esas criaturas *en persona*?

Pero luego, su hermano lo pensó dos veces.

–Espera, ¿cómo sabes *tú* todo esto?

Brystal miró sobre su hombro hacia atrás para asegurarse de que aún estuvieran solos.

–*Estaba en uno de los libros de historia que me prestaste* –le susurró–. *¡Fue fascinante! ¡Debo haberlo leído unas cuatro o cinco veces! ¿Quieres que me quede y te ayude a estudiar?*

–Ojalá pudieras –dijo Barrie–. A mamá le resultaría sospechoso si no regresas a la cocina y se pondrá furiosa si te atrapa ayudándome.

Los ojos de Brystal destellaron al ocurrírsele una idea traviesa. Con un movimiento hábil, arrancó *todos* los botones de la toga de Barrie. Antes de que pudiera reaccionar, la señora Evergreen entró a la sala de estar, como si hubiera sentido la travesura de su hija en el aire.

–¿Cuánto tiempo te tomará cocer *un botón*? –la regañó–. ¡Tengo la avena en la olla, los huevos en la sartén y los panecillos en el horno!

Brystal se encogió de hombros con inocencia y le mostró a su mamá el puñado de botones que había arrancado.

–Lo siento, mamá –dijo–. Es peor de lo que pensamos. Está *muy* nervioso.

La señora Evergreen levantó sus manos y se quejó mirando hacia el techo.

–Barrie Evergreen, esta casa no es tu taller de costura personal! –lo regañó–. ¡Mantén tus manos inquietas lejos de tu ropa o te las ataré por la espalda como cuando eras niño! Brystal, cuando termines, ve a preparar la mesa en el comedor. Comemos en diez minutos, *¡con botones o sin ellos!*

La señora Evergreen regresó furiosa a la cocina, maldiciendo por lo bajo. Brystal y Barrie se taparon la boca mientras reían ante la escena dramática de su madre. Era la primera vez que Brystal había visto a su hermano sonreír desde hacía semanas.

–No puedo creer que hiciste eso –dijo.

–Tu examen es más importante que el desayuno –dijo Brystal y comenzó a cocer el resto de los botones–. Y no necesitas tus tarjetas, memoricé prácticamente todos los viejos libros que me prestaste. Ahora, nombraré una ley histórica y me contarás cuál es la historia detrás de ella. ¿Está bien?

–Está bien –contestó.

–Bien. Comencemos con la Ley de Fronteras del 274.

–La Ley de Fronteras del 274... la Ley de Fronteras del 274... –pensó Barrie en voz alta–. ¡Ah, ya sé! Ese fue el decreto que estableció los Caminos Protegidos a través del Entrebosque para que los reinos pudieran comercializar de manera segura.

Brystal hizo una mueca de desaprobación al oír su respuesta.

–Casi, pero no –dijo con sutileza–. Los Caminos Protegidos fueron creados por la Ley de Caminos Protegidos del 296.

Barrie se quejó y se alejó de Brystal mientras le cocía un botón. Caminó alrededor de la sala, frotándose el rostro con las manos.

–¡Es absurdo! –se quejó, refunfuñando–. ¡No sé nada de esto! ¡¿Por qué tiene que haber tantos números en la historia?!

–¡Ah, de hecho, esa es una historia muy interesante! –le comentó Brystal con alegría–. ¡El Reino del Sur desarrolló un sistema de calendario cuando el primer Rey Champion fue coronado! Fue tan eficiente que todos los demás reinos comenzaron a usarlo... *¡Ah, lo siento, Barrie!* Era una pregunta retórica, ¿verdad?

Su hermano tenía los hombros caídos y la miraba con incredulidad. Lo había dicho como una pregunta retórica, pero al oír la explicación de su hermana, comprendió que también estaba equivocado sobre la creación del calendario.

–¡Me rindo! –anunció Barrie–. ¡Voy a abandonar la universidad y abriré una tienda! ¡Venderé rocas y palos a los niños! ¡No ganaré mucho dinero, pero al menos nunca bajarán las ventas!

Brystal estaba perdiendo la paciencia con la actitud de su hermano. Lo sujetó de la barbilla y le dejó la cabeza quieta para poder mirarlo fijo a los ojos.

–¡Barrie, tienes que dejar de actuar así! –le dijo–. Todas tus respuestas vienen del lugar correcto, pero sigues queriendo empezar la casa por el tejado. Recuerda, la ley es historia y la historia es solo un *cuento*. Cada uno de estos eventos tiene una precuela y una secuela, una causa y un efecto. Antes de responder, ubica todos esos hechos que sabes en una línea de tiempo imaginaria. Encuentra las contradicciones, concéntrate en lo que falta y luego llena los espacios lo mejor que puedas.

Barrie se quedó en silencio mientras pensaba en el consejo de su hermana. Lentamente, pero con seguridad, la semilla del optimismo que ella le había plantado comenzó a crecer. Barrie asintió con determinación y respiró hondo como si estuviera a punto de saltar de un acantilado inmenso.

–Tienes razón –dijo–. Solo necesito relajarme y concentrarme.

Brystal soltó la barbilla de Barrie para seguir remendando los botones de su toga mientras ella también remendaba su confianza en sí misma.

–Ahora, la Ley de Fronteras del 274 –dijo–. Inténtalo de nuevo.

Barrie se concentró y no hizo ningún sonido hasta estar seguro de tener la respuesta correcta.

–Luego de la Guerra Mundial de las Cuatro Esquinas del 250, los cuatro reinos acordaron dejar de pelear por tierras y sus líderes firmaron la Ley de Fronteras del 274. El tratado estableció las fronteras de cada reino y la zona del Entrebosque entre las naciones.

–¡Muy bien! –lo alentó Brystal–. ¿Qué hay de la Ley de Neutralidad del Entrebosque del 283?

Barrie pensó con mucho cuidado y sus ojos se iluminaron cuando encontró la respuesta.

–¡La Ley de Neutralidad del Entrebosque del 283 fue un acuerdo internacional que declaró al Entrebosque como zona neutral para que ninguno de los reinos pudiera reclamar su territorio como propio! Como resultado, el Entrebosque fue dejado sin autoridad y se convirtió en un lugar muy peligroso. Lo cual luego nos lleva a la Ley de Caminos Protegidos del 296… ¡AY!

Brystal estaba tan orgullosa de su hermano que accidentalmente lo pinchó con la aguja de enhebrar.

–¡Correcto! –dijo–. ¡Lo ves, tienes toda la información que necesitas para aprobar el examen! Solo tienes que creer en ti tanto como yo lo hago.

Barrie se ruborizó y su rostro finalmente recuperó el color.

–Gracias, Brystal –dijo–. Estaría perdido en mi propia cabeza si no fuera por ti. Realmente es una lástima que seas… bueno, ya sabes… *una niña.* Habrías sido una increíble Jueza.

Brystal bajó la cabeza y fingió seguir cociendo el último botón para que no viera la tristeza en sus ojos.

–¿Ah? –dijo ella–. En verdad, nunca antes lo había pensado.

Por el contrario, era algo que Brystal quería más de lo que su hermano podía imaginar. Ser Jueza le permitiría redimir y hacer ascender a las personas, le permitiría tener una base para propagar esperanza y comprensión, y contar con los recursos para hacer un mundo mejor para otras niñas como ella. Lamentablemente, era demasiado improbable que una mujer tuviera otro rol que no fuera el de esposa o madre en el Reino del Sur, por lo que Brystal apagó esas ideas antes de que se convirtieran en falsas esperanzas.

–Tal vez, cuando seas un Juez Supremo puedas convencer al rey para permitirle a las mujeres leer –le dijo a su hermano–. Ese sería un buen comienzo.

–Tal vez… –dijo Barrie con una sonrisa débil–. Mientras tanto, al menos tienes mis libros viejos para mantenerte entretenida. Lo que me recuerda, ¿ya terminaste *Las aventuras de Tidbit Twitch*? Muero de ganas de hablar contigo sobre el final, pero no quiero arruinarte nada.

–¡Solo me quedaban siete páginas! Pero mamá me atrapó esta mañana y me quitó todos los libros. ¿Puedes pasar por la biblioteca y ver si tienen algunos de los que se estén deshaciendo? Ya estuve pensando en otros escondites para ocultarlos.

–Claro. El examen termina tarde hoy, pero pasaré mañana y… –la voz de Barrie se apagó antes de terminar la idea–. De hecho, supongo que será más difícil de lo que solía ser. La biblioteca está junto a mi universidad y, si me aceptan en el programa de Jueces Adjuntos, estaré trabajando en la corte. Puede pasar una semana o dos antes de que tenga tiempo de escabullirme.

Hasta ese momento, Brystal nunca antes había pensado en lo mucho que la graduación pendiente de su hermano la afectaría a *ella*. Barrie sin duda alguna aprobaría el examen con excelentes calificaciones y comenzaría a trabajar como Juez Adjunto rápidamente. Durante los siguientes años, pasaría todo su tiempo y energía en procesar y defender criminales en la corte. Darle libros a su hermana menor sería la última de sus prioridades.

–Está bien –dijo Brystal con una sonrisa forzosa–. Encontraré algo para hacer mientras tanto. Bueno, todos tus botones están listos. Será mejor que prepare la mesa antes de que mamá se enfade.

Brystal se marchó hacia el comedor a toda prisa antes de que su hermano notara la angustia en su voz. Cuando su hermano dijo *semanas*, ella sabía que podrían ser meses o, incluso, años antes de poder tener otro libro en sus manos. Tanto tiempo sin una distracción de su vida mundana sería una tortura. Si quería mantener la cordura, tendría que encontrar algo para leer fuera de su casa, pero debido a los castigos severos del reino para las lectoras femeninas, tendría que ser astuta, *muy* astuta, si no quería que la atraparan.

–¡El desayuno está listo! –anunció la señora Evergreen–. ¡Vengan a comer! ¡El carruaje de su padre llegará en quince minutos!

Brystal rápidamente preparó la mesa del comedor antes de que los miembros de su familia llegaran. Barry llevó las tarjetas a la mesa y las revisó, una por una, mientras esperaban a que comenzara el desayuno. Brystal no sabía si eran sus botones recién remendados o su nueva confianza, pero Barrie parecía mucho más alto de lo que era cuando lo encontró en el suelo. Se sintió muy orgullosa de las alteraciones físicas y mentales que le había entregado.

Su hermano mayor, Brooks, fue el primero en unirse a Brystal y Barrie en el comedor. Era alto, musculoso, con cabello perfectamente lacio y siempre parecía como si tuviera un mejor lugar para estar; en especial cuando estaba con su familia. Brooks se había graduado de la universidad y asistía al programa de Jueces Adjuntos desde hacía dos años, y, al igual que todos los Adjuntos, llevaba una toga gris y negra a cuadros y un sombrero un poco más alto que el de Barrie.

En lugar de saludar a su hermano y hermana, Brooks gruñó y puso los ojos en blanco cuando vio a Barrie pasando sus tarjetas.

–¿*Todavía* estás estudiando? –preguntó con desdén.

–¿Qué tiene de malo estudiar? –le respondió Barrie.

–Solo la forma en que lo haces –le dijo Brook para ridiculizarlo–. En verdad, hermano, si te toma *todo este tiempo* retener la información, tal vez deberías buscar otra profesión. Oí que los Fortworth están buscando un nuevo niño de establo.

Brook se sentó frente a su hermano y colocó los pies sobre la mesa, a pocos centímetros de las tarjetas de Barrie.

–Qué interesante, yo también escuché que los Fortworth están buscando un *yerno*, porque su hija rechazó tu propuesta –contestó Barrie–. *Dos veces*, según dicen.

Brystal no pudo evitar reírse. Brooks se burló de la risa de su hermana imitándola y luego miró a Barrie con los ojos entrecerrados mientras planeaba una nueva forma de ofenderlo.

–Hablando en serio, en verdad espero que apruebes tu examen hoy –dijo.

–¿En serio? –preguntó Brystal con sospechas–. Bueno, *eso* sí que no es típico de ti.

–Sí, hablo en serio –contestó Brooks–. Espero enfrentarme cara a cara con Barrie en una corte. Estoy aburrido de solo humillarlo en casa.

Brooks y Barrie se miraron con el odio complicado que solo los hermanos podían tener. Afortunadamente, su intercambio fue interrumpido antes de que se tornara más acalorado.

El Juez Evergreen entró al comedor con una pila de papeles bajo su brazo y una pluma entre sus dedos. Era un hombre imponente con una barba blanca tupida. Luego de una larga carrera de juzgar a otros, varias líneas profundas se habían formado en su frente. Al igual que todos los Jueces Ordinarios en el Reino del Sur, el Juez Evergreen llevaba una toga negra que lo cubría desde los hombros hasta los pies y un sombrero negro alto que lo obligaba a agacharse cada vez que pasaba por una puerta. Sus ojos eran del color azul exacto que los de su hija e, incluso, compartían el mismo astigmatismo; el cual era un beneficio grandioso para Brystal, ya que lo que su padre no sabía era que, siempre que el Juez descartaba un par de gafas viejas de lectura, su hija conseguía unas nuevas.

Al verlo llegar, los jóvenes Evergreen se levantaron y se pararon junto a las sillas. Era costumbre levantarse ante la llegada de un Juez en la corte, pero el Juez Evergreen esperaba que toda su familia hiciera lo mismo todo el tiempo.

–Buenos días, papá –dijeron todos juntos.

–Ya pueden tomar asiento –les permitió el Juez Evergreen, sin mirar a ninguno de sus hijos a los ojos. Tomó asiento en la cabecera de la mesa y, de inmediato, enterró su nariz en sus hojas, como si no existiera nada más en el mundo.

La señora Evergreen apareció con una olla de avena, un tazón inmenso de huevos revueltos y una bandeja caliente de panecillos. Brystal la ayudó a servir el desayuno y, una vez que los platos de los hombres estuvieron llenos, las mujeres se sirvieron uno propio y se sentaron.

–¿Qué es esta basura? –preguntó Brooks y picó su comida con un tenedor.

–Huevos y avena –le contestó la señorita Evergreen–. Es el desayuno favorito de Barrie.

Brooks se quejó como si la comida lo hubiera ofendido.

–Debería haberlo sabido –se quejó–. Barrie tiene el mismo gusto que un cerdo.

–Lamento que no sea *tu* desayuno favorito, Brooks –dijo Barrie–. Tal vez, mamá pueda preparar *crema de gatitos* y *lágrimas de bebé* para ti mañana.

–¡Por Dios, estos niños me van a matar! –dijo la señora Evergreen y miró hacia el techo, desesperada–. ¿Sería mucho pedirles a ustedes dos que se ahorren solo un día con todo este sinsentido? ¿Especialmente en una mañana tan importante como esta? Una vez que Barrie apruebe su examen, los dos tendrán que trabajar juntos por mucho tiempo. Les vendría bien si aprenden a ser civilizados.

En muchos sentidos, Brystal estaba agradecida de no haber tenido la oportunidad de convertirse en Jueza, le ahorraba la pesadilla de trabajar con Brooks en la corte. Era muy conocido entre los Jueces Adjuntos y a Brystal le preocupaba que Brooks usara sus conexiones para sabotear a Barrie, ya que, desde su nacimiento, siempre había visto a Barrie como una especie de amenaza, como si solo un Evergreen tuviera permitido tener éxito.

–Discúlpame, mamá –dijo Brooks con una sonrisa falsa–. Y tienes razón, debería ayudar a Barrie a prepararse para su examen. Déjame compartir algunas de las preguntas que casi no pude responder durante *mi* examen; preguntas que, te lo aseguro, no verás venir. Por ejemplo, ¿cuál es la diferencia entre el castigo por invadir propiedad privada y el castigo por invadir propiedad de la realeza?

Barrie sonrió con confianza. Claramente, estaba mucho más preparado para su examen de lo que Brooks había estado para el suyo.

–El castigo por invadir propiedad privada son tres años de prisión y el castigo por invadir propiedad de la realeza son cincuenta años –contestó Barrie–. Y el Juez a cargo deberá decidir el tipo de trabajo forzoso que será aplicable.

–Me temo que es *incorrecto* –contestó Brooks–. Son *cinco* años para la invasión de propiedad privada y *sesenta* años para la propiedad de la realeza.

Por un momento, Brystal creyó haber oído mal a Brooks. Ella estaba segura de que la respuesta de Barrie era correcta; podía visualizar la página exacta del libro de derecho en el que lo había leído. Barrie lucía igual de confundido que su hermana. Barrie giró hacia el Juez Evergreen, con la esperanza de que su padre corrigiera a su hermano, pero nunca levantó la vista de sus hojas.

–Te daré otra –dijo Brooks–. ¿En qué año la pena de muerte pasó de ser arrastrar y descuartizar a decapitar?

–¡Cielos santos, Brooks! ¡Estamos comiendo! –lo regañó la señora Evergreen.

–Eso fue… eso fue… –musitó Barrie mientras intentaba recordar–. ¡Eso fue en el año 567!

–Incorrectoooo, de nuevo –canturreó Brooks–. La primera decapitación pública no ocurrió sino hasta el año 568. Ah, vaya, no eres muy bueno en este juego.

Barrie comenzó a dudar de sí mismo y su confianza se desplomó al igual que su postura. Brystal se aclaró la garganta para captar la atención de Barrie, con la esperanza de dejar en evidencia el juego de Brooks con una mirada, pero Barrie no la escuchó.

–Intentemos algo simple –dijo Brooks–. ¿Puedes nombrar los cuatro tipos de pruebas que necesita un acusador para culpar a un sospechoso de homicidio?

–¡Esa es fácil! –contestó Barrie–. Un cuerpo, un motivo, un testigo y... y...

Brooks disfrutaba ver a su hermano esforzándose por encontrar la respuesta.

–Ya estás *muy* lejos, intentemos con otra –dijo–. ¿Cuántos Jueces se necesitan para apelar la sentencia de otro Juez?

–¿De qué estás hablando? –preguntó Barrie–. ¡Los Jueces no pueden apelar!

–Otra vez, *incorrecto* –dijo Brooks con una voz chillona que recordaba al graznido de un cuervo–. No puedo creer lo poco preparado que estás; en especial, por todo el tiempo que has estado estudiando. Si yo fuera tú, rezaría porque el examinador esté enfermo.

Todo el color desapareció del rostro de Barrie. Abrió los ojos bien grandes y apretó las tarjetas con tanta fuerza que comenzó a doblarlas. Lucía igual de desesperanzado y asustado que cuando Brystal lo encontró en la sala de estar. Cada rastro de autoestima que ella le había implantado había sido demolido para la diversión de Brooks. No podía soportar otro minuto más de su juego cruel.

–¡No lo escuches, Barrie! –gritó ella y la habitación se quedó en silencio–. ¡Brooks te está haciendo preguntas capciosas a propósito! Primero, el castigo por invadir propiedad privada *son* tres años en prisión y el castigo por invadir propiedad de la realeza *son* cincuenta años; ¡solo son cinco o sesenta si la propiedad recibe daños! Segundo, la primera decapitación pública fue en el año 568, pero la ley cambió en el año 567, ¡tal como tú dijiste!

Tercero, no hay *cuatro* elementos que se necesitan para culpar a un sospechoso de homicidio, solo son *tres*; ¡y los dijiste todos! Y cuarto, los Jueces Ordinarios *no puede* apelar la sentencia de otro Juez Ordinario, solo un Juez Supremo puede anular una...

–¡BRYSTAL LYNN EVERGREEN!

Por primera vez en toda la mañana, el Juez Evergreen encontró una razón para levantar la vista de sus hojas. Su rostro estaba completamente rojo y las venas se marcaban sobre su cuello al gritar tan fuerte que todos los platos sobre la mesa temblaron.

–*¡Cómo te atreves a regañar a tu hermano! ¿Quién te crees que eres?*

Le tomaron algunos segundos a Brystal recuperar la voz.

–P-p-pero, papá, ¡Brooks no está diciendo la verdad! –gritó–. Yo... yo no quiero que Barrie desapruebe su...

–*¡No me importa si Brooks dice que el cielo es violenta,* no *es correcto que una niña corrija a un hombre! Si Barrie no es lo suficientemente listo como para darse cuenta de que lo están engañando, ¡entonces no tiene por qué ser Juez Adjunto!*

Algunas lágrimas comenzaron a brotar de los ojos de Brystal y tembló en su asiento. Miró a sus hermanos para encontrar apoyo, pero estaban igual asustados que ella.

–Lo... Lo siento, papá...

–*¡No tienes derecho a saber* nada *de lo que acabas de decir! ¡Si te encuentro* leyendo *de nuevo, que Dios me juzgue, pero te echaré a la calle!*

Brystal volteó hacia su madre, rogando que no mencionara nada sobre los libros que había encontrado en su habitación esa mañana. Al igual que sus hijos, la señora Evergreen permaneció quieta y en silencio, como un ratón ante la presencia de un halcón.

–N-n-no, no he estado leyendo…

–*¿Entonces de dónde aprendiste todo eso?*

–Su-su-supongo que de escucharlos a Barrie y Brooks. Siempre están hablando de leyes y la corte en la mesa…

–*¡Entonces tal vez sea mejor que comas afuera hasta que hayas aprendido a no entrometerte! ¡Ninguna hija mía va a desafiar las leyes de este reino con una actitud* arrogante!

El Juez continuó gritando la decepción y el desprecio que sentía por su hija. Brystal no era ajena al temperamento de su padre; de hecho, apenas le hablaba salvo cuando él le gritaba, pero nada era peor que recibir toda su ira. Con cada latido de su corazón, Brystal se hundía cada vez más en su silla y contaba los segundos para que terminara. Por lo general, si no dejaba de gritar antes de llegar a cincuenta, la ira de su padre podía convertirse en algo físico.

–¿Eso es un carruaje? –preguntó la señora Evergreen.

La familia se quedó en silencio mientras intentaban escuchar lo que la señora Evergreen había oído. Unos momentos más tarde, el leve tintineo de unas campanas y un galope fuerte inundó la casa a medida que el carruaje se acercaba afuera. Brystal se preguntaba si su madre en verdad lo había oído o si su interrupción solo fue oportuna.

–Será mejor que los tres se preparen antes de que lleguen tarde.

El Juez Evergreen y sus hijos tomaron sus cosas y salieron para encontrarse con el carruaje afuera. Barrie se tomó su tiempo para cerrar la puerta principal detrás de él y despedirse de su hermana.

–*Gracias* –le gesticuló con la boca.

–*Buena suerte hoy* –le respondió ella.

Brystal se quedó en su asiento hasta estar segura de que su padre y sus hermanos estuvieran lejos en el camino. Para cuando recuperó sus sentidos, la señora Evergreen ya había limpiado la mesa del comedor. Brystal fue hacia la cocina para ver si su madre necesitaba ayuda con los trastos, pero se encontró con que no estaba limpiando. En cambio, estaba sobre el lavabo, mirando los platos sucios con intensidad, como si estuviera perdida en un trance.

–Gracias por no mencionarle los libros a papá –le dijo Brystal.

–No deberías haber corregido a tu hermano de esa forma –dijo la señora Evergreen en voz baja.

–Lo sé –contestó Brystal.

–Lo digo en serio, Brystal –dijo su madre y volteó hacia ella con ojos grandes y temerosos–. Brooks es muy querido entre la gente. No quieres tenerlo de enemigo. Si empieza a decir cosas malas sobre ti a sus amigos...

–Madre, no me importa lo que Brooks diga sobre mí.

–Bueno, *debería* –dijo la señora Evergreen con severidad–. En dos años, cumplirás dieciséis y los hombres querrán cortejarte para casarse contigo. No puedes arriesgar una reputación que espante a todos los buenos. No quieres pasar el resto de tu vida con alguien cruel e ingrato... *créeme.*

Los comentarios de su madre dejaron a Brystal sin palabras. No sabía si solo era su imaginación o si en verdad las marcas oscuras que rodeaban los ojos de su madre estaban mucho más oscuras de lo que estaban antes del desayuno.

–Ahora, ve a la escuela –le dijo la señora Evergreen–. Yo me encargaré de lavar esto.

Brystal estaba determinada a quedarse y discutir con su

madre. Quería enumerarle todas las razones por las que *su* vida sería diferente a la de otras niñas, quería explicarle por qué *ella* estaba destinada a grandes cosas que excedían el matrimonio y la maternidad, pero luego recordó que no tenía ningún tipo de evidencia que respaldara sus creencias.

Tal vez su madre tenía razón. Quizás Brystal era una tonta por pensar que el mundo era otra cosa más que oscuridad.

Sin nada más que decir, Brystal se marchó de su casa y se encaminó hacia la escuela. Mientras caminaba hacia el pueblo, la imagen de su madre sobre el lavabo se quedó impregnada con mucha fuerza en su mente. Le preocupaba que eso, en realidad, fuera un vistazo a su propio futuro y no tanto un mero recuerdo de su madre.

–*No* –se susurró a ella misma–. Esa *no* va a ser mi vida... Esa *no* va a ser mi vida... Esa *no* va a ser mi vida... –repitió la frase mientras caminaba con la esperanza de que, si la decía suficientes veces, apagaría sus miedos–. Puede parecer imposible ahora, pero yo sé que *algo* está a punto de ocurrir... *Algo* está a punto de cambiar... *Algo* está a punto de hacer que mi vida sea diferente...

Brystal tenía razón en estar preocupada, escapar de los confinamientos del Reino del Sur era algo imposible para una niña de su edad. Pero, en unas pocas semanas, lo que ella consideraba *imposible* estaba a punto de cambiar para siempre.

CAPÍTULO DOS

UNA SEÑAL

Ese día en la Escuela para Futuras Esposas y Madres de Colinas Carruaje, Brystal aprendió qué proporción de té es adecuada servirle a una visita inesperada, qué tipo de aperitivo cocinar para una reunión formal y cómo doblar una servilleta con la forma de una paloma, entre otras cosas *fascinantes*. Para el final de la clase, Brystal había puesto los ojos en blanco tantas veces que le habían comenzado a doler.

Por lo general, era buena para ocultar su malestar en la escuela, pero sin el consuelo de un libro que la esperara en su casa, era mucho más difícil ocultar la irritación.

Para aliviarse, Brystal pensó en la última página que había leído en *Las aventuras de Tidbit Twitch* antes de dormirse la noche anterior. El héroe de la historia, un ratón de campo llamado Tidbit, estaba colgado de un acantilado mientras luchaba contra un dragón feroz. Sus pequeñas garras se estaban cansando mientras se balanceaba de cornisa en cornisa, esquivando el aliento de fuego del monstruo. Con el último rastro de energía, arrojó su pequeña espada hacia el dragón, con la esperanza de herir a la bestia y poder subir hacia un lugar seguro.

–¿Señorita Evergreen?

Por una especie de milagro, la espada de Tidbit voló por los aires y se clavó en el ojo del dragón. La criatura levantó la cabeza hacia los cielos y gritó del dolor, soltando géiseres de fuego feroces hacia el cielo nocturno. Justo cuando Tidbit trepaba por la ladera del acantilado, el dragón lo azotó con su cola puntiaguda y derribó al ratón del peñasco en el que se encontraba aferrado. Tidbit cayó hacia la tierra rocosa abajo, mientras sacudía sus extremidades de un lado a otro en busca de algo, *cualquier cosa*, para sujetarse.

–*¡Señorita Evergreen!*

Brystal se sentó derecha en su asiento como si hubiera sido pinchada por un alfiler invisible. Todas sus compañeras de clase voltearon hacia su pupitre en la parte trasera del salón y la miraron con el ceño fruncido. Su maestra, la señorita Plume, la miró con seriedad desde el frente de la clase sin separar los labios y levantando una de sus cejas finas.

–Ehm... ¿sí? –preguntó Brystal con una mirada inocente.

–Señorita Evergreen, ¿está prestando atención o está soñando despierta otra vez? –le preguntó la señorita Plume.

–Estoy prestando atención, por supuesto –mintió.

–Entonces, ¿cuál es la forma correcta de manejar la situación que acabo de describir? –la desafió la maestra.

Obviamente, Brystal no tenía idea de lo que la clase discutía. Las otras niñas rieron entre dientes, anticipando un buen castigo. Afortunadamente, Brystal sabía la respuesta que resolvía *todas* las preguntas de la señorita Plume, sin importar cuál fuera el tema.

–Supongo que le *preguntaría a mi futuro esposo qué debo hacer* –contestó.

La señorita Plume miró a Brystal por un momento sin parpadear.

–Eso es… *correcto* –dijo la maestra, sorprendida de tener que admitirlo.

Brystal suspiró aliviada y sus compañeras suspiraron decepcionadas. Siempre ansiaban momentos en los que Brystal fuera regañada por su infame costumbre de andar soñando despierta. Incluso la señorita Plume parecía decepcionada de perderse una oportunidad para regañarla. La maestra habría hecho una muestra de decepción con sus hombros si su corsé apretado se lo hubiera permitido.

–Sigamos –les ordenó la señorita Plume–. Ahora revisaremos la diferencia entre atar lazos para el cabello y agujetas y los *peligros* de confundirlos.

Las estudiantes festejaron entusiasmadas por la próxima lección y su felicidad hizo que Brystal muriera un poco por dentro. Sabía que no podía ser la *única* niña en toda la escuela que quisiera una vida más excitante que para la que las estaban preparando, pero mientras observaba a sus compañeras estirar el cuello para ver lazos y agujetas, no sabía si todas eran actrices fenomenales o tenían el cerebro fantásticamente lavado.

Brystal había aprendido a no mencionarle sus sueños o frustraciones a nadie, ya que no hacía falta que dijera nada para que la gente se diera cuenta de que era distinta. Al igual que los lobos de otra jauría, toda la escuela podía prácticamente olerlo. Y dado que el Reino del Sur era un lugar tenebroso para las personas que pensaran distinto, las compañeras de Brystal se mantenían alejada de ella, como si *pensar distinto* fuera una enfermedad contagiosa.

No te preocupes, un día se arrepentirán de esto..., pensó Brystal. *Un día desearán haber sido más agradables conmigo... Un día celebrarán mis diferencias... Un día ellos serán infelices y yo no...*

Para evitar atraer más la atención, Brystal se quedó en silencio y prestó atención de la mejor manera hasta el final de la clase. El único momento en el que se movió fue para acariciar suavemente las gafas de lectura que llevaba escondidas en su vestido.

Esa tarde, Brystal caminó a casa desde la escuela a un paso mucho más lento que lo usual. Con nada más que tareas esperándola en su hogar, decidió dar un paseo por la plaza del centro de Colinas Carruaje con la esperanza de que el cambio de escenario le quitara los problemas de la mente.

El castillo de Champion, la catedral, la corte y la Universidad de Derecho se cernían a los cuatro lados de la plaza del centro. Algunas tiendas y mercados atestados de gente llenaban cada esquina y espacios entre las estructuras imponentes del gobierno. En el centro de la plaza había un parque con césped en donde una estatua del Rey Champion I se erguía sobre una fuente poco profunda. La estatua mostraba al soberano montando a su caballo y apuntando una espada hacia un futuro aparentemente próspero, pero el homenaje recibía más atención de las palomas que de los ciudadanos que deambulaban por el pueblo.

Al pasar frente a la Universidad de Derecho, levantó la vista hacia sus paredes de piedra y sus domos de cristal impresionantes con envidia. En ese mismo momento, Barrie estaba en algún lugar del interior agonizando por su examen. Brystal juraba haber sentido la ansiedad de su hermano irradiando a través de las paredes, pero, de todas formas, habría dado cualquier cosa para estar en su lugar. Se detuvo para desearle buena suerte y siguió caminando.

No le quedó otra opción más que pasar por la corte mientras seguía cruzando la plaza. Era un edificio amenazante de columnas altas y techo a dos aguas. Cada columna tenía la imagen esculpida de un Juez Supremo que miraba con el ceño fruncido a los ciudadanos, como si fuera un padre decepcionado; una expresión que Brystal conocía muy bien. No podía evitar sentir que se le llenaba el estómago de ira al mirar los rostros intimidantes sobre ella. Los hombres como ellos, los hombres como su *padre*, eran la razón por la que ella tenía tan poca felicidad.

En una esquina de la plaza, entre la universidad y la corte, se encontraba la Biblioteca de Colinas Carruaje. Era una estructura pequeña y modesta en comparación con los edificios que la rodeaban, pero para Brystal la biblioteca podría haber sido un palacio. Sobre la puerta de doble hoja había una placa negra con un triángulo rojo en el centro, un símbolo común en el Reino del Sur que le recordaba a las mujeres que no tenían permitido entrar; pero la ley no hacía nada para quitarle su deseo de hacerlo.

Estar tan cerca de tantos libros y tener prohibido disfrutarlos le daba a Brystal una sensación horrible siempre que ponía los ojos sobre la biblioteca, pero ese día en particular la sensación era insoportable. La impotencia que sentía despertaba una avalancha de emociones y todos esos miedos, dudas y penas que había reprimido arremetieron contra ella como una estampida. La ruta pintoresca de regreso a casa que había tomado estaba creando el efecto contrario a lo que quería, por lo que pronto la plaza comenzó a sentirse como una jaula que se cerraba a su alrededor.

Brystal estaba tan abrumada que apenas podía respirar. Espantó a un grupo de palomas de la estatua de Champion y se sentó al borde de la fuente para recuperar el aliento.

–Ya no puedo seguir con esto –dijo con la respiración entrecortada–. No dejo de repetirme que todo mejorará, pero las cosas solo empeoran una y otra vez... Si la vida es solo una serie de decepciones, entonces desearía nunca haber nacido... Desearía poder transformarme en una nube e irme flotando lejos, muy lejos de aquí...

Algunas lágrimas cayeron por su rostro sin poder anticiparlas. Algunos ciudadanos notaron la escena conmovedora y se detuvieron para mirarla boquiabiertos, pero a Brystal no podía importarle menos. Enterró su rostro entre las palmas de sus manos y lloró frente a todos.

–Por favor, Dios, necesito algo más que solo fe para seguir adelante... –dijo entre lágrimas–. Necesito algo que pruebe que no soy la tonta que siento ser... Necesito un mensaje que me diga que mi vida no siempre será miserable... Por favor, necesito una señal...

Irónicamente, luego de que Brystal terminara de llorar y haya secado sus lágrimas, *una señal* fue lo primero que vio. Un bibliotecario anciano y algo raquítico salió de la biblioteca con un cartel amarillo debajo del brazo. Con unas manos temblorosas, clavó el cartel en la entrada de la biblioteca. Brystal nunca antes había visto una señal como esa en la entrada de la biblioteca, por lo que se sintió muy curiosa. Una vez que el bibliotecario regresó adentro, ella avanzó hacia la escalinata para leer las palabras pintadas sobre el cartel:

SE BUSCA SIRVIENTA

De pronto, Brystal tuvo una idea que le hizo sentir un cosquilleo en todo el cuerpo. Antes de poder cuestionarse, y antes de estar completamente alerta de lo que estaba haciendo, cruzó la puerta y entró a la Biblioteca de Colinas Carruaje.

Su primer vistazo a la biblioteca fue tan estimulante que le tomaron varios segundos a su mente entender lo que estaban viendo sus ojos. En todos esos años en los que se había pasado preguntándose cómo luciría la biblioteca por dentro, nunca antes habría imaginado que fuera tan magnífica. Consistía en una sala circular enorme con una alfombra esmeralda, las paredes estaban cubiertas con paneles de madera y la luz natural se abría paso a través de un techo de vidrio. Una esfera plateada inmensa se elevaba en el centro de la planta baja, donde docenas de estudiantes de derecho se encontraban dispersos sobre las mesas antiguas y sillones que las rodeaban. Lo más sorprendente de todo era que la biblioteca estaba rodeada por *tres pisos de estantes con libros* que parecían extenderse hacia los pisos superiores como un laberinto interminable.

Ver miles y miles de libros hizo que Brystal se sintiera algo mareada, como si acabara de entrar en un sueño. Nunca antes había creído que existieran tantos libros en el mundo, mucho menos en la biblioteca de su ciudad.

Al cabo de un instante, encontró al bibliotecario anciano detrás de un mostrador al frente de la sala. Su plan improvisado sería un desastre si no jugaba las cartas correctas. Cerró los ojos, respiró hondo, se deseó buena suerte y se acercó.

–Disculpe, señor –lo llamó Brystal.

El bibliotecario estaba ocupado colocando etiquetas en una pila nueva de libros y no notó su presencia enseguida. En ese momento, Brystal sintió una chispa de celos por el anciano; no podía imaginar todos los libros que había tocado y leído todos estos años.

–Disculpe, ¿señor Woolsore? –le preguntó, luego de haber leído la placa de identificación que se encontraba sobre el mostrador.

El bibliotecario la miró con dificultad y tomó un par de gafas con mucho aumento que tenía cerca. Una vez que se las puso, se quedó boquiabierto. Señaló a Brystal como si un animal salvaje estuviera suelto por el edificio.

–*Jovencita, ¿qué estás haciendo aquí?* –exclamó el señor Woolsore–. *¡No se permite el ingreso de mujeres a la biblioteca! ¡Ahora, márchate antes de que llame a las autoridades!*

–De hecho, es perfectamente legal que esté adentro –explicó Brystal, con la esperanza de que su tono tranquilo suavizara el suyo–. Verá, según la Ley de Contratación del 417, las mujeres tienen permitido ingresar a establecimientos que solo están destinados a hombres para buscar empleo. Al colocar el cartel afuera, me ha dado el permiso legal de ingresar al edificio y postularme para el trabajo.

Brystal sabía que la Ley de Contratación del 417 solo era aplicable a mujeres mayores de veinte años, pero esperaba que el bibliotecario no estuviera familiarizado con las leyes tanto como ella. El señor Woolsore frunció sus cejas tupidas y la miró como un halcón.

–¿*Tú* quieres ser sirvienta? –le preguntó.

–Sí –contestó Brystal, encogiéndose de hombros–. Es un trabajo honesto, ¿verdad?

–¿Pero una niña como tú no debería estar ocupada aprendiendo a cortejar y coquetear con muchachos? –le preguntó el señor Woolsore.

Brystal estaba dispuesta a discutir, pero se tragó el orgullo y mantuvo los ojos fijos en su meta.

–Para serle honesta, señor Woolsore –dijo–, un muchacho es *exactamente* la razón por la que quiero el puesto. Verá, hay un Juez Adjunto del que estoy *completamente enamorada*. Estoy desesperada porque un día me proponga matrimonio, pero no creo que me vea como su futura esposa. Mi familia tiene sirvientes, *muchos, muchos sirvientes*, por lo que no parece creer que soy capaz de encargarme de las tareas del hogar. Pero cuando descubra que he estado limpiando la biblioteca yo sola, *a la perfección*, me gustaría agregar, sabrá que seré mejor esposa que todas las muchachas del reino.

Brystal incluso se enroscó su cabello en un dedo y pestañeó numerosas veces para vender mejor su actuación.

–Me agradas, pero no eres una candidata práctica para el puesto –contestó el bibliotecario–. No puedo tenerte en la biblioteca mientras todos los estudiantes de derecho están estudiando. Una jovencita sería demasiada distracción para los jóvenes.

–Entonces, tal vez pueda limpiar por la noche, una vez que la biblioteca cierre –sugirió Brystal–. Muchos lugares hacen que las sirvientas limpien una vez cerrado. Podría comenzar ni bien usted se va y no habrá ningún rastro de mí cuando regrese por la mañana.

El señor Woolsore se cruzó de brazos y la miró con sospechas. Era demasiado convincente como para ser verdad.

–Esto no es un engaño, ¿cierto? –inquirió él–. No estás postulándote para el trabajo para poder estar cerca de *libros*, ¿o sí?

Brystal sintió que su corazón se desplomó hacia su estómago. El bibliotecario parecía descubrir su mentira con la misma facilidad que su madre. Pero, en lugar de dejar que el pánico se mostrara en su rostro, rio al escuchar eso y trató de usar su ignorancia en contra del señor.

–Señor Woolsore, *tengo catorce años*. ¿Qué intereses podría tener yo en los *libros*?

A juzgar por el lenguaje corporal del bibliotecario, la psicología inversa funcionó a la perfección. El señor Woolsore se rio para sí mismo, como si hubiera sido un tonto al pensar eso en primer lugar. Brystal sabía que estaba cerca de persuadirlo; solo necesitaba ofrecerle algo que lo beneficiara para terminar de endulzar la oferta.

–¿Cuánto pagan por el puesto, señor? –le preguntó.

–Seis monedas de oro a la semana –le contestó–. El trabajo

es cinco días a la semana. Los empleados no trabajan los fines de semanas o los feriados reales del día de Acción de Gracias a la Realeza y la Nochebuena de Champion.

–Le propongo algo, señor Woolsore. Como usted me estará haciendo un favor a *mí*, yo le haré un favor a *usted* también. Si me contrata para limpiar la biblioteca, lo haré por tres monedas de oro a la semana.

Su oferta fue música para los oídos del señor Woolsore. Se rascó la barbilla y asintió mientras se convencía más y más.

–¿Cuál es tu nombre, jovencita? –preguntó.

–Es Brystal Eve…

Por suerte, Brystal se detuvo antes de revelar su verdadero apellido. Si el bibliotecario se enteraba de que era una Evergreen, su padre podría descubrir que se había postulado para el trabajo, y era un riesgo que no podía tomar. Por lo que Brystal le dijo el primer nombre que se le vino a la mente y, así, nació su apodo.

–Mi nombre es *Bailey*, Brystal Eve Bailey.

–Muy bien, señorita Bailey –dijo el señor Woolsore–. Si puedes empezar mañana por la noche, quedas contratada.

Brystal no pudo contener su entusiasmo. Todo su cuerpo comenzó a vibrar como si le estuvieran haciendo cosquillas. Estiró la mano sobre el mostrador y estrechó enérgicamente la mano frágil del bibliotecario.

–Gracias, señor Woolsore, ¡muchas gracias! ¡Le prometo que no lo decepcionaré! *¡Ah, perdón! ¡Espero no haberlo lastimado!* ¡Hasta mañana!

Brystal prácticamente salió flotando de la biblioteca hacia el camino del este. Su plan había sido más exitoso de lo que jamás hubiera previsto. En solo un día, tendría acceso a miles y miles de libros. Y, con nadie en la biblioteca que la supervisara, Brystal podría llevarse algunos a su casa cada noche cuando terminara de limpiar.

La idea era tan excitante que no podía recordar la última vez que había sentido tanta felicidad corriendo por sus venas. Sin embargo, su euforia se desplomó ni bien la casa de los Evergreen apareció en el horizonte. Por primera vez, comprendía lo impráctica que era la situación. No había manera viable de que su familia no notara su ausencia por las noches, necesitaría darles una explicación de por qué se marchaba por la noche y no regresaba hasta la madrugada.

Si quería trabajar en la biblioteca, tendría que crear una mentira espectacular que no solo le permitiera ganarse la confianza de su familia, sino también evitar cualquier tipo de sospecha. Si la atrapaban, las consecuencias serían catastróficas.

Brystal presionó la mandíbula mientras pensaba en el desafío desalentador que la esperaba adelante. Aparentemente, conseguir un trabajo en la biblioteca era solo su *primera* tarea imposible del día.

Más tarde esa noche, la casa de los Evergreen estaba sumida en festejos. Un mensajero de la Universidad de Derecho había llegado con las noticias de que Barrie había aprobado su examen con la calificación más alta de toda la clase. Brystal y la señora Evergreen prepararon una cena para conmemorar la victoria de Barrie, incluyendo un pastel de chocolate que Brystal preparó desde cero. Para cuando todos los Evergreen se sentaron a comer, Barrie ya llevaba puesta su toga de Juez Adjunto.

–¿Cómo me veo? –les preguntó a todos en la mesa.

–Como un niño con ropa de adulto –se burló Brooks.

–No, te ves perfecto –dijo Brystal–. Como si hubieras nacido para llevarla puesta.

Brystal estaba muy orgullosa de su hermano, pero también, especialmente agradecida por tener una excusa para estar tan feliz. Siempre que pensaba en su nuevo trabajo en la biblioteca, nadie le cuestionaba la sonrisa que aparecía en su rostro. Todos en su familia compartían el mismo entusiasmo, incluso el rencor de Brooks se suavizó luego de algunos vasos de sidra espumante.

–No puedo creer que mi hijo vaya a ser *Juez Adjunto* –dijo la señora Evergreen entre lágrimas de felicidad–. Pareciera que hubiera sido ayer que te ponías mis camisas largas y sentenciabas a tus juguetes a trabajo forzoso en el patio trasero. ¡Cielos, el tiempo sí que pasa volando!

–Estoy muy orgulloso de ti, hijo –le dijo el Juez Evergreen–. Estás manteniendo el legado de la familia sano y salvo.

–Gracias, papá –le contestó Barrie–. ¿Tienes algún consejo para mi primera semana en la corte?

–Durante el primer mes solo observarás casos, pero presta atención a cada detalle de los procesos –le aconsejó el Juez–. Después de eso, se te asignará tu primer caso. No importa cuales sean los cargos, siempre *debes* sugerir la pena máxima, de otra forma el Juez de turno pensará que eres débil y se pondrá del lado de la defensa. Ahora, cuando te asignen tu primera defensa, el secreto para...

El Juez Evergreen se quedó en silencio al notar la presencia de Brystal. Se había olvidado casi por completo que ella estaba en la habitación.

–Ahora que lo pienso mejor, tal vez debamos continuar esta conversación más tarde –dijo–. Odiaría que nuestra conversación llegue a oídos *entrometidos*.

El comentario del Juez hizo que Brystal se pusiera tensa, pero no porque las palabras de su padre la hubieran ofendido. Luego de una larga tarde de conspirar, Brystal estaba esperando el momento justo para asegurarse un futuro en la biblioteca, y esta podría ser su única oportunidad.

–¿Papá? ¿Puedo decirte algo? –le preguntó.

El Juez Evergreen se quejó como si fuera una tarea muy demandante prestarle atención a su hija. El resto de los Evergreen miraron a Brystal y al Juez con nervios, ya que temían que la cena terminaría de la misma forma que el desayuno.

–Sí, ¿qué ocurre? –le preguntó el Juez.

–Bueno, estuve pensando en lo que me dijiste esta mañana –comenzó Brystal–. No quiero faltarle el respeto a la ley, por lo que tenías razón al sugerirme que coma en otro lugar.

–¿Ah? –dijo su padre.

–Sí y creo haber encontrado la solución perfecta –continuó Brystal–. Hoy luego de la escuela, pasé por la Casa para los Desamparados de Colinas Carruaje. Tienen una falta de personal muy importante, por lo que, con tu bendición, me gustaría empezar un voluntariado allí por las noches luego de la escuela.

–¿Quieres llenarte de pulgas en un *hospicio*? –le preguntó Brooks con incredulidad.

La señora Evergreen levantó la mano para hacer callar a su hijo mayor.

–Gracias, Brooks, pero tu padre y yo nos encargaremos de esto –dijo–. Brystal, es muy lindo de tu parte querer ayudar a los menos afortunados, pero *yo* necesito de tu ayuda en esta casa. No puedo encargarme de todas las tareas y de la cocina yo sola.

Brystal bajó la cabeza y miró a sus manos para que la señora Evergreen no notara ningún rastro de mentira en sus ojos.

–Pero no te estoy abandonando, mamá –le explicó–. Luego de la escuela, regresaré a casa y te ayudaré a cocinar y limpiar, *como siempre*. Y cuando sea hora de comer, simplemente me iré por unas horas para el voluntariado en la Casa para los Desamparados. Por la noche, regresaré a casa y me encargaré de lavar los trastos antes de irme a dormir, *como siempre*. Puede que pierda una hora o dos de sueño, pero no debería afectar nada más.

El comedor quedó en silencio mientras el Juez Evergreen consideraba el pedido de su hija. Brystal sentía como si tuviera un nudo invisible alrededor de su estómago y, con cada segundo que pasaba, se tensaba más y más. Los treinta segundos que le tomaron dar una respuesta se sintieron como horas.

–Estoy de acuerdo, se necesita un cambio para prevenir otros *incidentes* como el de esta mañana –dijo su padre–. Puedes asistir al voluntariado por las noches en la Casa para los Desamparados, pero *solo* si eso no significa más trabajo para tu madre.

El Juez Evergreen golpeó la mesa con su tenedor como si fuera un martillo y así dejó efectiva la sentencia definitiva del día. Brystal no podía creer que lo había logrado. *¡Trabajar en la biblioteca ahora era una realidad!* El nudo en su estómago pronto comenzó a desatarse y Brystal sabía que tenía que salir de la vista de su familia antes de comenzar a brincar por las paredes.

–Muchas gracias, papá –le dijo–. Ahora, si me disculpan, les daré algo de privacidad a ti y a Barrie para que puedan hablar con libertad sobre la corte. Regresaré para limpiar la mesa cuando hayan terminado el postre.

Brystal se levantó de la mesa y subió a su habitación a toda prisa. Una vez que cerró la puerta por detrás, comenzó a bailar en el cuarto con toda la energía que podía sin emitir ningún sonido. Al pasar frente al espejo, vio algo que no había visto desde que era pequeña. En lugar de ver a una niña rendida y deprimida con un uniforme escolar tonto, se encontró con una muchacha feliz y enérgica con la mirada llena de esperanza y las mejillas ruborizadas. Parecía estar mirando a una persona completamente diferente.

–Eres una *niña mala*, Brystal Eve Bailey –le susurró a su reflejo–. Una *niña muy mala*.

CAPÍTULO TRES

SOLO PARA JUECES

Durante las dos semanas de limpieza de la biblioteca, Brystal leyó más libros de los que había leído en toda su vida. Para cuando terminó el primer mes, había devorado cada ejemplar de la planta baja y comenzaba con los del siguiente piso.

Su ritmo rápido de lectura se debía a una agenda eficiente que había planeado desde hacía rato: cada noche, Brystal limpiaba los estantes, fregaba el suelo, pulía la esfera plateada y limpiaba las superficies del recinto tan rápido como podía. Cuando terminaba, Brystal elegía un libro (o varios si era fin de semana) y se los llevaba en secreto hacia su casa. Una vez que terminaba de lavar los trastos de la cena familiar, se encerraba en su habitación y pasaba el resto de la noche leyendo. La noche siguiente, Brystal devolvía lo que había tomado prestado y su rutina secreta comenzaba de nuevo.

No podía creer lo rápido que su vida había cambiado. En solo un mes, pasó de tener una crisis emocional en público a pasar las horas más apasionantes y estimulantes que jamás había experimentado. Trabajar en la biblioteca le daba acceso a biografías, enciclopedias, diccionarios, antologías y manuales que expandían su comprensión de la realidad y la introducían a trabajos de ficción, poesía y prosa que expandía su imaginación más allá de lo que jamás había visto en sus sueños más salvajes. Pero quizás, lo más gratificante de todo, era que Brystal había encontrado la copia de la biblioteca de *Las aventuras de Tidbit Twitch* y finalmente pudo leer el final de la historia.

Tidbit sacudió sus patas en todas direcciones mientras caía por el acantilado, pero no encontró nada de lo que sujetarse. Temía que su caída le trajera un final brutal contra la tierra rocosa, pero, por una especie de milagro, el ratón se desplomó en un río caudaloso. El dragón descendió por el desfiladero y voló sobre Tidbit mientras flotaba en el río. El monstruo intentó agarrarlo, pero el agua se movía tan rápido que no era una tarea sencilla para el dragón.

Tidbit fue sacudido de un lado a otro, hasta que la corriente lo hizo caer por una inmensa cascada. Al caer, el dragón se precipitó por detrás con la boca completamente abierta. El ratón estaba convencido de que esos eran sus últimos momentos de vida;

sería devorado por el monstruo que lo acechaba por detrás o se estrellaría contra las rocas en la base de la cascada. Cuanto más tardaba en llegar a las rocas, el dragón estaba cada vez más cerca y, de repente, la criatura cerró sus colmillos filosos en medio del aire.

Pero justo antes de que el monstruo lo atrapara con sus dientes, Tidbit había caído por una pequeña abertura entre los peñascos en la base de la cascada, lo que le permitió caer a salvo al lago en el que desembocaba el río. Cuando Tidbit emergió del agua, vio al dragón sobre las rocas detrás de él, sin vida alguna y con el cuello roto.

De este modo, Tidbit nadó hacia la costa, donde respiró profundamente por primera vez en años. Con el dragón vencido, el Reino de los Ratones por fin estaba libre de un reinado de terror. El mundo le daría la bienvenida a una nueva era de tan necesitada paz y todo habría sido gracias a un pequeño ratón que demostró ser más valiente que un gran monstruo.

Evidentemente, la nueva rutina de Brystal era agotadora. Solo se las arreglaba para dormir una hora o dos cada noche, pero el entusiasmo de poder leer más libros al día siguiente le daba la energía necesaria como si fuera una droga. Sin embargo, Brystal encontró maneras más inteligentes de descansar, por lo que no estaba *completamente* privada del sueño.

Durante las lecciones de la señorita Plume en la escuela, Brystal ató una pluma a sus dedos y bajó la cabeza para aparentar estar tomando notas, aunque en realidad estaba tomando una más que necesaria siesta. En una ocasión, mientras sus compañeras aprendían a aplicarse maquillaje, Brystal usó sus materiales para dibujarse un par de pupilas sobre los párpados y nadie notó que estuvo durmiendo durante toda la muestra. En el almuerzo, cuando el resto de las niñas iban a la panadería de la plaza central, Brystal visitaba la tienda de muebles y "probaba los productos" hasta que los dueños la atrapaban.

Los fines de semana, dormía en los tiempos libres que encontraba entre sus tareas de la casa de los Evergreen. En la iglesia, pasaba la mayor parte de la misa con los ojos cerrados, aparentando rezar. Por fortuna, sus hermanos hacían lo mismo, por lo que sus padres nunca lo notaron.

Más allá de la fatiga, Brystal creía que su plan estaba saliendo sin complicaciones, por lo que no lucía para nada sospechosa cómo había temido. Solo veía a su familia unos pocos minutos cada mañana, por lo que no había mucho tiempo para que le hicieran muchas preguntas sobre sus tareas diarias. Todo el mundo estaba tan concentrado en la primera semana de Barrie como Juez Adjunto que nunca le preguntaron sobre su voluntariado en la Casa para los Desamparados. Aun así, Brystal había armado historias sobre darle de comer a los hambrientos y bañar a los enfermos en caso de que las necesitara.

El único obstáculo ocurrió al principio del segundo mes de empleo. Una noche, Brystal entró a la biblioteca y encontró al señor Woolsore agachado buscando algo debajo de un mueble.

–¿Señor Woolsore? ¿Puedo ayudarlo con algo? –le preguntó.

–Estoy buscando *Champions de los Champions, volumen tres* –le contestó el señor Woolsore–. Un estudiante lo pidió esta tarde y parece haberse desvanecido de los estantes.

Lo que el bibliotecario no sabía era que Brystal había tomado prestado ese libro la noche anterior. Presionó su abrigo con más fuerza alrededor de sus hombros para que el bibliotecario no viera que llevaba el libro debajo de su brazo.

–Estoy segura de que está aquí en algún lugar –dijo–. ¿Le gustaría que lo ayudara a buscar?

–No, no, no –gruñó y se puso de pie–. El asistente debe haberlo guardado en el lugar incorrecto, *¡hombre tonto!* Solo déjalo sobre el mostrador si aparece mientras limpias.

Una vez que el señor Woolsore se marchó, Brystal dejó *Champions de los Champions, volumen tres* sobre el mostrador. Fue una solución simple para una situación igual de simple, pero Brystal no quería experimentar otra situación *más* complicada para que la atraparan. A fin de evitar cualquier riesgo futuro, decidió que sería mejor dejar de llevarse libros a su casa. De ahora en más, luego de que terminara de limpiar, se quedaría en la biblioteca a leer. Algunas veces, no regresaba a casa hasta primera hora de la mañana y tenía que escabullirse por una ventana para entrar.

Al principio, Brystal aceptó el cambio en su plan. La biblioteca vacía era un lugar muy tranquilo por la noche y el lugar perfecto para perderse en un buen libro. Algunas veces, la luna brillaba tanto a través del techo de cristal que ni siquiera necesitaba un farol para ver las páginas. Desafortunadamente, no pasó mucho tiempo antes de que Brystal se sintiera *demasiado cómoda* con el nuevo lugar.

Una mañana, Brystal se despertó por las campanas de la catedral, pero esta vez sonaban distinto. En lugar de un tintineo distante que la despertaba gradualmente, un estruendo metálico la hizo poner de pie enseguida. El ruido fue tan repentino y alarmante que estaba desconcertada. Cuando finalmente tomó consciencia de su paradero, recibió la segunda sorpresa de la mañana: no estaba en su habitación. *¡Aún estaba en la biblioteca!*

–¡Ah no! –suspiró–. ¡Me quedé dormida leyendo! ¡Papá se pondrá furioso si se entera que estuve afuera toda la noche! ¡Tengo que llegar a casa antes de que mamá note que mi habitación está vacía!

Brystal se guardó las gafas de lecturas en su vestido, reordenó los libros que había estado leyendo en un estante cercano y salió corriendo de la biblioteca tan rápido como pudo. Afuera, las campanas de la catedral causaban un huracán de ruidos en la plaza central. Brystal se tapó los oídos, pero de todos modos le resultó difícil mantenerse derecha, ya que era azotada por onda tras onda de sonido. Corrió por el camino del este y llegó a la casa de los Evergreen justo cuando el último golpe de la campana sonó. Al llegar, la señora Evergreen estaba parada en el pórtico del frente, mirando frenéticamente en todas direcciones en busca de su hija. Sus hombros se desplomaron casi hasta sus pies cuando vio a Brystal corriendo hacia ella.

–¿En dónde demonios has estado? –le gritó–. ¡Casi me matas del susto! ¡Casi llamo a la Guardia Real!

–¡Lo siento, mamá! –dijo Brystal, respirando con dificultad–. Pu... pue... puedo explicarlo...

–¡Será mejor que tengas una buena razón por la que no estabas en la cama esta mañana!

–¡Fue... fue... fue un accidente! –dijo Brystal y rápidamente creó una excusa–. Me quedé despierta hasta tarde haciendo las camas en la Casa para los Desamparados... las camas se veían tan cómodas que no pude resistir acostarme en una de ellas… ¡Lo próximo que escuché fueron las campanas esta mañana! Oh, por favor, ¡perdóname! ¡Iré adentro y lavaré los platos de la cena enseguida!

Brystal intentó entrar a la casa, pero la señora Evergreen le bloqueó el paso.

–¡Esto no es por los platos! –dijo su madre–. ¡No te imaginas el miedo que me hiciste sentir! ¡Me convencí a mí misma de que estabas muerta en algún callejón en algún lugar! ¡No me vuelvas a hacer esto! *¡Nunca más!*

–No lo haré, lo prometo –dijo Brystal–. En verdad, solo fue un accidente tonto. No quería preocuparte. Por favor, no le cuentes a papá sobre esto. Si se entera que estuve afuera toda la noche, no me dejará asistir nunca más al voluntariado en la Casa para los Desamparados.

Brystal estaban con tanto pánico que no estaba segura de si su actuación era convincente o no. La mirada detrás de los ojos de su madre era difícil de descifrar. La señora Evergreen parecía convencida *y* escéptica a la vez, como si supiera que su hija no estaba diciendo la verdad pero que *elegía* creer sus mentiras.

–Este *voluntariado…* –dijo la señora Evergreen–. Sea lo que sea, debes ser más cuidadosa si no quieres perderlo. Tu padre no tendría problema en sacártelo si piensa que te está convirtiendo en una persona irresponsable.

–Lo sé –dijo Brystal–. Nunca más volverá a ocurrir. Lo juro.

La señora Evergreen asintió y suavizo su mirada tensa.

–Está bien. Puede que solo te vea unos pocos minutos por la mañana, pero noto que este voluntariado te está haciendo feliz –dijo–. Eres una persona distinta desde que empezaste. Es bueno verte tan alegre. Odiaría que cualquier otra cosa cambiara eso.

–Me hace *muy* feliz, mamá –dijo Brystal–. De hecho, jamás pensé que podía *ser* tan feliz.

A pesar de la felicidad de su hija, algo en el entusiasmo de Brystal hacía que la señora Evergreen se viera notablemente triste.

–Bueno, eso es maravilloso, cariño –dijo con una sonrisa poco convincente–. Me alegra oírlo.

–No pareces muy alegre –le dijo Brystal–. ¿Qué ocurre, mamá? ¿No se supone que sea feliz?

–¿Qué? No, claro que no. Todos merecen un poco de felicidad de vez en cuando. *Todos*. Y nada me hace más feliz que saber que eres feliz, es solo que... que...

–¿Qué?

La señora Evergreen le esbozó una sonrisa a su hija nuevamente, pero esta vez Brystal sabía que era genuina.

–Extraño que estés cerca, eso es todo –confesó–. Ahora, ve arriba antes de que tu padre o tus hermanos te vean. Yo prepararé los platos mientras tú limpias. Cuando hayas terminado, puedes ayudarme en la cocina. Felices o no, el desayuno no se prepara solo.

La semana siguiente, Brystal siguió el consejo de su madre con mucha seriedad. Para evitar quedarse dormida en la biblioteca de nuevo, limitó su horario de lectura nocturna a solo una hora luego de terminar con sus tareas nocturnas (dos horas como mucho si encontraba algo que le parecía *muy* interesante) antes de prepararse y regresar a casa. No podía leer todo lo que quería, pero cada segundo que pasaba en la biblioteca era mejor que nada.

A las altas horas de una noche, mientras buscaba algo para leer, Brystal se encontraba dando un paseo por un corredor largo y serpenteante en el primer piso. De todos los sectores de la biblioteca, comprendió que este era su menos favorito, ya que siempre necesitaba mucha limpieza. Los estantes estaban repletos de colecciones de registros públicos viejos y ordenanzas desactualizadas, por lo que no era ningún misterio por qué este lugar estaba prácticamente olvidado.

Mientras Brystal revisaba los estantes al final del corredor, un libro que se encontraba por encima de todo le llamó la atención. A diferencia de todos los registros con tapa de cuero que lo rodeaban, este tenía una cubierta de madera y prácticamente pasaba desapercibido sobre el estante de madera.

Nunca antes había visto un libro tan extraño, por lo que, maravillada por su camuflaje particular, comenzó a preguntarse si *alguien* alguna vez lo había visto.

–¿Es posible que haya libros en esta biblioteca que nunca nadie haya leído antes? –se preguntó en voz alta–. ¿Qué tal si *yo* soy la primera persona en leer algo?

La idea era muy estimulante. Acercó la escalera hacia el final del corredor y subió hacia la parte superior del estante. Intentó retirar el libro de madera, pero este no cedió.

–Probablemente, haya estado aquí por siglos –especuló.

Brystal intentó sacar el libro nuevamente con todas sus fuerzas, pero no se movió. Uno de sus pies se resbaló de la escalera, ya que había usado todo su peso para aflojarlo, pero eso ni siquiera sirvió. No importaba cuánta fuerza hiciera, el libro de madera no se apartaba del estante.

–¡Debe estar atornillado! ¿Qué clase de persona enferma clavaría un libro a… *¡AAAAAAHH!*

Sin advertencia, Brystal y la escalera fueron empujadas al piso por algo grande y pesado. Cuando levantó la vista, descubrió que toda la estantería se había apartado de la pared y daba lugar a un pasadizo escondido largo y oscuro. Pronto comprendió que el libro de madera no era un libro, sino *¡una palanca que abría una puerta secreta!*

–¿Hola? –preguntó Brystal con nerviosismo hacia el pasadizo–. ¿Hay alguien ahí?

Lo único que escuchó fue el eco de su propia voz.

–Si alguien puede oírme, lo siento –dijo–. Solo estaba limpiando el estante y se abrió. No esperaba encontrar una puerta hacia… hacia… *dónde sea que lleve este pasadizo terrorífico.*

Una vez más, no obtuvo respuesta. Brystal asumió que el corredor oculto estaba igual de vacío que el resto de la biblioteca y no vio ningún peligro en inspeccionarlo. Tomó un farol y caminó lentamente por el pasadizo para ver hacia dónde llevaba. Al final, se encontró con una puerta de metal con una placa atornillada a esta que decía:

SOLO PARA JUECES

–¿Solo para Jueces? –leyó en voz alta–. Qué extraño. ¿Por qué los Jueces necesitarían una habitación secreta en la biblioteca?

Sujetó el picaporte y su corazón comenzó a agitarse al

comprender que estaba abierta. La puerta de metal crujió al abrirse y el eco resonó por toda la biblioteca vacía detrás de ella. La curiosidad le nubló el juicio y, antes de poder detenerse, ignoró el letrero y cruzó la puerta.

–¿Hola? ¿Hay alguien aquí? –preguntó–. Una sirvienta inocente va a pasar.

Al otro lado de la puerta, Brystal se encontró con una habitación pequeña de techo bajo. Por suerte, estaba vacía tal como lo había imaginado. Las paredes no tenían ventanas ni cuadros, sino que estaban cubiertas por estantes negros. El único mueble que había era una mesa pequeña con una única silla en el centro de la habitación. Encontró un candelabro vacío sobre la mesa y un perchero a un lado de esta con solo dos ganchos: uno para un sombrero y otro para un saco. A juzgar por los pocos muebles, Brystal comprendió que la habitación estaba diseñada para solo ser usada por *un* Juez a la vez.

Se colocó sus gafas de lectura y levantó el farol hacia un estante para ver qué clase de libros guardaban en esta biblioteca secreta. Para su sorpresa, la colección de los Jueces era escasa. Cada estante contenía menos de una docena de obras y cada libro estaba junto a una pila de papeles. Brystal tomó el libro más pesado del estante que tenía más cerca y leyó la portada:

HISTORIA Y OTRAS MENTIRAS
Por ROBBETH FLAGWORTH

El título era difícil de leer porque el libro estaba cubierto de cenizas. Brystal acercó el farol más cerca y vio que la portada del frente tenía un sello con unas letras enormes:

–¿Prohibido? –leyó en voz alta–. Bueno, eso parece tonto. ¿Por qué alguien necesitaría prohibir un libro?

Abrió el libro y leyó la página en la que quedó. Luego de leer por encima algunos párrafos, encontró una respuesta:

Uno de los mayores engaños de la "historia" registrada fue la razón que llevó a la Ley de Desgarrificación del 339. Durante cientos de años, se le contó al pueblo del Reino del Sur que el Rey Champion VIII *desterró a los trolls por actos de vulgaridad, pero esto no fue nada más que propaganda para encubrir una conspiración macabra en contra de una especie inocente.*

Antes de que la Ley de Desgarrificación del 339 fuera promulgada, los trolls eran participantes activos y respetados de la sociedad del Rey del Sur. Eran artesanos muy talentosos y construyeron muchas de las estructuras que hoy podemos ver en la plaza central de Colinas Carruaje. Vivían en tranquilidad en las cavernas de la región sudoeste y se los consideraba una minoría pacífica y reservada.

En el 336, mientras expandían sus cavernas en el sudoeste, los trolls descubrieron una gran cantidad de oro. En ese entonces, el Reino del Sur aún estaba muy endeudado por la Guerra Mundial de las Cuatro Esquinas. Al enterarse de las riquezas recién descubiertas de los trolls, Champion VIII *declaró que el oro era propiedad del gobierno y les ordenó a los trolls que la entregaran de inmediato.*

Legalmente, los trolls tenían todo el derecho a quedarse con su descubrimiento y se negaron a acatar las órdenes del rey. Como represalia, Champion VIII y sus Jueces Supremos orquestaron un plan siniestro para manchar la reputación de los trolls. Esparcieron rumores desagradables y falsos sobre el estilo de vida de los trolls y su comportamiento y, luego de un tiempo, todos los residentes del Reino del Sur los creían. El rey desterró a los trolls hacia el Entrebosque, les quitó el oro y saldó la deuda del Reino del Sur con éxito.

Lamentablemente, los líderes de los reinos aledaños se vieron inspirados por la Ley de Desgarrificación del 339 y usaron el mismo método para saldar sus propias deudas. Pronto, los trolls fueron saqueados y desterrados de los cuatro reinos. De todos modos, otras especies inteligentes salieron a defender a los trolls, pero sus esfuerzos solo los llevaron a sufrir un destino similar. Juntos, los líderes del mundo promulgaron la Ley de Gran Limpieza del 345, la cual expulsaba de sus reinos a toda criatura hablante que no fuera humana.

Las poblaciones de trolls, duendes, ogros y goblins perdieron sus hogares y posesiones y fueron obligados a vivir en las condiciones extremas que les propiciaba el Entrebosque. Con recursos limitados, las especies no tuvieron otra elección más que recurrir a las medidas primitivas y barbáricas de supervivencia por las que se los conoce y teme hoy en día.

Los llamados "monstruos" del Entrebosque no son enemigos de los humanos, sino sus propias creaciones.

Brystal tuvo que leer el fragmento dos veces antes de comprender por completo lo que decía. ¿Acaso Robbeth Flagworth estaba exagerando o la Ley de Desgarrificación del 339 era tan deshonesta como daba a entender? Y a juzgar por el tamaño de su libro, si el autor tenía razón, entonces la historia del Reino del Sur estaba plagada de mentiras.

Al principio, la idea de que la historia fuera deshonesta le resultó difícil de entender a Brystal. No quería creer que un tema del que sabía mucho estuviera repleto de mentiras, pero cuanto más pensaba en ello, más posible parecía. Después de todo, el Reino del Sur era un lugar descaradamente defectuoso y opresivo, ¿por qué debería creer que era un lugar *honesto*?

Brystal continuó mirando los estantes y eligió otro título que llamó su atención:

LA GUERRA A LAS MUJERES
Por DAISY PEPPERNICKEL

Al igual que el libro anterior, *La guerra a las mujeres* estaba cubierto de cenizas y llevaba el sello con la palabra PROHIBIDO. Con un rápido vistazo a sus páginas, Brystal se sintió instantáneamente cautivada por el tema:

La mente femenina no es el florero frágil que nos hacen creer. Según numerosos estudios sobre anatomía humana, no existe evidencia alguna que avale que el cerebro de una mujer sea más débil, lento o menos capaz que el de un hombre. Entonces, la pregunta sigue abierta: ¿por qué no se les permite tener acceso a la educación y a posiciones de poder? ¡Porque los Jueces usan la opresión contra las mujeres como un instrumento para mantener su poder en el Reino del Sur!

Por naturaleza, las mujeres somos más maternales que los hombres. Si nosotras gobernáramos el Reino del Sur, lo haríamos bajo los principios de la iluminación, la empatía y la buena alimentación. Pero los Jueces y el sistema actual de cortes solo puede operar en una sociedad dominada por el miedo, el escrutinio y los castigos. Si el reino comenzara a valorar su compasión por sobre el control, los Jueces y sus técnicas de gobierno quedarían obsoletas. Es por eso que hacen todo lo posible para evitar que las mujeres se posicionen por encima de ellos.

Desde el momento en que nacemos, las mujeres recibimos un lavado de cerebro sistematizado para priorizar la maternidad y el matrimonio por sobre el intelecto y la realización personal. Nos regalan muñecas y delantales, y nos dicen que nuestros más grandes aportes se logran en la sala de partos y en la cocina. Pero esa mentira es tan dañina como degradante, porque ¡un reino es tan fuerte como sus ciudadanos más débiles! Y una sociedad con limitaciones injustificadas tiene menos oportunidades de prevalecer que una con igualdad de condiciones.

¡Cuando una nación segrega a un porcentaje de su población, solo segrega un porcentaje de su potencial! Por lo que, por el bienestar del reino, es hora de que las mujeres nos unamos y exijamos un nuevo gobierno que valore las convicciones, ideas y morales de cada ciudadano. Solo de esta manera, entraremos a un reino de prosperidad nunca antes visto.

Brystal se quedó boquiabierta, era como si estuviera leyendo un libro con sus propios pensamientos. Nunca antes había oído a nadie *hablar* de las cosas en las que ella creía, mucho menos las había visto impresas en un libro. Apiló *Historia y otras mentiras* y *La guerra a las mujeres* sobre la mesa, entusiasmada de terminarlas más tarde, pero antes quería ver qué otros libros podía encontrar en la biblioteca secreta. Así, encontró otra obra tentadora:

PERDER LA FE EN LA FE

Por QUINT CUPPAMULE

Al igual que los libros anteriores, este también tenía el sello de PROHIBIDO sobre la portada. Brystal lo abrió en una página al azar para tener un vistazo de los temas que trataba:

Si el Libro de la Fe es tan puro como los monjes dicen, entonces no habría necesidad de enmendarlo o publicar diferentes versiones con el pasar de los años. Sin embargo, si comparamos una versión nueva del Libro de la Fe con una de hace cien años, descubriremos que hay vastas diferencias entre la religión de hoy en día y la religión de ayer.

Entonces, ¿qué significa esto? ¿Acaso el Señor ha cambiado de parecer con los años? ¿Acaso el Gran Todopoderoso corrigió sus errores luego de convencerse de que estaba equivocado? Pero ¿acaso la mera noción de estar "equivocado" no contradice las cualidades "omniscientes" que se supone que posee el Señor?

La verdad es que lo que comenzó como una fe alegre y amorosa ahora se convirtió en una treta motivada por la política para controlar al pueblo del Reino del Sur. Siempre que el miedo de ir a prisión no sea suficiente para hacer que la gente obedezca las leyes, los Jueces alteran los principios de religión y usan el miedo a la condena eterna para reforzar su labor.

La ley y el Señor deberían ser entidades separadas, pero el Reino del Sur las ha convertido estratégicamente en lo mismo. Por tal motivo, cualquier actividad u opinión que cuestione al gobierno es considerada un pecado y todo estilo de vida o preferencia que no sirva para expandir la población es considerada una práctica demoníaca.

El Libro de la Fe ya no refleja la voluntad del Señor, sino la voluntad de hombres que utilizan al Señor como una herramienta para manipular a la gente.

Brystal quedó absolutamente fascinada por la escritura de Quint Cuppamule. En todos los años en los que había asistido a la iglesia, nunca antes había cuestionado los sermones de los monjes que denunciaban asesinatos y robos, pero siempre se había preguntado por qué los monjes predicaban con tanta pasión la importancia de pagar impuestos. Ahora, al parecer, Brystal tenía su respuesta.

Colocó *Perder la fe en la fe* sobre la pila y continuó inspeccionando los estantes. El siguiente libro PROHIBIDO que le resultó de interés se llama de la siguiente manera:

LAS INJUSTICIAS DE LOS JUECES:
Cómo el Rey solo es un peón en una falsa monarquía

Por Sherple Hinderback

Mientras sacaba el libro del estante, Brystal tiró accidentalmente todos los papeles que se encontraba a su lado. Los documentos cayeron al suelo y Brystal se arrodilló para reordenar el desastre. Hasta ese momento, Brystal no había demostrado mucho interés en los archivos que se encontraban apilados sobre los estantes, pero ahora no pudo evitar leerlos mientras los ordenaba.

Entre estos encontró un perfil detallado del autor Sherple Hinderback. Estaba acompañado con un registro de los paraderos de Hinderback a lo largo de algunos años. Los lugares parecían cada vez más y más extraños con el tiempo: los que comenzaron siendo casas y posadas se convirtieron en puentes y cavernas. Las fechas de las entradas también se acercaban más y más entre sí, como si Hinderback hubiera cambiado de locación con mayor frecuencia. El registro terminaba con una garantía del arresto del autor y concluía con su certificado de defunción. La causa de la muerte estaba catalogada como *EJECUTADO POR CONSPIRAR CONTRA EL REINO.*

Brystal se puso de pie e inspeccionó los archivos que se encontraban junto a los libros de Robbeth Flagworth, Daisy Peppernickel y Quint Cuppamule. Al igual que los documentos del archivo previo, encontró los perfiles de los autores, registros de sus residencias, garantías de sus arrestos y, eventualmente, sus certificados de defunción. Al igual que Sherple Hinderback, la causa de muerte de cada autor estaba catalogada como *EJECUTADO POR CONSPIRAR CONTRA EL REINO.*

Como si hubiera sentido una brisa helada, Brystal sintió escalofríos y su cuerpo se tensó. Sintió un nudo en el estómago y miró a su alrededor. De pronto, entendió lo que en realidad era la pequeña habitación. No era una biblioteca privada, era un cementerio de la verdad y un registro de la gente que los Jueces habían silenciado.

–Los mataron –dijo Brystal, impactada–. Los mataron a *todos.*

Con el tiempo, los libros en la habitación secreta introducirían a Brystal a una gran diversidad de ideas perturbadoras. Su perspectiva del mundo cambiaría para siempre, pero lo más perturbador de todo era que uno de estos libros iba a cambiar la visión que Brystal tenía sobre ella misma. Y una vez que lo leyera, nunca más volvería a verse al espejo de la misma manera…

CAPÍTULO CUATRO

LA VERDAD SOBRE LA MAGIA

Cada noche, luego de limpiar la biblioteca, Brystal regresaba a la habitación privada de los Jueces en el primer piso para devorar otro libro PROHIBIDO. El ritual nocturno era por lejos la actividad más peligrosa en la que jamás se había embarcado. Brystal sabía que estaba jugando con fuego cada vez que cruzaba el letrero que decía SOLO PARA JUECES, pero también sabía que había encontrado oro intelectual; podía ser su única exposición a un tesoro de la verdad y las ideas. Si no se arriesgaba a las consecuencias ahora, estaba segura de que pasaría el resto de su vida arrepintiéndose.

Al terminar de leer cada libro PROHIBIDO, Brystal se sintió como si otro velo se hubiera levantado de frente a sus ojos. Todo lo que creía saber sobre el reino del sur, las leyes, la economía, la historia, el funcionamiento del ejército, el sistema de clases, estaba lleno de conspiraciones que los Jueces usaron para preservar su influencia y control. Todos los cimientos sobre los que había sido criada se derrumbaron debajo de ella con cada página que pasaba.

La parte más incómoda de todas era preguntarse cuál había sido la participación de su padre en los planes malignos que leyó. ¿Acaso él estaba al tanto de la información que Brystal estaba descubriendo o era el líder de toda esta corrupción? ¿Había jueces que eran silenciados o *todos* participaban del engaño? Y, si así fuera, ¿eso significaba que sus hermanos eventualmente se convertirían en personas igual de deshonestas y hambrientas de poder como parecían ser todos los Jueces?

Su mundo se estaba dando vuelta completamente, pero las obras PROHIBIDAS también dejaban en claro algo que Brystal encontraba profundamente reconfortante: *no estaba tan sola como había temido.*

Todos los libros en la habitación secreta fueron escritos por personas que sentían y pensaban exactamente lo mismo que ella, gente que cuestionaba la información, que criticaba las restricciones sociales, que desafiaba al sistema de turno y que no tenía miedo de enunciar sus ideas. Y por cada persona que los Jueces habían logrado silenciar con éxito, debía haber docenas que aún estaban en libertad. Brystal solo esperaba que llegara el día en que los pudiera conocer.

A pesar del descubrimiento afortunado, estaba lista para que todo terminara en un desastre. En caso de que la atraparan en el acto, decidió que seguir interpretando su papel de sirvienta simple e inocente era la mejor opción que tenía para evitar cualquier tipo de problema. Pasó gran parte de su tiempo imaginando cómo sería la conversación:

–¿Qué estás haciendo aquí?

–¿Yo, señor? Bueno, soy la sirvienta, claro. Estoy aquí para limpiar.

–¡No tienes permitido entrar a esta habitación! ¡El letrero en la puerta dice con claridad que es solo para Jueces!

–Lo siento, señor, pero las instrucciones de mi empleador fueron que limpiara *cada* parte de la biblioteca. Nunca mencionó que había habitaciones que estuvieran fuera de los límites. Incluso las habitaciones privadas pueden llenarse de polvo.

Afortunadamente, la biblioteca siguió estando tan vacía y tranquila como siempre, lo cual le permitió a Brystal leer segura.

· • ★ • ·

Para cuando terminó el segundo mes de empleo de Brystal, había leído cada obra PROHIBIDA de la biblioteca privada de los Jueces, excepto una. Al tomar el último libro de la parte inferior del último estante, Brystal se sintió consumida por una sensación agridulce. Durante semanas, la habitación secreta había sido un salón de clases privado en donde tuvo la posibilidad de estudiar los temas más fascinantes que podía imaginar y ahora estaba a punto de tener la última clase:

La verdad sobre la magia

Por Celeste Weatherberry

Curiosamente, a diferencia del resto de los libros de la habitación, *La verdad sobre la magia* no tenía papeles al lado. La cubierta era de un tono violeta pastel y prácticamente brillaba en la oscuridad de la habitación. El libro estaba bordeado por un patrón plateado que albergaba un unicornio y un grifo enfrentados, mientras que el espacio que separaba a las criaturas estaba repleto de hadas pequeñas y aladas, entre estrellas y bajo una luna creciente.

Por mucho, era el libro más hermoso que Brystal jamás había visto. De todos los temas que había leído en la biblioteca privada, la magia era uno con el que no estaba muy familiarizada. Sabía que era considerada una práctica demoníaca y un crimen atroz, pero más allá de las *reacciones* de la gente para con esta, Brystal sabía muy poco sobre la magia misma. Se sentó en la mesa y con entusiasmo abrió el libro en la primera página, ansiosa de aprender más:

> Querida amiga/o:
>
> Si este libro llegó a tus manos, espero que lo estés leyendo en un lugar seguro. No tengo dudas de que eres consciente de que la magia es un tema bastante sensible en el mundo. En la mayoría de los lugares, poseer algo que esté remotamente vinculado con la magia es igual de castigable que un acto de magia. Sin embargo, para cuando termines de leer este libro, aprenderás que la magia es tan pura como la existencia misma y conocerás la razón por la que merece la admiración y el respeto del mundo.
>
> Para tener una mejor perspectiva de lo que estoy diciendo, primero debemos analizar la historia. Hace miles

de años, la humanidad y otras especies inteligentes vivían en armonía con miembros de la comunidad mágica. Éramos vecinos, amigos y familiares. Nos ayudábamos entre nosotros, nos cuidábamos y todos trabajábamos juntos para alcanzar los mismos objetivos de paz y prosperidad. Desafortunadamente, todo cambió cuando la humanidad comenzó su búsqueda sangrienta de dominación mundial.

Antes de que el Rey Champion I fuera coronado, el futuro soberano tenía una relación maravillosa con la comunidad mágica. Nos había garantizado su lealtad y, nosotros en respuesta, apoyamos su ascenso al trono. Luego de la coronación de Champion I, la primera ley que promulgó el rey fue establecer su Consejo Asesor de Jueces Supremos y, con ello, la historia cambió para siempre.

Los Jueces Supremos veían a las personas de la comunidad mágica y a sus habilidades como una amenaza. Le llenaron la cabeza de Champion I con mentiras sobre nuestras intenciones de derrocarlo y tomar el control del reino. Reescribieron el Libro de la Fe y convencieron a todo el reino de que nuestros hechizos, encantos y encantamientos eran prácticas demoníacas y que nuestra mera existencia era una abominación. En tal sentido, Champion I declaró a todos los miembros de la comunidad mágica "brujas" y criminalizó la magia al mismo nivel que la traición al reino y los homicidios. Eventualmente, el resto de los reinos siguieron su ejemplo y así se dio inicio a la primera cacería de brujas de la historia.

En todo el mundo, todas las que se sospechaba que eran brujas eran arrestadas y ejecutadas, todos los unicornios, dragones, grifos, hadas y otros animales considerados "mágicos" fueron asesinados hasta quedar extintos y todo el bien que la comunidad mágica hizo por la humanidad fue borrado de la historia. El plan de los Jueces Supremos fue tan eficiente que pronto se convirtió en una plantilla para resolver todos los conflictos futuros.

Cientos de años han pasado desde el reinado de Champion I, pero el estigma contra la gente con sangre mágica está más fuerte que nunca. En las últimas décadas, el Rey Champion XIV cambió el castigo por conjurar magia en el Reino del Sur de pena de muerte a encarcelamiento con trabajo forzoso, pero esto no sirvió de nada para salvar todas las vidas inocentes que se pierden alrededor de todo el mundo. En la actualidad, muchas personas abandonan a sus hijos o emigran a territorios más peligrosos con tal de evitar que los encuentren relacionados con la magia. Pero la mera noción de que la magia está mal y es algo de lo que deben estar avergonzados es la mayor confusión de nuestros tiempos.

La magia es un don hermoso y extraño que permite manifestar y modificar los elementos. Es una forma de arte pura y positiva usada para crear algo de la nada. Es la habilidad de ayudar a aquellos que lo necesitan, de sanar a aquellos que sufren y mejorar el mundo que nos rodea. A la magia solo pueden llegar aquellos con bondad en sus corazones y no son brujas, como dicta la creencia popular, sino hadas. Y su talento debe ser celebrado, no reprimido.

Si bien las brujas existen, solo representan una pequeña porción de la comunidad mágica. La maldad de sus corazones evita que ellas puedan hacer magia, por lo que, en su lugar, practican un arte destructiva y sucia llamada brujería. Aquellas que practican brujería, por lo general, lo hacen con intenciones disruptivas. Merecen los castigos severos que reciben, pero sus actos viles nunca deben ser confundidos con las bondades que la magia ofrece.

Puede parecer complicado diferenciar a un hada de una bruja, pero hay una prueba simple que los miembros de la comunidad mágica han usado durante siglos. Al leer el siguiente pasaje de un texto ancestral en voz alta, un hada o bruja que duda de su condición puede determinar con facilidad de qué lado están:

Ahkune awknoon ahkelle–enama, telmune talmoon ahktelle–awknamon.

A Brystal le pareció una frase tan divertida que la leyó en voz alta para oír cómo sonaba.

–*Ahkune awknoon ahkelle-enama, telmune talmoon ahktelle-awknamon* –enunció, riendo.

¿Acaso se manifestó algo macabro cerca? ¿Apareció una tormenta inesperada de langostas o una plaga de pulgas? ¿Tu piel de pronto se cubrió de llagas ardientes? Si no hay ninguno de estos cambios visibles en tu cuerpo o entorno, entonces, felicitaciones, ¡no eres una bruja!

Ahora, al leer el siguiente pasaje en voz alta, podrás determinar si eres un hada:

Elsune elknoon ahkelle–enama, delmune dalmoon ahktelle–awknamon.

Brystal sabía que leer el segundo pasaje tendría un pequeño efecto en ella como el primero, pero estaba disfrutando jugar con la autora. No todos los días podía tomar una prueba que determinaría si tenía habilidades mágicas o no.

–*Elsune elknoon ahkelle-enama, delmune dalmoon ahktelle-awknamon* –leyó en voz alta.

¿Acaso algo hermoso se manifestó? ¿Hay rubíes y diamantes lloviendo desde el cielo? ¿Acaso tu ropa cambió por algo mucho más estilizado que antes? Si es así, entonces, felicitaciones, ¡eres un hada! Si leer el texto no produjo ningún cambio físico a ti o a tus alrededores, entonces es seguro asumir que no tienes magia corriendo por tus venas.

Si bien no eres parte de la comunidad mágica, espero que aún apoyes nuestros esfuerzos para encontrar aceptación y...

De pronto, Brystal se sintió distraída por un aroma inesperado. Como si alguien hubiera encendido una vela aromática, la habitación pequeña se vio consumida por los aromas placenteros de la lavanda, jazmines y rosas, entre otras fragancias. Por el rabillo de sus ojos, vio algo moviéndose y giró la cabeza en todas direcciones.

Para su total sorpresa, cientos de flores comenzaron a crecer en las paredes a su alrededor. Una vez que estas quedaron cubiertas, las plantas comenzaron a brotar desde el techo, el suelo y los estantes. Brystal gritó a medida que el fenómeno se desarrollaba a su alrededor, por lo que se paró de su asiento sobresaltada cuando sintió que las flores también estaban creciendo debajo de su silla.

–Qué… qué… *¿qué acaba de ocurrir?* –preguntó sin poder creerlo.

Brystal sabía exactamente lo que acababa de ocurrir, solo que no quería admitirlo. Luego de leer un pasaje de un libro de magia, había transformado involuntariamente la habitación oscura y sin ventanas en un lugar fantástico, vibrante y colorido. No había otra explicación para el cambio, pero rechazaba los hechos con toda su fuerza.

–No, no, no… ¡esto no es real! –se dijo a sí misma–. Es solo una alucinación causada por la privación de sueño. En pocos segundos, todo desaparecerá.

No importaba cuántas veces respirara hondo o cuán fuerte se frotara los ojos, las flores no se desvanecían. Brystal se sintió mareada y sus manos no dejaban de temblar, mientras intentaba entender la realidad inoportuna.

–¡No… no… *¡No puede ser!* –pensó en voz alta–. De todas las personas en el mundo, esto no me puede estar pasando a *mí*… Esta no puede ser lo que soy… Ya tengo suficiente en mi contra. ¡No puedo ser *mágica* por sobre todas las cosas!

Brystal estaba desesperada por destruir toda la evidencia que probara lo contrario. Se marchó hacia la planta baja de la biblioteca y regresó con el cesto de basura más grande que pudo encontrar. Arrancó las flores frenéticamente de las paredes, del suelo y de los muebles, y no se detuvo hasta que cada pétalo y hoja fuera arrancado y la habitación de los Jueces regresara a la normalidad. Colocó el libro *La verdad sobre la magia* sobre el estante correspondiente y sacó el cesto de basura de la biblioteca privada. Cerró la puerta ancha de metal por detrás con la intención de nunca más regresar, como si pudiera mantener la verdad encerrada allí.

· • ★ • ·

Por varios días, Brystal fingió nunca haber encontrado la habitación secreta en el primer piso. Incluso llegó a decirse a sí misma que *La verdad sobre la magia* y los otros libros PROHIBIDOS no existían y que nunca había leído el hechizo que manifestó las flores. De hecho, Brystal estaba tan negada con la dura experiencia que regresaba directo a casa después de limpiar sin leer nada en absoluto, temiendo que ver otro libro le recordara lo que quería olvidar.

Desafortunadamente, cuanto más esfuerzo pusiera en borrar el evento de su mente, más pensaba en él. Pronto, la pregunta ya no era *si en verdad* había pasado, sino *por qué* lo había hecho.

–Todo esto es un gran malentendido –se dijo a sí misma–. Si soy mágica… o un *hada*, como dice la autora, ¡tendría que haber visto más señales! Un *hada* sabría que es diferente… Un *hada* tendría problemas integrándose… Un *hada* pasaría toda su vida sintiéndose como si no perteneciera a este lugar. *¡Ah, cállate, Brystal! ¡Solo te estás describiendo!*

De muchas formas, tener magia en su sangre tenía sentido. Brystal siempre había sido diferente a todos los que conocía, ¿tal vez la magia era la fuente de su naturaleza única? Tal vez, siempre había querido más de la vida porque, muy en su interior, sabía que había *más* para su vida.

–Pero ¿por qué me llevó tanto tiempo descubrirlo? –se preguntó a ella misma–. ¿Era completamente ajena a esto o una parte de mí siempre lo supo? Por otra parte, vivo en un reino que mantiene alejado *todo* tipo de conocimiento de las mujeres jóvenes. Tal vez esto prueba lo eficientes que son los Jueces al controlar a las personas. Y si antes no era una amenaza para la sociedad, de seguro ahora lo soy.

Y ahora que sabía la verdad, ¿sería fácil que otros también la descubrieran? ¿Acaso sus compañeros de clase sentirían su magia con la misma facilidad con la que lo hacían con sus otras diferencias? ¿Era posible ocultarla o resurgiría inevitablemente y la dejaría en evidencia? Y si lo hacía, ¿le daría finalmente el derecho a su padre de desheredarla y echarla de una vez por todas de su casa? Los peligros eran interminables.

• • ★ • •

–¿Está todo bien, Brystal? –le preguntó Barrie una mañana antes del desayuno.

–Sí, todo está bien –le respondió rápidamente Brystal–. ¿Por qué… por qué preguntas?

–Por nada –dijo con una sonrisa–. Es solo que te ves algo tensa últimamente. Y he notado que no has estado pasando tanto tiempo en la Casa para los Desamparados como de costumbre. ¿Hay algo de lo que necesites hablar?

–Ah, es solo que decidí tomarme un pequeño descanso –dijo–. Ocurrió algo, nada serio, por supuesto, pero pensé que un poco de distancia me vendría bien. Tendré oportunidad de pensar bien las cosas y descifrar el próximo paso.

–¿El próximo paso? –le preguntó Barrie con preocupación–. Está bien, ahora *tienes* que decirme que está ocurriendo para que mi imaginación empiece a divagar.

Brystal estaba tan exhausta de preocuparse que no tenía la energía de montar un espectáculo, por lo que le contó a su hermano una historia que era lo más cercana a la realidad sin delatar nada.

–Hace poco descubrí algo de mí que es un poco difícil de sobrellevar –dijo.

–¿Y eso es? –le preguntó Barrie, abriendo los ojos con inquietud.

–Bueno, no… no… no estoy segura de que me siga *gustando la caridad*.

Barrie miró a su hermana perplejo y confundido.

–¿Estás preocupada porque *ya no te gusta la caridad*? –le preguntó.

–Ehm… *sí* –le contestó Brystal, encogiéndose de hombros–. Y honestamente, no estoy segura de cuánto más pueda ocultarlo. Ahora que lo sé, temo que el resto también lo descubra. Me aterroriza saber lo que pueda ocurrir si eso pasa.

–*¿Descubrir?* Pero Brystal, que no te guste la caridad no es ilegal. Es solo una preferencia.

–Lo sé, pero es *prácticamente* un crimen –exclamó–. El mundo es muy cruel con la *gente a la que no le gusta la caridad*, pero solo es porque son incomprendidos. La sociedad piensa que el hecho de que *no me guste la caridad* es lo mismo que *no me guste la bondad*, cuando en realidad el hecho de que *no me guste la caridad* y *que no me guste la bondad* ¡son cosas muy,

muy distintas! Ah, Barrie, desearía poder decirte lo diferentes que son, ¡porque es fascinante! ¡Una de las mayores confusiones de nuestros tiempos!

A juzgar por la expresión en el rostro de su hermano, habría estado menos preocupado si simplemente le hubiera dicho la verdad. Barrie miraba a su hermana como si ella estuviera al borde del colapso mental y, para ser justos, lo estaba.

–¿Hace cuánto que *no te gusta la caridad*? –le preguntó.

–Casi una semana –le contestó.

–¿Y recuerdas el incidente que te hizo cambiar de parecer?

–Sí, todo comenzó cuando llené accidentalmente una habitación con flores –dijo, olvidándose de alterar su historia–. Ehm... quiero decir, había una mujer sin hogar que se estaba sintiendo mal y yo llené la habitación de flores para animarla. Pero era la habitación equivocada, una habitación en la que, honestamente, no tenía permitido ingresar. Por lo que quité las flores antes de que alguien me atrapara.

–Está bien... –dijo Barrie–. Pero antes de ese momento, nunca te había desagradado la caridad, ¿verdad?

–Para nada –dijo–. Antes de eso, no creía que fuera capaz de que no me gustara la caridad.

–Entonces es eso –dijo–. Solo tuviste un mal día. Y nunca debes dejar que un día cambie lo que eres. Nunca podemos estar seguros de nada en la vida, especialmente si solo la vivimos una vez.

–¿No podemos? –le preguntó Brystal con una mirada esperanzada.

–Claro que no –le contestó Barrie–. Si fuera tú, regresaría

a la Casa para los Desamparados y le daría otra oportunidad para asegurarme de que realmente no me gusta. Solo de esa manera sabría si me preocupa estar *expuesto* a ella.

Si bien su hermano no tenía idea de lo que en verdad le molestaba, Brystal pensó que le había dado un consejo excelente. Después de todo, es necesario hacer más de un viaje en barco antes de convertirse en marinero; tal vez con la magia ocurría algo similar. Quizás le tomarían años de práctica antes de preocuparse por poner su vida en riesgo. Y, como Barrie sugirió, siempre estaba la posibilidad de que toda la dura experiencia haya sido un accidente y nunca más vuelva a ocurrir. Bien o mal, para su propio bienestar, Brystal tendría que descubrirlo.

La noche siguiente, luego de terminar de limpiar la biblioteca, regresó a la biblioteca privada para Jueces en el primer piso. Se colocó sus gafas de lectura, tomó *La verdad sobre la magia* de Celeste Weatherberry del estante y lo abrió en la página con el texto antiguo. Luego de respirar profundo y rezar en silencio, leyó el encantamiento en voz alta para probar que era un hada de una vez por todas.

–***Elsune elknoon ahkelle-enama, delmune dalmoon ahktelle-awknamon.***

Brystal temía mirar, por lo que se tapó los ojos. Al principio, no percibió ni oyó nada, por lo que decidió espiar la habitación entre sus dedos. Nada parecía haber cambiado en lo más mínimo y sus ánimos comenzaron a renacer. Miró las paredes conteniendo el aliento, a la espera de que las flores se materializaran nuevamente, pero nunca aparecieron. Sus ojos se llenaron de lágrimas y dejó salir un suspiro largo de alivio que se tornó en una risa agradecida y duradera.

–Barrie tenía razón –dijo–. Nunca debemos dejar que *un día* cambie lo que…

De pronto, las páginas de *La verdad sobre la magia* comenzaron a brillar. Unos orbes de luz blanca lentamente brotaron del libro y llenaron la habitación oscura. A medida que estos se esparcían, se tornaban cada vez más y más pequeños, creando una ilusión de profundidad en todas direcciones hasta convertir a la biblioteca entera en una galaxia infinita.

Brystal se puso de pie y miró a su alrededor, sorprendida. No solo había confirmado que la magia en sus venas era real, sino que nunca antes había imaginado que fuera capaz de crear algo tan hermoso. La magia era tan trascendental que Brystal se olvidó de dónde estaba. No se sentía como si estuviera de pie en la biblioteca privada, sino flotando en su propio universo estrellado.

–¡SEÑORITA BAILEY! ¡¿QUÉ EN EL NOMBRE DE CHAMPION ESTÁ HACIENDO?!

La voz sobresaltó a Brystal y todos los orbes en la habitación se desvanecieron de inmediato. Al recuperar el foco de sus ojos, notó que la puerta de metal se había abierto sin que lo notara. El señor Woolsore estaba parado frente a ella con dos guardias armados y los tres la miraban como si fuera la criatura más desagradable que jamás hubieran visto.

–¡Esa es la muchacha de la que les he estado advirtiendo! –gritó el señor Woolsore y la señaló con un dedo tembloroso–. ¡Les he estado diciendo por meses que estaba tramando algo! ¡Pero nadie me creyó! ¡Creían que estaba loco por creer que una muchachita como ella era capaz de hacer tales cosas! ¡Ahora, miren, *hemos atrapado a una bruja en el acto*!

–¡Señor Woolsore! –dijo Brystal–. ¡Espere, lo puedo explicar! ¡Esto no es lo que parece!

–¡Guarda tus mentiras para el Juez, bruja! ¡Te hemos atrapado con las manos en la masa! –gritó el bibliotecario y volteó hacia los guardias–. No se queden ahí parados, ¡atrápenla antes de que lance otro hechizo!

Brystal se había preparado para varias situaciones en la que la atrapaban en la biblioteca privada de los Jueces, pero nunca pensó que ocurriría cuando estaba *conjurando magia*. Antes de que tuviera oportunidad de defenderse, los guardias cargaron contra ella y la sujetaron con todas sus fuerzas de los brazos.

–¡No! ¡No lo entiende! –le rogó–. ¡No soy una bruja! ¡Por favor, se lo suplico! ¡Déjeme probárselo!

A medida que los guardias sacaban a Brystal de la habitación, el señor Woolsore le quitó las gafas de lectura de su rostro y las partió a la mitad.

–No las necesitarás a dónde vas –le dijo–. *¡Llévensela!*

CAPÍTULO CINCO

JUICIO POR FAMILIA

Por primera vez, Brystal entendió lo que se sentía tener miedo. Tenía grilletes pesados alrededor de sus muñecas, pero no las sentía. El olor a ratas putrefactas y moho impregnaba el aire, pero no le molestaba. Los gritos aterradores de los prisioneros siendo azotados resonaban por los corredores, pero apenas los notaba. Sus ojos estaban fijos en las barras de metal que la rodeaban, pero no entendía lo que estaba mirando.

Estaba sentada erguida al borde de un banco de piedra en su celda y no había movido un músculo desde que fue llevada allí. Todo había pasado tan rápido la noche anterior que apenas podía recordar en dónde estaba o cómo había llegado a ese lugar. Desde luego, estaba en un estado de shock tan intenso que apenas podía pensar en todo eso.

Al amanecer, el ruido estridente de las campanas de la catedral ni siquiera le molestó. Era la mañana siguiente a la que fue la peor noche de su vida, pero no tenía noción del tiempo. Su mente estaba completamente en blanco, su cuerpo completamente quieto y, por lo que sabía, el mundo había dejado de girar.

La puerta de su celda se abrió y un guardia de la prisión ingresó, pero su llegada no rompió el trance petrificado en el que se encontraba sumida.

–Tu Juez Adjunto Defensor ha llegado –le dijo el guardia.

Luego de oír esto, Brystal finalmente entendió en dónde estaba y lo que había ocurrido. Ella, *Brystal Evergreen*, había sido encarcelada por un delito. Estaba sentada en una prisión en las profundidades de la Corte de Colinas Carruaje y el Juez Adjunto asignado para defenderla había venido a hablar con ella sobre el juicio pendiente.

El guardia se hizo a un lado y un joven alto con un sombrero negro y una toga gris y negra ingresó a la celda. Cuando Brystal levantó la vista hacia el Juez Adjunto, pensó que su mente le estaba jugando una broma.

–¿Brooks? –dijo.

Su hermano mayor se congeló al dar el primer paso hacia la celda. Abrió los ojos asombrado y su rostro quedó completamente pálido al ver a su hermana encadenada.

–¿Brystal? –dijo, tomando una bocanada de aire.

Los hermanos Evergreen se miraron por cerca de un minuto sin decir ni una sola palabra. Había sido la única vez en la vida de Brystal que se había sentido realmente agradecida de ver a su hermano, pero el placer rápidamente se desvaneció al comprender por qué él estaba allí: *¡Brooks la iba a defender en el juicio!*

–Brooks, yo... yo... –dijo Brystal, intentando romper el silencio, pero no encontraba las palabras justas.

–¿Se *conocen*? –preguntó el guardia con sospechas.

Mientras Brooks miraba a su hermana, la incredulidad en sus ojos se convirtió en una expresión seria y nerviosa. Se llevó el dedo índice a la boca, implorándole que se quedara en silencio. Brystal no entendía por qué era necesario hacer eso, pero obedeció.

–Somos conocidos –le dijo Brooks al guardia que se encontraba detrás de él–. Es solo una de las tantas muchachas que me admiran. ¿Quién puede culparla?

El engaño de su hermano era confuso, ella sabía que era perfectamente legal que un Juez Adjunto defendiera a un miembro de su familia en un juicio, por lo que no entendía ¿por qué hacía de cuenta que no estaban emparentados? Brooks abrió su maletín y tomó una pluma y un trozo de papel. Escribió una nota rápida sobre este, lo dobló y se lo entregó al guardia.

–Necesito que lleve este mensaje hasta la oficina del Juez Evergreen en el tercer piso –le indicó Brooks–. Me acabo de acordar de algo de otro caso que necesita atención inmediata.

–Señor, no puedo dejarlo a solas con la prisionera –contestó el guardia.

–No me insulte, esta *niña* apenas es una amenaza física para mí. La nota, sin embargo, es sobre un asunto muy serio y urgente. El Juez Evergreen querrá recibir este mensaje enseguida y, si su reticencia pone en peligro el caso, me aseguraré de que sepa que *usted* causó el retraso.

Evidentemente, el guardia no disfrutaba recibir órdenes. Miró a Brooks con ira y se marchó a regañadientes hacia el tercer piso con la nota en la mano, no sin antes cerrar la puerta de la celda con todas sus fuerzas. Brooks volteó hacia Brystal y el desconcierto regresó a su rostro.

–¡Dios mío, Brystal! ¿En qué rayos te has metido? –exclamó–. ¡Un cargo por invasión de propiedad privada! ¡Un cargo por lectura bajo la condición de ser mujer! ¡Y un cargo por *actos de magia*! ¿Tienes idea lo serio que es esto?

Brystal miró hacia el suelo y negó con la cabeza.

–No sé qué decir –dijo con voz suave–. Todo se siente como una pesadilla.

–¡Cuando no estabas en el desayuno esta mañana, mamá asumió que te habías marchado para el voluntariado en la Casa de los Desamparados antes de la escuela! –dijo Brooks–. Cuando llegué a la corte, todos los Jueces Adjuntos hablaban de la bruja que habían atrapado en la biblioteca anoche, ¡pero no pude hacer la conexión entre ambas! ¡Nunca, ni en un millón de años, imaginé que la bruja sería *mi propia hermana*!

–¡Pero no soy una bruja! –exclamó Brystal–. ¡El libro prohibido que estaba leyendo lo explica todo! Por favor, tienes que encontrarlo y mostrárselo a...

–¿Estás loca? –le preguntó Brooks–. ¡No puedo usar un *libro prohibido* como prueba!

–¿Entonces qué vamos a usar para mi defensa? –preguntó Brystal.

–*¿Defensa?* –dijo Brooks, como si estuviera sorprendido por sus palabras–. Brystal, había tres testigos cuando te atraparon, *¡no hay ninguna defensa!* ¡Serás condenada a cadena perpetua con trabajo forzoso solo por el cargo de *perpetrar actos de magia*, pero si le agregamos la *invasión de propiedad privada* y *lectura bajo la condición de ser mujer*, ¡tendrás suerte si sales de esto viva!

–Quieres decir que... ¿puede que me *ejecuten*?

Brystal sintió cómo una mano fría de pronto se metía dentro de su cuerpo y le arrancaba el estómago. Por voluntad propia había tomado el camino largo de los errores, pero nunca antes había creído que la llevaría a esto. Comenzó a hiperventilar.

–¡No, esto no puede estar ocurriendo! –gritó–. ¡No puedes permitir que me ejecuten! ¡Por favor, Brooks, tienes que ayudarme! *¡Soy tu hermana!*

Brooks puso los ojos en blanco al oír eso.

–¡Ah, sí, qué *orgullo*! –dijo con un tono malvado–. Me temo que incluso con mis habilidades estupendas para la defensa, estoy contra la espada y la pared.

–¡Tiene que haber *algo* que podamos hacer!

Su hermano se quedó en silencio y se mordió las uñas mientras pensaba.

–Hay una sola cosa que se me ocurre que podría ayudarte ahora.

–¿Qué?

–*Papá*.

Brooks lo dijo como si fueran buenas noticias, pero solo hizo que Brystal se sintiera aún más desesperanzada que antes. Su padre era la última persona en el planeta que ella esperaba que la salvara.

–Papá no va a ayudarme –dijo–. Cuando descubra lo que he hecho, ¡querrá matarme él mismo!

–Bueno, tienes razón con eso –se rio Brooks–. Puede que papá no valore tu vida, pero sí valora la suya. Haría cualquier cosa con tal de preservar su reputación. Y nada manchará más su nombre que se corran las noticias de que su hija fue arrestada y sentenciada a muerte. Por suerte para él, yo soy el único que sabe que estás aquí.

–¿Cómo?

–Por lo que todos sabemos, este caso está caratulado como *Bailey contra el Reino del Sur*, ¡todos los cargos fueron al nombre del apodo que usaste en la biblioteca! ¡Cuando papá reciba mi nota y entienda que eres *tú* quien debe afrontar el juicio, hará todo lo necesario para archivar este caso antes de que sus colegas lo descubran!

–Pero ¿qué tal si no lo hace? –preguntó Brystal–. Papá no puede ser mi *única* esperanza para sobrevivir.

–Entonces, todo dependerá del juicio –explicó Brooks–. Primero, el Juez Acusador le presentará los cargos al Juez Ordinario de turno y sugerirá una pena. Si sugiere la *pena mínima*, el Juez Ordinario probablemente te sentencie a cadena perpetua con trabajo forzoso, pero si sugiere la *pena máxima*, te garantizo que el Juez te sentenciará a la pena capital.

–Pero el Juez de turno no tiene que aceptar la recomendación, es solo una sugerencia –recordó Brystal de lo que había leído–. Incluso si la parte acusadora sugiera la pena máxima, el Juez podría tener clemencia.

El rostro de Brooks se quedó inexpresivo y Brystal sabía que había algo que no le estaba diciendo.

–No habrá clemencia esta vez –le dijo–. Tu juicio será presidido por el Juez Oldragaid.

–¿Quién?

–El Juez Oldragaid es el Juez más despreciado de todo el sistema de cortes. Tiene un complejo de Dios muy marcado y es conocido por condenar a la gente a muerte siempre que sea necesario. Incluso cuando los Jueces Acusadores sugieren la pena mínima, Oldragaid le gusta acosarlos para que sugieran la pena máxima solo para que él pueda ejecutarla.

–¡Oh, por Dios! –dijo Brystal, tomando una bocanada de aire.

–Se pone peor –agregó Brooks–. Oldragaid odia a nuestro padre desde sus días en la Universidad de Derecho. Cuando era Juez Adjunto, papá nunca perdió un caso contra Oldragaid y lo humillaba durante los juicios. Es por eso que me asignó a mí para ser tu defensa, ¡es imposible que un Juez Adjunto gane un caso como este y lo hace para ver a un Evergreen perder! Oldragaid estará muy entusiasmado de sentenciarte a muerte si tiene la oportunidad.

Brystal no podía creer su mala suerte. Estaba siendo castigada no solo por las leyes del Reino del Sur, sino también, aparentemente, por todo el universo.

–Entonces, estoy condenada –dijo en voz baja–. No hay manera de salir de esto.

–Aún hay algo que tienes a tu favor que te estás olvidando –le recordó Brooks–. Como dije, todos saben que el caso se llama *Bailey contra el Reino del Sur*. El Juez Oldragaid no sabe quién eres. Los juicios por lo general no comienzan hasta pasados uno o dos días desde la encarcelación, por lo que, con suerte, eso le dará tiempo suficiente a papá para que te ayude antes de que Oldragaid lo descubra.

–Entonces, es por *eso* que fingiste no ser familiar mío frente al guardia. No querías que nadie supiera quién soy.

–Exacto.

Brystal nunca creyó que llegaría el día en el que estuviera agradecida de tener un hermano como Brooks, pero aquí estaba. Todas las cualidades malvadas y egoístas que ella detestaba de él ahora eran las herramientas que estaba usando para salvarle la vida.

–Estoy tan asustada, Brooks –dijo.

–Bueno, deberías –le dijo–. Incluso si papá encuentra una forma de ayudarte, no saldrás caminando de aquí tranquila. En el mejor escenario, probablemente pases el resto de tu vida en una prisión lejos de Colinas Carruaje.

–Supongo que crees que lo merezco por ser tan estúpida… –dijo entre lágrimas–. No quería que nada de esto ocurriera… Solo quería que mi vida fuera *diferente*…

–Entonces, asumo que conseguiste lo que buscabas.

La puerta se abrió y el guardia regresó a la celda. Respiraba con dificultad y estaba completamente sudado por su viaje de ida y vuelta al tercer piso.

–Ya le entregué el mensaje al Juez, señor –gruñó el guardia.

–Justo a tiempo. Ya terminé aquí.

Brooks tomó su maletín y se encaminó hacia la puerta, pero Brystal lo detuvo ni bien salió al corredor.

–¿Juez Adjunto Evergreen? –le preguntó–. Si los ve, ¿por favor podría enviarles cariños a mi madre y a mi hermano y decirles que lamento mucho todo esto?

Su hermano asintió lo más sutilmente que pudo sin llamar la atención del guardia.

–No soy tu mensajero, *criminal* –dijo con un tono dramático–. Te veré en la corte.

Brooks se marchó por el corredor y el guardia lo siguió

por detrás, no sin antes cerrar la celda. A medida que el sonido de sus pisadas se desvanecía, Brystal se sintió consumida por el mayor dolor que jamás había experimentado. Se recostó sobre el banco de piedra y lloró hasta que no quedaron más lágrimas en su interior.

Hasta ese entonces, su hermano había sido el último rastro de su hogar que jamás volvería a ver.

· • ★ • ·

Esa noche, Brystal se despertó de golpe cuando la puerta de su celda se abrió. Dos guardias de la prisión entraron a toda prisa, la sujetaron de los brazos y la obligaron a ponerse de pie. Sin decir una palabra, sacaron a Brystal de la celda, la hicieron cruzar toda la prisión y la llevaron a toda prisa por una escalera espiralada. Se movían a un ritmo tan frenético que Brystal tenía dificultades para seguirles el paso, por lo que la mayor parte del camino, tuvo que ser arrastrada. No tenía idea de lo que estaba ocurriendo o hacia dónde se la estaban llevando, y tenía mucho miedo de preguntar.

Llegaron al final de la escalera e ingresaron al vestíbulo principal de la corte. El lugar, que por lo general estaba atestado de Jueces Adjuntos y Jueces Ordinarios, estaba oscuro y completamente vacío. Brystal comprendió que debía ser pasada la medianoche, lo cual hacía que toda la situación fuera aún más aterradora. ¿Qué podía ser tan importante que requería que la trasladaran en medio de la noche?

Al final del corredor oscuro, Brystal vio a Brooks deambulando frente a una puerta alta de doble hoja. Su rostro estaba rojo y hablaba en voz baja, furioso, mientras se movía.

–¡Brooks! –gritó ella–. ¿Qué ocurre? ¿Por qué estamos en la corte tan tarde?

–¡El Juez Oldragaid descubrió quién eres! –dijo–. El guardia debió haber leído la nota y le escribió. *¡Ese bastardo!* Oldragaid adelantó tu juicio. ¡Está intentando sentenciarte antes de que papá tenga tiempo de intervenir!

–Espera, no entiendo –dijo Brystal–. ¿Cuándo será el juicio?

–Ahora.

Los guardias abrieron la puerta de doble hoja de un golpe y llevaron a Brystal hacia la sala. Su hermano la siguió por detrás.

Fueron los primeros en llegar y Brystal se sintió abrumada con su primer vistazo al lugar; con facilidad, era la habitación más grande que jamás había visto. Estaba rodeada por columnas de mármol inmensas que se extendían hacia la oscuridad de un techo aparentemente interminable. Algunas tarimas de madera rodeaban la sala con suficientes asientos como para albergar a mil testigos. La única fuente de luz provenía de dos antorchas que ardían a cada lado del sillón del Juez, el cual se encontraba elevado sobre un estrado alto al frente de la sala. Un retrato enorme del Rey Champion XIV se encontraba colgado detrás del estrado, desde donde el soberano miraba con el ceño fruncido a toda la sala como un gigante sentencioso.

Los guardias encerraron a Brystal en una jaula de metal grande que colocaron en pleno centro de la sala. Los barrotes eran tan anchos que apenas podía ver a través de ellos. Brooks tomó asiento en una mesa vacía a la izquierda de la jaula y Brystal asumió que la mesa vacía a su derecha estaba reservada para la parte acusadora.

–Trata de mantener la calma –le susurró tu hermano–. *Y hagas lo que hagas, no digas nada. Solo empeorará las cosas.*

Enseguida, se abrió una pequeña puerta detrás del estrado y el Juez Oldragaid ingresó a la sala desde su oficina privada. Incluso si no fuera el Juez que presidiría su caso, ver a Oldragaid habría sido un evento escalofriante. Era un hombre esquelético con una barba negra como el carbón y ojos hundidos con pupilas del tamaño de dos alfileres. Su piel era del color de la sopa de arvejas y sus largas uñas hacían que sus manos parecieran garras.

Oldragaid fue acompañado por cuatro guardias y, para el horror de Brystal, también un verdugo, quien salió de la oficina privada del Juez con una enorme hacha plateada. Brystal volteó hacia su hermano, con la esperanza de encontrar confianza en sus ojos, pero Brook lucía igual de alarmado que ella. El juicio ni siquiera había comenzado y su destino ya parecía estar escrito.

El Juez subió por los escalones de la plataforma y tomó asiento. Miró a Brystal desde arriba con una sonrisa retorcida, como un gato que mira un ratón en una trampa. Con tres golpes de su martillo, dio inicio a la sesión.

–El juicio para *Bailey contra el Reino del Sur* entra en sesión –anunció.

–Su Señoría, me gustaría recordarle que es ilegal comenzar un juicio sin la parte acusadora –dijo Brooks–. Y, por añadidura, es *completamente* inmoral tener a un verdugo presente en la sala antes de que la acusada haya sido sentenciada.

–Conozco la ley, Defensor –le dijo el Juez con desdén–. El Acusador estará aquí en un momento. Sin embargo, *usted* por sobre todas las personas no debería darme una lección a *mí* sobre moralidad. Recientemente, ha venido a mi atención que usted ha intentado deliberadamente ocultarle información a la corte. Esa es una violación directa a sus deberes morales como Defensor y quienes los violan deben ser reprendidos.

El Juez Oldragaid les hizo una señal a los guardias y taparon la jaula de Brystal con una manta. Su vista limitada de la sala ahora quedó completamente obstruida.

–Su Señoría, ¿a qué se debe esto? –objetó Brooks.

–Como estoy seguro que sabe, Defensor, siempre que se atrapa a uno de ustedes cometiendo una violación en la corte, queda a voluntad del Juez de turno aplicar el castigo adecuado –explicó Oldragaid–. He decidido enseñarle una lección sobre la *importancia de la transparencia*. Como ha intentado ocultar la identidad de la acusada, su identidad será ocultada por el resto del juicio. No tendrá permitido hablar sobre quién es hasta *después* de que el Acusador haya sugerido las penas. Si se le escapa una palabra, lo acusaré de *conspiración por asistir a una criminal*. ¿Se entiende?

Brystal no tenía que ver el odio en los ojos de su hermano para saber que allí estaba.

–Sí, Su Señoría –respondió Brooks–. Lo comprendo.

–Bien –dijo Oldragaid–. *¡Que venga el Acusador!*

La puerta de doble hoja crujió al abrirse y Brystal oyó un nuevo par de pisadas en la sala. Por alguna razón extraña, el abogado Acusador solo llegó hasta la mitad de la sala antes de detenerse de inmediato.

–¿Brooks? –preguntó una voz familiar.

–*¿Barrie?* –preguntó asombrado–. ¿Tú eres el Acusador?

Brystal se sintió mareada y se debilitaron sus rodillas. Tuvo que sujetarse de los barrotes de su jaula para evitar caer al suelo. El Juez Oldragaid estaba usando su juicio para vengarse de la familia Evergreen y era más malicioso y cruel de lo que ella jamás hubiera imaginado.

–Este es mi primer caso –dijo Barrie con felicidad–. ¿Por qué no me dijiste que serías el Defensor en el caso *Bailey contra el Reino del Sur*?

–Yo… yo… estaba intentando mantenerlo en secreto –dijo Brooks.

–¿Por qué la acusada está tapada? –preguntó Barrie.

–No puedo discutir eso –dijo Brooks–. Barrie, escúchame, este juicio no es lo que parece…

–*¡Suficiente, Defensor!* –le ordenó el Juez Oldragaid–. Gracias por acompañarnos con tan poca anticipación, Acusador. Ahora, por favor, pase y presente los cargos contra la acusada.

Barrie tomó su lugar detrás de la mesa a la derecha de Brystal. Lo oyó tomar unos papeles de su maletín y se aclaró la garganta antes de leer.

–Su Señoría, tres hombres atraparon a la acusada conjurando el hechizo de un libro abierto en el sector privado de la Biblioteca de Colinas Carruaje –comentó–. El primer testigo fue el bibliotecario, el señor Patwise Woolsore, los otros dos son oficiales de la Guardia Real, y los tres han firmado sus respectivas declaraciones juradas de lo que han presenciado. Dada la credibilidad de los observadores, la acusada ha sido procesada bajo los cargos de invasión de propiedad privada, lectura bajo la condición de ser mujer y perpetración de actos de magia. Ahora, procederé a cederle la palabra al Defensor.

–Dada la evidencia sustancial y la naturaleza de los crímenes, no perderemos tiempo con la defensa –dijo el Juez Oldragaid.

–*¡Su Señoría, objeción!* –gritó Brooks.

–*¡Denegada!* ¡Y cuide su tono, señor! –le advirtió el Juez–. Ahora, prosigamos. ¿Qué penas sugiere el Acusador?

Este era el momento que Brystal había estado temiendo. Con solo dos palabras, su propio hermano le salvaría la vida o sentaría las bases para su muerte. Su corazón empezó a latir tan fuerte que parecía que estar a punto de salir de su pecho. Incluso, se olvidó de respirar mientras esperaba la respuesta.

–Su Señoría, debido al número de felonías cometidas en un período de tiempo tan acortado, me temo que la acusada podría cometer más crímenes si se le presentara la oportunidad. Debemos remover toda probabilidad de que los sucesos se repitan y, del mismo modo, debemos prevenir toda posibilidad de que la acusada dañe vidas inocentes en el proceso. Es por eso que sugiero que se la sentencia a...

–¡Barrie, tienes que detenerte! –gritó Brooks.

–¡DEFENSA, CONTRÓLESE! –le ordenó Oldragaid.

–*¡Ya sé que crees que estás haciendo lo correcto, pero no es así!*

–¡GUARDIAS! ¡SÚJETENLO Y HÁGANLO CALLAR DE INMEDIATO!

–*¡Oldragaid te está ocultando a la acusada a propósito! ¡No pidas la pena máxima! ¡Confía en mí, lo lamentarás de por vida!*

Brystal podía oír a Brooks forcejeando con los guardias mientras intentaba convencer a su hermano. Gruñía y tosía, ahogado, mientras lo sujetaban contra el suelo y le ponían un trapo en la boca.

–Rayos, eres patético –le dijo Barrie a su hermano–. ¡Tu deseo de sabotearme es tan grande que estás dispuesto a hacer el tonto en la corte! ¡Pero no soy tan necio como piensas y no permitiré que pongas en riesgo mi carrera! ¡Papá me dijo que tengo que mostrar fuerza si quiero que la corte me tome en serio y eso es exactamente lo que haré! *¡Su Señoría, el acusador sugiere la pena máxima!*

Luego de oír la sugerencia de su hermano, Brystal perdió todas las esperanzas y colapsó en el suelo de la jaula como una marioneta a la cual le cortaron las cuerdas. Brooks gritó con todas sus fuerzas, pero el trapo le tapó las palabras.

–Entonces, sin más, por medio del poder que en mí fue jurado, sentencio a la acusada a la pena de muerte –sentenció el Juez Oldragaid–. La ejecución será de inmediato. Guardias, por favor, saquen a la acusada de la jaula y colóquenla frente al verdugo. Pero primero, por favor, sujeten al Acusador. Esto puede ser algo desagradable para él.

Los guardias sujetaron a Barrie y le ataron las manos por la espalda. Intentó resistirse, pero eran demasiado fuertes.

–¿Qué significa esto? –preguntó–. ¿Por qué me detienen a *mí*? ¡Suéltenme enseguida! ¡Yo no he hecho nada malo!

Quitaron la manta que cubría la jaula y, con solo ver los ojos azules que lo miraban desde su interior, Barrie descubrió quién era la acusada.

–*¿Brystal?* –dijo, sin poder creerlo–. Pero... pero... ¿qué estás haciendo *ahí dentro*? ¡Se supone que estás en el voluntariado en la Casa para los Desamparados!

El verdugo colocó un bloque de madera grueso en el suelo justo debajo del estrado de Juez. Los guardias sacaron a Brystal de la jaula y colocaron su cabeza sobre el bloque. A medida que el verdugo caminaba a su alrededor, Barrie entendió lo que acababa de hacer. Comenzó a ponerse frenético y a luchar contra los guardias con toda su fuerza.

–*¡Noooooo!* –gritó–. ¡No sabía lo que estaba haciendo! ¡No sabía que era ella!

El Juez Oldragaid sonrió y soltó una carcajada ante el trauma que estaba causándole a la familia Evergreen. El verdugo levantó el hacha sobre el cuello de Brystal y comenzó a practicar el movimiento. Desde el suelo, Brystal podía ver a sus dos hermanos intentando sacarse a los guardias de encima frenéticamente. En ese momento, se sentía agradecida por la táctica vengativa de Oldragaid, ya que, si iba a morir, al menos lo haría viendo a la gente que quería.

–¡Brystal, lo siento! –dijo Barrie entre lágrimas–. ¡Perdóname! *¡Perdónameeeeee!*

–*Todo saldrá bien, Barrie...* –le susurró ella–. *Esto no es culpa tuya... Esto no es culpa tuya... Esto no es culpa tuya...*

¡BAM! La puerta de doble hojas se abrió repentinamente y todos en la sala se sobresaltaron y giraron hacia atrás. El Juez Evergreen ingresó con la ira de cien hombres.

–¡OLDRAGAID, DETÉN ESTA BLASFEMIA DE INMEDIATO! –le ordenó.

–¡Cómo te atreves a interrumpir un juicio en proceso, Evergreen! –le gritó Oldragaid–. ¡Retírate de la sala en este instante o haré que te saquen por la fuerza!

–¡ESTO NO ES UN JUICIO, ES UNA ATROCIDAD! –declaró el Juez Evergreen.

El verdugo alternó la vista entre ambos Jueces, sin saber a quién obedecer.

–¡Prosiga! –gritó Oldragaid–. ¡Esta es mi corte! ¡El Juez Evergreen no tiene autoridad aquí!

–¡De hecho, sí la tengo! –dijo el Juez Evergreen y levantó un pergamino enrollado alto en el aire–. Acabo de regresar de la casa del Juez Supremo Mounteclair en los campos del oeste. ¡Me ha otorgado un poder para presidir este juicio y desestimar su sentencia!

El Juez Evergreen desenrolló el pergamino para que todos en la sala pudieran verlo. El documento era una orden oficial del Juez Supremo Mounteclair y llevaba su firma inmensa en la parte inferior.

–¡Esto es intolerable! –exclamó Oldragaid–. ¡Su hija es una *bruja*, Evergreen! ¡Debe ser castigada por sus crímenes!

–Y un castigo recibirá, pero no será de tu parte –dijo el Juez Evergreen–. Mounteclair la ha sentenciado a vivir en una institución en las Planicies del Noreste en el Reino del Sur hasta nuevo aviso. La institución, por lo que me informaron, se especializa en tratar a jóvenes mujeres con la *condición* de mi hija. Hay un carruaje afuera esperando para llevarla allí en este preciso momento. Mientras tanto, el Juez Supremo ha ordenado que elimine toda mención de este juicio de los registros de la corte.

El Juez Oldragaid se quedó en silencio mientras consideraba su siguiente movimiento. Cuando comprendió lo limitadas que eran sus opciones, se enfureció y golpeó su martillo hasta partirlo en dos.

–Bueno, parece que el Juez Evergreen ha usado sus contactos para manipular la ley –le dijo a la sala–. Por el momento, no tengo otra opción más que seguir las órdenes del Juez Supremo. Guardias, por favor, acompañen a la bruja Evergreen hacia el carruaje que la espera afuera.

Antes de tener oportunidad de despedirse de sus hermanos, los guardias levantaron a Brystal del bloque del verdugo y comenzaron a arrastrarla fuera de la sala.

–Pero, papá, ¿a dónde me llevan? –exclamó–. ¿A qué institución me están llevando? ¡Papá!

A pesar de sus súplicas, el Juez Evergreen se negó a responderle a su hija. Ni siquiera la miró a los ojos cuando los guardias pasaron junto a él.

–No te atrevas a llamarme *papá* –dijo–. Tú ya no eres mi hija.

CAPÍTULO SEIS

EL CORRECCIONAL ATABOTAS PARA NIÑAS PERTURBADAS

Para el amanecer, Brystal estaba tan lejos de Colinas Carruaje que ya no escuchaba las campanas de la catedral. Se encontraba encadenada en la parte trasera de un pequeño carruaje que viajaba por un camino largo y agitado por las Planicies del Noreste en el Reino del Sur. Fiel a su nombre, en las planicies no había otra cosa para ver más que llanuras que se extendían por kilómetros a la redonda. Con cada hora que pasaba, el terreno pastoso se tornaba cada vez más árido y el cielo más gris, hasta que ambos se fundieron en un mismo color deprimente.

El conductor solo se detenía rara vez para alimentar a sus caballos y, ocasionalmente, dejaban que Brystal saliera del carruaje para estirarse a un lado del camino. La única comida que le dieron fue un trozo de pan duro, el cual Brystal tenía miedo de comer porque no sabía por cuánto tiempo tendría que hacer durar esa ración. El conductor no dijo nada sobre el tiempo estimado de llegada, por lo que cuando empezó el segundo día de viaje, Brystal comenzó a preocuparse de que su destino, en realidad, no existiera. Se convenció a sí misma de que el carruaje eventualmente se detendría y la abandonaría en el medio de la nada; tal vez, *ese* había sido el plan de su padre y del Juez Supremo todo este tiempo.

Caída la tarde del segundo día, Brystal finalmente divisó algo en la distancia que daba indicios de que había civilización en las cercanías. A medida que el carruaje se acercaba hacia el objeto, notó que se trataba de un letrero de madera con una flecha que señalaba una nueva dirección:

CORRECCIONAL ATABOTAS
PARA NIÑAS PERTURBADAS

El carruaje tomó un camino de tierra y avanzó en la dirección que señalaba el letrero. Brystal se sintió aliviada al descubrir que su destino existía, pero al ver la institución en el horizonte, comprendió que habría sido mejor que la dejaran abandonada. Nunca antes había visto un lugar tan miserable y, la sola imagen de este, le quitó todo rastro de esperanza y felicidad que aún tenía en su cuerpo.

El Correccional Atabotas para Niñas Perturbadas se encontraba sobre la única colina que Brystal había visto en las

Planicies del Noreste. Consistía de un edificio de cinco pisos hecho con ladrillos derrumbados. Las paredes estaban severamente dañadas y rajadas, y todas las ventanas se veían pequeñas, y estaban cerradas con barrotes y vidrios completamente astillados. Había algunos huecos en el techo de paja y una chimenea torcida en el centro de todo el correccional, la cual lo hacía ver como si fuera una enorme calabaza podrida.

El edificio estaba rodeado por hectáreas de tierra árida y un perímetro de piedra con púas filosas lo separaba del exterior. El carruaje de Brystal se detuvo en la entrada del correccional y el conductor le silbó a un guardia jorobado que se bajó de su pequeño puesto y levantó la barrera.

Una vez que abrieron la puerta, el carruaje avanzó por un camino que serpenteaba por el terreno del correccional. Mirara donde mirara, Brystal veía docenas de mujeres jóvenes de entre ocho y diecisiete años de edad dispersas por la propiedad. Cada una de ellas llevaba un vestido gris y negro desgastado y a rayas, un pañuelo sobre sus cabezas para evitar que el cabello cayera sobre sus rostros y un par de botas de trabajo enormes. Todas las muchachas se veían pálidas y demacradas, y compartían la misma expresión de agotamiento absoluto, como si no hubieran tenido una comida decente o un buen descanso en años. Era una vista desgarradora y Brystal se preguntaba cuánto tiempo le tomaría a ella, al igual que al resto de las muchachas, parecerse a un fantasma de su pasado.

Las muchachas estaban divididas en grupos que realizaban distintas tareas. Algunas alimentaban a las gallinas en el gallinero, otras ordeñaban a las vacas desnutridas en un pequeño corral y otras recolectaban vegetales marchitos de una huerta devastada. Sin embargo, había otras de las actividades que Brystal no entendía. Algunas cavaban huecos inmensos en el suelo, otras pasaban rocas pesadas de una pila a otra, y algunas incluso caminaban en círculos con cubetas pesadas de agua sobre sus hombros.

Las muchachas no oponían resistencia a los ejercicios absurdos y cumplían con sus deberes de un modo casi mecánico. Brystal asumió que estaban intentando evitar llamar la atención de los carceleros que las vigilaban. Estos llevaban uniformes oscuros y no separaban las manos de los látigos que llevaban en sus cinturones cuando vigilaban a las muchachas.

Como si el correccional no fuera lo suficientemente desalentador, un artilugio peculiar en el centro de la propiedad le dio a Brystal una sensación de malestar en el centro de su estómago. Parecía ser un aljibe de rocas inmenso, pero, en lugar de tener una cubeta para el agua en la parte superior, tenía un tablón de madera con tres huecos con el tamaño perfecto para colocar las muñecas y el cuello de alguien. Fuera lo que fuera, Brystal esperaba evitar ser llevada a ese artilugio durante su estadía en el correccional.

El carruaje se detuvo en la entrada del edificio. El conductor y los guardias bajaron a Brystal de la parte trasera del vehículo y gritó al sentir que el aire era mucho más frío de lo que había anticipado. Las puertas del frente se abrieron desde el interior, con el sonido de unas bisagras que chillaron como un animal herido, y un hombre y una mujer aparecieron para darle la bienvenida a los recién llegados.

El hombre era de baja estatura y tenía una contextura que lo hacía parecer una pera invertida. Tenía una cabeza increíblemente grande, un cuello muy grueso, y un torso que se encogía a medida que llegaba a su pequeña cintura. Vestía con mucha elegancia y llevaba un moño rojo con un traje azul que encajaba perfectamente con sus medidas extrañas. Su boca formaba una sonrisa retorcida que nunca parecía desaparecer. La mujer a su lado tenía más la forma de un pepino. Era casi el doble de alta que él y tenía el mismo ancho de pies a cabeza. Parecía más conservadora que el hombre, ya que llevaba un vestido negro con un cuello alto de encaje y parecía tener el ceño fruncido permanentemente, como si nunca hubiera reído en toda su vida.

–¿Puedo ayudarlo? –preguntó el hombre con una voz rasposa.

–¿Son ustedes el señor y la señora Edgar? ¿Los administradores del correccional? –preguntó el conductor.

–Sí, somos nosotros –dijo la mujer con una voz nasal y fuerte.

–Por órdenes del Juez Supremo Mounteclair de Colinas Carruaje, la señorita Brystal Lynn Evergreen ha sido sentenciada a vivir en sus instalaciones hasta nuevo aviso –les informó uno de los guardias.

Le entregó al hombre un pergamino con la orden oficial por escrito. El señor Edgar leyó el documento y luego miró a Brystal como si acabara de ganar un premio.

–Dios mío –dijo–. La señorita debió haber hecho algo de *muy* mal gusto para que un Juez Supremo la sentencie personalmente. Por supuesto, estaremos más que encantados de que se una a nosotros.

–Entonces es toda suya –dijo el conductor.

Los guardias destrabaron los grilletes que sujetaban a

Brystal y la empujaron hacia los administradores. Sin vacilar, los guardias y el conductor regresaron al carruaje y se marcharon a toda prisa del correccional. El señor y la señora Edgar miraron a Brystal de pies a cabeza como si fueran dos perros que inspeccionaban un filete.

–Permíteme ser la primera en advertirte, *querida*, que esta es una casa del Señor –dijo la señora Edgar con un tono despreciable–. Si sabes lo que te conviene, dejarás todos tus libertinajes en la puerta.

–Debes estar cansada y hambrienta del viaje –dijo el señor Edgar con un tono amable en el que Brystal no confiaba–. Tienes suerte, ya casi es la hora de la cena. Ven y te daremos ropa más *adecuada*.

El señor Edgar colocó una mano sobre la nuca de Brystal y la pareja la escoltó hacia adentro. El interior del Correccional Atabotas estaba igual de frío y destruido que el exterior. El suelo estaba hecho de placas de madera podridas, el techo estaba manchado por las goteras y las paredes estaban repletas de agujeros y arañazos. Los administradores llevaron a Brystal por un corredor hasta que cruzaron un arco inmenso que llevaba a un comedor muy espacioso.

El comedor tenía tres mesas largas que se extendían por todo el largo del salón y una mesa más pequeña al frente para los miembros de la institución. Más muchachas jóvenes con vestidos grises y negros a rayas se encontraban sentadas en las mesas largas, sumidas en el arduo trabajo de confeccionar botas de cuero. Al igual que las muchachas de afuera, las que estaban en el comedor lucían miserables y fatigadas. Tenían la punta de sus dedos completamente lastimadas y ensangrentadas por ser obligadas a trabajar con agujas desafiladas. Más carcelarios deambulaban por el lugar mientras inspeccionaban el trabajo de las muchachas y golpeaban a quienes no estuvieran trabajando lo suficientemente rápido como para satisfacerlos.

Al frente del salón, colgado sobre la mesa más pequeña, había un cartel enorme con un mensaje que le hizo hervir la sangre cuando lo leyó:

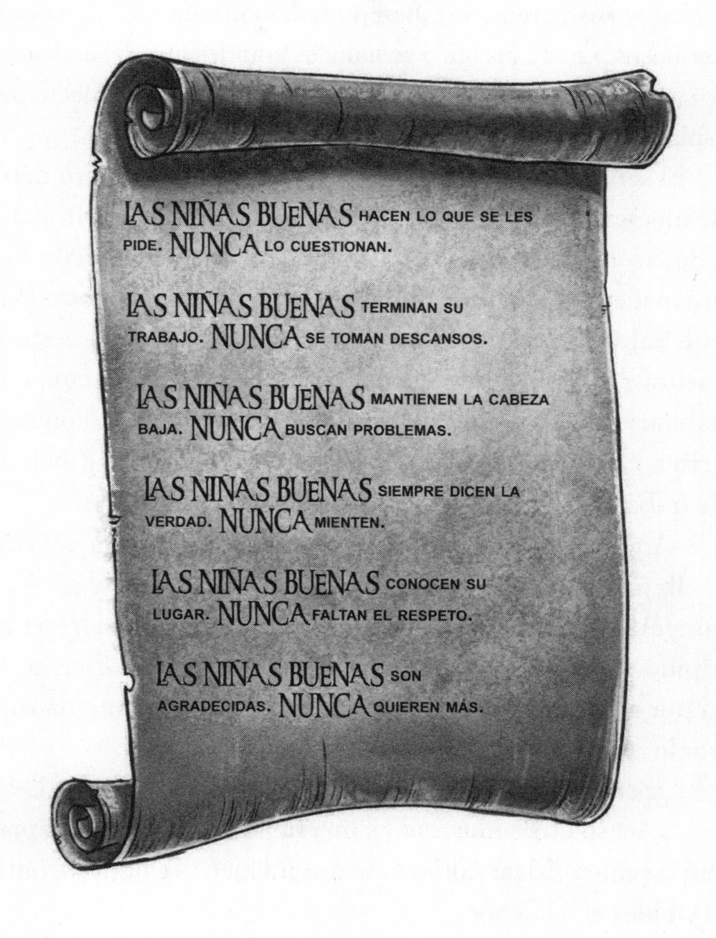

Antes de que Brystal pudiera quejarse del exasperante mensaje, los administradores la empujaron hacia una escalera desvencijada en la parte trasera del comedor. La señora Edgar destrabó una puerta pesada y la pareja llevó a Brystal hacia su oficina al final de la escalera.

A diferencia del resto del correccional, la oficina de los Edgar era muy elegante. Tenía el suelo alfombrado y un candelabro de cristal, y sus paredes estaban pintadas con murales de paisajes hermosos. La oficina tenía ventanales grandes que daban hacia el comedor y el terreno del correccional. Era el lugar perfecto para espiar a las jóvenes mientras ellas trabajaban.

El señor Edgar tomó asiento en un sillón de cuero detrás de un escritorio de madera de cerezo. La señora Edgar, por su lado, acompañó a Brystal hacia un biombo en un rincón de la oficina, en donde la hizo quitarse la ropa y los zapatos con los que había llegado. Arrojó su vestimenta hacia un cesto de basura y cruzó hacia un armario grande al otro extremo de la habitación. Allí abrió los cajones y tomó un vestido con rayas grises y negras, un pañuelo para el cabello y un par de botas de trabajo.

–Aquí tienes –dijo y le entregó la nueva vestimenta–. Vístete.

Brystal no tenía nada más que su ropa interior y se estaba congelando del frío, por lo que se puso la nueva ropa tan rápido como pudo. Desafortunadamente, el uniforme no era ni por cerca lo suficientemente cálido como su antigua ropa, por lo que Brystal no pudo evitar temblar del frío.

–¿Señora? ¿Podría ponerme un suéter? –le preguntó.

–¿Acaso crees que esto es una tienda de ropa? –la reprendió la señora Edgar–. El frío te vendrá bien. Te hará encontrar la calidez en el Señor.

Sentó a Brystal en la silla que estaba frente a su esposo, cuya sonrisa malvada crecía cada vez más cuando veía a Brystal temblar del frío, lo que hacía que su papada se acentuara aún más.

–Señorita Evergreen, permíteme darte la bienvenida oficial al Correccional Atabotas para Niñas Perturbadas –dijo el señor Edgar–. ¿Sabes *por qué* el Juez Supremo te puso bajo nuestro cuidado?

–Dijo que ustedes me iban a *curar* –contestó Brystal.

–Así es –dijo–. Verás, hay algo adentro de ti que no debería estar ahí. Lo que puede parecer un talento o un don es, de hecho, una *enfermedad* que debe ser atendida de inmediato. Mi esposa y yo creamos esta institución para poder ayudar a niñas con tu misma *condición*. Con un arduo trabajo y muchas oraciones, sacaremos de raíz todas las cualidades antinaturales que posees y nada evitará que te conviertas en una esposa y madre respetable algún día.

–No entiendo cómo es que el trabajo manual y las oraciones curan a alguien –dijo.

El señor Edgar soltó una risa grave e inquietante y negó con la cabeza.

–Nuestros métodos pueden parecer tediosos y extenuantes, pero son las herramientas más efectivas para el tratamiento –explicó–. Estás infectada con una horrible patología: *una enfermedad del alma*, a la que el Señor mismo se opone, y llevará tiempo y esfuerzo destruirla. Sin embargo, con dedicación y disciplina, podemos destruir la fuente de esos síntomas. Nuestra institución *eliminará* la maldad de tu alma, *extraerá* la oscuridad de su corazón y *drenará* la crueldad de su mente.

Brystal sabía que, por su propio bien, debía quedarse en silencio y asentir, pero cada palabra que salía de la boca del señor Edgar la enfadaba mucho más que la anterior.

–Señor Edgar, usted dice que el Señor es omnisciente, todopoderoso y el único creador de toda la existencia, ¿verdad? –preguntó.

–Sin duda alguna –contestó el señor Edgar.

–Entonces, ¿por qué el Señor crearía la magia si la odia tanto? –preguntó–. Es un poco contradictorio, ¿no lo cree?

El señor Edgar se quedó en silencio y le tomaron algunos minutos responderle.

–Para probar la lealtad de sus almas, por supuesto –anunció–. El Señor quiere separar a la gente que busca la salvación de la gente que se rinde ante los pecados. Al realizar los sacrificios necesarios por voluntad propia para superar esta condición, le estás demostrando tu devoción al Señor y a todo su amado Reino del Sur.

–Pero, si el Señor quiere identificar a aquellos que *por voluntad propia* superan la magia, ¿ustedes no estarían interfiriendo al *forzar* a las muchachas jóvenes a superarla?

Su segunda pregunta fue mucho más confusa que la primera. El señor Edgar comenzó a ponerse nervioso y sus mejillas se tornaron del mismo color que su moño. Sus ojos se intercambiaban entre Brystal a su esposa y viceversa, mientras pensaba una respuesta.

–¡Claro que no! –dijo–. ¡La magia es una manipulación profana de la naturaleza! ¡Y *nadie* debería manipular el hermoso mundo del Señor más que el Señor mismo! ¡Él les sonríe a todas las personas que intentan detener semejantes abominaciones!

–Pero *ustedes* me están intentando manipularme a *mí*; ¿no es eso *también* una abominación? –preguntó Brystal.

El señor y la señora Edgar quedaron sorprendidos, nunca antes alguien los había acusado de semejante cosa. Brystal sabía que debía detenerse mientras les llevara la delantera, pero sus entrañas ya no toleraban su hipocresía. Estaba dispuesta a decir lo que pensara sin importar si a los administradores les gustara o no.

–¡Cómo te atreves! –exclamó el señor Edgar–. ¡Mi esposa y yo hemos dedicado nuestra vida al trabajo del Señor!

–Pero ¿qué tal si están equivocados respecto del Señor? –siguió discutiéndoles–. ¿Qué tal si el Señor es mucho más amable y amoroso de lo que ustedes creen? ¿Qué tal si el Señor inventó la magia para que la gente pudiera ayudarse entre sí y enriquecer nuestras vidas? ¿Qué tal si el Señor piensa que *ustedes* son los profanos por abusar de la gente y hacerles creer que la existencia es una…?

¡PLAF! La señora Edgar le dio una bofetada a Brystal con tanta fuerza que su cabeza entera se sacudió en la dirección opuesta.

–Pequeña bestia irrespetuosa –le dijo la señora Edgar–. ¡Será mejor que te muerdas la lengua o *haré que te la corten*! ¿Está claro?

Brystal asintió a medida que la sangre caía por una esquina de su boca. El señor Edgar se reclinó en su silla y miró a Brystal como si fuera un animal salvaje que estaba entusiasmado por domesticar.

–Tienes un largo camino por delante, señorita Evergreen –dijo–. No puedo esperar ver tu *progreso*.

Un gong fuerte resonó a lo largo de todo el correccional.

–Ah, hora de la cena –dijo el señor Edgar–. Acompaña al resto de las niñas en el comedor. Intenta descansar esta noche, mañana será un día muy largo para ti.

La señora Edgar puso a Brystal de pie, la llevó hacia la puerta y la hizo bajar por la escalera desvencijada.

Ante el anuncio de la cena, las jóvenes que se encontraban cociendo botas en el comedor hicieron a un lado su trabajo y el resto de las muchachas que se encontraban afuera se unieron a ellas. Brystal no sabía dónde sentarse, por lo que tomó el primer espacio vacío que encontró. Ninguna de las muchachas notó que había una recién llegada; de hecho, ninguna de ellas le dijo una palabra o cambió su atención de lo que tenían directamente adelante. A pesar de los intentos de Brystal por presentarse, las jóvenes permanecieron en silencio y quietas como estatuas.

El señor y la señora Edgar se sentaron en sus sillas con forma de trono en la mesa del frente y fueron acompañados por los carceleros y el portero jorobado. Una vez que se sentaron, un grupo de muchachas con delantales sobre sus uniformes salieron de la cocina y les sirvieron pollo rostizado, puré de patatas y vegetales horneados a los miembros de la institución. El aroma delicioso le recordó a Brystal lo hambrienta que estaba y su estómago rugió como una mascota descuidada.

Luego de que los platos de los dirigentes de la institución estuvieran llenos, las muchachas fueron enviadas mesa por mesa para hacer fila detrás de un carro de servicio para recibir su propia comida. Brystal recibió un tazón roto con un estofado marrón con grumos que burbujeaba y olía a zorrillo. Le tomó toda su voluntad no vomitar sobre la comida repugnante. Siguió la línea de regreso a su mesa en donde todas esperaron junto a sus asientos paradas hasta que cada una de las niñas había recibido su plato.

En esa espera, los ojos de Brystal se posaron sobre una niña que se encontraba a unos pocos asientos de ella. Era la más pequeña en todo el comedor y no podría tener más de seis o siete años. Tenía ojos castaños grandes, una nariz pequeña y plana y el cabello muy corto y despeinado. A diferencia de las otras, la pequeña sintió la mirada de Brystal y volteó hacia ella. Al principio, Brystal fue tomada por sorpresa al notar que la niña había notado su presencia, pero no supo qué hacer.

–Hola –le susurró con una sonrisa–. ¿Cómo te llamas?

La niña no respondió y solo miró a Brystal con la mirada perdida, como si su cuerpo no tuviera alma.

–Mi nombre es Brystal –dijo ella–. Hoy es mi primer día. ¿Hace cuánto…?

La conversación unipersonal fue interrumpida cuando el señor Edgar golpeó su puño contra la mesa. Todas las muchachas ya se encontraban sobre sus asientos y el administrador se levantó de la silla para hablarle a toda la sala.

–Es hora de decir la oración de la noche –les ordenó–. *¡Ahora!*

Brystal no sabía que las muchachas *podían* hablar, pero, para su sorpresa, acataron la orden del señor Edgar y recitaron una oración al perfecto unísono.

"Señor que estás en los cielos, te damos las gracias por la comida.
Bendícela para que alimente nuestros cuerpos, y así
continuemos la labor con nuestras manos y corazones.
Bendícela con tu sabiduría, para que reconozcamos nuestras fallas,

con tu fuerza, para que enmendemos lo que está roto adentro nuestro,
y con tu guía, para que nos alejemos de las tentaciones paganas.
En el nombre del Reino del Sur, oramos en tu nombre. Amén".

Cuando terminaron con la oración, las muchachas tomaron asiento y devoraron su estofado oscuro como si nunca antes hubieran comido algo. Brystal no podía recordar la última vez que se había sentido tan hambrienta, pero no podía ni siquiera tocar la comida. La bendición diaria la había hecho sentir demasiado furiosa como para comer. Siquiera en sus peores pesadillas había imaginado un lugar tan horrible como este y, por lo que sabía, estaría aquí atrapada por un largo, largo tiempo.

· • ★ • ·

La habitación de Brystal en el Correccional Atabotas era del tamaño de un armario, pero eso era lo que menos le preocupaba. Poco después de la cena, dos carceleros la escoltaron hacia su pequeña recámara en el cuarto piso y la encerraron tras una reja corrediza. Al caer la noche, la temperatura se desplomaba y Brystal no tenía nada más que una sábana delgada y andrajosa para mantenerse cálida. Nunca antes había sentido tanto frío en toda su vida y temblaba tanto que su catre prácticamente vibraba con ella. Incluso su mandíbula repiqueteaba con tanta intensidad que sus dientes sonaban como los cascos de un caballo trotando sobre el pavimento.

Cerca de la medianoche, el frío fue reemplazado por una sensación de sentirse observada. Cuando levantó la vista, se encontró con la niña pequeña de cabello corto y desprolijo que había conocido en el comedor detrás de los barrotes de su puerta. La miraba con la misma mirada vacía con la que lo había hecho durante la cena y llevaba una manta de lana doblada entre sus brazos.

–Ehm... *hola* –dijo Brystal, preguntándose cuánto tiempo había estado allí–. ¿Puedo ayudarte?

–Pip –dijo.

Brystal estaba tan confundida que se sentó a toda prisa para tener una mejor vista de la pequeña extraña.

–¿Perdón? –preguntó.

–Es *Pip* –repitió la pequeña.

–Lo siento, no entiendo lo que estás diciendo –se disculpó Brystal–. ¿Significa algo en otro idioma?

–En la cena me preguntaste cuál era mi nombre –dijo la pequeña–. Es Pip.

–Ah, cierto –recordó Brystal–. Bueno, un gusto conocerte, Pip. ¿Hay alguna razón por la que me dices tu nombre a estas horas?

Pip se encogió de hombros.

–En verdad, no –contestó–. Solo acabo de recordarlo.

La mirada distante de la niña nunca cambió, pero había algo inocente en ella que Brystal encontraba encantador.

–¿Tienes apellido, Pip?

La pequeña miró hacia el suelo y sus hombros se desplomaron. Recordar su primer nombre había sido todo un desafío y no había estado preparada para más preguntas.

–Espera, *sí* –dijo–. Es *Chillona. Pip Chillona.*

–¿Pip *Chillona*? –preguntó Brystal, sorprendida–. ¿Ese es tu verdadero nombre?

–Es el nombre por el que recuerdo ser llamada –dijo Pip

encogiéndose de hombros–. Pero bueno, no tengo muchos recuerdos de antes de vivir aquí.

–¿Hace cuánto estás aquí? –preguntó Brystal.

–Unos seis años, creo.

–¿Estuviste aquí *todo* ese tiempo?

–Era solo un bebé cuando llegué –dijo Pip–. Mis padres me trajeron ni bien se enteraron de que era diferente. Empecé a mostrar los signos desde muy pequeña.

–¿Te refieres a signos de *magia*? –preguntó Brystal–. ¿Podías hacer magia cuando eras solo un bebé?

–Mhmmm –dijo Pip–. Aún puedo. ¿Quieres que te muestre?

–Por favor –dijo Brystal sin vacilar.

La pequeña miró hacia un lado y el otro del corredor para asegurarse de que estuviera sola. Una vez que se aseguró de que estaba despejado, Pip estiró el cuello y los brazos y presionó su cabeza contra los barrotes de la reja. Brystal miró sorprendida cómo, lento pero seguro, la pequeña atravesaba los barrotes como si su cuerpo estuviera hecho de arcilla. Una vez que estuvo del otro lado, su cuerpo regresó a su forma original.

–*¡Eso es increíble!* –exclamó Brystal, olvidándose de mantener la voz baja–. ¿Puedes hacer eso desde bebé?

–Solía atravesar los barandales de mi cuna.

Brystal rio.

–Supongo que eso explica cómo saliste de tu habitación esta noche.

–Me escapo todo el tiempo –dijo Pip–. Ah, eso me recuerda que vine a traerte esto. Podía oírte temblar desde mi habitación, por lo que me escabullí hacia el armario de ropa de cama de los Edgar y te traje una manta más.

Envolvió la manta alrededor de Brystal, quien se sintió extremadamente agradecida por el gesto; pero también porque estaba extremadamente helada y no dudó en aceptarla.

–Es muy amable de tu parte –le dijo–. ¿Estás segura de que no la necesitas?

–No, estoy acostumbrada al frío –dijo Pip–. Aunque últimamente está haciendo mucho más frío. Por lo general, empieza a hacer más calor en esta época del año, pero oí al señor Edgar decir que había una tormenta de nieve muy severa en el Reino del Norte. No estamos muy lejos de la frontera, pero esperemos que la tormenta no se siga acercando.

–Sí, esperemos eso –dijo Brystal–. No creo que pueda soportar más frío que este. Rara vez nieva en Colinas Carruaje.

–¿Qué es Colinas Carruaje? –preguntó Pip.

Brystal se sintió asombrada de que la niña nunca antes hubiera oído de su ciudad, pero luego recordó que Pip ni siquiera sabía su verdadero nombre.

–Es la ciudad de la que vengo –explicó.

–Ah –dijo Pip–. Lo siento, no salgo mucho... bueno, en realidad, *nunca*. ¿Cómo es Colinas Carruaje?

–Es grande y vive mucha gente –describió Brystal–. Tiene una plaza central con una corte, una catedral y una Universidad de Derecho. También es la capital del Reino del Sur y el lugar en donde vive el rey con su familia real.

–¿Vienes del mismo lugar que la *familia real*? –preguntó Pip–. ¿Cómo es que una muchacha como tú terminó aquí?

–Por lo mismo que tú. Me atraparon haciendo magia –contestó Brystal–. Hace una semana, ni siquiera sabía que era capaz de hacer magia. Encontré un libro llamado *La verdad sobre la magia* en la biblioteca en la que trabajaba. En sus páginas, había un encantamiento ancestral para probar si alguien tenía magia en su sangre. Fui lo suficientemente estúpida para leerlo en voz alta y ahora estoy aquí.

–¿Qué ocurrió cuando lo leíste?

–La primera vez, llené la habitación de flores. La segunda, la llené con miles de luces y la hice parecer como si fuera el universo.

Los ojos grandes de Pip se tornaron aún más grandes.

–¡Eso es asombroso! –dijo–. Nunca antes vi a alguien que pudiera hacer algo como *eso*. La mayoría de las niñas solo tienen pequeños trucos como el mío. Una muchacha en mi corredor puede hacer crecer su cabello a su propia voluntad, una muchacha del primer piso puede pararse sobre el agua sin hundirse y he visto a otra hablar con las vacas afuera; pero eso puede no ser magia, tal vez sea solo una *chiflada*. ¡Debes ser realmente poderosa si puedes cubrir una habitación entera con flores y luces!

Brystal nunca antes había pensado en eso.

–¿Lo crees? –preguntó–. Nunca antes había hecho algo parecido. Tu magia es la única que he visto además de la mía. Estoy agradecida de que el señor y la señora Edgar no te la hayan quitado.

–No te preocupes, sus tratamientos en realidad no *curan la magia* –dijo Pip–. Este lugar solo es una fachada para el verdadero negocio de la familia Edgar. Solía ser una fábrica normal de botas antes de que el señor Edgar la heredara, por eso el nombre *Atabotas*. La única razón por la que él y su esposa la convirtieron en un correccional fue para tener mano de obra gratuita con nosotras. Al menos, eso es lo que le oí decir al guardia de la entrada; también aspira a ser poeta, pero esa es una historia muy diferente. Es gracioso lo mucho que aprendes cuando nadie cree que los estás escuchando.

–¡Los Edgar son personas horribles! –dijo Brystal–. ¡Y tienen el descaro de decir que *nosotras* somos las pecadoras!

De pronto, ambas muchachas se sobresaltaron al oír pisadas desde algunos pisos por debajo.

–¿Quiénes son? –preguntó Brystal.

–Los carceleros con sus rondas nocturnas –dijo Pip–. Debería regresar a mi habitación antes de que lleguen a nuestro piso.

–Espera, no te olvides de esto –Brystal se quitó la manta de sus hombros e intentó devolvérsela, pero Pip no la aceptó.

–Puedes quedártela por esta noche –dijo–. Pero vendré a buscarla temprano por la mañana para regresarla al armario antes de que la señora Edgar se despierte. Me atrapó escapando de mi habitación la semana pasada y me cortó el cabello como castigo, si vuelve a ocurrir seguramente me lleven al *foso*.

–¿Qué es el foso? –preguntó Brystal.

–Cuando las niñas se comportan mal, y me refiero a *muy mal*, las atan sobre el foso de afuera y las sumergen en el agua fría hasta que el señor Edgar cree que ya han aprendido la lección. ¡Algunas veces están allí por horas!

Brystal no podía creer lo que estaba oyendo.

–¡Este lugar se sigue tornando más espantoso con cada minuto! –dijo–. ¿Cómo sobreviviste tanto tiempo?

–Supongo que podría ser peor –dijo Pip.

–¿Cómo?

–Oh, no lo sé realmente –dijo–. No he ido a muchos lugares como para compararlo. Bueno, de hecho, no he ido a *ninguno*.

–Seguro es el peor lugar en el que he estado –dijo Brystal–. Pero estoy agradecida de haber conocido a alguien tan amable como tú. Vayámonos de aquí algún día y mudémonos a algún lugar cálido con vista al mar. ¿Qué dices?

Brystal sabía que la idea intrigó a Pip, ya que su boca comenzó a curvarse lentamente hasta formar una sonrisa; posiblemente, la primera que jamás había esbozado.

–Es un lindo pensamiento para antes de dormir –dijo–. Buenas noches, Brystal.

Pip atravesó los barrotes y regresó en silencio a su habitación antes de que los carceleros llegaran al cuarto piso. Brystal se recostó sobre su catre y puso todo su esfuerzo en dormir. Aún con la segunda manta sentía frío, pero tembló mucho menos gracias a la calidez de su nueva amiga.

· • ★ • ·

Brystal creyó que el trabajo en la biblioteca era extenuante, pero no era nada comparado con sus primeros días en el Correccional Atabotas. Cada mañana al amanecer, los carceleros sacaban a las muchachas de sus habitaciones, las llevaban a desayunar una comida grotesca en el comedor y luego las obligaban a hacer tareas durante todo el día hasta la hora de la cena. Las tareas eran muy salvajes con el cuerpo de Brystal y, con cada hora que pasaba, no estaba segura de cómo haría para atravesar la siguiente. Pero no tenía opción. Para cuando terminó su primera semana, su vestido a rayas grises y negras desgastado estaba mucho más suelto que el primer día.

La parte más exigente de todo era evitar mostrar frustración, ya que, de lo contrario, tendría que afrontar la ira de los carceleros. Ocasionalmente, Brystal tenía la sensación inquietante de estar siendo observada por alguien más que los carceleros. En ocasiones, levantaba la vista y veía al señor Edgar mirándola desde su oficina, encantado de ver lo mucho que estaba sufriendo.

Para el final de cada día, el cuerpo de Brystal le dolía tanto que ya ni siquiera le preocupaban las temperaturas congeladas. Pip era lo suficientemente buena como para llevarle una manta extra cada noche luego de que los Edgar se fueran a dormir y devolverla rápidamente la mañana siguiente antes de que se despertaran. Brystal odiaba que Pip se estuviera arriesgando tanto a que la atraparan, pero sus visitas nocturnas eran lo único que ansiaba durante todo el día. Sus sueños compartidos sobre escapar del correccional y mudarse a orillas del mar eran lo único que las hacía seguir adelante. No sabía cómo podría vivir sin ellos.

Una noche, Pip no apareció y Brystal se preocupó. Su amiga había pasado el día cavando pozos en el patio, por lo que Brystal esperaba que solo estuviera muy cansada como para salir de su habitación. Pero la mañana siguiente, mientras esperaba que sirvieran el desayuno, la preocupación de Brystal se disparó hacia las nubes al no ver a Pip por ningún lado en el comedor. Estiró el cuello e intentó buscar el cabello corto de su amiga entre todos los pañuelos, pero no estaba por ningún sitio.

En ese instante, el señor y la señora Edgar salieron de su oficina y cerraron la puerta pesada con fuerza detrás de ellos. Bajaron la desvencijada escalera enfadados, haciendo que la escalera temblara debajo de ellos y se pararon al frente del salón.

–El desayuno queda cancelado esta mañana –anunció el señor Edgar.

Brystal suspiró y se desplomó sobre su asiento. Se había tornado tan dependiente de las comidas nauseabundas, pero era la única en su mesa que se sintió afectada por las noticias. Las demás permanecieron inmóviles e inexpresivas como siempre.

–Algo muy preocupante ocurrió a altas horas de la noche –prosiguió el señor Edgar–. Mientras mi esposa y yo dormíamos, los carceleros atraparon a una jovencita *robando* nuestra propiedad privada. Como saben, *robar* es un pecado imperdonable a los ojos del Señor y ¡no será tolerado bajo este techo! ¡Debemos dar el ejemplo para que el Señor no piense que lo hemos abandonado! *¡Tráiganla!*

A su señal, Brystal presenció el horror en persona, ya que los carceleros empujaron a Pip hacia el comedor. Tenía las manos atadas por detrás y los ojos más abiertos y distantes que lo normal, como si su mente hubiera abandonado su cuerpo por temor. Los carceleros la llevaron al frente del salón a un lado del señor Edgar, quien caminó en círculos a su alrededor mientras la interrogaba.

–Diles lo que hiciste –le ordenó.

–Yo… yo… yo tomé una manta del armario de la ropa de cama –confesó Pip.

–¿Y *por qué* hiciste semejante acto de maldad? –preguntó el señor Edgar.

–Yo… yo… tenía frío –dijo.

Pip levantó la vista y sus ojos se encontraron inmediatamente con los de Brystal entre la multitud. Ver a su amiga mentir en su nombre hizo que Brystal sintiera un nudo en el estómago; tenía que hacer algo para salvar a Pip, pero no sabía cómo ayudarla.

–¿Y qué decimos nosotros sobre el frío? –preguntó el señor Edgar.

–Que… que… que el frío es bueno para nosotras –recitó Pip–. Nos hace encontrar la calidez en el Señor.

–Precisamente –dijo el señor Edgar–. Pero no estabas interesada en encontrar la calidez en el Señor anoche. Lo único que te importaba eras *tú misma*, por lo que abandonaste al Señor y recurriste al pecado para satisfacer tus deseos físicos. ¿Y qué hacemos con las pecadoras en esta institución?

–Las… las… *limpiamos* –dijo Pip.

–Exactamente –contestó y volteó hacia el resto en el salón–. ¡Para asegurarnos que ninguna de ustedes siga sus pasos, nos acompañaran afuera y verán cómo esta ladrona es castigada por sus actos infames! *¡Llévenla al foso!*

El nombre del horrible aparato despertó una sensación de miedo entre las muchachas del comedor; fue la única reacción que Brystal había visto de las niñas desde que había llegado. Quedaron boquiabiertas y se miraron entre sí con los ojos llenos de miedo. Los carceleros sujetaron a Pip de los brazos y la comenzaron a sacar del salón, pero Brystal se paró delante de ellos y les bloqueó el camino.

–*¡Esperen!* –gritó–. ¡Es mi culpa! ¡Pip no hizo nada malo!

–¡A un lado, gusano insensato! –gritó la señora Edgar–. ¡Atrapamos a esta niña en el acto mientras tú estabas en tu habitación!

–¡No, fui yo! –declaró Brystal–. ¡La puse bajo un hechizo! ¡La *embrujé* para que robara una manta! ¡Castíguenme a mí y déjenla ir!

–¡Mentirosa! –gritó el señor Edgar–. ¡Nadie tiene *ese* tipo de poder aquí! Ahora, hazte a un lado o…

–¡Puedo probarlo! –gritó Brystal–. *¡Elsune elknoon ahkelle-enama, delmune dalmoon ahktelle-awknamon!*

El encantamiento ancestral resonó por el comedor. Por algunos tensos segundos, los administradores miraron a su alrededor aterrados, pero nada ocurrió. Brystal se preguntaba si lo había dicho mal, porque el hechizo estaba tardando más de lo que lo había hecho en la biblioteca. El señor y la señora Edgar comenzaron a reír ante su intento de distracción.

–¡Niña tonta! –dijo el señor Edgar con desdén–. ¡Nos encargaremos de ti más tarde! Ahora, carceleros, *lleven a la pequeña afuera y átenla al…*

De pronto, el señor Edgar se distrajo por un chillido. El ruido se tornó más y más fuerte, como los truenos de una tormenta que se avecinaba. Para el asombro de todos, una bandada de aves coloridas atravesó las ventanas y sobrevolaron por todo el comedor, haciendo que todos estallaran en pánico. Las aves envolvieron a Brystal como un tornado y luego arremetieron contra los administradores del correccional, a quienes les hicieron perder el equilibrio.

Seguidamente, la bandada voló hacia el frente de la habitación y atacó el cartel que colgaba sobre la mesa de los miembros directivos, y lo destrozaron con sus garras y picos. Para cuando terminaron, el cartel quedó completamente destruido y solo quedaron visibles seis palabras:

Una vez que terminaron con el cartel, las aves se fueron volando por las ventanas y desaparecieron con la misma velocidad con la que habían aparecido. El comedor quedó en completo silencio por un minuto completo de asombro ininterrumpido. Finalmente, se rompió el silencio cuando el señor Edgar soltó un grito mortificado y señaló a Brystal.

–¡LLEVEN A ESA PAGANA AL FOSO! –ordenó.

Antes de poder entender lo que estaba ocurriendo, los

carceleros sujetaron a Brystal y la llevaron hacia afuera. Todos los presentes la siguieron hacia el pozo y se reunieron a su alrededor. Los carceleros sujetaron a Brystal al aparato de madera por sus cuellos y muñecas, la colgaron sobre el foso profundo con los pies colgando sobre el agua congelada. Estar allí colgada era increíblemente doloroso y Brystal apenas podía respirar.

–¡Suéltenla a mi señal! –ordenó el señor Edgar–. Uno... dos...

Brystal se preparó para sentir el agua congelada, pero, extrañamente, el señor Edgar nunca les dio la señal a los carceleros. Por un momento, Brystal pensó que la bandada de aves había regresado, ya que el señor y la señora Edgar quedaron inmóviles con la mirada perdida y perpleja en el horizonte. Pronto, la propiedad se llenó con el sonido de unos cascos galopantes que hizo que todas las espectadoras que se encontraban alrededor del foso voltearon para ver qué estaban mirando los Edgar tan boquiabiertos.

En el camino exterior, un carruaje de oro avanzaba hacia el correccional a una velocidad sin precedentes. Era acarreado por cuatro caballos inmensos con crines largas de un tono magenta, pero no había ningún conductor guiando a los magníficos corceles. A medida que el carruaje se acercaba, Brystal comprendió que las criaturas no eran para nada caballos, sino *unicornios* con cuernos plateados.

El carruaje llegó a la puerta del correccional y esta se destrabó y se abrió por su cuenta sin la ayuda de los guardias. Los unicornios aminoraron la marcha a medida que trotaban por la propiedad y se detuvieron de inmediato justo frente al foso. La puerta del carruaje se abrió y de allí descendió su única pasajera. Era una mujer hermosa de cabello negro y ojos brillantes, y llevaba un vestido violeta de tonos vibrantes, un tocado muy elegante, y un guante en el brazo izquierdo. La mujer observó la institución con una mirada juzgadora.

–Entonces de *aquí* es de donde viene la tristeza –dijo.

Nadie le dijo una palabra a la mujer. Todos los miembros de la institución y las niñas se quedaron completamente quietas, mirando a los unicornios sin poder creerlo, como si todas estuvieran experimentando la misma alucinación.

–Vaya que les gusta hablar –dijo la mujer–. Pero bueno, tampoco hay mucho que decir por estos lugares, ¿verdad? ¿Asumo que este es el Correccional Atabotas?

–¿Y *quién* es usted? –preguntó el señor Edgar con un tono fuerte.

–Ah, disculpe mis modales –dijo la mujer con una sonrisa agradable–. Soy Madame Weatherberry. Estoy buscando a *Brystal Evergreen*.

CAPÍTULO SIETE

PERMISO

—Tal vez, no fui muy clara –le dijo Madame Weatherberry a la multitud de rostros desconcertados–. Busco a una jovencita llamada *Brystal Evergreen.* ¿Quién sería tan amable de señalarla?

Sin decir una palabra, los Edgar, los carceleros y todas las jóvenes del correccional voltearon hacia Brystal. Madame Weatherberry no la había visto colgando sobre el foso hasta ese momento y tomó una bocanada de aire, sorprendida.

–¿La que cuelga allí es la *señorita Evergreen*? –preguntó, sin poder creerlo–. ¿Qué demonios le están haciendo? ¡Bájenla en este instante!

–*No* recibimos ordenes de extrañas –gritó el señor Edgar. La mujer levantó una ceja ante el comentario del administrador.

–Muy bien –dijo–. Lo haré yo sola.

Madame Weatherberry aplaudió y, enseguida, las muñecas y el cuello de Brystal fueron liberados del tablón de madera que se encontraba sobre el foso. Pero en lugar de caer al agua congelada, el cuerpo de Brystal flotó hasta alejarse del foso y descendió con sutileza sobre el suelo. El señor y la señora Edgar chillaron al ver la magia de Madame Weatherberry.

–¡Niña del demonio! –le gritó la señora Edgar a Brystal–. ¡Primero conjuras una bandada de aves malvadas y ahora llamas a una bruja! ¡Has llenado esta institución de pecados!

–Disculpe, pero yo *no* soy ninguna bruja –la corrigió Madame Weatherberry–. Y no quiero ser mal educada, pero parece que este lugar está plagado de cosas mucho peores que simples pecados. Una buena capa de pintura haría maravillas... *Un momento.* ¿Acaba de decir que la señorita Evergreen conjuró a una *bandada de aves*?

La mujer parecía claramente impresionada, por lo que volteó hacia Brystal con una amplia sonrisa. Brystal no respondió, aún estaba intentando procesar todo lo que había ocurrido *antes* de que Madame Weatherberry llegara. Si bien podía ver y oír a la mujer, Brystal no estaba lo suficientemente presente como para aceptar que Madame Weatherberry, los unicornios y el carruaje dorado estuvieran realmente frente a ella.

–¡Escúcheme, *Madame*! –gruñó el señor Edgar–. No me importa *quién* o *qué* es usted, ¡no aceptamos a las de su tipo aquí! ¡Lárguese de esta institución de inmediato!

–Creo que esa es una idea maravillosa –dijo Madame Weatherberry–. Pero la señorita Evergreen vendrá conmigo.

Nadie estaba más impactado de oír esto que la misma Brystal. No se le ocurría una razón por la que Madame Weatherberry la quisiera a *ella*, pero solo era una de las tantas cosas confusas que estaban ocurriendo en ese momento. Antes de poder hacer alguna pregunta, el señor y la señora Edgar se colocaron frente a Brystal y le bloquearon el paso para que no se acercara de ningún modo a la mujer.

–¡*No* hará tal cosa! –exclamó el señor Edgar–. ¡Esta muchacha fue condenada a venir al Correccional Atabotas por el Juez Supremo Mounteclair de Colinas Carruaje! ¡Se quedará bajo nuestra custodia hasta que el Juez Supremo nos notifique lo contrario!

Madame Weatherberry parecía entusiasmada por su protesta dramática. Levantó una mano abierta y un pergamino dorado con un listón plateado se materializó de la nada. Madame Weatherberry desenredó el documento y se lo entregó a los administradores. Los Edgar quedaron atónitos al ver la firma ostentosa del Rey Champion XIV y el sello real en la parte inferior del documento.

–Tengo un permiso del rey para llevarme a la señorita Evergreen y, como todo ciudadano obediente a las leyes sabe, los deseos de Su Majestad revocan el fallo de un Juez Supremo –dijo–. Pero si tiene alguna objeción que le gustaría compartir con el rey, por favor, adelante.

El señor y la señora Edgar intercambiaron miradas nerviosas y luego dieron un paso a un costado, derrotados. Incluso *ellos* no tenían el orgullo suficiente como para desafiar al rey. Brystal no creyó que pudiera estar más confundida de lo que ya estaba, pero enterarse que el Rey Champion estaba involucrado en todo esto, de algún modo, la hizo sentir algo mareada. Madame Weatherberry sintió su perplejidad y se arrodilló frente a ella para mirarla directo a los ojos.

–¿Te encuentras bien, querida? –le preguntó.

–Lo siento –dijo Brystal–. Estoy un poco desorientada.

–Entiendo que todo esto sea muy confuso para ti –dijo la mujer–. Si yo estuviera en tu lugar, estaría aterrorizada si veo a una extraña con unicornios, pero tú no pareces tener miedo en absoluto. He venido a llevarte para tener una oportunidad maravillosa y te prometo que estarás perfectamente a salvo conmigo.

Madame Weatherberry tomó un pañuelo del bolsillo de su vestido y le limpió el rostro a Brystal. Había algo muy cálido y reconfortante en esta mujer; prácticamente, emanaba bondad. Incluso en su confusión, Brystal sabía que podía confiar en ella.

–Ahora, señorita Evergreen, ¿te gustaría juntar tus pertenencias y acompañarme a mi carruaje?

–Yo… yo… no tengo *pertenencias* –dijo Brystal.

–¿Ah? –dijo Madame Weatherberry–. Bueno, no hay nada malo en ser minimalista. Los unicornios aprecian mucho a los viajeros ligeros.

–Pero ¿a dónde vamos? –preguntó Brystal.

En lugar de responderle, Madame Weatherberry miró al señor y a la señora Edgar, quienes espiaban descaradamente su conversación.

–Me temo que no podemos discutir eso aquí –dijo–. Pero responderé todas tus preguntas y te explicaré en el camino. Ahora, ¿vamos?

–¿Puedo llevar a mi amiga Pip? –preguntó Brystal–. Es pequeña y no ocupará mucho espacio.

–Lo siento, cariño, pero el rey solo me dio permiso para llevar a *una niña* –dijo Madame Weatherberry–. Tu amiga tendrá que quedarse aquí con el resto.

Brystal negó con la cabeza y lentamente se apartó de la mujer. Escapar del correccional era un sueño hecho realidad, pero nunca se lo perdonaría si dejaba a Pip atrás.

–No puedo hacerlo –dijo–. Lo siento, pero no puedo dejarla aquí.

Madame Weatherberry le acarició la mejilla.

–Querida, desearía que no lo hicieras –dijo–. No te obligaré a venir conmigo, pero creo que serás muy feliz a dónde vamos. Por favor, piénsalo dos veces.

–Quiero hacerlo –dijo Brystal–. Pero es solo que no podría vivir conmigo misma si la abandono...

–Brystal, ¿estás loca?

Brystal volteó hacia la multitud de niñas que se encontraban detrás de ella y vio a Pip abriéndose camino hacia el frente.

–¿Qué estás esperando? –dijo su amiga–. ¡Lárgate de aquí mientras puedas!

–No, Pip –dijo Brystal–. ¡No puedo dejarte sola en este lugar!

–Pero estoy acostumbrada a estar sola en este lugar –dijo Pip–. Este correccional ha sido mi hogar desde que era un bebé, ¿lo recuerdas? Y, técnicamente, me he estado metiendo en muchos más problemas desde que llegaste, así que tal vez me estarías haciendo un favor si te marchas.

–Ni siquiera sé a dónde iré –dijo Brystal–. ¿Qué tal si no vuelvo a verte nunca más?

–Entonces, al menos *una* de nosotras logró salir –dijo la pequeña–. Y si pierdes tu oportunidad por mí, nunca más te volveré a hablar. Entonces, ahora *tienes* que irte.

Pip no le dio opción a Brystal, pero no hizo que la despedida fuera más fácil. Con pesadez en su corazón y lágrimas en los ojos, Brystal le dio un pequeño abrazo de despedida a su amiga.

–¡Ya hemos perdido suficiente tiempo para un día! –le gritó el señor Edgar a las niñas–. ¡Todas, regresen adentro de inmediato! ¡Prepárense para sus tareas!

Como cucarachas, todas las muchachas se dispersaron por todo el correccional, mientras que Pip se alejaba del abrazo de Brystal.

Madame Weatherberry le extendió su mano a Brystal y la escoltó hacia el carruaje dorado. El interior del carruaje tenía asientos de seda muy mullidos y cortinas de terciopelo, lo cual le pareció un contraste muy notorio con la decoración del correccional. Cuando se sentó frente a Madame Weatherberry, recordó lo cómodo que era un *almohadón*. El techo del carruaje estaba cubierto por una enredadera de la cual colgaban frutos de todos los colores del arcoíris.

–¿Son reales? –preguntó Brystal.

–Sí –contestó Madame Weatherberry–. Debes estar hambrienta. Por favor, sírvete.

No hizo falta que se lo dijeran dos veces. Arrancó un fruto del techo y lo devoró por completo. Era la comida más deliciosa que jamás había probado y, cada vez que tomaba un puñado de estos, unos nuevos crecía en su lugar.

La puerta del carruaje se cerró sola y los unicornios avanzaron a toda prisa por el camino de la propiedad. Para cuando

Brystal terminó de comer, el Correccional Atabotas ya había desaparecido en la distancia desoladora detrás de ellas.

–Fue muy considerado de tu parte pensar en tu amiga –le dijo Madame Weatherberry–. No muchas personas habrían hecho eso.

–Ella no merece estar allí –dijo Brystal–. Ninguna lo merece.

Madame Weatherberry asintió y soltó un suspiro prolongado.

–Esto puede ser difícil de oír, pero las muchachas en ese correccional tienen mucha más *suerte* en comparación con otras que he visto –dijo–. Lo que el mundo les hace a las personas como nosotras es una absoluta tragedia, y la idea que tiene la humanidad sobre la magia es una de las mayores confusiones de nuestros tiempos.

Brystal la miró sorprendida. La elección de palabras de Madame Weatherberry le recordó a algo que había leído hacía algunas semanas.

–Un segundo –dijo–. ¿Usted es *Celeste Weatherberry*? ¿La autora de *La verdad sobre la magia*?

Madame Weatherberry quedó asombrada al oír a Brystal mencionar el nombre de su libro.

–¿Por qué? *Sí* –dijo con desconfianza–. ¿Cómo sabes eso?

–*La verdad sobre la magia* es la razón por la que me enviaron al Correccional Atabotas –explicó Brystal–. Encontré una copia en una sección secreta de la biblioteca en la que trabajaba, estaba junto a otros libros que fueron prohibidos en el Reino del Sur.

–Bueno, no se me ocurre un mejor cumplido para una autora que estar en la *sección de libros prohibidos* –dijo Madame Weatherberry, riendo–. ¿Leíste mi libro?

–Todo lo que pude –dijo Brystal–. Leí todo sobre la historia de la magia, la diferencia entre las hadas y las brujas, y cómo el mundo confunde a la magia con la brujería. Eventualmente, llegué a la parte con el encantamiento ancestral y las leí en voz alta como una tonta. El bibliotecario me atrapó conjurando magia y el Juez Supremo me envió al correccional para curarme.

–¡Qué absurdo! –dijo–. La magia no es una enfermedad, no puede ser *curada*. ¿Qué clase de magia conjuraste cuando leíste el texto?

–Siempre fue diferente –explicó Brystal–. La primera vez, cubrí la habitación con flores; la segunda, hice que aparecieran miles de luces. Y esta mañana, invoqué a una bandada de aves; es por eso que estaba colgada sobre el foso.

Madame Weatherberry se movió de su asiento y quedó al borde de este.

–¿Experimentaste algo mágico antes de leer el texto en mi libro?

–No –dijo Brystal, encogiéndose de hombros–. Nunca sospeché que fuera capaz de hacer eso hasta ese momento. ¿Está mal?

–Claro que no, por el contrario –dijo–. La magia se presenta de formas diferentes en cada una de nosotras. Algunas hadas tienen rasgos y habilidades mágicas desde el día de su nacimiento y otras las desarrollan más tarde en la vida. Por lo general, los principiantes solo pueden *alterar* los elementos que los rodean, pero el talento de *manifestar* algo es muy extraño de encontrar entre novatos. Con práctica y la guía adecuada, podrías desarrollar tus habilidades y convertirlas en algo extraordinario.

Madame Weatherberry se perdió en pensamientos y se

fregó la barbilla mientras pensaba en el potencial de Brystal. La curiosidad de la mujer incomodó a Brystal; aún tenía muchas preguntas y lo único que la presencia de Madame Weatherberry parecía hacer era multiplicarlas.

–Madame Weatherberry, ¿podría explicarme qué está ocurriendo? –preguntó Brystal–. ¿Por qué el rey le dio permiso para sacarme del correccional?

–Ah, disculpa por dejarte con la intriga –dijo Madame Weatherberry–. Como habrás leído en *La verdad sobre la magia*, estoy en una misión para cambiar la perspectiva del mundo sobre la magia. Y, si todo sale de acuerdo a lo planeado, podremos crear un nuevo mundo que finalmente acepte y respete a la gente como nosotras.

–Pero *¿cómo?* –preguntó–. ¿Por dónde se empieza?

Los ojos de Madame Weatherberry destellaron de entusiasmo.

–Con una *escuela* de magia.

–¿Una escuela?

–Ahora mismo, la llamo la Academia de Comprensión Mágica de Madame Weatherberry, pero aún es un nombre provisorio –dijo–. Con compasión y guía, les enseñaré a las hadas jóvenes a sacarle el máximo provecho a su magia y desarrollar sus habilidades. Una vez que el entrenamiento haya terminado, mis estudiantes y yo usaremos la magia para ayudar y sanar a las personas que más lo necesiten alrededor del mundo. Con el tiempo, nuestros actos de bondad cambiarán la opinión de la gente y los ayudarán a entender que la magia no es la práctica vil a la que le temen. La comunidad mágica será aceptada y toda violencia y odio irracional hacia nosotras será una cosa del pasado.

–¿Y quiere que *yo* me una a su academia? –preguntó Brystal, sorprendida.

–Claro que sí –contestó Madame Weatherberry–. ¿Por qué otra razón habría hecho este viaje para buscarte?

Brystal intentó digerir toda la información, pero su día había sido tan abrumador que le resultaba imposible pensar con claridad.

–Pero el correccional estaba lleno de niñas que habían estado haciendo magia toda su vida –dijo–. ¿Por qué elegirme a *mí*?

–Porque eras la estrella más brillante en mi mapa –dijo Madame Weatherberry.

Antes de que Brystal pudiera preguntar qué era lo que quería decir, Madame Weatherberry levantó el apoyabrazos de su asiento y reveló un compartimiento secreto. Tomó un pergamino grande y lo desenrolló con cuidado sobre su regazo. Ni bien el documento quedó abierto, el interior del carruaje se llenó con una luz resplandeciente. Era un mapa del mundo como cualquier otro, con las fronteras entre los cuatro reinos y el Entrebosque, pero tenía cientos de estrellas brillantes.

–¿Qué es eso? –preguntó Brystal, sorprendida.

–Es un Mapa de Magia –le explicó Madame Weatherberry–. Cada luz representa un hada o bruja que vive en este mundo hoy. Cuando la luz es más brillante, más poderosa es su magia. El Rey Champion solo me permitió reclutar a dos estudiantes del Reino del Sur, por lo que he decidido reclutar a los estudiantes más *brillantes* que pudiera encontrar.

–¿Y *yo* soy una de las luces más brillantes? –preguntó Brystal.

Madame Weatherberry asintió y señaló hacia la esquina noreste del Reino del Sur en el mapa.

–¿Ves este grupo de luces pequeñas aquí? Esas son las niñas en el Correccional Atabotas. Pero estas luces *más grandes* que se alejan de las otras, somos tú y yo.

Madame Weatherberry tocó la más pequeña de las dos y, como si fuera escrito por una pluma invisible, el nombre *Brystal Evergreen* apareció a un lado de esta. Luego tocó la estrella más grande y el nombre de *Celeste Weatherberry* apareció a un lado. Brystal quedó anonadada al mirar el mapa, nunca antes había pensado que existían tantas hadas y brujas en el mundo. Ahora que Madame Weatherberry había dejado en claro su punto, enrolló el mapa y lo guardó nuevamente en el compartimento debajo del apoyabrazos.

–¿Es necesario que acate todas las órdenes del rey? –preguntó Brystal–. De seguro, no notaría si recluta a uno o dos estudiantes más en el camino.

–Desafortunadamente, será mejor que siga sus órdenes –dijo Madame Weatherberry–. Ya he pasado por este camino muchas veces antes. Si queremos ganarnos la aceptación del mundo, entonces debemos ser muy cuidadosas con la forma en que *buscamos* esa aceptación. Nadie nos respetará si tomamos atajos y causamos problemas. Si quisiera, podría chasquear los dedos y traer a todas las niñas del correccional con nosotros, pero eso solo ocasionaría que la gente nos resienta aún más. El odio es como el fuego y nadie puede extinguirlo echándole alcohol.

–Desearía que el odio fuera fuego –dijo Brystal–. Las personas como los Edgar y los Jueces merecen arder por cómo tratan a la gente.

–Sin duda alguna –dijo Madame Weatherberry–. Sin embargo, no podemos permitir que nos motive la *venganza* y nos distraiga de hacer lo correcto. Puede parecer justo, pero la venganza es un arma de doble filo: cuanto más fuerte te aferras a ella, más profundo te cortas.

Brystal suspiró.

–Es solo que me siento mal por las niñas del correccional –dijo–. Cada vez que cierro los ojos, sus rostros aparecen en mi mente. Desearía que hubiera una forma de ayudarlas.

–Pero las *estamos* ayudando. Puede que no salvemos a tus amigas hoy ni mañana, pero, con paciencia y diplomacia, podemos marcar una *diferencia duradera*, para que las niñas como Pip nunca más sean llevadas a lugares como el Correccional Atabotas.

Brystal entendió lo que Madame Weatherberry le estaba queriendo decir, pero su plan parecía demasiado ambicioso. El mundo requeriría un gran cambio de opinión para aceptar a la magia y no había manera de que pensara que el mundo pudiera cambiar *tanto*.

–Lo siento, pero se siente como una meta poco realista –dijo–. Me gustaría imaginarme un mundo en donde las hadas puedan vivir en libertad y con honestidad, en donde puedan vivir felices sin miedo o sin ser perseguidas, pero no puedo.

–Todo logro en la historia empezó como una meta poco realista –dijo Madame Weatherberry–. Un futuro próspero se construye con la perseverancia de su pasado, y no podemos permitir que las dudas tengan de rehén a nuestra perseverancia. Lo que sugiero no es seguro, y tampoco fácil, pero al menos tenemos que *intentarlo*. Incluso si fallamos, cada paso que *nosotras* hayamos dado hacia adelante será un paso que nuestros sucesores no tendrán que dar.

Si bien aún se sentía un poco escéptica, Brystal se sintió inspirada por la pasión de Madame Weatherberry. Nunca antes había imaginado un futuro para ella en el que hubiera una escuela de magia, pero, de muchas formas, Madame Weatherberry le estaba ofreciendo el propósito y el futuro con el que siempre había soñado. Fueran exitosas cambiando el mundo o no, una vida de devoción a ayudar a las personas y a desarrollar sus habilidades mágicas era infinitamente mejor que vivir en el Correccional Atabotas.

–Suena como una aventura –dijo–. Me encantaría unirme a su academia de magia.

–Estoy encantada de oír eso –dijo Madame Weatherberry–. Encantada y aliviada, los unicornios *odian* cambiar de dirección a mitad de camino.

–¿En dónde está su escuela? –preguntó Brystal.

–En la parte sudeste del Entrebosque, entre el Reino del Sur y el Reino del Este –dijo Madame Weatherberry–. Pero no dejes que la ubicación te preocupe, la academia está muy bien protegida. No escatimé en recursos para mantenerla a salvo. Pero primero debemos hacer una pequeña parada y obtener el permiso de tus padres para que puedas asistir.

–*¿Qué?* –exclamó Brystal–. Pero ¿por qué necesitamos su permiso?

–El rey fue muy firme con que tuviera la aprobación de los tutores de mis pupilos –dijo–. Y, como expliqué, es muy importante que acatemos sus deseos.

Brystal había sospechado que el plan de Madame Weatherberry era demasiado bueno para ser verdad y ahora tenía prueba de ello. Justo cuando no podía esperar más para vivir su nueva vida en la academia de magia, todas sus esperanzas comenzaron a desplomarse.

–Deberíamos regresar –dijo Brystal–. Mi padre es un Juez

Ordinario muy respetado en el Reino del Sur. ¡Él me envió al Correccional Atabotas como un *favor* personal para que nunca se descubra que fui arrestada por hacer magia! ¡*Nunca* me permitiría asistir a su escuela!

Madame Weatherberry levantó su mano como si la preocupación de Brystal fuera una mosca inofensiva.

–No te preocupes, querida, soy muy persuasiva –dijo–. Logré persuadir al rey para que me diera su bendición, ¿qué tan difícil puede ser un Juez? Tendremos una charla agradable cuando lo vea esta noche.

–¿Esta noche? –preguntó Brystal–. Pero mi familia vive en Colinas Carruaje. Es un viaje de dos días.

Madame Weatherberry quedó encantada por la inocencia de Brystal y esbozó una sonrisa tímida.

–Los unicornios son más rápidos que los caballos normales –dijo y señaló hacia la ventana–. Míralo por ti misma.

Brystal había estado tan concentrada en su conversación que no había echado ningún vistazo por la ventana desde que partieron, pero cuando finalmente lo hizo, se quedó boquiabierta. El carruaje dorado se movía por las Planicies del Noreste a la velocidad de un rayo. El lugar deprimente pasaba por su ventana tan rápido que no era más que una nube difusa.

–Creo que va a gustarme la magia –dijo.

· • ★ • ·

Para el anochecer, los unicornios llegaron a las afueras de Colinas Carruaje y aminoraron la marcha hasta trotar con normalidad. Avanzaron con el carruaje dorado por la plaza central concurrida y todos los ciudadanos se quedaron congelados a medida que Brystal y Madame Weatherberry avanzaban a su lado. Brystal incluso divisó a sus antiguas compañeras de clase entre la multitud. Al pasar junto a ellas, las niñas se quedaron blancas como sus uniformes y sus ojos se abrieron el doble. Brystal las saludó amigablemente, pero rápidamente comprendió que no lo tendría que haber hecho, ya que una de las muchachas se desmayó.

El carruaje dorado tomó el camino hacia el este y, pronto, el hogar de los Evergreen apareció en la distancia. Si bien Brystal no se había ido por mucho tiempo, sentía como si hubieran pasado años desde la última vez que había estado en su casa. Los unicornios se detuvieron frente de la casa y Madame Weatherberry bajó del carruaje, mientras que Brystal permaneció atrás.

–No te preocupes, yo me encargo de esto –dijo Madame Weatherberry–. Confía en mí.

Le extendió una mano y la ayudó bajar. Se acercaron a la puerta principal y Madame Weatherberry golpeó alegremente con su mano izquierda enguantada. Unos segundos después, Brystal oyó las pisadas de su madre por detrás de la puerta.

–¡Ya voy! ¡Ya voy! –gruñó–. ¿Qué puedo hacer por...?

Ni bien abrió la puerta, la señora Evergreen gritó y se tapó la boca como si acabara de ver un fantasma. Brystal también quedó atónita por la aparición de su madre. Notó que los círculos debajo de los ojos de la señora Evergreen lucían más oscuros y su rodete estaba apretado con más fuerza. Sin duda, hacer todas las tareas del hogar sin ayuda estaba dejando sus marcas.

–Hola, mamá –dijo Brystal con un tono tímido–. Sorpresa.

–¡Brystal! –exclamó su madre–. Cielos santos, ¿qué rayos estás haciendo aquí?

–Es una larga historia –dijo.

Antes de que Brystal tuviera la oportunidad de explicarlo, la señora Evergreen extendió sus brazos alrededor de su hija y la abrazó con tanta fuerza que casi no la dejó respirar.

–No creí que te volvería a ver –dijo con lágrimas en los ojos–. ¡Tu padre dice que te atraparon haciendo magia en la biblioteca! No le creí, ¡le dije que tenía que ser un error! ¡Mi hermosa hija no podía ser capaz de hacer semejante cosa! ¡Pero luego tus hermanos me contaron sobre ese juicio horrible! ¡Lo juro, si llego a cruzarme con ese Juez Oldragaid lo estrangularé hasta que su piel recobre el color! Me dijeron que el Juez Supremo te envió a una institución en el noreste para que te curaran. ¿Ya te curaron? ¿Es por eso que regresaste?

Brystal hizo una mueca de dolor ante el deseo de su madre, no le iba a resultar fácil oír la verdad. La señora Evergreen estaba tan agradecida de ver a su hija que no notó a Madame Weatherberry y al carruaje dorado hasta luego de un rato.

–Ehm… ¿quién es usted? –preguntó.

–Hola, señora Evergreen, mi nombre es Madame Weatherberry –dijo–. Discúlpeme por presentarme sin previo aviso. Su Majestad me entregó un permiso para sacar a Brystal del Correccional Atabotas y enlistarla en un proyecto especial que estoy desarrollando. ¿Podría hablar con usted y su esposo sobre esto?

–¿Ah? –la señora Evergreen estaba sorprendida de oír esto–. Mi esposo solo tuvo un juicio esta tarde, estimo que llegará pronto. Por favor, pase y le prepararé un té mientras espera.

La señora Evergreen acompañó a Brystal y a Madame Weatherberry hacia la sala y luego se marchó hacia la cocina para preparar el té. Madame Weatheberry inspeccionó sus alrededores y soltó una risita al ver los muebles y tapices dispares.

–Tu casa es tan *ahorrativa* –dijo.

–Mi papá no es amante de las extravagancias –dijo Brystal.

–Ya veo.

La señora Evergreen regresó a la sala de estar con una bandeja de té.

–Por favor, siéntense –dijo mientras servía las tazas–. Imagino que ambas deben estar muy cansadas por el viaje. Tu padre dijo que esta institución se encuentra casi en las afueras de las Planicies del Noreste.

–De hecho, el viaje pasó volando –dijo Brystal con una risa nerviosa.

–¿Por cuánto tiempo te quedarás? –preguntó la señora Evergreen–. Tus hermanos por lo general no regresan de la corte hasta muy tarde. Lamentarán no haberte visto.

–No creo que la conversación con papá tome mucho tiempo –dijo Brystal–. Probablemente, nos vayamos ni bien llegue. Por favor, dale mis saludos a Brooks y Barrie.

–Lo haré –dijo la señora Evergreen y luego miró a su hija de pies a cabeza con preocupación–. Ah, Brystal, ¿qué te han hecho en esta institución? ¡Eres prácticamente carne y huesos! Espero que al menos te estén ayudando, ya sabes, con tu *condición*.

–Ah… no precisamente –dijo Brystal.

Antes de que se explayara aún más, la conversación se vio interrumpida por el sonido del carruaje de su padre llegando a la casa. Brystal respiró profundo para prepararse mentalmente para lo que estaba por venir. Unos momentos más tarde, el Juez Evergreen entró a la casa y cargó con todas sus fuerzas hacia la sala. Todavía no había visto a su hija y ya estaba de mal humor.

–¿Por qué hay un carruaje ridículo y cuatro caballos extravagantes en la puerta de nuestra casa? –gritó–. ¿Qué pensarán los vecinos si ven…?

Cuando el Juez puso un pie en la sala de estar, Madame Weatherberry y Brystal se levantaron para saludarlo. Le tomó unos segundos al Juez Evergreen reconocer a su hija y, una vez que lo hizo, su rostro tomo un tono rojo fuerte, sus fosas nasales se expandieron y gritó como un animal a la defensiva.

–*¿Qué hace ella en mi casa?* –rugió.

La señora Evergreen se puso de pie frente a su esposo y lo saludó como un payaso intentando distraer a un toro.

–Por favor, no te pongas mal –le rogó–. Esta mujer sacó a Brystal de la institución con un permiso del rey.

–¿Del rey? ¿Qué querría él con ella?

–No lo sé, acaban de llegar –dijo la señora Evergreen–. Dales una oportunidad de explicarlo.

Una vez que respiró profundo varias veces, el Juez Evergreen se sentó con reticencia en el sofá que se encontraba frente a su hija. Madame Weatherberry extendió su mano para estrecharla con la del Juez, pero este no aceptó el gesto.

–Juez Evergreen, es un placer conocerlo –dijo–. Mi nombre es Madame Weatherberry. Gracias por tomarse el tiempo de hablar con nosotras.

–Vaya directo al punto –le ordenó.

–Ah, veo que es un hombre que aprecia un buen resumen –dijo Madame Weatherberry–. Muy bien, seré breve. Estoy aquí porque el Rey Champion me ha dado permiso para abrir una academia. Estoy viajando por todo el Reino del Sur reclutando estudiantes. Pero mi academia no es una escuela típica; sino una academia para niños muy *especiales* con habilidades *únicas*.

La señora Evergreen aplaudió en celebración.

–¿Qué? ¡Eso es maravilloso! ¡Su Majestad quiere que nuestra hija asista a una escuela especial!

–¿A qué se refiere con *habilidades únicas*? –preguntó el Juez, con sospechas–. Sinceramente, dudo que esté reclutando académicos o atletas de correccionales.

–Bueno, si me permiten ser clara con ustedes –dijo Madame Weatherberry, vacilando levemente–. Es una escuela de *magia*.

Brystal prácticamente pudo oír los latidos de su padre a medida que su presión sanguínea se elevaba.

–*¿Disculpe?* –gruñó.

–Se llama la Academia de Empeño y Filosofía Mágica de Madame Weatherberry, pero no se encariñen con el nombre, puede mejorar –explicó–. Le prometí a Su Majestad que les pediría permiso a los padres de mis estudiantes antes de reclutarlos. Por lo que, si no tienen ninguna objeción, les pediré que firmen esta autorización.

Madame Weatherberry señaló hacia la mesa de té y un documento dorado apareció con una pluma larga a su lado. El Juez y la señora Evergreen se sobresaltaron al ver magia en su propia casa.

–Todos los detalles se encuentran en el formulario si desean tomarse un momento para leerlo –dijo Madame Weatherberry.

Brystal sabía que su padre ya estaba molesto, pero ver el formulario lo enfureció tanto que se puso rojo como un tomate. Tomó el formulario de la mesa y lo destrozó en varios pedazos.

–*¡¿Cómo se atreve a faltarme el respeto con semejante propuesta?!* –gritó.

–De hecho, Juez Evergreen, le habría faltado más el respeto si *no* hubiera buscado su aprobación –dijo Madame Weatherberry–. Verá, quiero que todo sobre mi academia sea tratado con estilo y cuidado, y eso empieza con la manera en la que recluto a mis estudiantes. Nuestro objetivo es mostrarle al mundo que la comunidad mágica es mucho más decente que...

El Juez se enfureció por sus palabras y derribó la mesa con un golpe furioso de su brazo. Las tazas de té cayeron al suelo y estallaron en mil pedazos.

–¡Preferiría ver a mi hija pudrirse en prisión antes que entregarla a los de su tipo! –gritó.

–No hay necesidad de hacer un escándalo –dijo la señora Evergreen–. Respiremos profundo y bebamos más té.

La señora Evergreen levantó las tazas rotas y el formulario de permiso destrozado, y lo guardó en su delantal antes de marcharse a toda prisa hacia la cocina. Brystal cerró los ojos y pretendió estar en otro lugar. No importaba cuántas veces su padre respirara profundo, ella ya sabía que él nunca cambiaría de parecer. Pero Madame Weatherberry no estaba lista para rendirse.

–Señor, entiendo su rechazo *apasionado* –dijo–. Cree que estoy intentando llevarme a su hija a un lugar desagradable para enseñarle cosas desagradables, pero todo eso está solo en su imaginación, porque su percepción de la magia está equivocada.

–*¡Soy un Juez del Reino del Sur, Madame! ¡No hay nada equivocado en mi percepción!*

–Y con su impresionante carrera, estoy segura de que ha presidido muchos casos que resultaron ser una confusión desafortunada. Le aseguro, la magia es como una de esas confusiones. De hecho, es la mayor confusión de nuestros...

–¡La magia es una abominación a los ojos de las leyes y a los ojos del Señor! ¡No insulte mi inteligencia insinuando lo contrario!

–Juez Evergreen, usted de todas las personas sabe que las leyes y la religión en el Reino del Sur han cambiado con el tiempo para reflejar las opiniones de aquellos que tienen el poder. La magia es una víctima de esa costumbre. Lo que el mundo cree que es un pecado espantoso y malvado, en realidad, es un don hermoso que se debe alentar. Su hija tiene la bendición de tener un talento extraño y poderoso. En las últimas semanas, ha demostrado tener un potencial *excepcional*, y creo que mi academia será una oportunidad maravillosa para que desarrolle...

–¡No permitiré que mi hija manche mi reputación con su magia!

–Pero el rey en persona aprobó mi academia. Puede ser algo incómodo al principio, pero con el tiempo, la magia de su hija será una fuente de orgullo para usted. Un día, todo el mundo conocerá su nombre y la buscará como un símbolo de bondad y compasión. Su reputación incluso podría exceder la suya y podría convertirse en la Evergreen más admirada que jamás haya...

–¡SUFICIENTE! –gritó el Juez y se puso de pie–. ¡No oiré otra palabra más de este sinsentido! ¡Regrese a mi hija al Correccional Atabotas donde pertenece de inmediato! ¡AHORA FUERA DE MI CASA!

El Juez Evergreen salió de la habitación, pero antes de llegar al vestíbulo, volteó hacia Brystal para mirarla con desprecio una última vez.

–*Debería haber dejado que te ejecutaran* –dijo.

Las palabras de su padre destrozaron a Brystal en más trozos que todas las tazas de té que había tirado al suelo. Una vez que el Juez Evergreen quedó fuera de la vista, le tomaron varios segundos a la niña recobrar la compostura. Madame Weatherberry movió la cabeza de lado a lado, paralizada por las palabras crueles del Juez.

–Bueno, *eso* podría haber salido mejor –dijo–. No perdamos las esperanzas, Brystal. Lo solucionaremos.

Brystal apreciaba el optimismo de Madame Weatherberry, pero sabía que no había nada que pudiera hacer que no rompiera su promesa con el rey. Sin el permiso de su padre, su única opción era regresar al correccional.

–Fue un error venir aquí –dijo Brystal–. Deberíamos marcharnos.

Brystal y Madame Weatherberry caminaron hacia la puerta del frente. Ni bien salieron y avanzaron hacia el carruaje dorado, las esperanzas de Brystal estaban tan bajas que tenía miedo hasta de hundirse en el suelo. Justo cuando estaba a punto de subirse al carruaje, la señora Evergreen salió de la casa y se acercó corriendo a su hija.

–¿Brystal? –la llamó.

–Mamá, perdón por no haberme despedido –dijo Brystal–. No quería verte a la cara cuando te dijera que yo...

–Ten –dijo la señora Evergreen–. Toma.

Su madre deslizó discretamente un trozo de papel hacia las manos de su hija. Brystal lo abrió y no pudo creer lo que estaba viendo. La señora Evergreen había pegado el formulario y ¡*lo había firmado*!

–¡Mamá! –exclamó sorprendida–. ¿Qué hiciste?

La señora Evergreen sujetó a Brystal en un abrazo fuerte para poder susurrarle directo al oído.

–Mantén la voz baja en caso de que tu padre te escuche desde adentro –dijo su madre–. El formulario decía que solo se necesita la firma de *uno* de los padres. No me importa lo que piense tu padre, también eres *mi* hija y no soportaré la idea de que trabajes hasta la muerte en esa institución horrenda. Ahora, ve a esa escuela y vive una vida de la que *tú* estés orgullosa. Lárgate lo más lejos que puedas de este lugar y encuentra la felicidad que tanto te mereces. Y por favor, por tu propio bien, no regreses a este miserable lugar.

Antes de que Brystal tuviera oportunidad de responder, la señora Evergreen la soltó y regresó a toda prisa al interior de la casa. Brystal se quedó anonadada por la acción de su madre. No podía pensar, no podía respirar y no podía moverse. Simplemente se quedó allí, perfectamente quieta, mirando la casa sin poder creerlo.

–Brystal, ¿te encuentras bien? –le preguntó Madame Weatherberry–. ¿Qué ocurrió?

–Mi madre acaba de darme una nueva vida –contestó.

CAPÍTULO OCHO

EL NIÑO DE FUEGO Y LA NIÑA DE ESMERALDAS

A medida que los unicornios se alejaban de Colinas Carruaje, Brystal no pudo evitar esbozar una sonrisa de oreja a oreja. Su vida había sido una pesadilla en las últimas semanas, pero por algún milagro del destino, el día se había convertido en un sueño hecho realidad. No solo era el día más confuso y sorprendente de su vida, sino que, gracias a su madre, era el primer día de una vida completamente *nueva*. Firmar el formulario fue el gesto más profundo que alguien jamás había hecho por ella y Brystal esperaba poder devolverle el favor y ayudarla a escapar del Reino del Sur algún día.

La señora Evergreen le había pedido a su hija que se marchara y nunca más regresara, pero Brystal no podía evitar pensar en ello. No tenía muchos recuerdos agradables de su hogar, por lo que sería fácil mantener la distancia, pero, hasta ese entonces, nunca antes había podido *elegir* su destino. La casa de los Evergreen, la Escuela para Futuras Esposas y Madres, la corte y el Correccional Atabotas eran todos lugares a los que había sido obligada a asistir; y ahora que estaba oficialmente bajo la supervisión de Madame Weatherberry, nunca tendría que regresar a esos lugares horribles. La nueva libertad le producía una sensación excitante y hacía que su sonrisa creciera aún más.

–¿Alguna vez te dijeron que tienes una sonrisa encantadora? –le dijo Madame Weatherberry.

–No que yo recuerde –contestó Brystal–. Pero bueno, nunca tuve muchas cosas por las que sonreír.

–Espero que eso cambie cuando lleguemos a la academia –agregó Madame Weatherberry.

–No puedo esperar a verla –dijo Brystal–. ¿Cuánto falta para que lleguemos?

–Aún tenemos que buscar a un estudiante más en el Reino del Sur y luego otra en el Entrebosque –dijo Madame Weatherberry–. Con suerte, será fácil reclutarlos y llegaremos mañana por la noche. No puedo imaginar lo exhausta que debes sentirte después de un día como este; así que, por favor, siéntete libre de descansar.

Un bostezo enorme emanó de la boca de Brystal y confirmó la intuición de Madame Weatherberry. Se recostó sobre los almohadones de raso y se sintió tan cómoda que se durmió en cuestión de segundos. Por la noche, el carruaje dorado viajó hacia las Colinas del Noroeste del Reino del Sur. Brystal se despertó a la mañana siguiente más rejuvenecida de lo que se había sentido en meses. En lugar de los frutos coloridos, de las enredaderas en el techo del carruaje ahora crecían muffins, bagels y todo tipo de pastelería para el desayuno.

–Buenos días, Madame Weatherberry –dijo Brystal y tomó un muffin–. ¿Durmió bien?

Parecía que Madame Weatherberry no se había movido nada desde que Brystal se había dormido. Estaba mirando el Mapa de Magia y se encontraba tan cautivada por este que no respondió enseguida.

–¿Madame? ¿Está todo bien? –preguntó Brystal. Aun así, Madame Weatherberry no levantó la vista del mapa.

–Qué peculiar –dijo.

–¿Qué cosa? –preguntó Brystal.

–Ah, disculpa mi concentración, querida –dijo Madame Weatherberry–. Estoy un poco preocupada por el posible estudiante que vamos a visitar. Ha cambiado de lugar dos veces desde anoche y parece que está cambiando nuevamente.

Madame Weatherberry giró el mapa para que Brystal pudiera ver a lo que se estaba refiriendo. En la esquina noroeste del Reino del Sur había una estrella brillante que se movía levemente hacia la frontera con el Entrebosque. El nombre que aparecía a un lado de la estrella era *Amarello Hayfield*.

–¿Qué cree que signifique? –preguntó Brystal.

–Bueno, simplemente que se está moviendo –dijo Madame Weatherberry–. Pero me preocupa más de lo que pueda estar *escapando*. Deberíamos intentar alcanzarlo antes de que cruce la frontera.

Madame Weatherberry chasqueó los dedos y los unicornios comenzaron a galopar aún más rápido. El territorio ondulado y los robles de las Colinas del Noroeste pasaban por la ventanilla de Brystal tan rápido que apenas podía distinguirlos. Madame Weatherberry mantenía la atención fija en el Mapa de Magia a medida que ella y Brystal se acercaban a la estrella del joven.

De pronto, el aire afuera se tornó más denso y el carruaje se impregnó con olor a humo. Madame Weatherberry chasqueó los dedos una vez más y los unicornios aminoraron la marcha hasta un trote normal. Ella y Brystal se asomaron por las ventanillas y notaron que la tierra estaba completamente quemada por acres a la redonda. Muchos de los árboles y arbustos aún ardían, y parecía como si el área hubiera sido azotada recientemente por un incendio forestal.

Los restos se extendían por kilómetros, hasta que, extrañamente, el daño terminaba en un granero de madera inmenso. El sitio era un infierno abrasador con llamas que se extendían más allá de su tejado derrumbado. Era como si el incendio se hubiera detenido a descansar allí antes de seguir su camino.

–Ahora sabemos de lo que estaba escapando –dijo Brystal–. ¿Cree que logró escapar del fuego?

Madame Weatherberry entrecerró la vista mientras inspeccionaba el granero ardiente.

–No, creo que él *es* el fuego –dijo–. Brystal, quédate en el carruaje. Las cosas pueden ponerse algo ardientes si lo abrumamos.

–¿*Pueden* ponerse algo ardientes? –preguntó Brystal.

El carruaje dorado se detuvo a una distancia segura del granero incendiado. Madame Weatherberry descendió y se acercó a este, mientras Brystal miraba desde el vehículo. El hada movió sus manos en grandes círculos por el aire e invocó una tormenta repentina que extinguió todas las llamas. Una vez que el fuego cesó, lo único que quedó de la estructura eran sus vigas y columnas chamuscadas.

Para el asombro de Brystal, un niño de unos once años se encontraba durmiendo en el suelo de cenizas del granero. Tenía el cabello dorado y tez clara, y su ropa había sido significativamente dañada por el fuego. A pesar de ello, no tenía ni una quemadura en todo su cuerpo.

–Hola, Amarello –le dijo Madame Weatherberry.

El muchacho se despertó, asustado. Le sorprendió que Madame Weatherberry caminara hacia él, por lo que rápidamente se escondió detrás de una viga quemada. Brystal se sorprendió cuando unas llamas aparecieron sobre su cabeza y hombros. Madame Weatherberry tenía razón: Amarello no estaba *escapando* del fuego, él lo estaba *creando*.

–¡Alto ahí! –dijo–. ¡No se acerque!

Madame Weatherberry le esbozó una cálida sonrisa, pero no se detuvo.

–No te preocupes, cariño –le dijo–. No te haré daño.

–¡No, pero yo puedo lastimarla a *usted*! –le advirtió Amarello–. ¡Manténgase lejos de mí o la quemaré!

Con cada paso que Madame Weatherberry daba, Amarello se ponía más y más tenso. El fuego sobre su cabeza y hombros se avivaba con mayor intensidad y las llamas cubrían todos sus brazos y torso.

–¡Hablo en serio! –le gritó–. ¡No puedo controlarlo! ¡Soy muy peligroso!

–Amarello, no hay nada que temer –dijo–. Mi nombre es

Madame Weatherberry y te prometo que no me lastimarás. Soy igual a *ti*.

–¿Igual a *mí*? –preguntó con incredulidad–. ¡No sé qué está haciendo aquí, pero no hay manera de que sea como yo! ¡Por favor, lárguese antes de que se queme!

Para demostrarle que estaba equivocado, Madame Weatherberry levantó los brazos sobre su cabeza y repentinamente envolvió todo su cuerpo en unas llamas violentas y radiantes. Brystal y Amarello no podían creer lo que estaban viendo, por lo que quedaron boquiabiertos. El asombro del niño extinguió temporalmente el fuego de su propio cuerpo. Una vez que Madame Weatherberry creyó que ya había dejado en claro el mensaje, bajó los brazos y las llamas violentas se desvanecieron sin dejar ninguna marca en su piel o ropa.

–Te lo dije –agregó ella–. Tengo magia al igual que tú y nosotros podemos hacer todo tipo de cosas que otras personas no pueden. Tu fuego es solo el comienzo.

–Soy… soy… ¿*mágico*? –preguntó.

–Claro que lo eres –contestó Madame Weatherberry–. ¿Por qué otra razón podrías crear fuego con tu piel?

–Creí que era una maldición –dijo.

–Es perfectamente natural sentirse asustado y confundido –dijo Madame Weatherberry–. Pero la magia es un concepto muy malinterpretado en nuestro mundo. Estoy segura de que te dijeron que es una práctica repugnante y demoníaca, pero eso no es verdad. Puede no parecerlo ahora, pero en realidad has sido bendecido con un don muy poderoso.

Amarello negó con la cabeza y se alejó de ella.

–Debe ser un error –dijo–. Yo no fui *bendecido* con nada. ¡Soy un desastre andante! ¡Alguien tiene que detenerme!

–¿Y crees que cruzar la frontera te ayudará? –preguntó Madame Weatherberry.

–¿De qué habla? –preguntó Amarello–. No voy a la frontera.

–¿Entonces hacia dónde te diriges? –le preguntó.

–¡Hacia el Lago del Noroeste! –dijo–. *¡Voy a atar una roca a mis pies y ahogarme antes de provocar más daño!*

Luego de confesar sus planes, el niño se puso de rodillas y comenzó a llorar, pero, en lugar de que salieran lágrimas líquidas, de sus ojos brotaron chispas abrasadoras. Madame Weatherberry y Brystal se sintieron tristes por las intenciones de Amarello. El hada se arrodilló a su lado y colocó una mano reconfortante sobre su hombro.

–Pequeño –dijo–. Eso es un poco extremo, ¿no lo crees?

–¡Pero es la única forma de detenerlo! –gritó–. ¡Ya no quiero lastimar a nadie más!

–¿A qué te refieres con *lastimar*? –preguntó Madame Weatherberry–. ¿Pasó algo que te hizo escapar de tu hogar?

–Ya no tengo un hogar del que escapar –dijo el niño entre lágrimas.

–¿Por qué? –preguntó Madame Weatherberry y Amarello negó con la cabeza.

–No puedo decirlo –dijo–. Creerá que soy un monstruo.

–Querido, tengo una larga historia con la magia –dijo–. Sé lo complicado que puede ser al principio. Si bien la magia proviene de un lugar bueno en nuestro interior, si no tenemos el control sobre nuestras habilidades, algunas veces pueden ocurrir infortunios. Entonces, a menos que hayas causado daño a voluntad propia, lo que haya ocurrido *no fue tu culpa*. Ahora, por favor, comienza por el principio y cuéntame qué te trajo hasta aquí.

Al igual que la primera interacción de Brystal con ella, no le tomó mucho tiempo a Amarello sentir la bondad de Madame Weatherberry y comprender que podía confiar en ella. Luego de respirar profundamente, las chispas dejaron de brotar de sus ojos y se sentó para contarle lo que le estaba causando tanto dolor.

–Supongo que siempre supe que este día llegaría –dijo Amarello–. Mi madre murió al darme a luz. El doctor le dijo a mi familia que fue debido a las quemaduras que recibió durante el parto, pero no podía explicar qué las había causado. Mi padre debió enterarse de que fue mi culpa porque se negó a sostenerme y a darme un nombre. Eventualmente, la partera me llamó *Amarello* por al resplandor amarillento con el que nací, pero que desapareció unos días más tarde.

–Muchos nacemos con signos –dijo Madame Weatherberry–. Lamento oír que el tuyo te haya costado semejante tragedia.

–Yo también –dijo–. A medida que iba creciendo, aparecieron más signos. Siempre tenía fiebre, nunca necesitaba abrigo en invierno y las cosas se derretían en mis manos si las presionaba con mucha fuerza. Pero hace casi un año, todo empezó a empeorar. Soltaba chispas cada vez que tosía o estornudaba, emanaba destellos de luz cada vez que me sorprendía o me asustaba y, algunas veces, tenía pesadillas y quemaba las sábanas. Pero hace algunos días, mi papá llegó a casa del bar y comenzó a golpearme…

–¿Porque descubrió tu magia?

–No, no fue por eso –dijo Amarello–. Mi padre siempre me había odiado desde que mi madre murió… Pero hace algunas noches, me atrapó con algo, algo que no debería haber tenido, algo de lo que me había advertido que me mantuviera alejado…

El recuerdo ciertamente era doloroso para Amarello. Más chispas brotaron de sus ojos y algunas llamas reaparecieron sobre su cabeza y hombros.

–Puedes obviar los detalles si no estás listo para compartirlos –dijo Madame Weatherberry–. ¿Qué ocurrió *luego* de que tu padre te atrapara?

–Mientras me golpeaba, me puse furioso, *muy* furioso –recordó Amarello–. Sentí todo este calor creciendo en mi interior como si fuera un volcán. Sabía que algo malo estaba a punto de ocurrir, por lo que le rogué a mi padre que se detuviera y se marchara, ¡pero no me hizo caso! ¡Lo siguiente que recuerdo es que había fuego por todos lados! ¡Salió como una explosión! ¡Nuestra casa se quemó hasta quedar en escombros y mi padre... mi padre... *mi padre*...

–Tu padre murió en el fuego –agregó Madame Weatherberry sin tener que preguntar.

Amarello giró hacia un lado y sollozó con tanta fuerza que sus chispas se convirtieron en dos lazos de fuego. Su cuerpo entero se vio consumido por las llamas poderosas y Brystal podía sentir el calor incluso desde el interior del carruaje. Madame Weatherberry levantó una mano y creó un escudo alrededor del niño para que el fuego no se esparciera más. Una vez que todas sus emociones reprimidas cesaron, las llamas se extinguieron y Amarello regresó a la normalidad.

–Quiero que me escuches con atención –le dijo Madame Weatherberry–. Lo que has experimentado no es otra cosa más que una tragedia, pero un comienzo trágico no significa que también tengas que tener un final trágico. Sé que se siente como si fuera el fin del mundo, pero no estás tan solo como crees estar. Hay una comunidad entera de personas *iguales a ti* que puede ayudarte a atravesar estos tiempos difíciles y enseñarte a controlar tus habilidades.

–No merezco ayuda –dijo Amarello–. Lastimo a todos los que se acercan.

Madame Weatherberry extendió un brazo hacia el carruaje dorado y el apoyabrazos que se encontraba frente a Brystal se abrió solo. Una medalla de cristal con un listón rojo se elevó del compartimento y salió flotando por la ventanilla hacia la mano de Madame Weatherberry.

–Toma –dijo y colocó la medalla alrededor del cuello del niño.

–¿Qué es esto? –preguntó Amarello.

–Yo la llamo *Medalla de Supresión* –dijo Madame Weatherberry–. Apaga las habilidades mágicas de quien la lleve puesta. La creé yo misma en caso de que me encontrara un niño como tú. No importa lo triste que te sientas, siempre que tengas la medalla alrededor de tu cuello, el fuego no regresará.

Amarello no le creyó. Frunció el ceño mientras intentaba pensar en los pensamientos más perturbadores posibles, pero su piel quedó perfectamente normal. El niño incluso se dio algunas bofetadas sobre su rostro y, cada vez que lo hacía, lucía más contento, ya que las llamas nunca aparecían.

–¡Funciona! –dijo Amarello.

–Claro que sí –dijo Madame Weatherberry–. Algunas veces, los problemas más grandes de la vida tienen las soluciones más simples. Espero que te ahorre tu viaje al lago.

–¿Puedo quedarme con la medalla? –preguntó con ojos esperanzadores.

–No la necesitarás por siempre –dijo Madame Weatherberry–. Un día aprenderás a controlar tus habilidades por tu cuenta.

–¿Cómo aprenderé a *controlarlas*? –preguntó.

–Porque yo te lo voy a enseñar –dijo ella–. Abriré mi propia escuela para niños como tú. Se llamará el Instituto de Artes Mágicas de Madame Weatherberry; pero el nombre parece un trabalenguas, así que probablemente lo acorte. El Rey Champion me ha dado un permiso para reclutar jóvenes hadas del Reino del Sur y enseñarles a desarrollar sus habilidades mágicas.

–¿Hadas? –preguntó Amarello.

–Sí, ese es el término apropiado para las personas como tú –explicó Madame Weatherberry–. Una vez que mis estudiantes hayan recibido el entrenamiento adecuado, viajaremos por el mundo y usaremos nuestra magia para ayudar y sanar a las personas que más lo necesitan. Con un poco de suerte y con tiempo, nuestros actos de generosidad serán reconocidos como tales y el mundo aprenderá a aceptarnos. ¿Te gustaría unirte a nuestra aventura?

–¿Quiere que *yo* me una a su escuela? –preguntó Amarello–. ¡Pero acabo de incendiar miles de hectáreas de tierra! ¿Está segura de que quiere a alguien como yo en su campus?

–Eres exactamente el tipo de estudiante que estoy buscando –dijo ella–. Después de todo lo que has pasado, conoces la importancia de generar aceptación y consciencia sobre la magia, para que nadie tenga que repetir tu misma experiencia. Y juntos, podremos crear un mundo en el que los niños nunca piensen que *saltar a un lago* sea la única solución a sus problemas.

Amarello se quedó en silencio mientras consideraba la propuesta de Madame Weatherberry. En el carruaje, Brystal cruzó los dedos, con la esperanza de que el niño aceptara la oferta.

–Bueno, como ya no me arrojaré al fondo del lago, mi agenda está bastante libre –dijo–. Si está segura de que no seré un problema, ¡entonces me encantaría unirme a su escuela!

Madame Weatherberry aplaudió en aceptación.

–¡Maravilloso, querido! –dijo–. Vas a ser muy feliz allí. Ahora, busquemos algo más cómodo para que lleves durante el viaje.

Madame Weatherberry hizo un círculo con un dedo e, hilo por hilo, la ropa chamuscada de Amarello se convirtió en los pantalones color café y el chaleco que llevaba antes de que comenzara el fuego. Escoltó al niño hacia el carruaje y lo ayudó a subir. Amarello se sorprendió al ver a Brystal esperando en el interior y se sintió algo tímido.

–Amarello, me gustaría que conozcas a tu nueva compañera, Brystal Evergreen –dijo Madame Weatherberry–. Ella es muy poderosa, al igual que tú.

–Hola, Amarello –dijo–. ¡Un gusto conocerte!

Brystal intentó estrechar su mano, pero Amarello rápidamente rechazó el gesto.

–Lo siento –dijo–. No es nada personal, es solo que estoy acostumbrado a quemar cosas.

Luego de un momento, Amarello estrechó la mano de Brystal con cuidado y se sintió aliviado al notar que no la lastimó. Si bien la Medalla de Supresión suprimía sus poderes, Amarello aún tenía la mano muy cálida.

–¡Es un gusto conocerte a ti también, Brystal! –dijo.

Madame Weatherberry y Amarello tomaron asiento y la puerta del carruaje se cerró detrás de ellos. El hada tomó el Mapa de Magia del compartimento que se encontraba debajo del apoyabrazos y repasó el paradero de su tercera y última recluta en el Entrebosque. Una vez que confirmó la locación, chasqueó los dedos y los unicornios avanzaron a toda prisa hacia adelante, llevando al carruaje dorado en una nueva dirección. Amarello abrió los ojos, sorprendido, a medida que las Colinas del Noroeste pasaban a toda prisa por su ventanilla.

–¡Esto es increíble! –exclamó–. ¡Debemos estar yendo a cientos de kilómetros por hora!

–¿No es sorprendente? –dijo Brystal–. He viajado por todo el reino con Madame Weatherberry y mi corazón aún se agita cuando miro por la ventanilla.

–¿Desde cuándo sabes que eres mágica? –le preguntó.

–Es un descubrimiento reciente –contestó ella–. Pero si sirve de consuelo, sé cómo te sientes. La segunda vez que hice magia, me arrestaron y me encerraron en un correccional. Es difícil imaginar que *cosas buenas* puedan venir de la magia, pero no puedo esperar a que Madame Weatherberry nos demuestre lo contrario.

Amarello asintió con tristeza.

–Será un milagro si algo bueno sale de mi magia.

–Apuesto que te sorprenderías –dijo Brystal–. Puede que ahora pienses que es una maldición, pero conozco algunos lugares en los que vendría bien tener a un niño como tú.

–¿Cómo cuáles? –preguntó.

–El correccional al que me llevaron, por ejemplo –explicó–. Por las noches, hacía tanto frío que mi amiga me traía una cobija en secreto para que no me congelara hasta la muerte. ¡Habría dado cualquier cosa para estar cerca de tu fuego en ese momento! Y estoy segura de que habrías sido de gran ayuda con todos los problemas que han estado ocurriendo en el Reino del Norte últimamente.

De pronto, Madame Weatherberry levantó la vista del Mapa de Magia y miró a Brystal como si acabara de decir algo controversial.

–*¿Qué acabas de decir sobre el Reino del Norte?* –preguntó.

La reacción intensa de Madame Weatherberry tomó a Brystal por sorpresa. Era la primera vez que había visto al hada sin su encanto distintivo.

–Solo dije que al Reino del Norte le vendría bien un niño como Amarello –dijo Brystal.

–Sí, pero *¿por qué?* –inquirió Madame Weatherberry–. ¿Qué has oído?

–Que hay muchas tormentas de nieve –dijo Brystal–. Eso es todo.

Una vez que el asunto quedó esclarecido, el buen humor de Madame Weatherberry regresó lentamente a ella, pero cierto rastro de agresión permaneció en su mirada.

–Ah, sí, las *tormentas* –dijo–. También oí hablar de ellas. Pobre gente, esperemos que el clima cambie pronto. Perdóname, Brystal, malinterpreté lo que estabas diciendo.

–Madame Weatherberry, ¿ocurre *algo* en el Reino del Norte de lo que nos tengamos que preocupar? –preguntó Brystal.

–Nada de que temer, cariño –contestó–. Solo asuntos políticos como de costumbre; es bastante aburrido, de hecho. Olvida que lo mencioné.

Por respeto, Brystal no hizo más preguntas, pero el comportamiento sospechoso de Madame Weatherberry dejó algo muy en claro: había algo sobre el Reino del Norte que no les estaba diciendo.

• • ★ • •

El carruaje dorado quedó en silencio mientras viajaban hacia el sur desde las Colinas del Noroeste. Si bien no dijo nada, la mente de Brystal estaba llena de pensamientos emocionantes sobre su futuro en la escuela de magia. Amarello aún estaba sorprendido por lo rápido que avanzaba el carruaje y movía su cabeza de lado a lado tratando de distinguir algo del paisaje borroso que veía afuera. Madame Weatherberry se mantuvo reservada la mayor parte del viaje, mientras estudiaba el Mapa de Magia en silencio. En un punto, algo extraño pareció llamarle la atención y miró el mapa con mayor intensidad durante algunos minutos sin levantar la vista.

–¿Madame? –preguntó Brystal–. ¿Algo anda mal?

–Nada anda *mal* –dijo Madame Weatherberry–. Sin embargo, hay algo muy *curioso* sobre la locación de nuestra próxima recluta.

–¿También se está moviendo? –preguntó Brystal.

–Por el contrario –dijo Madame Weatherberry–. Su paradero ha sido exactamente el mismo desde que supe de ella. Eso haría que fuera más fácil de encontrarla, pero me interesa saber por qué no se ha movido para nada.

–¿Cómo se llama? –preguntó Brystal.

–Emerelda Stone –dijo Madame Weatherberry–. Lindo, ¿cierto?

–No puedo esperar a conocerla –dijo Brystal–. Sería agradable conocer a una niña con la que tenga algo en común.

Luego de una hora o más de viaje desde las Colinas del Noroeste, los unicornios doblaron abruptamente hacia la derecha y comenzaron a marchar hacia el oeste. Brystal no se esperaba el cambio de dirección, por lo que miró el mapa que Madame Weatherberry llevaba sobre su regazo.

–¿Vamos en la dirección correcta? –preguntó Amarello–. Nos estamos acercando demasiado a la frontera oeste.

–Allí es exactamente hacia dónde vamos –dijo Madame Weatherberry–. La señorita Stone vive a unos pocos kilómetros al oeste del Reino del Sur, en las minas de carbón del Entrebosque.

La mención del territorio infame entre los reinos le llamó la atención a Amarello. Se sentó más recto y miró a sus acompañantes con temor.

–¿Iremos al *Entrebosque*? –dijo Amarello, sorprendido–. Pero ¿no es peligroso?

–Ah, es más que peligroso –dijo Madame Weatherberry–. Hay criaturas que viven en el bosque del Entrebosque que la humanidad solamente ha visto en sus peores pesadillas. La comida y el agua son recursos limitados y los habitantes pelean constantemente por ellos. La gente hace bien al mantener la distancia. Es por eso que es el lugar perfecto para la academia.

La ansiedad de Amarello se duplicó.

–¿La academia también está en el Entrebosque? –preguntó.

–Sí –contestó Madame Weatherberry encogiéndose de hombros–. ¿No lo mencioné?

–Me temo que se olvidó de ese *pequeño* detalle –dijo.

–Bueno, no temas, yo te protegeré –dijo Madame Weatherberry asintiendo orgullosamente–. Mi academia se encuentra en un área muy segura en la parte sudeste del Entrebosque y la propiedad está protegida por magia poderosa.

–¿Qué hay de las minas de carbón? –preguntó–. ¿Son seguras?

–Estaremos perfectamente bien –dijo Madame Weatherberry–. Las minas de carbón están a solo algunos minutos a pie de la frontera del oeste.

Amarello negó con la cabeza como si sus oídos lo estuvieran engañando.

–¿Acaba de decir *algunos minutos a pie*? –inquirió, entrando en pánico–. ¿*Bajaremos* del carruaje?

–Claro que iremos a pie –dijo Madame Weatherberry, riendo–. Cuatro unicornios y un carruaje dorado llamarían mucho la atención. Siempre que nos mantengamos en silencio y tranquilos, todo estará bien.

Amarello tragó saliva, poco convencido por el comentario del hada. Brystal confiaba en Madame Weatherberry un poco más que él, pero de todas formas sintió un nudo en la boca del estómago de solo pensar en ingresar al bosque peligroso. A las muchachas jóvenes del Reino del Sur rara vez les enseñaban sobre el mundo, pero incluso *ellas* sabían que debían evitar el Entrebosque.

Los unicornios aminoraron la marcha al acercarse a la frontera oeste. Al mirar con ansiedad por la ventanilla, Brystal y Amarello no tuvieron dudas sobre dónde terminaba el Reino del Sur y comenzaba el Entrebosque. El horizonte había sido tragado por un bosque denso y monstruoso. Todos los árboles eran gigantes y sus troncos y ramas retorcidas se extendían hacia el cielo como los brazos de un prisionero en busca de la libertad.

A medida que se acercaban, el carruaje pasó junto a un letrero que le hizo sentir escalofríos a los niños:

ADVERTENCIA

ESTÁ POR INGRESAR A

LA ZONA DEL ENTREBOSQUE

CUIDADO CON LOS MONSTRUOS

–¿Hacía falta hacer un letrero con una letra tan tenebrosa? –preguntó Amarello–. En serio, ¿era realmente necesario?

El carruaje dorado se apartó del camino y se detuvo en la entrada al bosque. Madame Weatherberry descendió con un salto alegre sin darle importancia al mundo que la rodeaba y luego ayudo (o más bien, *obligó*) a Brystal y a Amarello a bajar. Una vez que los tres se encontraban afuera, Madame Weatherberry chasqueó los dedos y los unicornios grandes comenzaron a encogerse. Los corceles majestuosos se transformaron en ratones de campo con cuernos y colas mullidas de un color magenta. El hada chasqueó los dedos nuevamente y el carruaje de oro se encogió hasta convertirse en un broche pequeño, el cual Madame Weatherberry sujetó a su vestido. Con un tercer y último chasquido, un gran trozo de queso apreció en el suelo para que los ratones comieran.

–Regresaremos en una hora, más o menos –les dijo Madame Weatherberry les dijo a los ratones–. Descansen y disfruten del queso. Ah, y por favor, cuídense de los búhos. Recuerden lo que le ocurrió a Prancy.

Brystal y Amarello siguieron al hada hacia el camino y continuaron hacia el Entrebosque a pie. El camino era tan irregular y angosto que un carruaje no habría podido pasar por allí. Las ramas de los árboles cubrían el cielo y bloqueaban la mayor parte de la luz, lo cual hacía imposible saber la hora del día.

Cuanto más profundo se adentraban, más nerviosos se sentían Brystal y Amarello. Madame Weatherberry parecía divertirse con su paranoia.

Una vez que estaban a medio camino en dirección a las minas, dos criaturas enormes arremetieron contra ellos desde la oscuridad del bosque. Brystal y Amarello gritaron y se abrazaron, aterrorizados. Cuando ambas figuras se pararon bajo la luz, los viajeros descubrieron que se habían cruzado con dos ogros. El primer ogro tenía la piel de un tono parduzco y su rostro estaba lleno de perforaciones de huesos. El segundo ogro era verde y estaba lleno de verrugas. Ambas criaturas tenían unos dientes inferiores muy afilados, sus ropas estaban hechas de pieles de distintos animales muertos y cada uno llevaba un palo de madera.

–Vaya, miren lo que entró en el bosque –dijo el ogro parduzco con desprecio.

–Deben haberse perdido si llegaron hasta aquí –rugió el ogro verde.

Los ogros rodearon a los viajeros como lobos que acechaban a sus presas. Brystal y Amarello estaban tan asustados que cerraron los ojos, pero Madame Weatherberry nunca se encogió de miedo.

–De hecho, estamos perfectamente bien, gracias –dijo–. Aunque es muy agradable que quieran cuidarnos.

Brystal, Amarello y los ogros se sintieron igual de sorprendidos por la respuesta alegre de Madame Weatherberry. Continuó avanzando por el camino con los estudiantes, pero los ogros corrieron y le bloquearon el paso con sus palos.

–No creerás que te irás *así* de fácil, ¿verdad? –preguntó el ogro parduzco.

–Es muy difícil encontrar carne fresca aquí –dijo el ogro verde y se lamió los labios.

Madame Weatherberry miró a las criaturas como si fueran niños desobedientes.

–Solo para dejar las cosas en claro, ¿están interrumpiendo nuestro viaje con la intención de *comernos*? Y sus gestos obscenos y lenguaje sugerente no tienen que ser interpretados como sarcasmo, ¿verdad?

Los ogros compartieron una mirada de confusión; no comprendían todas las palabras que Madame Weatherberry estaba usando.

–*¡Claro que los vamos a comer!* –rugió el ogro parduzco.

–¡Maravilloso! –celebró Madame Weatherberry.

–¿Maravilloso? –exclamó Brystal–. Madame, ¿cómo es que esto es maravilloso?

–¡Estamos a punto de ser su almuerzo! –exclamó Amarello.

–Los ogros acaban de darme la oportunidad perfecta para enseñarles una valiosa lección –explicó Madame Weatherberry–. Como dije antes, la magia viene de un lugar de amor y felicidad en nuestro interior. Su propósito es estabilizar, mejorar y nutrir. Sin embargo, en ocasiones especiales en las que pueda ser justificada, la magia también puede usarse para *defensa personal*. Al confesar sus intenciones de hacernos daño, estos ogros nos han dado permiso para...

–¡MADAME WEATHERBERRY, CUIDADO! –gritó Brystal.

El ogro parduzco levantó su palo sobre su cabeza y lanzó un golpe en su dirección. Sin siquiera mirar, Madame Weatherberry chasqueó los dedos y el palo cayó al suelo antes de golpearlos. Giró y señaló con ambas manos a las criaturas. Los ogros se elevaron por el aire y comenzaron a dar vueltas como un par de ciclones, lo cual hizo que todas las hojas que cubrían el suelo del bosque giraran a su alrededor. Madame Weatherberry bajó las manos y dejaron de girar, pero en lugar de ogros, dos pequeñas tortugas cayeron al suelo.

–Como decía –continuó–. Al confesar sus intenciones de hacernos daño, estos ogros nos han dado permiso para usar magia y detenerlos. Y ahora que han sido transformado en animales más pequeños, aprenderán una muy buena lección sobre la humildad. Todos salimos ganando. ¿Alguna pregunta?

Brystal y Amarello quedaron atónitos por lo que acababan de presenciar. Cuando finalmente recobraron la compostura, Amarello levantó la mano.

–Sí, ¿Amarello? –preguntó Madame Weatherberry.

–¿Nos enseñará a hacer *eso*? –preguntó con mucho entusiasmo.

–A su debido tiempo –dijo con una sonrisa–. Ahora, sigamos.

Madame Weatherberry guio a Brystal y a Amarello por algunos kilómetros más por el Entrebosque hasta que el camino finalmente terminó frente a la entrada de una enorme mina de carbón en la base de una montaña. Brystal y Amarello quedaron sorprendidos al ver que la mina era operada únicamente por enanos. Los pequeños mineros sacaban carretillas repletas de carbón desde el interior de la montaña y vertían los trozos oscuros en una enorme pila afuera. Una vez que las carretillas quedaban vacías, los mineros regresaban a la mina a buscar más y la pila de carbón era clasificada y encajada por empaquetadores.

Los trabajadores estaban acostumbrados a ver animales feroces y criaturas peligrosas en el bosque que los rodeaba, pero ni bien Madame Weatherberry, Brystal y Amarello emergieron de los árboles, todos se quedaron congelados y miraron con incredulidad a sus nuevos visitantes. Los enanos que vigilaban la entrada quedaron tan sorprendidos que ni siquiera cuestionaron a los extraños al pasar junto a ellos.

–Buenas tardes, caballeros –dijo Madame Weatherberry saludando amablemente con su mano–. Sigan con el buen trabajo.

Ingresaron a un túnel oscuro y les tomó algunos segundos acostumbrar la vista. El ruido metálico de los picos se tornaba cada vez más fuerte a medida que se adentraban más y más en la mina. Eventualmente, el túnel los llevó hacia una caverna inmensa en donde los mineros cincelaban el carbón en diferentes niveles a su alrededor. En el centro de la caverna, sobre una aglomeración de estalagmitas, se encontraba una plataforma de observación, en la cual un enano más viejo se encontraba sentado detrás de un escritorio en miniatura. Llevaba traje y corbata, y estudiaba detenidamente los planos de la montaña a través de un monóculo.

–Disculpe, señor –dijo Madame Weatherberry–. ¿Me haría el favor de llevarme con la persona a cargo?

El enano anciano levantó la vista de los planos y se quedó atónito al ver que la mujer y los niños habían ingresado sin problema a la mina. Uno por uno, los mineros a lo largo de toda la caverna notaron la presencia de sus visitantes e hicieron a un lado los picos para observarlos.

–Ese sería yo, señora –dijo el enano anciano–. Soy el señor Slate, el Minero Mayor.

–Un gusto conocerlo, señor Slate –dijo–. Mi nombre es Madame Weatherberry y ellos son mis estudiantes, Brystal Evergreen y Amarello Hayfield.

–¿Qué los trae por esta mina? –preguntó el señor Slate.

–Estoy buscando a una jovencita llamada Emerelda Stone –dijo Madame Weatherberry–. ¿Podría, por favor, decirme en dónde la puedo encontrar?

Todos los enanos se quedaron en silencio y el aire de la cueva se sintió mucho más tenso. El señor Slate intercambió una mirada incómoda con los mineros que se encontraban a su alrededor.

–Lo siento, pero no hay nadie aquí con ese nombre –dijo el enano.

–¿Está seguro? –insistió Madame Weatherberry–. Porque, según mi mapa, la señorita Stone se encuentra en algún lugar dentro de esta mina. ¿Quizás tenga otro nombre?

–Su mapa debe estar mal entonces, porque le aseguro que no hay mujeres aquí –dijo el señor Slate–. Lamento que haya venido hasta aquí por nada. Sin embargo, me gustaría ofrecerle un descuento en nuestro carbón para que no se vaya con las manos vacías.

Madame Weatherberry miró al Minero Mayor con sospechas.

–Señor Slate, mi mapa no miente –dijo–. Yo sé que hay una niña con habilidades mágicas cerca y, si descubro que ustedes están escondiendo a la señorita Stone en contra de su voluntad, me veré obligada a usar la fuerza para liberarla.

Algunas gotas de sudor aparecieron en la frente del señor Slate.

–Acabo de decirle que no hay ninguna niña en esta mina

–repitió–. Ahora, por favor, lárguese antes de que haga que la saquen por la fuerza. No queremos tener problemas.

Madame Weatherberry volteó hacia Brystal y Amarello con una sonrisa entusiasta que no esperaban ver.

–¡Ah, la suerte sigue estando de nuestro lado! –dijo con felicidad–. El señor Slate me ha dado otra oportunidad para enseñarles otra valiosa lección. Verán, cuando tenemos una razón para creer que alguien se encuentra en peligro o es prisionero, podemos usar magia para rescatar a esa persona. Observen.

Con un movimiento de su muñeca, todos los mineros a lo largo de la cueva de pronto cayeron al suelo como dominós y sucumbieron en un sueño profundo. El señor Slate, se escondió a toda prisa debajo de su escritorio para evitar el hechizo, pero Madame Weatherberry no le hizo nada.

–*¡Bruja horrible!* –gritó el señor Slate–. *¿Qué les ha hecho?*

–He detenido su producción y otorgado a sus mineros un momento de descanso –explicó–. Ya los recuperará ni bien nos muestre a la niña.

–¡No! –gritó el enano–. ¡No dejaré que nos la quiten!

–Señor Slate, por favor, no haga todo esto más difícil de lo que tiene que ser –dijo Madame Weatherberry–. No disfrutaría convertir a su mina de carbón en una planta fertilizadora, pero créame que soy capaz de hacerlo.

No le dio opción. El señor Slate se bajó de su plataforma de observación y guio de mala gana a sus visitantes hacia la parte trasera de la cueva. Ellos lo siguieron por detrás hacia un largo túnel que serpenteaba más hacia las profundidades de la montaña y terminaba en una cueva más pequeña. A diferencia de las otras partes de la mina, la cueva aislada brillaba como el cielo nocturno, ya que el suelo estaba cubierto por pilas y pilas de diamantes, rubíes, zafiros y todas las piedras preciosas que uno pudiera imaginar.

Al fondo de la pequeña cueva encontraron a una niña de aproximadamente unos doce años. Sus ojos eran de un tono verde brillante, su piel de un bronceado oscuro y su cabello negro y rizado. Llevaba un vestido hecho con un saco de arpillera y sandalias de madera y cuerdas. Se encontraba detrás de una mesa de trabajo que estaba iluminada por un frasco de luciérnagas.

Pieza por pieza, la niña tomaba trozos de carbón de una carretilla, cerraba los ojos y se concentraba con todas sus fuerzas al presionarlo. Cuando abría las manos, el trozo de carbón se había convertido en una piedra preciosa colorida que arrojaba hacia la pila correspondiente. Brystal y Amarello quedaron maravillados por el proceso, por lo que se quedaron mirándola durante varios minutos más antes de que ella notara que tenía compañía.

–¿Quiénes son? –preguntó con cautela ante sus visitas inesperadas.

–Hola, Emerelda, mi nombre es Madame Weatherberry –dijo el hada–. Es todo un gusto conocerte al fin.

Madame Weatherberry se acercó a su mesa de trabajo para estrecharle la mano, pero la niña no la aceptó. En cambio, Emerelda se cruzó de brazos y miró a Madame Weatherberry de arriba abajo con el ceño fruncido.

–¿Qué están haciendo en mi cueva? –preguntó.

–Son brujas y exigieron verte –dijo el señor Slate–. Lo siento, Em, no me dieron opción.

–De hecho, no somos brujas –lo corrigió Madame Weatherberry–. Somos *hadas* y estamos aquí para salvarte.

–*¿Salvarme?* –preguntó Emerelda, ofendida por la palabra–. Papá, ¿de qué está hablando esta mujer? ¿De qué piensa que me está salvando?

–¿Papá? –repitió Madame Weatherberry, quien se sorprendió al oír eso–. ¿Por qué lo llama *papá*?

–Porque yo la crie –dijo el señor Slate–. No la tenemos secuestrada, ¡este es su hogar! Sus padres la abandonaron cuando era solo un bebé y la encontré llorando en el bosque. Por supuesto, no supe que era *mágica* hasta que la traje a la mina. Mi plan era encontrarle un buen hogar humano, pero todo lo que tocaba con sus manos lo convertía en joyas.

–Entonces decidió quedársela y beneficiarse con su magia –lo acusó Madame Weatherberry.

–¡No, lo hice para *protegerla*! –exclamó el señor Slate–. ¿Se imaginan lo que le habría pasado si los humanos se hubieran enterado de su existencia? ¡Su avaricia no tiene límite! ¡Los reyes irían a la guerra para quedarse con una niña que puede transformar el carbón en diamantes! ¡Nunca más tendría un momento de paz hasta el día de su muerte! ¡Sí, nos ganamos la vida con las creaciones de Emerelda, pero al menos está a salvo con nosotros!

Brystal podía notar que Madame Weatherberry se sentía avergonzada por haber juzgado mal la situación, ya que se quedó en silencio por algunos segundos antes de decir otra palabra.

–Señor Slate, le pido disculpas por el malentendido –dijo–. Pero la mina no es el único lugar en el que la puede proteger. De hecho, solo existe un lugar que puede garantizarle su seguridad, al menos, hasta que aprenda a protegerse por su cuenta –dijo Madame Weatherberry y se inclinó para poder mirar a Emerelda a los ojos–. Estoy a punto de abrir una academia de magia –le explicó–. Le enseñaré a las hadas jóvenes como tú a controlar y expandir sus habilidades. He viajado hasta aquí porque espero que te unas a nosotros.

Emerelda levantó una ceja ante la propuesta de Madame Weatherberry, como si fuera la idea más tonta que jamás había escuchado.

–¿Por qué abrirá una escuela de magia? –preguntó–. ¡El mundo odia a la magia!

–Esa es exactamente la razón por la que planeo hacerlo –dijo Madame Weatherberry–. Una vez que mis estudiantes hayan recibido el entrenamiento adecuado, nuestro plan es viajar por el mundo y usar magia para ayudar a las personas. Con suerte, la humanidad reconocerá nuestras buenas acciones y aprenderá a aceptarnos, y de este modo, pequeñas niñas como tú nunca más tendrán que esconderse dentro de una cueva.

Brystal y Amarello miraron a Emerelda con atención, esperando que se sintiera intrigada por la oferta de Madame Weatherberry, pero continuó a la defensiva igual que antes.

–No estoy interesada –dijo.

–¿Estás segura? –le repreguntó Madame Weatherberry–. Es una gran oportunidad. ¿Te gustaría tomarte tu tiempo para considerarla?

–No necesito considerar nada –le contestó de mal humor–. ¿Por qué querría usar mi magia para ayudar a la humanidad? Como dijo mi padre, ¡la humanidad es espantosa! ¡Lo único que hace es hacerle la vida imposible al resto de las especies!

–Bueno, en eso estoy de acuerdo –dijo Madame Weatherberry–. La humanidad es una raza fallida; pero, desafortunadamente, siempre que tengan los números y recursos para permanecer en el poder, su aceptación es la clave de nuestra supervivencia. Si la comunidad mágica no hace *algo* para mejorar nuestra relación con la humanidad, nos estamos arriesgando a caer en la extinción. Demostrarles bondad es el primer paso para cambiar la percepción que tienen de nosotros.

–¡Los humanos no merecen bondad! –dijo Emerelda–. ¡Mis padres eran humanos y me abandonaron para que me muriera cuando era solo un bebé! ¿Qué clase de monstruos le hace eso a sus propios hijos?

–Todos tenemos heridas, Emerelda, pero eso no significa que debamos rendirnos.

Madame Weatherberry lentamente se quitó el guante que cubría su brazo izquierdo y todos en la cueva quedaron boquiabiertos. Brystal nunca antes se había preguntado por qué el hada llevaba un solo guante, pero ahora la respuesta era obvia. El brazo izquierdo de Madame Weatherberry lucía esquelético y su piel estaba completamente negra desde la punta de los dedos hasta la parte inferior de su hombro, como si hubiera sido quemado hasta los huesos. No parecía tanto un brazo humano, sino más bien la rama de un árbol marchito.

–Mi familia también era humana y, cuando descubrieron mis habilidades mágicas, intentaron quemarme en la hoguera –les contó–. Por suerte, hubo una fuerte tormenta esa noche y el fuego no duró mucho; pero nunca en toda mi vida olvidaré el dolor, porque la traición de mi familia duele más que las llamas que quemaron mi piel.

Luego de que compartiera el recuerdo crudo, Madame Weatherberry se colocó nuevamente el guante sobre su brazo quemado.

–¿Por qué quiere ayudar a las personas que le hicieron *eso*? –preguntó Emerelda.

–Porque si queremos un mundo mejor, tenemos que ser *mejores* que el mundo –dijo Madame Weatherberry–. Si permitimos que una experiencia destruya nuestra fe en toda una especie, entonces no somos mejores que aquellos que nos lastiman. Al igual que en la comunidad mágica, existe el bien y el mal en la humanidad, y ahora más que nunca necesita recordar la bondad que hay en sus corazones. Nuestra búsqueda por la aceptación podría ser el ejemplo que la humanidad necesita para cambiar sus modos; podría inspirarlos a finalmente valorar la compasión por sobre el odio. Podríamos crear una nueva era en donde el mundo no nos respete solo a *nosotros*, sino también a *todas* las formas de vida.

El pedido apasionado de Madame Weatherberry atravesó un poco la coraza de resistencia de Emerelda, pero no la derrumbó.

–Supongo que yo aún estoy valorando mi odio por sobre mi compasión –dijo Emerelda–. Lamento que viniera hasta aquí, Madame Weatherberry, pero no asistiré a su escuela. Ahora, si me disculpa, tengo mucho trabajo que hacer.

Emerelda regresó a su mesa de trabajo y continuó transformando el carbón en piedras preciosas. Madame Weatherberry lucía extremadamente triste por la decisión de la niña, pero no la presionó más. Se marchó de la cueva y les hizo un gesto a Brystal y Amarello para que la siguieran.

–Ya deberíamos irnos, niños –dijo–. Estoy segura de que los unicornios quieren que regresemos.

Si bien Madame Weatherberry había aceptado la elección de Emerelda, Brystal pensó que la niña estaba cometiendo un terrible error y no estaba lista para rendirse. Regresó hacia su mesa de trabajo y se paró frente a Emerelda hasta que la niña la vio.

Emerelda puso los ojos en blanco.

–¿Sí? –preguntó.

–Solo por curiosidad, ¿cómo decides a qué joya convertir el carbón? –preguntó.

Emerelda suspiró, como si su método fuera demasiado complejo para que Brystal lo entendiera.

–Yo no lo *decido* –dijo–. Cada pieza de carbón es única y tiene su propia energía. Lo único que hago es encontrar la joya que yace en su interior y la traigo a la superficie.

–Interesante –dijo Brystal–. Entonces lo que haces con el carbón es exactamente lo mismo que Madame Weatherberry quiere hacer con nosotros.

Emerelda frunció el ceño.

–¿De qué estás hablando? –preguntó.

–Incluso si no estás de acuerdo con las razones por la que Madame Weatherberry abre una escuela, ella nos está ofreciendo una oportunidad de sacar lo mejor de nosotros. Entiendo lo que sientes por la humanidad, pero no dejarás que *ellos* eviten que alcances todo tu potencial, ¿verdad? ¿No te han quitado suficiente ya?

Claramente, las palabras de Brystal resonaron en Emerelda más que las de Madame Weatherberry, ya que la niña soltó el carbón y se quedó sumida en pensamientos. Brystal volteó hacia Madame Weatherberry y el hada le esbozó una sonrisa de gratitud por su ayuda. Todos en la cueva aguantaron la respiración esperando a que Emerelda tomara una decisión.

–Aprecio lo que intentas hacer, pero no puedo abandonar la mina –dijo Emerelda–. Los enanos me necesitan y tengo que acompañar a mi…

–Em, empaca tus cosas –dijo el señor Slate–. Asistirás a esa escuela.

Todos en la cueva voltearon hacia el enano; era lo último que esperaban que saliera de su boca.

–¿Qué acabas de decir, papá? –preguntó Emerelda, confundida.

–Dije que asistirás a esa escuela –repitió el señor Slate–. Lo confieso, no estoy convencido de que el plan de Madame Weatherberry vaya a funcionar, pero la niña tiene razón. Es una oportunidad única para sacar lo mejor de ti y no dejaré que la rechaces.

–¡No! –exclamó Emerelda–. ¡La mina es mi hogar! ¡Soy feliz aquí!

–Sí, pero eso no siempre será así –dijo el señor Slate–. Eventualmente, crecerás y querrás más para tu vida. Querrás hacer amigos y empezar una familia, querrás divertirte y enamorarte, y no podrás hacerlo en una mina rodeada de enanos.

–¡Pero tú me necesitas! –dijo–. ¡Dijiste que te beneficias con mi magia!

–Ya nos hemos beneficiado lo suficiente –agregó el señor Slate–. Pero tú sola eres una piedra preciosa, Em; no lograrás nada bueno escondiéndote en una cueva oscura. Es hora de compartir tu belleza con el mundo.

Emerelda intentó discutir con su padre, pero él ya no parecía querer escucharla. Algunas lágrimas brotaron de sus ojos mientras guardaba sus cosas en una pequeña bolsa sin mucho entusiasmo. Una vez que Emerelda terminó de empacar, el señor Slate le dio un beso en la frente a su hija adoptiva y un fuerte abrazo.

–No estoy contenta con esto –dijo Emerelda–. Y no me despediré porque esto no es una despedida, ¿cierto, papá?

–No, hija mía –dijo su papá–. Es solo el comienzo.

Si bien no vivían en el Reino del Sur, Madame Weatherberry hizo que el señor Slate firmara un formulario de permiso para estar segura. El Minero Mayor escoltó a todos hacia la cueva principal y Madame Weatherberry despertó a los mineros de su sueño. Emerelda se despidió de los enanos y cada uno de ellos se sintió conmocionado por verla irse finalmente, como si *todos* estuvieran perdiendo a una hija. El señor Slate acompañó a su hija adoptiva y a sus visitantes hacia la entrada de la mina y los saludó en la distancia.

–Muy bien, niños –dijo Madame Weatherberry–. Vayamos a casa.

CAPÍTULO NUEVE

LA ACADEMIA DE MAGIA DE MADAME WEATHERBERRY

Tras salir de la mina, Emerelda hizo su mejor esfuerzo para no sentirse impresionada por la magia de Madame Weatherberry. Cuando el hada transformó a los cuatro ratones en unicornios, Emerelda abrió los ojos inmensamente, pero sin emitir sonido. Cuando Madame Weatherberry tomó el broche de su vestido y lo transformó en el carruaje dorado, la niña comenzó a respirar más fuerte, pero sin decir una palabra. Sin embargo, para cuando los unicornios viajaron por el Reino del Sur a una velocidad extraordinaria, ya se le dificultaba ocultar su asombro.

–¿No es fantástico? –dijo Amarello–. Si mueves la cabeza así de rápido, puedes ver algo del paisaje.

El niño le hizo una demostración a Emerelda, quien casi lo intenta, pero luego recordó que no debía mostrar entusiasmo. Brystal soltó una risita ante su intento fallido de mantener la compostura.

–Sabes, está bien sentirse un *poco* entusiasmada –dijo Brystal–. No importa todo lo que veamos o hagamos, nada hará que la mina sea menos especial para ti.

Emerelda presionó sus labios para reprimir una sonrisa, pero esta apareció de todas formas.

–Está bien, admito que es bastante sorprendente –dijo–. Por diversión, los enanos y yo solíamos correr carreras de carretillas por la mina, pero nunca así de rápido. ¿Cómo lo hacen los unicornios?

–Son controlados por la magia –explicó Madame Weatherberry–. No solo son los animales más rápidos del planeta, sino que también conocen el destino exacto al que quieren ir sus pasajeros y la ruta más rápida para llegar hasta allí.

–¿Ya estamos cerca de la academia? –preguntó Emerelda.

–Nos tomarán algunas horas llegar a la frontera este del Reino del Sur, desde allí no está muy lejos del Entrebosque –dijo Madame Weatherberry–. Deberíamos llegar antes del atardecer.

–No nos vamos a bajar del carruaje de nuevo, ¿verdad? –preguntó Amarello.

–Desafortunadamente, no –dijo Madame Weatherberry–. Por más que me encantaría enseñarles otra lección a costa de alguna criatura hostil, hay un camino especial en el bosque que los unicornios conocen.

–¿Madame Weatherberry? Siempre me olvido de preguntarle, pero ¿en dónde *está* la academia? –preguntó Brystal–. ¿Es en una casa? ¿Una cabaña? ¿Una cueva?

Madame Weatherberry esbozó una sonrisa juguetona mientras pensaba en su academia.

–Ya lo verás –dijo el hada–. Algunas cosas de la vida es mejor *verlas* por cuenta propia que dejar que otra persona las describan.

Unas horas más tarde, el carruaje dorado llegó a la frontera este del Reino del Sur. Al igual que la frontera oeste, el denso bosque del Entrebosque se extendía a lo largo del horizonte como una cerca gigantesca y retorcida. Los árboles estaban tan juntos entre sí que apenas había lugar para que una sola persona pasara entre ellos, pero los unicornios no dudaron en avanzar a toda prisa. Rápidamente, encontraron un sendero angosto que Brystal nunca habría visto por su propia cuenta y fue por allí que los corceles llevaron al carruaje dorado.

A medida que viajaban por el Entrebosque, los unicornios aminoraron la marcha para llevar el carruaje dorado de manera segura por un camino sinuoso. Brystal se sintió incómoda por el bosque tenebroso del otro lado de la ventanilla y estaba a la expectativa de que algún animal feroz o una criatura monstruosa apareciera de entre la oscuridad y atacara su carruaje en cualquier momento. Incluso sintió que Amarello y Emerelda se sentían igual, ya que ambos se habían tapado los ojos y estaban hundidos en sus asientos. Como era de esperarse, Madame Weatherberry no lucía para nada afectada por el entorno aterrador. El hada mantenía su mirada confiada y atenta sobre los árboles que pasaban, como si estuviera preparada para toda persona o cosa que se le cruzara en el camino.

El tiempo parecía avanzar más lento en el Entrebosque en comparación con el Reino del Sur, pero eventualmente, el carruaje dorado se detuvo de forma abrupta. Brystal, Emerelda y Amarello miraron por la ventanilla y notaron que los unicornios se habían detenido porque el camino estaba bloqueado por un inmenso muro de arbustos. La planta extraña era más alta que los árboles y se extendía por kilómetros en ambas direcciones. Las hojas y ramas eran tan densas que el cerco se veía prácticamente sólido.

–Llegamos –dijo Madame Weatherberry con entusiasmo.

Sus estudiantes no tenían idea de lo que quería decir el hada. Cuanto más tiempo los unicornios permanecieran quietos en el camino sin salida, más se sentían como una presa fácil en medio del bosque peligroso.

De pronto, el muro comenzó a sacudirse y crujir. Las hojas y ramas lentamente se abrieron y formaron un arco lo suficientemente ancho como para que el carruaje lo atravesara. Los unicornios avanzaron por este y entraron a un túnel largo de hojas que atravesaba los arbustos densos. El pasaje tenía varios metros y los niños quedaron sorprendidos por su densidad. Estaba tan oscuro que Brystal no podía verse las manos, ni siquiera aunque las tuviera frente a su rostro.

–Madame Weatherberry, ¿qué es esto? –preguntó Brystal.

–Solo una pequeña barrera que planté alrededor de la propiedad para proteger a la academia –le explicó.

–¿Una *pequeña* barrera? –preguntó Amarello–. ¡Este arbusto es enorme!

–Puede que parezcan solo arbustos descuidados, pero la cerca tiene un hechizo muy poderoso –explicó Madame Weatherberry–. Solo se abre para personas y animales con magia en su sangre. Nos mantendrá a salvo de todas las criaturas que deambulan por el Entrebosque.

Los unicornios llegaron hasta el final del túnel y se detuvieron frente a otro muro de hojas. Algunos rayos de luz ingresaron al túnel oscuro a medida que un segundo arco se abría y daba paso a la propiedad de Madame Weatherberry. Los unicornios cruzaron el cerco y los jóvenes pasajeros comprendieron de inmediato que ya no estaban en el bosque tenebroso.

El carruaje dorado se abrió camino hacia un campo extenso con las flores salvajes más coloridas que ellos jamás habían visto. En el terreno había algunos árboles dispersos que estaban cubiertos por hojas coloridas de arce, flores de cerezo vibrantes y magnolias florecidas. Un lago de agua cristalina rodeado por sauces llorones se abría paso con arroyos que desembocaban en estanques repletos de nenúfares. La propiedad pintoresca se extendía hacia un acantilado que se erguía sobre un océano azul brillante, en cuyo horizonte de nubes rosadas el sol se escondía.

–No lo puedo creer –dijo Brystal–. ¡Es como si estuviéramos adentro de una pintura!

–¡Nunca antes vi tanto color en toda mi vida! –exclamó Emerelda.

–Debemos estar muertos –dijo Amarello–. Nuestro carruaje tuvo un accidente en el bosque y ahora estamos en el paraíso. Es la única explicación.

Madame Weatherberry se sintió increíblemente conmovida por el entusiasmo en el rostro de sus estudiantes.

–He esperado mucho tiempo para ver sonrisas como esas –dijo–. He puesto muchos años de trabajo duro en crear este lugar. Espero que lo sientan como su hogar, tanto como yo lo hago.

El carruaje continuó avanzando por el camino y los encontró con más sorpresas en cada esquina. Brystal quedó hipnotizada al ver a una tropilla de unicornios pastoreando y retozando por el prado a su alrededor. Miró hacia arriba y notó que el cielo estaba cubierto de mariposas coloridas y aves inmensas con plumas rojizas y largas.

–¡Miren todos esos unicornios en el campo! –exclamó–. ¡Y arriba! ¿Alguna vez han visto aves y mariposas tan grandes?

–¡He visto muchos insectos horribles y murciélagos en la mina, pero nunca algo como *eso*! –exclamó Emerelda.

Madame Weatherberry rio entre dientes.

–De hecho, esos no son aves ni mariposas –dijo–. Tal vez quieran echar un mejor vistazo.

Brystal, Emerelda y Amarello presionaron sus narices sobre la ventana para tener una mejor vista. Luego de inspeccionar con mayor detenimiento, lograron discernir que las mariposas tenían pequeños cuerpos humanos y llevaban ropa hecha con hojas y pétalos de flores. Las pequeñas criaturas salían de pequeñas casas en miniatura con forma de hongos a lo largo del camino. Por otro lado, las aves en cuestión tenían cabezas y alas de águilas, garras frontales de reptiles y patas traseras y colas de leones. Se elevaban por el cielo como halcones y llevaban ardillas, ratones, pescados y otras presas a sus polluelos hambrientos que esperaban en sus nidos.

–¿Qué rayos son esas cosas? –preguntó Amarello.

–Son *hadas* y *grifos* –dijo Madame Weatherberry–. Y se ofenden muy rápido, así que asegúrense de nunca decirles que son insectos o aves.

–Entonces, ¿aún existen? –preguntó Brystal–. En *La verdad sobre la magia* escribió que la humanidad había cazado a todos los animales mágicos hasta llevarlos a la extinción.

–Y casi lo hacen –dijo Madame Weatherberry–. Afortunadamente, logré encontrar algunos sobrevivientes y salvé algunas especies antes de que se perdieran para siempre. Era más seguro hacerle creer a la humanidad que habían aniquilado a todos. Pero, lamentablemente, no pude rescatar a todos los animales mágicos que solían deambular por la tierra. Esta propiedad es tanto un santuario para las hadas, grifos y unicornios como lo es para nosotros.

Emerelda abrió la boca sorprendida y señaló por la ventana.

–¿Eso es lo que *creo* que es? –preguntó.

Brystal y Amarello miraron en la dirección en la que Emerelda señalaba y tuvieron la misma reacción.

A lo lejos, sobre el borde del acantilado frente al océano, había un castillo dorado. Tenía torres altas y cientos de ventanas inmensas, y toda la estructura brillaba con la luz del sol. El carruaje continuó avanzando por la propiedad y se detuvo frente a la escalinata frontal del castillo. Madame Weatherberry los ayudó a bajar y les hizo un gesto entusiasmada para que se acercaran al castillo.

–¡Bienvenidos a la Academia de Magia de Madame Weatherberry! –dijo el hada–. ¿Qué les parece el nuevo nombre? Me pareció que menos era más.

Brystal, Amarello y Emerelda no respondieron porque estaban completamente embelesados por la estructura deslumbrante que tenían frente a ellos. Madame Weatherberry tenía razón, algunas cosas de la vida *sí* era mejor verlas por cuenta propia que dejar que otra persona las describiera. Luego de todos los libros increíbles que había leído en la biblioteca, Brystal dudaba de que existieran palabras que pudieran explicar la apariencia magnífica del castillo o la sensación excitante que le producía. Era difícil creer que algo tan bello existiera en el mundo, pero el castillo nunca se desvaneció de su vista.

Madame Weatherberry aplaudió y los unicornios quedaron libres de sus riendas y galoparon hacia el campo más cercano, donde se unieron a sus compañeros que pastoreaban. Chasqueó los dedos y convirtió nuevamente el carruaje dorado en un broche que sujetó a su vestido. Las inmensas puertas frontales del castillo se abrieron y dos niñas y una anciana aparecieron para darle la bienvenida a los recién llegados.

La primera niña tenía cerca de diez años y llevaba un vestido hecho con parches de panales de abejas. Su cabello anaranjado y destellante se encontraba peinado como si fuera una colmena, y servía de hogar para un enjambre vivo de abejas. La segunda niña también parecía tener diez años y llevaba una bata azul sobre un traje de baño color zafiro. Su cabello era una cortina de agua constante que caía sobre su cuerpo y se evaporaba al llegar a sus pies, como si fuera una cascada andante. La anciana tenía ropa más simple en comparación con las niñas, ya que llevaba un vestido púrpura y un delantal del mismo color. Tenía el cabello de un tono violeta grisáceo y lo llevaba recogido en un rodete algo desprolijo, pero más allá de su tono de cabello inusual, no lucía tan mágica como el resto.

–Niños, me gustaría que conozcan a la señorita Tangerina Turkin, la señorita Cielene Lavenders y a la ama de llaves de la academia, la señora Vee –dijo Madame Weatherberry–. Niñas, ellos son nuestros nuevos estudiantes Brystal Evergreen, Emerelda Stone y Amarello Hayfield.

La señora Vee quedó extasiada al ver a los recién llegados. Descendió a toda prisa por la escalinata y le dio a cada uno de ellos un fuerte abrazo y los meció de un lado a otro.

–No quiero invadir su espacio personal, ¡pero estoy tan feliz que podría estallar! –dijo la señora Vee con algunas lágrimas en los ojos–. Madame Weatherberry ha deseado abrir una escuela desde hace tanto tiempo y ¡ahora finalmente llegó el día! ¡Espero que tengan hambre porque estoy preparando un gran *banquete* en la cocina! ¿Alguien es alérgico a algo o sigue alguna dieta en particular?

Brystal, Emerelda y Amarello se encogieron de hombros y negaron con la cabeza.

–Bueno, qué gran alivio –dijo la señora Vee–. Esta noche serviré una de mis especialidades: pastel de carne de grifo. *¡JA-JA! ¡Estoy bromeando!* ¡Ah, deberían haber visto sus caras! Nunca cocinaría algo como eso. Además, los grifos son demasiado rápido como para atrapar. *¡JA-JA! ¡Los engañé de nuevo!* Pero en serio, no podría estar más contenta de que estén aquí. Ahora, si me disculpan, será mejor que regrese a la cocina antes de que a la cena le crezcan patas y vaya corriendo. *¡JA-JA!* De hecho, eso es una historia real. ¡Los veo adentro!

La señora Vee subió a toda prisa por la escalinata y entro al castillo. Brystal, Amarello y Emerelda quedaron levemente aterrorizados por el ama de llaves animada y miraron a Madame Weatherberry en busca de una explicación.

–No se preocupen, la comida de la señora Vee es mucho mejor que su sentido del humor –dijo.

Si bien el ama de llaves parecía algo excéntrica y chiflada, Brystal, Amarello y Emerelda apreciaron su intento de darles la bienvenida a la academia. Tangerina y Cielene, sin embargo, se quedaron en la escalinata del castillo y los miraron como si fueran una especie de competencia. Brystal sintió la tensión e intentó romper el hielo.

–Me gusta mucho lo que llevan puesto –dijo–. ¿Ustedes también son estudiantes?

Tangerina y Cielene resoplaron, como si se hubieran sentido insultadas por el comentario de Brystal.

–Somos *aprendices* –dijo Tangerina con un tono condescendiente.

–¿Cuál es la diferencia? –preguntó Brystal.

–*Aprendemos* cosas –agregó Cielene, como si no fuera obvio.

Brystal, Amarello y Emerelda se miraron entre sí para ver si Cielene habría iluminado a alguien más, pero nadie sabía de lo que la niña estaba hablando. Tangerina se sintió avergonzada por el comentario de su amiga y rápidamente la hizo a un lado.

–*Cielene, te dije que me dejaras hablar a mí cuando las nuevas llegaran* –le susurró.

–*Ah, creí que te referías a las abejas* –susurró Cielene–. *Creí que finalmente harías algo distinto con tu cabello.*

–*¡Nunca me escuchas!* –dijo Tangerina–. *¡Tienes los oídos llenos de agua!*

Cielene inclinó la cabeza hacia la izquierda y derecha y, sin exagerar, cayeron más de tres litros de agua de ambos oídos. Tangerina puso los ojos en blanco al ver a su amiga y volteó hacia los recién llegados.

–Como decía, los aprendices son mucho más *avanzados* que los estudiantes –explicó–. Nosotras vamos a asistir a Madame Weatherberry mientras les enseña a los tres a usar su magia. Y, ahora que están aquí, veo que necesitará toda la ayuda posible.

–Tangerina, trata bien a los nuevos estudiantes –le dijo Madame Weatherberry–. Todos aprenderemos y creceremos juntos, no importa cuán avanzados estemos algunos. Pero podemos discutir todo eso durante nuestra primera clase mañana. Mientras tanto, démosles a nuestros nuevos reclutas un recorrido por el castillo mientras la señora Vee termina de preparar la cena.

El hada escoltó a sus estudiantes y aprendices hacia la escalinata en dirección a las puertas del castillo. Brystal quedó boquiabierta al ver por primera vez el interior del castillo, ya que era igual de imponente que el exterior. El vestíbulo de entrada contaba con unas paredes blancas brillantes, pisos plateados resplandecientes y columnas doradas que se extendían hacia el techo alto que se cernía sobre ellos. En el centro del vestíbulo había un árbol de hojas y flores de cristal. A su alrededor, notaron una escalera elegante cuyos escalones flotaban en el aire y la cual subía en espiral hacia los pisos superiores del castillo.

–Este castillo es una de las últimas residencias mágicas que quedan en pie –dijo Madame Weatherberry–. La mayoría fueron destruidas cuando el Rey Champion I declaró que la magia era un crimen. Yo heredé esta propiedad de mi familia y la he protegido y mantenido oculta desde entonces. Es muy importante que ninguno de ustedes salga de la propiedad sin mi compañía. Como saben, el Entrebosque está lleno de gente y criaturas que disfrutarían lastimarnos.

Algo sobre la advertencia de Madame Weatherberry no le sentó bien a Brystal.

–¿Madame Weatherberry? –la llamó–. Creí que había dicho que su familia era humana.

El hada se sintió sorprendida por la atención al detalle que tenía Brystal.

–Ah, olvidé mencionarlo –dijo Madame Weatherberry–. Si bien mi *familia de nacimiento* era humana, me refería a las hadas que me adoptaron y me enseñaron a desarrollar mi magia. Verán, la comunidad mágica es afortunada porque podemos crear nuevas familias si nuestros parientes nos abandonan. Puede que nosotros seis no estemos emparentados de sangre, pero con tiempo, espero que formemos una *familia elegida*.

Como todos se acababan de conocer, era difícil que Brystal se imaginara ser *tan* cercana con los otros estudiantes. Aun así, era agradable imaginar que alguien podía llenar ese vacío creado al dejar atrás a su madre y hermanos.

–Ahora, si me siguen, les mostraré la sala de estar –dijo Madame Weatherberry.

El hada los guio por un corredor que se encontraba a la derecha del vestíbulo e ingresaron a una habitación espaciosa con sofás de seda y sillas mullidas. Las paredes estaban cubiertas por un papel tapiz floral y decoradas con cabezas de animales con cuernos. Una vez dentro de la sala de estar, las flores y enredaderas del papel tapiz se tornaron tridimensionales y un aroma floral impregnó el aire. Las cabezas de los ciervos y alces que se encontraban montadas sobre la pared también cobraron vida y devoraron las plantas que crecían a su alrededor.

–Tengan cuidado con las cabezas decorativas, les gusta morder –les advirtió Madame Weatherberry–. Sigamos, el comedor está justo a la vuelta.

Al otro extremo del corredor desde la sala de estar se toparon con otra habitación inmensa con una mesa de roca ancha y plana. El comedor estaba iluminado por un cúmulo de piedras de luna que flotaban sobre la mesa como un candelabro. Las paredes eran oscuras y estaban decoradas con luces parpadeantes para que la habitación luciera como un cielo nocturno estrellado. Mientras examinaba las luces, Brystal gritó al ver una estrella fugaz avanzar repentinamente por el techo.

–El desayuno se sirve todas las mañanas a las siete en punto, el almuerzo comienza al mediodía y la cena, a partir de las seis en punto –les informó Madame Weatherberry–. Por favor, lleguen a tiempo para las comidas; la señora Vee es perfeccionista en todo lo relacionado a su comida y odia que sus platos se enfríen. La cocina se encuentra al otro lado de esa puerta batiente en el otro extremo del comedor y la recámara de la señora Vee se encuentra pasando eso. Bueno, eso es todo en la planta baja. Ahora, si son tan amables de seguirme hacia el vestíbulo de entrada, les mostraré mi oficina en el primer piso.

–Pero, ¿Madame Weatherberry? –preguntó Amarello–. Usted dijo que esto era una escuela. ¿En dónde están los salones?

–No hay salones en el castillo –dijo el hada–. La mayoría de las clases las tendremos afuera, en el terreno de la academia. Siempre me pareció que las ideas frescas son más fáciles de retener con un poco de aire fresco.

El recorrido los llevó de regreso hacia el vestíbulo de entrada, desde donde subieron con cuidado por la escalera flotante hacia el primer piso del castillo. La oficina de Madame Weatherberry se encontraba al otro lado de una puerta doble de madera. Al igual que la portada de *La verdad sobre la magia*, estaba tallada con un entramado de unicornios y grifos.

La oficina consistía de una sala circular con una increíble vista del océano y del terreno de la academia. Todos los muebles estaban hechos de cristal, incluyendo el escritorio voluminoso que se encontraba al fondo de la habitación. La sala albergaba estantes con libros de hechizos y gabinetes con pociones y elíxires en cada pared. El techo estaba repleto de nubes blancas y mullidas que tomaban las formas de diferentes animales que se mecían de arriba abajo. En lugar de fuego, la chimenea elegante emanaba un flujo constante de burbujas que flotaban por el aire. Toda la pared que se encontraba sobre la chimenea estaba cubierta por una réplica inmensa del Mapa de Magia. Para el asombro de los estudiantes, a un lado del escritorio de Madame Weatherberry había un exhibidor de tocados muy elaborados y sombreros de cada color.

–Si alguna vez necesitan algo, por favor, no duden en venir a buscarme aquí –dijo Madame Weatherberry–. Sin embargo, en las raras ocasiones de que me tenga que ir de la academia, los estudiantes tienen la entrada prohibida a mi oficina. Bueno, si no tienen ninguna pregunta, les mostraré sus habitaciones en el segundo piso.

–¿Tenemos nuestras propias habitaciones? –preguntó Amarello.

–Ah, sí –dijo Madame Weatherberry–. El Castillo tiene siete habitaciones y las que quieran.

–¿A qué se refiere con *y las que quieran*? –preguntó Emerelda.

–Es una de las ventajas de vivir en una residencia mágica –explicó Madame Weatherberry–. El castillo *crea* habitaciones según el número de residentes y por lo general las diseña de acuerdo a las necesidades especiales de cada ocupante. Solo había habitaciones para Tangerina y Cielene en el segundo piso cuando me marché del castillo a reclutarlos, pero ahora debería haber una para cada uno de ustedes. ¿Quieren que les echemos un vistazo?

Los estudiantes siguieron con mucho entusiasmo a Madame Weatherberry por un corredor largo en el segundo piso luego de subir por las escaleras. Tal como lo había predicho, el corredor tenía cinco puertas y las últimas tres lucían mucho más nuevas que las primeras dos, como si todo el lugar acabara de ser renovado.

Al pasar por la primera puerta, los estudiantes echaron un vistazo hacia el interior de la habitación de Tangerina y, de inmediato, entendieron lo que Madame Weatherberry quería decir con que las habitaciones se diseñaban para las necesidades de cada residente. Todas las paredes y muebles en el cuarto de Tangerina estaban hechos con panales de abejas y todo estaba cubierto por miel. Al igual que su cabello, su recámara era el hogar de miles de abejas zumbadoras y el suelo estaba cubierto por margaritas que le proveían el néctar necesario al enjambre.

La habitación que estaba justo frente al cuarto de Tangerina le pertenecía a Cielene. Allí parecía no haber suelo, ya que parecía caer directo a una piscina interna. Cada centímetro de su cuarto estaba cubierto con cerámicas azules y el único mueble que había era una cama estilo góndola que flotaba sobre el agua.

La tercera habitación en el corredor tenía una puerta pesada de acero y Madame Weatherberry resopló al abrirla con todas sus fuerzas.

–Amarello, asumo que esta es para ti –dijo.

En el interior, la habitación completa estaba hecha con el mismo acero industrial que la puerta. No tenía ventanas ni nada que fuera inflamable; incluso la cama de metal tenía sábanas de papel aluminio. En lugar de una alfombra, el suelo estaba cubierto con rejillas de metal y, en vez de un techo, había una chimenea de ladrillos sobre toda la habitación.

–¡Es como un horno gigante! –dijo Amarello con mucho entusiasmo–. ¡Incluso si me quito la medalla, no lastimaré a nadie!

–Es el lugar perfecto para que liberes toda tu energía –dijo Madame Weatherberry–. Ahora, Emerelda, creo que tu habitación es la siguiente.

Detrás de la cuarta puerta en el corredor se encontraba un cuarto oscuro con paredes de tierra. En ella había una cama con dosel hecha de estalagmitas, un armario construido con restos de una carretilla y una mesa de trabajo que contenía algunos trozos de carbón. Emerelda ingresó a su habitación y tuvo la sensación de tener un *déjà vu*.

–Es como mi cueva en la mina –dijo–. Incluso huele a enanos aquí dentro.

–Con suerte, evitará que te sientas nostálgica –le dijo Madame Weatherberry–. Por último, pero no menos importante, tenemos la habitación de Brystal.

La quinta y última puerta en el corredor llevaba hacia la

base de una torre. Había una cama idéntica a la que tenía en la casa de los Evergreen y un sillón grande y cómodo exactamente igual a los que había disfrutado en la Biblioteca de Colinas Carruaje. Pero lo más sorprendente de todos era que las paredes estaban cubiertas por estantes de libros desde el suelo hasta el techo. Un exhibidor en un rincón de la habitación albergaba más de dos docenas de gafas de lectura y, al igual que la colección de tocados de Madame Weatherberry, había una de cada color.

Al inspeccionar su nueva habitación, los ojos de Brystal se llenaron de lágrimas y su corazón comenzó a agitarse. Miró cada obra en los estantes y acaricio su lomo como si estuviera reencontrándose con viejos amigos.

–¡*Las aventuras de Tidbit Twitch*, desde el volumen dos hasta el diez! –quedó sorprendida al encontrarlos–. ¡Ni siquiera sabía que existía *una* secuela, mucho menos *nueve*!

–Ah y mira esto –dijo Madame Weatherberry y señaló otro libro en uno de los estantes–. Incluso tengo una copia de *La verdad sobre la magia*. Tal vez, te sientas inspirada para terminarlo uno de estos días; sin presión, claro. Bueno, niños, eso termina nuestro recorrido por el castillo. Son más que bienvenidos a inspeccionar las otras habitaciones y torres, pero me temo que solo encontrarán telarañas y cajas de más de un siglo.

De pronto, unas campanillas sonaron por todo el castillo anunciando el comienzo de la cena. A diferencia del gong en el Correccional Atabotas, las campanillas producían un sonido agradable y acogedor, como si estuvieran anunciando el comienzo de una obra espectacular.

–Parece que la señora Vee finalmente está lista para nosotros –dijo Madame Weatherberry–. No la hagamos esperar.

Los estudiantes siguieron a Madame Weatherberry por el corredor, pero Brystal se quedó en su habitación por algunos minutos más antes de alcanzarlos. De todas las cosas increíbles que había visto ese día, nada era más bello que su propia biblioteca.

• • ★ • •

Durante la cena, los estudiantes recibieron tres platos de sopa de tomate, pollo asado con zanahorias rostizadas y un pastel de arándanos. Más allá de los frutos coloridos y muffins que Brystal había comido en el carruaje dorado, esta era la comida más deliciosa que jamás había probado. No podía creer que recibiría tres comidas como *esta* todos los días, era un contraste bastante marcado en comparación con el Correccional Atabotas.

Mientras comían, Madame Weatherberry les contó a sus estudiantes historias sobre los obstáculos que tuvo que afrontar cuando recién empezaba su academia. Recordó la vez que conoció a los soberanos de los cuatro reinos y, a pesar de su persuasión, solo el Rey Champion XIV le otorgó el permiso para reclutar estudiantes en el Reino del Sur. Brystal, Amarello y Emerelda estaban al borde de sus asientos mientras escuchaban las historias apasionantes.

–¿Puedo tomar más agua? –preguntó Amarello, luego de mancharse todo el rostro con una tercera porción del pastel de arándanos.

–Yo te ayudo –dijo Cielene.

Se inclinó sobre la mesa y metió su mano en el vaso del niño. Un chorro de agua brotó de su dedo índice y llenó el vaso hasta el borde. Brystal y Emerelda quedaron impresionadas por el truco de Cielene, pero Amarello se sintió algo perturbado por el líquido que brotó de su cuerpo.

–¿Hay *otro* tipo de agua? –preguntó.

De las siete personas que se encontraban alrededor de la mesa, Tangerina era la que menos parecía disfrutar estar ahí. Resoplaba ante todo lo que decían los recién llegados y ponía los ojos en blanco cada vez que hacían una pregunta. Le parecía que su curiosidad por la magia era increíblemente irritante, como si tuvieran que haberse preparado antes de llegar.

–Entonces, ¿ustedes qué *hacen*? –preguntó.

–¿Disculpa? –dijo Brystal.

–Bueno, están aquí porque pueden hacer magia, pero ¿cuál es su especialidad? –preguntó Tangerina.

–¿Qué es una especialidad? –preguntó Brystal.

Tangerina y Cielene quedaron sorprendidas por su ignorancia.

–Una especialidad es el talento mágico más fuerte que poseen –explicó Tangerina–. Por lo general, es el rasgo que revela su magia y los separa del resto. Las abejas son mi especialidad, el agua es la especialidad de Cielene y, a juzgar por su habitación, asumo que la especialidad de Amarello tiene algo que ver con el fuego.

–Aaaaaah, por *eso* su cuarto está hecho de metal –dijo Cielene–. Pensaba que tenía algo que ver con una *parrillada*. Qué decepcionante.

Tangerina ignoró a su amiga.

–Como decía –continuó–. La de Amarello es fácil de descifrar, pero aún no estoy segura de *ustedes dos*.

Emerelda estaba algo molesta por la necesidad de Tangerina

de etiquetarla. Cerró los ojos, colocó la palma abierta sobre la mesa de piedra y la transformó por completo en una amatista gigante.

–*Eso* es lo que yo hago –dijo de un modo inexpresivo.

A pesar de intentar con todas sus fuerzas ocultar su asombro, Tangerina y Cielene quedaron atónitas por la demostración de Emerelda.

–¿Qué hay de ti, Brystal? –preguntó Cielene–. ¿Cuál es tu especialidad?

–Ah, no estoy segura de tener una –dijo–. Nunca antes hice magia sin la ayuda de un hechizo.

–Todas las hadas tienen una especialidad –dijo Tangerina y se cruzó de brazos–. A menos que tu especialidad sea *no ser para nada especial*.

–Tangerina, por favor guarda tu aguijón –la regañó Madame Weatherberry–. Hasta ahora, Brystal ha demostrado tener talento para realizar invocaciones y era una de las estrellas más brillantes en mi Mapa de Magia. Que su especialidad aún no haya sido revelada no significa que no vaya a hacerlo pronto.

Madame Weatherberry le guiñó el ojo a Brystal para darle ánimos, pero no hizo que el comentario de Tangerina fuera menos doloroso. Sin una especialidad obvia, Brystal se sentía inferior al resto de los estudiantes y comenzaba a preguntarse si siquiera pertenecía a ese lugar. La vergüenza la hizo sonrojarse y no dejó de contar los segundos para que la cena terminara.

–Bueno, una cosa es cierta –dijo la señora Vee–. Mi especialidad siempre ha sido la comida y, si alguien no está de acuerdo con eso luego de *esta* comida, ¡puede ir a atrapar un grifo! *¡JA-JA!*

Luego de la cena, Madame Weatherberry se levantó de la mesa y envió a sus estudiantes a sus habitaciones para dormir. Brystal aún se sentía algo mal por el comentario de Tangerina, pero, afortunadamente, conocía el remedio perfecto para despejar su mente. Tomó el libro *Las aventuras de Tidbit Twitch, volumen dos* de su estante, eligió un par nuevo de gafas de lectura y se acurrucó en su suave cama.

Mientras Brystal leía la secuela de su libro favorito, una tormenta abrupta se aproximó desde el océano y empapó los campos de la academia. Los truenos estruendosos y los relámpagos que la iluminaban desde la ventana la hicieron sobresaltar, pero no dejaría que el *clima* perturbara su primera noche en el castillo. Sus compañeros de piso, sin embargo, no eran tan valientes.

Luego de unos minutos de que comenzara la tormenta, sintió un golpe suave en la puerta de su cuarto.

–Adelante –dijo ella. La puerta se abrió y Emerelda se asomó con una mirada llena de miedo.

–Lamento molestarte, Brystal –dijo Emerelda.

–¿Todo está bien en tu habitación? –le preguntó Brystal.

–Sí, todo está bien –contestó–. Es solo que no estoy acostumbrada a los *truenos*. Esa es una de las mejores cosas de vivir en una mina subterránea: no tienes que preocuparte por el clima. Si no te molesta, me preguntaba... bueno, me preguntaba...

–Eres más que bienvenida a dormir aquí si los truenos te asustan –dijo Brystal.

Emerelda suspiró aliviada.

–¡*Wuhu*, gracias! –exclamó–. ¿Qué estás leyendo?

–*Las aventuras de Tidbit Twitch, volumen dos* –dijo

Brystal–. Es la secuela a mi libro favorito de todos los tiempos. ¿Alguna vez escuchaste hablar de él?

Emerelda pensó un momento y negó con la cabeza.

–Mi papá solía leerme historias antes de irme a dormir, pero no recuerdo esa.

–¿Dormirías mejor si te leo el primer libro? –le preguntó Brystal.

–¿En serio? –dijo Emerelda–. ¿Estás segura de que no es una molestia?

–Para nada –dijo–. Está en el estante que está a tu izquierda.

Emerelda tomó *Las aventuras de Tidbit Twitch* y se unió a Brystal en la cama. Brystal abrió el libro en la primera página y, justo antes de empezar a leer, ambas saltaron del miedo al oír el rugir de los truenos afuera. Casi de inmediato, escucharon unas pisadas frenéticas en el corredor. Amarello apareció por la puerta, igual de asustado por el clima de lo que había estado Emerelda.

–Hola, niñas –dijo Amarello–. Tiempo loco, ¿verdad?

–Salvaje –dijo Brystal–. ¿Cómo te trata?

–¿A mí? Ah, fantástico –dijo Amarello, pero su expresión de pánico decía lo contrario–. Solo vine a ver si ustedes estaban bien.

–Estamos bien –dijo Brystal–. De hecho, Emerelda y yo estábamos a punto de empezar a leer un libro, por si te interesa escuchar una historia.

Otros truenos influenciaron la decisión de Amarello y saltó a la cama con las dos niñas sin pensarlo dos veces. Brystal y Emerelda sonrieron por su reacción y le hicieron algo de espacio. Brystal se aclaró la garganta, lista para leer en voz alta, pero ni bien empezó con la primera oración, Tangerina y Cielene entraron a toda prisa a su habitación y cerraron la puerta detrás de ella, como si la terrible tormenta las estuviera persiguiendo.

–Hola, señoritas –dijo Brystal–. ¿Cuál es el problema?

Tangerina y Cielene estaban muy avergonzadas de confesar que estaban asustadas, por lo que se miraron entre sí con la esperanza de que a una de ellas se le ocurriera una buena excusa.

–Ehm... *¿mojé la cama?* –dijo Cielene.

Tangerina puso los ojos en blanco.

–*Cielene, tu cama siempre esta mojada* –susurró.

–Ah, cierto –le respondió en voz baja.

–Solamente oímos ruidos en sus habitaciones y queríamos asegurarnos de que los tres no estuvieran causando ningún problema –dijo Tangerina.

–Bueno, como verán, nos estamos portando muy bien –dijo Brystal–. Estábamos a punto de leer un libro para tranquilizarnos.

–Bien, me alegra que no estén planeando ninguna travesura –dijo Tangerina–. Ahora que ya sé que están actuando adecuadamente, regresaremos a nuestras habitaciones.

Si bien dijeron que se irían, Tangerina y Cielene no movieron un músculo.

–Saben, que los aprendices sean más *avanzados* que los estudiantes no significa que no puedan disfrutar de una buena historia –dijo Brystal–. Son bienvenidas a quedarse con nosotros si la tormenta las hace sentir incómodas.

Antes de que Tangerina o Cielene pudieran responder, los truenos resonaron con más fuerza que antes. Las niñas se encogieron del miedo y saltaron a las camas con el resto.

–Supongo que podemos quedarnos unos minutos –dijo Tangerina–. ¿Qué están leyendo?

–*Las aventuras de Tidbit Twitch* de Tomfree Taylor –dijo Brystal.

–¿De qué se trata? –preguntó Cielene. Emerelda resopló y les lanzó una mirada amenazante.

–Si simplemente cerraran la boca y dejaran de interrumpirla, tal vez, lo descubramos –las regañó.

Todos los niños se quedaron en silencio para que Brystal pudiera comenzar a leer el libro.

–"Había una vez un reino de ratones" –leyó–. "Y de todos los ratones del reino, ninguno era tan valiente como un joven ratón llamado Tidbit Twitch...".

Brystal leyó el libro por horas y se sintió encantada por lo atentos que eran sus compañeros de piso. Eventualmente, todos los estudiantes y aprendices comenzaron a quedarse dormidos, por lo que marcó la última página para poder continuar con la lectura más adelante.

Todos durmieron acurrucados en la cama de Brystal mientras esperaban a que la tormenta desapareciera. Solo era su primera noche en el castillo, pero gracias a la tormenta y a una buena historia, los niños de la Academia de Magia de Madame Weatherberry ya se comportaban como la *familia elegida* que su tutora esperaba que se convirtieran.

CAPÍTULO DIEZ

LA HIJA DE LOS MÚSICOS

La mañana siguiente, los estudiantes y aprendices se reunieron en el comedor y rieron al recordar su noche improvisada mientras disfrutaban del desayuno. Incluso Tangerina confesó haberse divertido escuchando a Brystal leyendo *Las aventuras de Tidbit Twitch*. Madame Weatherberry se alegró al ver que sus pupilos se estaban llevando tan bien, pero, naturalmente, les recordó la importancia de descansar por las noches antes de sus clases y les pidió que dejaran las pijamadas para ocasiones especiales.

A mitad del desayuno, la señora Vee ingresó al comedor y le entregó un sobre negro a Madame Weatherberry.

–Acaba de llegar esto para usted, Madame –dijo la señora Vee.

El sobre de inmediato cautivó la atención de Brystal, ya que tenía una textura que parecía piel de reptil y estaba sellado con cera del color de la sangre seca. Madame Weatherberry quedó pálida ni bien notó la extraña textura del sobre. Lo abrió con un cuchillo de mantequilla y rápidamente desdobló el mensaje que albergaba en su interior.

–¿El correo llega hasta aquí? –preguntó Amarello.

Tangerina puso los ojos en blanco.

–No es el correo humano, es el correo mágico –le explicó–. Cuando colocas un sobre en un buzón mágico y cierras la tapa, la carta instantáneamente es transportada hacia el buzón al que estaba dirigida.

–Funciona también para objetos pequeños –dijo Cielene y se desplomó en su silla–. Todavía estoy esperando que me devuelvan mi jerbo.

–Guau, *correo instantáneo* –dijo Amarello–. Qué buena idea.

Mientras el resto hablaba sobre el correo mágico, los ojos de Brystal nunca se apartaron de Madame Weatherberry. Asumió que el sobre contenía malas noticias, ya que la postura del hada se tornó más tensa al leer la carta. Una vez que terminó de leerla, Madame Weatherberry la dobló nuevamente y la guardó en el sobre. Sus ojos se llenaron de preocupación y mantuvo la mirada fija en la nada.

–Madame Weatherberry, ¿ocurre algo malo? –preguntó Brystal.

–Ah, no, para nada –le contestó, pero no agregó nada más.

–¿Quién le escribió? –preguntó Brystal.

–Solo una vieja amiga –dijo–. Desafortunadamente, una

conocida de ambas ha estado luchando contra una terrible enfermedad y mi amiga me escribió para contarme sobre su progreso. Ahora, si me disculpan, iré a responderle antes de que comencemos con la clase de hoy. Los veré afuera en unos minutos.

Madame Weatherberry sujetó el sobre negro por una de las puntas y unas llamas violetas incineraron el mensaje. El hada se disculpó nuevamente antes de levantarse de la mesa y se encaminó hacia su oficina en el primer piso. Si bien Madame Weatherberry había dicho que no había ningún problema, Brystal sabía que su instructora no estaba siendo del todo honesta con ellos. Madame Weatherberry se marchó con la misma intensidad que había demostrado luego de que Brystal mencionara el Reino del Norte el día anterior.

–Me alegra que hayas preguntado eso –le dijo Cielene a Brystal–. Siempre me he preguntado quién le envía esas cartas, pero nunca quise entrometerme.

–¿Quieres decir que las recibe con frecuencia? –preguntó Brystal.

–Casi todos los días –contestó Cielene–. Pero si me lo preguntas a mí, no creo que en verdad sean para contarle sobre el progreso de su amiga enferma.

–¿Sobre qué crees que sean? –preguntó Brystal y Cielene esbozó una sonrisa.

–Creo que Madame Weatherberry tiene un *admirador secreto.*

Todos alrededor de la mesa comenzaron a reírse al oír la teoría de Cielene, salvo por Brystal. Ella no creía que Madame Weatherberry tuviera un *admirador*, pero el hada definitivamente tenía un *secreto.*

–¡La última vez que tuve un admirador secreto, los dragones deambulaban por la tierra! *¡JA-JA!* –bromeó la señora Vee–. ¿Lo entienden? Porque soy vieja.

Incluso con la explicación, su público joven no soltó ninguna risa.

–¡Lo siento, si todas mis bromas fueran buenas en verdad no tendría este trabajo! *¡JA-JA!*

El ama de llaves limpió la mesa y se encaminó hacia la cocina. Una vez que se marchó, Emerelda volteó hacia Tangerina y Cielene con una mirada de preocupación.

–¿*Algunas* de sus bromas son buenas? –les preguntó.

Tangerina y Cielene negaron lentamente con la cabeza en un gesto agónico, como si hubieran sido víctimas del humor insufrible de la señora Vee por demasiado tiempo.

–No... –dijo Tangerina con un quejido–. Ni una sola...

Una vez que terminaron el desayuno, los niños esperaron a Madame Weatherberry afuera del castillo en la escalinata del frente. Pero parecía que a su instructora le estaba tomando mucho más tiempo de lo que había calculado responder la carta, por lo que Brystal comenzó a sospechar aún más.

Justo cuando estaban por ir a ver a su maestra, los estudiantes y aprendices oyeron un sonido particular a lo lejos. Sonaba como un conjunto de cuernos, tambores y platillos que repetían la misma melodía extravagante una y otra vez. Todos miraron hacia el borde de la propiedad y vieron un carruaje colorido emerger de la barrera de arbustos. Era de un color azul vivo con ruedas rojas y techo amarillo. En lugar de ser acarreada por caballos, un hombre y una mujer que se encontraban sentados en el asiento del chofer propulsaban el vehículo hacia adelante por medio de unos pedales a sus pies.

Los extraños llevaban maquillaje y ropa extravagante. El hombre tenía bigote, un arete dorado en su oreja derecha y un sombrero alto con una pluma roja larga sobre este. La mujer llevaba una bufanda sobre su cabeza, varios collares y un vestido largo y suelto. A medida que pedaleaban hacia el castillo, los engranajes del vehículo hacían sonar instrumentos que se encontraban sujetos a este, tocando la melodía repetitiva. A cada lado del carruaje, había unos letreros idénticos con la inscripción:

LA TROPA GANSA

La pareja guio su vehículo hasta la escalinata del frente del castillo y accionó los frenos. Cuando se detuvieron por completo, la música finalmente se apagó. Los visitantes se sintieron aliviados de ver a los niños afuera, pero los estudiantes miraban al carruaje extravagante con ojos curiosos.

–Hola, amigos –dijo el hombre y llevó una mano a su sombrero–. ¿Esta es la Escuela para los Mágicamente Inclinados de Madame Weatherberry?

–Ahora se llama Academia de Magia de Madame Weatherberry –dijo Tangerina.

–Decidió que menos era más –agregó Cielene.

–Ah, eso es terrible –dijo la mujer y luego gritó hacia atrás–. *¡Lucy, desempaca tus cosas! ¡Ya llegamos!*

La puerta trasera del vehículo se abrió de golpe y una niña de unos trece años bajó de un salto. Era pequeña y algo rellenita, tenía cabello corto y rizado y un rostro redondo y ruborizado. La niña llevaba un bombín negro, un enterizo negro que le quedaba grande, botas grandes y negras, y un collar de tapitas de metal. Llevaba un maletín pequeño hecho con un puercoespín embalsamado y una cantimplora hecha con el cráneo de un castor que colgaba de su hombro. La niña extraña frunció el ceño al ver el castillo majestuoso como si no se sintiera para nada impresionada por este.

–Bueno, este lugar luce ofensivamente alegre –dijo.

–Disculpa, ¿quién eres? –preguntó Tangerina.

La niña volteó hacia los estudiantes que se encontraban sobre la escalinata frontal. Los miró con resentimiento, como si fueran igual de decepcionantes que el castillo.

–Soy Lucy –dijo–. ¿No me reconocen?

–¿De dónde? –preguntó Cielene.

–Resulta que soy muy famosa por tocar la pandereta –dijo Lucy y señaló hacia el letrero que estaba en el carruaje–. ¿Tal vez han oído hablar del grupo que tengo con mi familia?

–Espera un segundo –dijo Tangerina soltando una risa condescendiente–. ¿Tu nombre es *Lucy Gansa*?

La joven panderetera se puso roja como un tomate y le lanzó una mirada feroz a Tangerina.

–Se pronuncia *Gan-sai* –dijo Lucy–. Pero lo sabrían *solo* si tuvieran algo de estilo. Entonces, ¿por qué mejor simplemente no cierras la boca y limpias toda esa cera? Alguien que lleva puesto un panal de abejas no tiene derecho a ser tan engreída. *Nunca.*

Brystal, Amarello y Emerelda se rieron al oír el comentario de Lucy antes de poder contenerse. Tangerina estaba algo molesta, por lo que sus abejas comenzaron a zumbar más agresivamente.

–No la escuches, Tangerina –le susurró Cielene–. *Está vestida como si acabara de salir de un funeral.*

–Disculpa, pero ¿acaso el *charco de agua andante* acaba de insultar mi ropa? –preguntó Lucy–. ¡Permítanme contarles que gané este sombrero luego de pelear mano a mano contra un goblin! ¡Y todas las tapitas de mi collar las saqué usando solo mis dientes! ¡Y luego bebí las botellas con una tribu de trolls! ¿Qué es lo más buena onda que has hecho últimamente? *¿Evaporarte?*

Los niños quedaron anonadados por los comentarios de Lucy. Los padres de la niña movieron su cabeza de lado a lado y suspiraron al ver la rudeza de su hija.

–Por favor, disculpen a Lucy, solo está un poco nerviosa –dijo la señora Gansa–. *¡Lucy, prometiste que serías agradable! ¡Esta no es forma de hacer amigos en tu nueva escuela!*

–Ellos empezaron –musitó Lucy.

–Un segundo –exclamó Tangerina–. ¿Ella se va a *quedar* aquí?

El señor y la señora Gansa se miraron con incertidumbre.

–De hecho, eso es lo que queríamos hablar con Madame Weatherberry –dijo el señor Gansa–. ¿Se encuentra ella por aquí?

–Está en su oficina en el primer piso –dijo Brystal–. Puedo acompañarlos si quieren.

–Eso sería maravilloso, gracias –dijo el señor Gansa.

Brystal escoltó a la familia Gansa por la escalinata frontal del castillo. Lucy le lanzó a Tangerina una última mirada de ira antes de ingresar al castillo.

–No te preocupes, *mielcita* –dijo–. Madame Weatherberry no querrá a alguien como *yo* en su escuela. Estaré lejos de tu cabello pegajoso antes de que lo notes.

Los Gansa siguieron a Brystal por el vestíbulo de entrada

hacia las escaleras flotantes camino al primer piso. A medida que avanzaban, Lucy hacía muecas de asco ante todo lo que veía, como si el castillo fuera tan feo que le lastimaba los ojos. Brystal llamó a la puerta de la oficina de Madame Weatherberry y se asomó. El hada estaba caminando de un lado a otro frente a su chimenea burbujeante, obviamente perturbada por algo.

–¿Madame Weatherberry? –llamó Brystal.

El hada no esperaba tener visitas, por lo que se sobresaltó al oír su nombre.

–¿Sí, Brystal? –preguntó.

–Hay unas personas que desean verla –le contestó Brystal–. Trajeron a su hija al castillo con la esperanza de que la tome como estudiante.

–Ah, ¿en serio? –dijo Madame Weatherberry sorprendida al oír las noticias–. Muy bien, por favor, hazlos pasar.

Brystal acompañó a la familia hacia la oficina y luego salió para darles algo de privacidad mientras hablaban con Madame Weatherberry. Entendió que la conversación retrasaría su clase mucho más de lo esperado y decidió regresar a su habitación para leer un libro y pasar el tiempo.

Mientras buscaba entre los estantes, Brystal oyó un murmullo peculiar que provenía de algún lugar cercano. Siguió el sonido como un perro que sigue un aroma peculiar y comprendió que provenía de detrás de los libros en uno de los estantes inferiores. Brystal apartó los libros del estante y se topó con un pequeño hueco en la pared detrás de ellos. Con curiosidad, Brystal se asomó por el hueco y descubrió que daba directo a la oficina de Madame Weatherberry en el primer piso debajo.

Vio al señor y a la señora Gansa sentados frente a Madame Weatherberry en su escritorio de cristal. Lucy caminaba alrededor de la oficina inspeccionando las pertenencias del hada mientras los adultos hablaban, pero la niña no parecía para nada impresionada por lo que encontrara. Brystal no quería espiar la conversación de la familia, pero la señora Gansa dijo algo que instantáneamente le llamó la atención.

–Todo empezó con los cuervos –dijo ella–. En ese momento supimos que Lucy era *especial*.

–¿Cuervos? –preguntó Madame Weatherberry–. Cielos santos.

La señora Gansa asintió.

–Cuando estaba embarazada de Lucy, las aves comenzaron a aparecer en la puerta de nuestra casa. Creímos solo estaban de paso hacia el sur por el invierno, pero incluso cuando las estaciones pasaron, los cuervos siguieron apareciendo. Cuanto más crecía Lucy en mi panza, más cuervos se juntaban en nuestra casa. Mi esposo hizo todo lo posible para deshacerse de ellos, pero nunca tuvo éxito. La noche que estaba por dar a luz, todas las aves comenzaron a graznar en la puerta. ¡Era un sonido ensordecedor y exasperante! Pero, apenas Lucy nació, todos desaparecieron. Hasta este día no sabemos qué es lo que estaban haciendo allí.

Madame Weatherberry se rascó la barbilla mientras escuchaba la historia. Brystal podía notar que el hada sabía exactamente lo que las aves estaban haciendo en su casa, pero aún no quería compartir esa información.

–Qué interesante –dijo Madame Weatherberry–. Asumo que otros fenómenos más extraños comenzaron a ocurrir luego de su nacimiento.

–Extraño es decir poco –dijo el señor Ganso–. Siguieron apareciendo durante su infancia. Todo siempre fue muy inquietante, pero inofensivo la mayoría de las veces. Los ojos de botones de sus animales embalsamados se tornaron reales y nos vigilaban siempre que caminábamos por nuestra casa. Tuvimos que poner un cobertor sobre la cuna de Lucy porque levitaba cuando dormía la siesta. Si le dábamos la espalda mientras tomaba un baño, encontrábamos la tina llena de ranas.

–Los eventos eran inoportunos, pero lo suficientemente simples como para manejarlos –agregó la señora Gansa–. Pero, últimamente, las cosas se han salido de control por completo. Verá, somos músicos viajeros y hemos dado espectáculos a lo largo de todo el mundo, pero hay lugares a los que jamás podremos regresar por las cosas que Lucy ha hecho.

–Como por ejemplo… –preguntó Madame Weatherberry.

–Por ejemplo, una noche que tocamos en un bar en el Reino del Este –recordó el señor Gansa–. La multitud había bebido mucho esa noche y empezaron a armar un alboroto. Comenzaron a abuchearnos y Lucy se puso triste. ¡Sacudió un puño en su dirección y todo el alcohol se convirtió en *orina de perro*! La gente comenzó a tener arcadas y a vomitar por todo el lugar.

–Otra vez, cuando estábamos dando un show privado para los aristócratas del Reino del Norte –recordó la señora Gansa–. Lucy estaba en medio de un solo de pandereta cuando una duquesa del frente comenzó a bostezar. ¡Le hizo tanto daño que pronto las trenzas de la duquesa se convirtieron en serpientes!

–Y hace solo algunos meses, tocamos en un pequeño teatro en el Reino del Sur –agregó el señor Ganso–. Para el final de la noche, el dueño del teatro se negó a pagarnos. Alegó que nuestros instrumentos estaban desafinados y que lastimamos los oídos de la gente. ¡Al marcharnos, todo el teatro se desplomó detrás de nosotros, como si hubiera sido derribado por un terremoto! Pero el resto de los edificios que lo rodeaban quedaron perfectamente intactos.

–Cielos santos –dijo Madame Weatherberry.

–Para que conste, estoy orgullosa de eso último –dijo Lucy–. El cretino se lo buscó.

–Por suerte, nadie sospecha que todas estas cosas hayan sido culpa de Lucy –dijo la señora Gansa–. No obstante, nuestro número se ha ganado la reputación de causar tragedias y nos preocupa que la gente se dé cuenta de lo que es Lucy y le hagan daño.

–Es por eso que la trajimos aquí –explicó el señor Gansa–. Amamos a Lucy más que cualquier otra cosa, pero ya no podemos ocuparnos de ella nosotros solos. Es demasiado.

Brystal sabía que eso debía ser muy duro para Lucy. La niña dejó de revisar las pertenencias de Madame Weatherberry y se quedó completamente quieta. Volteó y se quedó con la mirada perdida en las burbujas de la chimenea, para que los adultos no vieran las lágrimas que brotaron de sus ojos.

–¿Cómo se enteraron de mi academia? –preguntó Madame Weatherberry.

–Mi hermano es trovador en la realeza del Reino del Este –agregó la señora Gansa–. Estaba escondido en la habitación de al lado cuando usted visitó a la Reina Endustria. Las escuchó hablando de sus planes de crear la academia de magia y oyó que le pidió permiso a la reina para reclutar estudiantes en su reino. Él sabe de nuestros problemas con Lucy y nos escribió de inmediato contándonos sobre su escuela. Hemos pasado los últimos tres días en el Entrebosque buscándola.

–Ya veo –dijo Madame Weatherberry–. Bueno, señor y señora Gansa, discúlpenme, pero debo ser muy sincera con ustedes. Mi academia no está diseñada para estudiantes como su hija. Los animales macabros que aparecieron antes de su nacimiento, los fenómenos inquietantes que ocurrieron cuando era más joven y los problemas que ha estado causando últimamente no son expresiones de *magia*.

El señor y señora Gansa se miraron entre sí y dejaron salir un suspiro largo y exasperado.

–Somos muy conscientes de eso, Madame Weatherberry –dijo el señor Gansa–. Hay dos lados en la comunidad mágica y es bastante claro a qué lado pertenece nuestra hija. Pero esperábamos que pudiera hacer una excepción para Lucy.

–Por favor, Madame Weatherberry –le rogó la señora Gansa–. Es una buena niña que necesita un buen hogar que la entienda. Mi esposo y yo no podemos hacer nada más. Estamos desesperados por encontrar a alguien que nos ayude.

El pedido de los Gansa no era un asunto simple. Madame Weatherberry se quedó en silencio y se inclinó hacia atrás en su silla de cristal mientras consideraba la idea. Algunas lágrimas corrieron por las mejillas de Lucy luego de oír a sus padres rogarle para deshacerse de ella. A Brystal le rompió el corazón ver cómo Lucy se secaba las lágrimas antes de que alguien las notara.

Luego de unos minutos de considerarlo detenidamente, Madame Weatherberry se puso de pie y se acercó a Lucy. Se inclinó hacia la niña con una sonrisa amable y colocó una mano de consuelo sobre su hombro.

–Podrá ser un desafío, pero la vida está llena de ellos –dijo Madame Weatherberry–. Me encantaría que seas parte de nuestra academia, Lucy. No puedo prometerte que siempre sabré *cómo* asistirte al igual que al resto de los estudiantes, pero te prometo que daré lo mejor de mí.

Lucy quedó impactada. Obviamente, que Madame Weatherberry la aceptara para ser parte de su academia era lo último que esperaba, y lo último que quería. Los padres de Lucy, por otro lado, suspiraron aliviados y se abrazaron contentos.

–*¡Esperen!* –exclamó Lucy–. No me puedo quedar. No pertenezco a este lugar.

–Lucy, es un lugar maravilloso –dijo la señora Gansa–. Madame Weatherberry te dará un mejor hogar de lo que tu padre y yo jamás pudimos.

–¡Pero no *quiero* vivir en la academia! –declaró Lucy–. ¡Quiero vivir con ustedes! ¡No somos solo una familia, somos *la Tropa Gansa*! ¡No pueden tener una banda sin su pandereta estrella!

–De hecho, tu tío nos acompañará en las giras –dijo el señor Gansa–. Se encargará de reemplazar tus solos con su violín.

–¿Su *violín*? –preguntó, furiosa.

Lucy llevó a sus padres hacia un lado de la oficina para hablar en privado con ellos, pero Brystal aún podía oírlos a la perfección.

–Pero, ¿mamá? ¿Papá? Hoy es mi cumpleaños –les susurró Lucy–. *¡No me pueden abandonar el día de mi cumpleaños!*

–Es por tu propio bien, Lucy –dijo la señora Gansa–. Un día lo entenderás.

El señor y la señora Gansa le dieron un beso de despedida a su hija y estrecharon la mano de Madame Weatherberry. Desde la ventana de su habitación, Brystal vio a la pareja regresar a su carruaje colorido que los esperaba afuera. Se subieron al vehículo y pedalearon hacia la distancia, hasta desaparecer tras la barrera de arbustos sin un rastro de remordimiento por dejar atrás a su hija. Madame Weatherberry acompañó a Lucy al segundo piso y Brystal se asomó por el corredor mientras pasaban caminando. El castillo ya había creado una nueva habitación para Lucy, por lo que una sexta puerta apareció junto a la habitación de Brystal.

–Esta será tu habitación, Lucy –dijo Madame Weatherberry–. Espero que te sientas cómoda adentro. El castillo crea habitaciones basándose en el número de ocupantes que haya y el espacio se amuebla de acuerdo a las necesidades específicas de…

–Sí, sí, sí –la interrumpió Lucy–. Un millón de gracias, Madame Weatherberry. Si no le molesta, me gustaría estar sola ahora.

Lucy entró a su habitación y cerró la puerta de un golpe detrás de ella. Ni bien esta quedó cerrada, Brystal y Madame Weatherberry oyeron a la niña llorar del otro lado.

–¿Cree que estará bien? –preguntó Brystal.

–No le será fácil acostumbrarse –dijo Madame Weatherberry–. Creo que debemos posponer la clase de hoy hasta después del almuerzo, así le damos tiempo a Lucy para que se instale bien. Le avisaré al resto.

Madame Weatherberry se marchó por el corredor para avisarle a los demás estudiantes sobre el cambio de planes. Brystal se quedó en la puerta y escuchó a Lucy llorar en su habitación. Ella sabía exactamente lo que se sentía que uno de tus padres te rechazara, por lo que intentó pensar en una mejor manera de hacer que su nueva compañera de piso se sintiera mejor. Pronto, comprendió que había muy poco que pudiera *decir* para calmar su angustia, pero tal vez sí había algo que pudiera *hacer*.

Bajó a toda prisa por la escalera espiralada hacia la planta baja del castillo, corrió por el vestíbulo, cruzó el comedor y entró a la cocina. Brystal aún no había visto la cocina del castillo por lo que le sorprendió ver que era cuatro veces más grande que la cocina que tenía en la casa de los Evergreen. La señora Vee se encontraba preparando el almuerzo y la llegada de Brystal la tomó por sorpresa, pero Brystal pudo entender toda la magia que conllevaba preparar una comida.

Había frutas, vegetales, especias y utensilios de cocina flotando en medio del aire. Notó algunos tazones en los que los ingredientes se revolvían solos, cuchillos voladores que cortaban la comida en cubos por cuenta propia, hornos que se abrían y cerraban sin la ayuda de nadie y bandejas de comida horneada que salían solas del calor de los hornos. La señora Vee se encontraba parada al centro de la habitación y desde allí dirigía toda la magia que ocurría a su alrededor como si fuera una sinfonía de cocineros invisibles.

–Vaya, hola, querida –dijo la señora Vee al ver a Brystal–. ¿Qué te trae por aquí? ¿Quieres un bocadillo?

–No, aún estoy llena por el desayuno, gracias –dijo Brystal–. Señora Vee, me preguntaba si podría usar su cocina para preparar algo.

–¿Te refieres a tú sola? –preguntó la señora Vee–. No intentarás quitarme el trabajo, ¿verdad? ¡Porque te lo advierto, no es tan glamoroso como yo lo hago ver! *¡JA-JA!*

–Ah no, solo quiero preparar una receta familiar –dijo–. Podría hacerla hasta dormida. Aunque odio interrumpirla mientras está haciendo el almuerzo. Prometo que no la molestaré.

–No es ningún problema –dijo la señora Vee–. ¡Las recetas familiares siempre son bienvenidas a menos que haya una familia *en* la receta! *¡JA-JA!* Adelante, toma lo que necesites.

Poco más de una hora más tarde, Brystal llevó dos tenedores y un pastel de chocolate recién horneado hacia el segundo piso. La señora Vee no tenía velas de cumpleaños, por lo que Brystal tuvo que pedir prestadas trece velas de distintos candelabros y faroles del castillo. Cada vela tenía una forma y color diferente, pero servían. Brystal respiró profundo y se paró frente a la puerta de Lucy, la cual golpeó con su codo.

–¿Lucy? –dijo–. Soy Brystal Evergreen, la niña que te acompañó a ti y a tus padres a la oficina de Madame Weatherberry.

–¿Qué quieres? –dijo Lucy con un tono furioso desde el interior.

–Tengo una sorpresa para ti si abres la puerta –dijo Brystal.

Unos segundos más tarde, Lucy abrió a regañadientes la puerta de su habitación. Sus ojos estaban completamente rojos de tanto llorar y se sorprendió al ver el pastel de cumpleaños en las manos de Brystal.

–¡Feliz cumpleaños! –dijo Brystal con un tono festivo–. Espero que te guste el chocolate.

Desafortunadamente, la reacción de su compañera de piso no fue la que esperaba.

–¿Cómo sabes que es mi cumpleaños? –preguntó Lucy sospechosamente.

Brystal abrió la boca para responder, pero no surgió ninguna palabra. Había estado tan concentrada en alentar a Lucy que se había olvidado por completo que sabía de su cumpleaños porque la había estado espiando.

–¿No lo mencionaste cuando llegaste? –preguntó Brystal.

–No –dijo Lucy y se cruzó de brazos.

–Ah... entonces debió haber sido pura *suerte* –dijo Brystal con una risa nerviosa–. Disculpa por las velas. Asumí que tenías trece, ¿verdad?

Lucy no lo creía.

–Estuviste *espiando* nuestra reunión con Madame Weatherberry, ¿verdad? –dijo y levantó un dedo acusatorio.

Brystal movió la cabeza de lado a lado frenéticamente, pero eso solo la hacía ver más culpable.

–Está bien, está bien, sí –confesó–. ¡Lo admito, estaba espiando! Pero no quería hacerlo, hasta que oí a tu madre mencionar unos cuervos y no pude apartarme.

–¡Si estuviéramos en una colonia de goblins podría hacer que te *corten las orejas* por husmear! –dijo Lucy.

–Mira, ¡lamento invadir tu privacidad! –dijo Brystal–. Sé lo que se siente que uno de tus padres te abandone en un lugar extraño. Te escuché decir que era tu cumpleaños y pensé que, si te horneaba un pastel, tal vez podría levantarte el ánimo. Fue un error, mejor te dejo sola.

Brystal estaba furiosa consigo misma por haberse encargado tan mal de la situación. Se marchó a toda prisa por el corredor antes de que Lucy tuviera más razones para rechazarla. Pero, ni bien llegó a la escalera, Lucy la detuvo.

–Para tu suerte, no soy una niña que rechaza algo dulce –dijo–. Ese pastel huele delicioso, así que te perdonaré solo esta vez.

Lucy abrió la puerta de su habitación y le hizo un gesto a Brystal para que entrara. Brystal se sintió muy emocionada de tener una segunda oportunidad, por lo que ingresó al cuarto antes de que Lucy cambiara de opinión.

Una vez dentro, tuvo que recordarse varias veces que se trataba del cuarto de una niña de trece años, ya que toda su recámara parecía más bien una taberna. Había una mesa de billar enorme en el centro del cuarto, algunos juegos de dardos en la pared y justo sobre ellos, un letrero enorme que decía: JUEGA MUCHO. TRABAJA POCO. Otra pared estaba cubierta de instrumentos musicales y docenas de posters de viejos espectáculos de la Tropa Gansa. Cada rincón del lugar albergaba un animal embalsamado inmenso que era un híbrido mórbido de distintas especies. Por último, Brystal notó que, en lugar de sillas o cama, la habitación tenía sillones mullidos y hamacas.

–Guau –dijo Brystal–. Qué habitación.

–Tengo gustos eclécticos –dijo Lucy–. Eso es lo que pasa cuando creces en el negocio de los espectáculos. Te expones a más cosas que la mayoría de los niños no.

Lucy juntó dos sillones y las niñas se sentaron. Brystal levantó el pastel, Lucy cerró los ojos y sopló las velas.

–¿Ves algún barril de sidra de menta por algún lado? –preguntó Lucy.

–Ehm… no –contestó Brystal

–*Maldición*. Mi deseo no se hizo realidad.

Lucy se inclinó hacia atrás en su sillón y se llevó el pastel de chocolate a la boca. Brystal no podía quitar los ojos de todos los posters de la Tropa Gansa en la pared que se encontraba detrás de ella. Estaba fascinada por todos los lugares en los que había estado la familia de Lucy.

–¿De verdad tocaste en todos esos lugares? –preguntó.

–Ah, sí –alardeó Lucy–. Y eso que ahí no figura el circuito oculto.

–¿Qué es el circuito oculto? –preguntó Brystal.

–Ya sabes, los lugares que no siempre aparecen en el mapa –explicó–. Colonias de goblins, campamentos de trolls, asentamientos de elfos, convenciones de ogros; lo que se te ocurra, ¡la Tropa Gansa tocó ahí! *Cielos, este pastel está estupendo.*

–¿Y las criaturas del Entrebosque nunca te hicieron *daño*?

–Para nada –dijo Lucy–. Las criaturas del Entrebosque están tan desesperadas por tener un buen espectáculo que no se atreverían. También son el mejor público que un músico podría pedir. Las especies sometidas siempre saben divertirse.

–¡Ah, mira! –dijo Brystal y señaló a uno de los afiches–. ¡Tocaron en Colinas Carruaje! ¡Yo soy de ahí!

Lucy presionó los dientes.

–Rayos –dijo–. El Reino del Sur es el *peor* lugar para tocar. Tienen muchas reglas sobre lo que los artistas tienen permitido hacer. No podemos cantar blasfemias, no podemos tocar fuerte, no podemos bailar desenfrenadamente, todos tienen que llevar ropa puesta… ¡Le quita toda la diversión! ¡Ni siquiera puedo golpear mi pandereta contra mi cintura sin ser multada! Si *ese* es el tipo de espectáculo que esperan, *¡vayan a la iglesia!* ¿No lo crees?

–No me sorprende –dijo Brystal–. No te puedo decir lo feliz que estoy de haberme alejado de ese lugar. Habría dado cualquier cosa por tener una infancia como la tuya.

–Sí, la he pasado muy bien –dijo Lucy–. Asumo que mis aventuras terminaron ahora que estoy atrapada en este lugar.

Lucy dejó de comer y bajó la mirada hacia el suelo, con tristeza.

–Yo no diría eso –dijo Brystal–. Deberías darle una oportunidad a este lugar. Tal vez, te sorprenda.

–Es fácil para ti decirlo, tú perteneces aquí –dijo Lucy–. Pero oíste lo que Madame Weatherberry les dijo a mis padres. ¡La academia no está pensada para niñas como yo!

Brystal suspiró. Entendía muy bien cómo se sentía, mucho más de lo que Lucy creía.

–Para serte honesta, yo tampoco estoy segura de pertenecer a este lugar –dijo–. Todos los estudiantes de Madame Weatherberry han estado haciendo magia toda su vida. Yo apenas acabo de descubrir mis habilidades mágicas y necesité la ayuda de un hechizo ancestral para conjurar algo. Y, como si nada pudiera empeorar, aparentemente soy la única hada en todo el mundo que no tiene una especialidad. Amarello tiene su fuego, Emerelda tiene sus joyas, Cielene tiene su agua, y Tangerina tiene su...

–*¿Encanto?* –agregó Lucy sarcásticamente.

–No te preocupes por Tangerina –le dijo Brystal–. Después de un tiempo, te termina agradando.

–Igual que los hongos.

–Como decía –continuó Brystal–. No eres la única persona que se siente como si no debería estar aquí. Sé que parece que Madame Weatherberry ha cometido un error, pero dudo que nos abra la puerta si no creyera que, genuinamente, nos pueda ayudar.

–Pero al menos tú eres un hada –dijo Lucy–. ¡Yo soy una *bruja*, Brystal! ¡Eso significa que mi corazón está lleno de oscuridad y todos mis poderes son guiados por la maldad que crece en mi interior! ¡No tienes idea lo que es saber que un día, sin importar lo que haga, me convertiré en una vieja bruja fea y malvada! ¡Pasaré el resto de mi adultez maldiciendo a la gente y juntando gatos! *¡Y ni siquiera me gustan los gatos!*

Pensar en eso, hizo estallar a Lucy en lágrimas. Rápidamente se llevó el pastel a su boca para ahogar sus penas y, al cabo de algunas mordidas, terminó el plato entero. Brystal secó las lágrimas de Lucy con la punta de su vestido a rayas grises y negras.

–Si te hace sentir mejor, yo no creo que seas una bruja –dijo Brystal.

–¿Estás loca? –preguntó Lucy–. Madame Weatherberry dijo específicamente que…

–Madame Weatherberry nunca dijo que eras una bruja –dijo Brystal–. Solamente dijo que su academia no está diseñada para estudiantes como tú, ¡y eso podría significar muchas cosas! Además, si tuvieras maldad y oscuridad en tu corazón, no habría manera de que disfrutaras tocar la pandereta tanto como lo haces. Se necesita mucha alegría y entusiasmo para hacer feliz a una audiencia.

Lucy asintió.

–Y un talento excepcional –dijo entre sollozos–. No te olvide del talento excepcional.

–Exacto –dijo Brystal–. Una bruja vieja y malvada nunca tendría eso.

Lucy se secó la nariz con la manga de Brystal y se encogió de hombros.

–Supongo –dijo–. Si no crees que soy una bruja, entonces ¿qué rayos soy? ¿Qué es lo que causa todas esas cosas siniestras a mi alrededor?

Brystal hizo su mejor intento para pensar en algo que tranquilizara a la niña atormentada.

–Tal vez solo eres un hada con una especialidad para los problemas –dijo.

Lucy pensó que la sugerencia era tan ridícula que una esquina de su boca se torció y formó una pequeña sonrisa. Brystal se sintió contenta de haberle dado a Lucy su primera sonrisa en la academia.

–Es lo más tonto que he oído –dijo Lucy–. Pero aprecio el esfuerzo.

–Personalmente, creo que la vida es demasiado complicada como para que el destino de uno ya esté escrito –dijo Brystal–. Mírame a mí. En el último mes he pasado de ser una simple alumna, a sirvienta, a prisionera, a interna de un correccional y ¡ahora estudiante para convertirme en un hada!

–Guau –dijo Lucy–. Y yo que creía que a *mí* me habían pasado muchas cosas.

–Solo digo que nada es seguro hasta que lo es –dijo Brystal–. De hecho, ya sea que te conviertas en una vieja bruja fea y malvada, solo hay algo de lo que estamos seguras.

–¿Qué cosa? –preguntó Lucy.

–Tangerina y Cielene no cambiarán lo que piensan de ti.

Sin vacilar, Brystal y Lucy estallaron en risas. Se rieron tan fuerte que les empezó a doler la barriga y algunas lágrimas de felicidad se deslizaron por sus rostros.

–Vaya, deben odiarme por completo –dijo Lucy–. Bueno, a pesar de mis intenciones, me alegra saber que al menos hice *una* amiga hoy. Gracias por ser tan amable conmigo, Brystal. Algo me dice que seremos cómplices por un largo, largo tiempo.

–Yo también, Lucy –dijo Brystal–. Yo también.

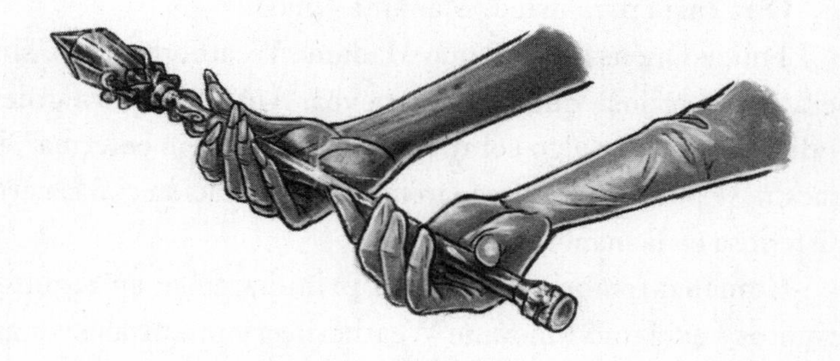

CAPÍTULO ONCE

MAGICLEXIA

El almuerzo en la academia fue incómodamente silencioso. Lucy se sentó sola en un extremo de la mesa para mantener distancia del resto y no dijo ni una palabra durante toda la comida. Comía sin mucho entusiasmo y, ocasionalmente, levantaba la vista y miraba con desconfianza a sus nuevos compañeros de clase, casi desafiándolos a que la provocaran. Tangerina y Cielene habían recibido suficientes insultos de Lucy por el día, por lo que las niñas permanecieron en silencio y evitaron hacer contacto visual con ella.

Brystal, por otro lado, intentaba apaciguar la tensión

sacando temas de conversación inofensivos, pero nadie estaba interesado en lo que tenía para decir. Sus esfuerzos desaparecieron cuando la señora Vee entró al comedor y le entregó a Madame Weatherberry un segundo sobre de escamas negras.

–Otra carta para usted, Madame –dijo.

El nuevo mensaje hizo que Madame Weatherberry se sintiera más nerviosa que la primera vez. Antes de que alguien pudiera preguntar algo sobre su supuesta "amiga enferma", la maestra se puso de pie y se marchó de la habitación con la carta misteriosa en la mano.

–Comenzaremos con nuestra primera clase en algunos minutos –exclamó Madame Weatherberry mientras se marchaba a toda prisa del comedor–. Los veré afuera.

Luego del almuerzo, los estudiantes y aprendices siguieron las órdenes de Madame Weatherberry y se reunieron en la escalinata al frente del castillo. Sin embargo, al igual que antes, su maestra se tomó su tiempo en aparecer. Los estudiantes se volvían cada vez más impacientes cuanto más esperaban.

–Comienzo a creer que *nunca* aprenderemos nada en esta academia –dijo Emerelda.

–¿Por qué tarda tanto? –preguntó Amarello–. No creerán que está reconsiderando lo de la academia, ¿verdad? ¡No tengo ningún lugar a dónde ir si la cierra!

–¿Pueden calmarse? –dijo Tangerina–. Madame Weatherberry tal vez nos hace esperar por una razón. Es como dice el refrán clásico que dice: *Cuando el alumno está preparado, aparece el maestro.*

–Yo estoy *preparada* desde hace cuarenta y cinco minutos –dijo Emerelda–. Ya empieza a ser una falta de respeto.

–*El que espera, Dios lo ayuda* –dijo Cielene, asintiendo con confianza–. Ese es otro refrán clásico.

Tangerina puso los ojos en blanco y llevó a su amiga hacia un lado.

–Cielene, la frase es *Al que madruga, Dios lo ayuda* –le dijo–. Se supone que es para alentar a que la gente se levante temprano.

–Ah –dijo Cielene–. Pero eso no es muy alentador para los que *no creen en Dios*.

Mientras esperaban, Brystal centró toda su atención en la ventana de la oficina de Madame Weatherberry. Se paró en puntillas de pie, con la esperanza de poder ver algo. Cuando eventualmente, todos se rindieron, Brystal notó que Lucy aún mantenía distancia de ellos. La hija de los músicos se encontraba sentada en una roca a algunos metros de la escalinata del castillo, desde donde miraba a sus compañeros como si estuvieran infectados con una plaga. Brystal sintió lástima por ella y se sentó a su lado para hacerle compañía.

–Sabes, no te van a morder –bromeó Brystal.

–Ah, ya lo sé –dijo Lucy–. Solo que no quiero que ninguno de ellos se apegue mucho, sabes, en caso de que esta academia no sea para mí. La gente crea lazos rápidos con las celebridades.

Brystal rio.

–Es muy considerado de tu parte –dijo–. Me preocupaba que solo estuvieras siendo antisocial.

–No, para nada –dijo Lucy–. Entonces, cuéntame más sobre estos payasos con los que estamos trabajando. ¿Cuál es la dinámica en la que me estoy metiendo?

–Para serte honesta, no estoy segura –dijo Brystal–. Acabo de conocer a todos ayer. Tangerina y Cielene son quienes han estado por más tiempo en la academia. Técnicamente, son las *aprendices* de Madame Weatherberry porque son más avanzadas que los *estudiantes*; fue lo primero que nos contaron. Madame Weatherberry las encontró a ambas cuando eran muy jóvenes luego de que las abandonaran.

–No puedo decir que culpo a sus familias –dijo Lucy–. ¿Qué hay con Emerelda? ¿Cuál es su historia?

–Emerelda también fue abandonada cuando era solo un bebé –dijo Brystal–. Fue criada por enanos en una mina de carbón. Emerelda no quería venir a la academia, pero su padre la obligó.

–Criada por enanos, ¿eh? Asumo que eso explica su mal humor y su poca visión. ¿Qué hay del niño paranoico? ¿Por qué lleva una medalla? ¿Acaso ganó algo?

–Es una Medalla de Supresión –explicó Brystal–. Se supone que suprime las habilidades mágicas de Amarello hasta que pueda ser capaz de controlarlas. ¡El pobre la pasó tan mal! Hace algunas noches, Amarello fue atrapado haciendo algo que se suponía no debía estar haciendo y su padre comenzó a golpearlo. Eso activó sus poderes y Amarello accidentalmente incendió toda su casa, mató a su padre y prendió fuego la mayor parte de las Colinas del Noroeste. Cuando Madame Weatherberry y yo lo encontramos, iba camino a ahogarse en el lago. Creía que esa era la única manera de evitar seguir dañando a la gente.

Lucy suspiró aliviada.

–Ah, gracias a Dios –musitó.

–¿Disculpa?

–Lo siento, quise decir *qué terrible* –se corrigió Lucy–. Solo me pone contenta saber que hay algo de *drama* y *profundidad* en esta gente. Temía estar atrapada con un grupo de perdedores fríos. ¿Qué fue lo que su papá lo atrapo haciendo?

–No lo sé –dijo Brystal–. No lo dijo, pero creo que era algo de lo que está *realmente* avergonzado.

–Me encantan los buenos misterios –Lucy esbozó una sonrisa a Amarello con intriga–. Una semana y lo averiguaré. Soy buena resolviendo casos. Mis padres y yo solíamos tocar en fiestas en las que debíamos resolver misterios de asesinatos.

–Amarello no es el único misterio aquí –dijo Brystal mirando hacia la oficina de Madame Weatherberry y soltando un largo suspiro.

Antes de que Lucy preguntara otra cosa, los estudiantes y aprendices de pronto gritaron y se alejaron del castillo. Unas luces destellantes aparecieron en la escalinata del frente y se tornaron más y más brillantes, mientras parpadeaban cada vez más rápido.

–¿Qué rayos es *eso*? –preguntó Emerelda.

–¡No soy yo, lo juro! –dijo Amarello–. ¡Miren, aún tengo mi Medalla de Supresión!

–¡Cielene, apágalo con agua! –le ordenó Tangerina.

–¡No soy tu sirvienta! –exclamó Cielene–. ¡Usa tu miel!

A las luces brillantes las siguió un destello enceguecedor violeta, el cual hizo que todos los niños se cubrieran los ojos. Cuando miraron nuevamente, notaron que Madame Weatherberry había aparecido de la nada en la escalinata frente al castillo con una pose teatral con ambas manos levantadas en el aire. Su vestido estaba hecho completamente de relojes de todas las formas y tamaños. Llevaba un tocado con un reloj cucú, el guante de su brazo estaba envuelto en relojes de pulsera y de su cinturón colgaba un péndulo.

–A *eso* es lo que llamo una entrada –le susurró Lucy a Brystal–. Y eso que he trabajado con muchas divas.

Madame Weatherberry se sintió alagada por todas las expresiones de sorpresa y susto de sus estudiantes y aprendices.

–Bienvenidos a su primera clase –anunció alegremente–. Antes de comenzar, tengo una pregunta para ustedes. ¿Alguno sabe cuál es la diferencia entre una herida y una cicatriz? ¿Entre la debilidad y la fortaleza? ¿Y entre el odio y el amor?

Emerelda levantó la mano.

–¿Es el *tiempo*? –preguntó.

–¡Correcto! –exclamó con entusiasmo Madame Weatherberry.

–¿Cómo es que *sabías* eso? –preguntó Tangerina.

–Llegó una hora tarde y está vestida con relojes –le contestó Emerelda–. Me pareció obvio.

–El tiempo es el mecanismo más complejo del universo –prosiguió Madame Weatherberry–. Es tanto el problema como la solución a los dilemas de la vida. Cura todas las heridas, pero al final, nos lleva a todos. Desafortunadamente, el tiempo rara vez está a favor de alguien. Podemos tener poco o mucho, pero nunca el que queremos o necesitamos. Algunas veces, nacemos en un tiempo que no nos valora y, muchas veces, dejamos que ese tiempo determine cómo nos valoramos a nosotros mismos. Entonces, para su primera tarea, se desharán de todas las opiniones desfavorables, inseguridades y odio hacia ustedes mismos que el tiempo haya sembrado en su interior. Si vamos a cambiar la perspectiva que tiene el mundo sobre nosotros, debemos empezar por cambiar la perspectiva que tenemos nosotros de nosotros mismos. Síganme.

Madame Weatherberry guio a sus alumnos hacia el lago que se encontraba en el terreno de la academia. Colocó a Brystal, Lucy, Amarello y Emerelda al borde del agua, separados por algunos centímetros entre sí.

–Miren su reflejo en el agua –les ordenó–. Ahora, pregúntense a ustedes mismos, ¿es este el reflejo de *quienes son* o el reflejo de la persona que *el mundo quiere que sean*? Si pudieran cambiar su apariencia para ser la persona que son en su interior, ¿qué cambios harían? ¿Qué necesitarían para que su personalidad y su apariencia física sean lo mismo? Quiero que cada uno cierre los ojos y busque las respuestas en su alma. Encuentren las cualidades que más valoran de ustedes mismos y las cualidades que los hacen ser únicos. Luego, imagínense abrazando su *verdadero ser* y sáquenlo a la superficie con todas sus fuerzas. Emerelda, comencemos contigo.

Ser la primera la hizo sentir vulnerable. Cerró los ojos, exhaló profundo y dio su mejor esfuerzo para seguir las instrucciones de Madame Weatherberry. Esbozó una sonrisa y frunció el ceño mientras ordenaba mentalmente sus cualidades buenas y malas como una pila de ropa sucia. Luego de un minuto o dos de silencio total, Emerelda comenzó a esforzarse por respirar como si estuviera emergiendo de las profundidades del agua. Su vestido de arpillera se estiró hasta transformarse en una capa y el material áspero con el que estaba hecho se convirtió en hebras finas de esmeraldas destellantes. Incluso una diadema de diamantes apareció sobre su frente.

Emerelda se miró en el reflejo del lago y no pudo creer lo que vio.

–¡Esto es increíble! –dijo y pasó una mano por su nueva ropa–. ¡No tenía idea de que mi yo interior se viera tan costoso!

–Bien hecho, Emerelda –dijo Madame Weatherberry–. Amarello, ¿por qué no te quitas la medalla y lo intentas?

–¡No puedo quitármela! –se negó Amarello–. ¡Hay muchos objetos inflamables alrededor!

–No te preocupes, estoy a tu lado –le dijo Madame Weatherberry–. Adelante.

Amarello se quitó la medalla nerviosamente y la colocó en el suelo. Las llamas aparecieron instantáneamente sobre su cabeza y hombros. Cerró los ojos y respiró profundo algunas veces para tranquilizarse. Sus compañeros podían notar que le estaba costando más que a Emerelda encontrar su yo interior, ya que fruncía el ceño cada vez con más fuerza a medida que buscaba más en las profundidades de su alma. Luego, inesperadamente, su cuerpo entero fue tragado por unas llamas poderosas. El fuego ardió por algunos momentos hasta que lentamente se fue consumiendo. Cuando finalmente disminuyó por completo, todos notaron que Amarello ya no llevaba su chaleco y pantalones café. La ropa del niño se había transformado en un traje dorado que estaba cubierto por una delgada capa de fuego. Algunos rastros de humo emanaban de su saco como si fuera una cola y llevaba un moño de metal que estaba tan caliente que brillaba.

Amarello miró su reflejo en el agua como si estuviera mirando a un extraño.

–No puedo creerlo –dijo–. ¡Todo mi traje es a prueba de fuego!

–Y *muy* elegante –dijo Madame Weatherberry con una sonrisa de orgullo.

Luego de admirar su nuevo reflejo, Amarello rápidamente se puso la Medalla de Supresión sobre su cuello. Todas las llamas que tenía sobre su cuerpo desaparecieron, su moño se enfrió y tomó un color más normal, haciendo que la cola humeante del traje se borrara.

–Bien hecho, Chispitas –dijo Lucy–. Algo muy difícil de superar.

–Lucy, ¿te gustaría ser la siguiente? –le preguntó Madame Weatherberry.

–No, gracias, MW –dijo–. De hecho, me gusta mucho cómo me veo. Me tomó mucho tiempo desarrollar mi estilo propio.

–Bueno, eso es maravilloso, querida –dijo Madame Weatherberry–. Entonces, eso te deja a ti, Brystal.

Al ver el uniforme del Correccional Atabotas en su reflejo, no le resultaba difícil imaginar una versión más auténtica de ella misma. Por el contrario, luego de haber estado toda la vida oprimida en el Reino del Sur, Brystal se sentía muy a gusto con la niña inteligente, respetable e influyente que siempre había querido ser. Cerró los ojos e imaginó su yo interior a la perfección, pero por alguna razón, no pudo hacer que saliera a la superficie.

–No puedo hacerlo –dijo Brystal.

–Sí, claro que puedes –dijo Madame Weatherberry para alentarla–. Solo concéntrate y visualiza la persona que tienes dentro de tu corazón.

–Puedo ver a la persona que tengo en mi corazón, pero nunca antes hice magia por cuenta propia –dijo Brystal–. ¿No hay algún hechizo o encantamiento que pueda recitar para que me ayude?

–No toda la magia puede lograrse con hechizos y encantamientos –dijo Madame Weatherberry–. Si quieres ser un hada exitosa, tendrás que aprender a producirla por tu propia cuenta. Pero solo por esta vez, te ayudaré a encontrar la magia que tienes en tu interior.

Madame Weatherberry giró un dedo y, de pronto, Brystal sintió una sensación cálida y agradable creciendo en la boca de su estómago. La sensación le recordó lo entusiasmada que estaba cuando leía un buen libro. Se tornó cada vez más fuerte y le producía un escalofrío que recorría sus brazos y piernas, mientras se esparcía por todo su cuerpo hasta hacerla sentir tan llena que parecía estar a punto de brotarle de la piel. Para la sorpresa de Brystal, Madame Weatherberry y todos sus compañeros quedaron sorprendidos.

–Vaya, vaya –dijo Madame Weatherberry–. Parece que la señorita Evergreen finalmente ha llegado.

Brystal abrió los ojos y miró su reflejo en el lago. Su uniforme de rayas grises y negras se había convertido en un traje de pantalón y saco sin mangas y liso con una cola que se mecía desde su cintura. La tela era del color del cielo y brillaba como una galaxia estrellada, y todo lo acompañaba con un par de guantes formales idénticos. Su cabello largo ahora tenía rizos y estaba cubierto con flores, y colgaba sobre su hombro derecho. Se tapó la boca y algunas lágrimas aparecieron en sus ojos al ver a la hermosa muchacha digna en la que se había convertido.

–¿Te encuentras bien, dulzura? –le preguntó Madame Weatherberry.

–Sí –dijo Brystal y se secó algunas lágrimas–. Es solo que me siento como si me estuviera viendo por primera vez.

• • ★ • •

La mañana siguiente, luego del desayuno, Madame Weatherberry llevó a sus estudiantes y aprendices hacia un enorme arce que se encontraba en el centro de la propiedad. Cortó cinco ramitas del árbol, las colocó en el suelo e hizo parar a cada estudiante detrás de ellas.

–Toda la magia se puede dividir en cuatro categorías: *Mejoras, Rehabilitación, Manifestación e Imaginación* –explicó Madame Weatherberry–. De ahora en adelante, cada clase estará centrada en desarrollar sus habilidades en estas cuatro áreas. La lección del día de hoy será una introducción a las *mejoras mágicas*. A lo largo de sus carreras como hadas, conocerán a mucha gente, lugares y objetos que ustedes mejorarán con la magia; cuanto mayor sea la mejora, más magia requerirá. En principio, comenzaremos con algo muy pequeño y simple. Quiero que cada uno de ustedes transforme la ramita que tiene frente a ustedes en algo que crean que es una mejora. Cielene, ¿podrías hacer una demostración?

Cielene asintió con entusiasmo y dio un paso hacia adelante. Colocó su mano derecha sobre la ramita y los estudiantes observaron sorprendidos a medida que esta lentamente mutaba y se transformaba en un coral colorido.

–Buen trabajo –dijo Madame Weatherberry–. Al concentrarse en la ramita y, al mismo tiempo, visualizar otro objeto en su mente, Cielene la ha cambiado a algo que a su parecer es una mejora. Amarello, ¿te gustaría comenzar?

El niño cautelosamente se quitó la Medalla de Supresión y las llamas de inmediato regresaron a su cabeza, hombros y traje dorado. Se paró frente a la ramita y se concentró lo mejor que pudo para mejorarla. Mientras se esforzaba, la ramita comenzó a hincharse y a tomar un tono rojo brillante. Pronto, se convirtió en un cilindro de cuya parte superior salía una pequeña cuerda.

–¡Bien hecho, Amarello! –dijo Madame Weatherberry–. ¡Has transformado la ramita en un petardo!

–¡Lo hice! –exclamó–. ¡En verdad lo hice!

Amarello estaba tan orgulloso de lo que había logrado que saltó de un lado a otro en celebración, pero se paró muy cerca del petardo y su pierna en llamas accidentalmente lo encendió. La mecha produjo un silbido punzante que resonó por todo el terreno mientras emanaba chispas coloridas en todas direcciones.

–*¡Al suelo!* –gritó Lucy.

Madame Weatherberry y sus estudiantes se arrojaron al suelo y se taparon los oídos. Cielene le arrojó agua y eventualmente lo extinguió. Amarello se sonrojó y algunas llamas aparecieron en sus mejillas.

–*¡Lo siento!* –dijo.

Sus compañeras lo miraron con expresiones que eran más ardientes que sus propias llamas. Amarello se colocó rápidamente la Medalla de Supresión antes de causar más daño y ayudó al resto a ponerse de pie.

–A eso llamo empezar con el pie derecho –dijo Madame Weatherberry irónicamente–. Emerelda, te fue muy bien en la tarea de ayer. ¿Te gustaría ser la próxima?

–Ah, esto será pan comido para mí –dijo Emerelda.

Se acercó hacia la ramita, pero Madame Weatherberry la detuvo antes de que la tocara con sus manos.

–Todos sabemos que puedes convertir objetos en joyas cuando los tocas, pero hoy me gustaría que intentaras mejorarla con tu mente –dijo el hada.

–¿Con mi *mente*? –preguntó Emerelda.

–Sí –dijo Madame Weatherberry–. No todo lo que queremos en la vida estará al alcance de nuestras manos. Algunas veces, deberemos usar nuestra *imaginación* para alcanzar lo que buscamos. Adelante.

Emerelda se encogió de hombros y dio su mejor esfuerzo. Extendió una mano en dirección a la ramita y, siguiendo el consejo de Madame Weatherberry, se imaginó a ella misma tocándola con la punta de sus dedos invisibles. Unos momentos más tarde, la ramita comenzó a doblarse y a retorcerse como una serpiente. Pronto, esta comenzó a brillar y la ramita se convirtió en un brazalete hermoso de diamantes. Emerelda quedó fascinada con lo que había logrado, por lo que deslizó el brazalete sobre su muñeca.

–Bien hecho, Emerelda –dijo Madame Weatherberry–. Lucy, ayer no pudiste practicar tu magia. ¿Te gustaría intentarlo ahora?

–Creo que paso –dijo Lucy–. Confíe en mí, si pudiera transformar un palito en algo tan bello como un collar de diamantes, no tendría una deuda tan grande por apostar.

–Lucy, puede que tus talentos sean *diferentes* a los del resto, pero estás aquí para perfeccionarlos al igual que todos –le recordó Madame Weatherberry–. Ahora, da lo mejor de ti y veremos lo qué logras.

Lucy gruñó y dio un paso hacia delante de mala gana. Colocó una mano sobre la ramita e intentó mejorarla mágicamente. La ramita comenzó verse flácida y a vibrar, mientras que a la vez se recubría de un líquido pegajoso. Cuando terminó, la ramita se había convertido en una babosa viscosa y gorda. Lucy estaba muy impresionada por su creación; claramente, esperaba que apareciera algo peor; pero sus compañeros no estaban igual de entusiasmados.

–¿Eso te parece una mejora? –preguntó Tangerina.

Antes de que Lucy pudiera responder, un grifo de pronto descendió del cielo y agarró a la babosa con su pico.

–Al menos lo hice feliz a *él* –dijo Lucy, encogiéndose de hombros.

–Eso fue excelente, Lucy –dijo Madame Weatherberry–. Una babosa es una mejora *interesante*, pero como siempre digo, la belleza está en los ojos de quien mira. Ahora bien, eso nos deja contigo, Brystal.

Brystal dio un paso hacia adelante y rogó por poder encontrar su propia magia sin la ayuda de Madame Weatherberry. Cerró los ojos y desesperadamente intentó recrear la misma sensación de alegría que había experimentado el día anterior. Luego de algunos minutos de concentración cuidadosa, Brystal sintió un leve rastro de magia creciendo en la boca de su estómago. Se concentró en la sensación con todas sus fuerzas y deseó que se hiciera más fuerte, todo mientras decidía en qué objeto quería convertir a la ramita. Intentó pensar en algo que fuera del agrado de Madame Weatherberry, pero también en algo que hiciera sentir mejor a Lucy por su babosa.

Piensa en una oruga... Se dijo Brystal a sí misma. *Piensa en una oruga... Piensa en una oruga... Piensa en una oruga...*

En lugar de que la ramita se transformara en la oruga adorable y regordeta que se estaba imaginando, todas las hojas del arce que se cernía sobre ella de pronto se transformaron en mariposas inmensas. Los insectos se alejaron volando de las ramas y dejaron al árbol completamente pelado, y avanzaron por la propiedad como una nube grande. Brystal, Madame Weatherberry, los estudiantes y aprendices miraron a las mariposas completamente sorprendidos.

–Vaya –dijo Madame Weatherberry–. Eso *sí* que fue una transformación.

La mirada de asombro del hada se posó sobre Brystal y allí se quedó. No sabía lo que estaba pensando su maestra, pero sabía que estaba preocupada y confundida por la magia que acababa de presenciar.

–Terminamos por hoy –dijo Madame Weatherberry.

Brystal tuvo problemas para dormir esa noche; no solo porque Lucy roncaba como un oso en la habitación de al lado, sino porque se sentía como un completo fracaso. Por lo general, ansiaba cada oportunidad que se le presentara para aprender algo nuevo y productivo, pero como cada lección terminaba siendo en otra situación bochornosa, comenzaba a temer del tiempo que le quedaba con Madame Weatherberry. Si su incompetencia mágica continuaba así, le preocupaba que sus días en la academia estuvieran contados.

La mañana siguiente, después del desayuno, Madame Weatherberry acompañó a los niños hacia un establo de caballos a un lado del castillo. Sin embargo, en lugar de caballos, los corrales estaban ocupados por criaturas mágicas. En el primero, había una caja de zapatos sobre una banca. Los estudiantes miraron en el interior de la caja y vieron a un hada masculina descansando en su interior. Desafortunadamente, las alas coloridas del hada habían sido cortadas y yacían a un lado.

En el segundo corral, encontraron a dos unicornios lastimados. Uno de ellos estaba sentado en el suelo con sus pezuñas rotas y astilladas. El otro tenía su cuerno doblado como una barreta. Ambas criaturas lucían horriblemente deprimidas, como si su ego hubiera sido dañado del mismo modo que sus cuerpos.

En el tercer corral, un grifo del tamaño de un perro grande yacía recostado sobre una pila de heno. Su garra frontal se encontraba destrozada y estaba envuelta en una venda blanca. Estaba inclinado y temblaba del dolor que le estaba causando tenerla rota. Brystal no sabía cuánto tiempo vivían los grifos, pero asumía que este era bastante grande para su especie, ya que la mayoría de sus plumas se veían grises.

–Pobrecitos –dijo Brystal–. ¿Qué les ocurrió?

–El hada se alejó de su grupo y fue atacada por un búho –le contestó Madame Weatherberry–. Las hadas viajen en grupos numerosos para protegerse. Sin sus alas, nunca podrá reencontrarse con su familia y será una presa fácil para los depredadores. Los unicornios se lastimaron luego de caer por un acantilado rocoso. Afortunadamente, sus heridas no fueron muy graves, pero los unicornios son especies muy orgullosas y bastante vanidosas en lo que respecta a su apariencia. Estos dos se sienten muy avergonzados como para reunirse con sus rebaños desde el incidente. Lamentablemente, el grifo está en el tercer acto de su vida y sus huesos no son lo que solían ser. Su garra quedó destrozada luego de un aterrizaje forzoso. Al igual que las aves, los huesos de los grifos son huecos y se debilitan con el pasar de los años.

–¿Entonces esto es un hospital de animales? –preguntó Amarello.

–Así es –dijo Madame Weatherberry.

–¿Entonces en dónde están los veterinarios? –preguntó Emerelda.

–*Nosotros* somos los veterinarios –dijo Madame Weatherberry guiñándoles un ojo–. La lección de hoy será su primera incursión en la *rehabilitación mágica*. La habilidad más importante que la comunidad mágica posee es la habilidad de sanar a aquellos que sufren. Por lo que esta mañana cada uno de ustedes elegiría un animal herido y usará su magia para ayudarlo a aliviar su dolor o sanar sus heridas. Tangerina, ¿podrías darnos una demostración?

Tangerina se acercó al primer corral brincando con arrogancia y se paró con una pose meditativa con las palmas abiertas y cerró los ojos para concentrarse. Una docena de abejas brotó de su cabello y avanzó a toda prisa hacia el hada herida. El enjambre aterrorizó al hada, quien intentó escapar frenéticamente de la caja de zapatos. Las abejas se posaron sobre el hada y la mantuvieron quieta mientras usaban sus aguijones y miel para pegarle las alas.

En cuestión de segundos, las alas del hada lucían como nuevas y las batió felizmente por el aire. El hada le dio un abrazo al rostro de Tangerina y le expresó su gratitud en el idioma agudo de las hadas que sonaba más bien como un sinsentido para los estudiantes. Lo más sorprendente fue que Tangerina, aparentemente, entendió lo que el hada le dijo, por lo que le respondió "de nada" en la extraña lengua. El hada se marchó volando del establo y se reunió con su familia, mientras el resto de los estudiantes miraba a Tangerina perplejos.

–¿Qué están mirando? –preguntó con un tono defensivo.

–¿Cómo sabías qué decirle? –le preguntó Emerelda.

–El idioma de las hadas es muy parecido al Abespañol –dijo Tangerina–. Todo el mundo sabe eso.

–Gracias, Tangerina –dijo Madame Weatherberry–. ¿A quién le gustaría seguir?

–Ehm, ¿Madame Weatherberry? ¿Puedo decirle algo? –dijo Lucy y llevó a su maestra hacia un lado–. Mire, realmente aprecio sus intenciones de enseñarme todas estas cosas, usted es un cisne entre cerdos, pero no creo que deba participar en esta lección dado mi historial. Estos animales ya han sufrido mucho.

–Esa es una sabia elección, Lucy –dijo Madame Weatherberry–. Debo confesar que tenía la misma preocupación. Por eso solo hay cuatro criaturas en el establo. Puedes acompañarnos como observadora en la lección de hoy. Ahora que está todo arreglado, ¿por qué no le damos el lugar a Emerelda?

–¿Puedo usar mis manos ahora? –preguntó Emerelda.

–Absolutamente –dijo Madame Weatherberry–. No hay una manera incorrecta para curar.

Emerelda inspeccionó a los animales y eligió al unicornio con las pezuñas rotas. Pierna por pierna, colocó su mano sobre las pezuñas dañadas del corcel y llenó cada grieta y hendidura con rubíes. Una vez que las pezuñas estaban curadas, Emerelda le dio herraduras de diamante para evitar futuras lesiones. El unicornio trotó alegremente en círculos por el establo y relinchó en agradecimiento. Enseguida, se marchó corriendo hacia afuera para mostrarle sus nuevas patas a su rebaño.

–¡Espectacular, Emerelda! –exclamó Madame Weatherberry–. ¡Y muy inteligente!

–No lo entiendo –dijo Cielene–. ¿Por qué le diste al unicornio herraduras de *diamante*?

–Porque el diamante es uno de los materiales más duros del mundo –dijo Emerelda–. Protegerán sus patas si se vuelve a caer por otro acantilado.

–Son fuertes y hermosos, al igual que ustedes –dijo Madame Weatherberry esbozando una sonrisa–. Amarello, ¿te gustaría ser el siguiente?

Amarello se quitó su Medalla de Supresión con un poco más de confianza que los días anteriores y alternó la vista entre el segundo unicornio y el grifo, tratando de decidir a qué criatura ayudar. Eventualmente, eligió al unicornio, pero este se alarmó al ver al niño de fuego acercarse a él.

–Está bien –susurró–. Creo que sé cómo ayudarte.

Al intentar calmar al unicornio, Amarello también se estaba calmando a sí mismo, ya que las llamas que cubrían su cuerpo disminuyeron por sí solas. Una vez que ganó la confianza del unicornio, Amarello frotó sus manos hasta hacerlas brillar del calor. Gentilmente tocó el cuerno del unicornio y lo ablandó con sus manos ardientes. Como si estuviera hecho de arcilla, Amarello moldeó el cuerno hasta dejarlo en su posición natural y sopló hasta enfriarlo. El unicornio lamió un lado del rostro de Amarello y se marchó galopando del establo para reunirse con el rebaño más cercano.

–¡Eso fue maravilloso, Amarello! –exclamó Madame Weatherberry.

Amarello estaba tan orgulloso que casi se olvida de ponerse la Medalla de Supresión. Y ahora que había terminado, toda la atención se centró en Brystal. Su cuerpo entero se tensó al estar preocupada de cómo su magia la traicionaría durante esta tarea.

–Brystal, siempre vas última, pero no por ser menos importante –dijo Madame Weatherberry–. ¿Puedes asistir al grifo con su garra rota?

–Haré mi mejor intento –dijo Brystal con una sonrisa nerviosa.

Dio un paso hacia el tercer corral y se arrodilló junto al grifo lastimado. Cerró los ojos y deseó que la sensación mágica regresara a su cuerpo. Al igual que antes, deseó que la sensación se tornara más fuerte, pero esta vez procuró que no fuera *tan* fuerte. Una vez que su magia brotaba a un ritmo que consideraba estable, tomó la garra del grifo con su mano. Imaginó a sus huesos sanando, a su dolor desvaneciéndose y su energía regresando. Imaginó al grifo en los primeros momentos de su vida, volando libremente y aterrizando en donde quisiera sin sufrir las consecuencias de su edad avanzada.

En ese instante, el grifo dejó de temblar y se sentó con mucha más firmeza que antes. Con la confianza emanando de su pecho, miró alrededor del establo con los ojos bien abiertos y sus plumas recobraron su color castaño original. El grifo se quitó las vendas con su pico y reveló una garra fuerte y prominente al igual que las otras. Por primera vez en mucho tiempo, la criatura se paró triunfante en sus cuatro patas.

–Oh, por Dios –dijo Brystal, sorprendida–. ¡Lo curé! ¡Mi magia hizo lo que quería por primera vez!

–¡Felicitaciones, Brystal! –dijo Madame Weatherberry y guio al resto de los estudiantes para que hicieran una ronda de aplausos–. Sabía que podías hacerlo. Lo único que necesitabas era un poco de práctica, un poco de paciencia, un poco de perseverancia, y todo saldría...

Todos se quedaron en silencio, ya que *¡la magia de Brystal no había terminado!* Luego de que su garra fuera sanada, el cuerpo entero del grifo comenzó a encogerse. La criatura rugió horrorizada e intentó correr y volar del establo, pero sus piernas y alas se hicieron muy pequeñas como para cargarlo. El grifo se encogió hasta ser del tamaño de una manzana y, luego, una cáscara de huevo anaranjada con puntos negros apareció a su alrededor. Por algunos segundos, el huevo permaneció perfectamente quieto en el suelo, pero luego empezó a sacudirse. El grifo eclosionó del huevo y emergió como un recién nacido sin plumas, pegajoso y muy confundido.

–¿Revertiste su *envejecimiento*? –preguntó Tangerina sorprendida.

–¿Podemos hacer eso? –le susurró Cielene a su amiga.

Los compañeros de Brystal la miraron como si ella misma fuera una criatura mágica, pero una que veían por primera vez. Miró a Madame Weatherberry en busca de alguna explicación, pero solo encontró la misma expresión de tormento que su maestra había mostrado la última vez que conjuró magia.

–Eso es todo por hoy, niños –dijo Madame Weatherberry–. ¿Tangerina? ¿Cielene? Por favor, encuéntrenle un lugar seguro al grifo bebé en la propiedad. ¿Brystal? ¿Me acompañarías a mi oficina? Me gustaría hablar en privado contigo.

Madame Weatherberry salió a toda prisa del establo y Brystal la siguió por detrás. No sabía si estaba en problemas o no, por lo que miró a los rostros de preocupación de sus compañeros, quienes *tampoco* parecían saberlo. Madame Weatherberry no le dijo nada hasta que llegaron a su oficina. Se sentó detrás de su escritorio de cristal y le hizo un gesto para que se sentara frente a ella. Brystal no estuvo sentada en la silla por más de cinco segundos que estalló abruptamente en lágrimas.

–¡Lo siento mucho, Madame Weatherberry! –exclamó entre lágrimas–. ¡Estoy intentando con toda mi fuerza seguir sus indicaciones, pero mi magia no funciona como la de los demás! ¡Por favor, no me expulse de la academia!

Madame Weatherberry miró sorprendida a la escena emocional de Brystal.

–¿Expulsarte? –preguntó–. ¡Cielos santos! ¿Por qué te expulsaría?

–¡Porque mi magia obviamente está rota! –dijo Brystal–. ¡No tengo una especialidad, nunca completé una tarea de la forma correcta y mi magia siempre hace algo diferente que no tenía intenciones de hacer! Si planea cambiar la perspectiva que tiene el mundo sobre la magia, necesitará estudiantes en los que pueda confiar, y ciertamente ¡no puede confiar en mí!

A juzgar por la expresión de desconcierto de Madame Weatherberry, había mucho que quería hablar con Brystal, pero su expulsión no era una de esas cosas.

–Brystal, solo es tu tercer día aquí –dijo Madame Weatherberry riendo–. Nadie espera que seas perfecta, solo tú. Y buscar la perfección es un efecto adverso a la opresión que has soportado todos estos años. Entonces, comencemos nuestra charla hablando de eso.

–No entiendo –dijo–. ¿Dice que el Reino del Sur me convirtió en una perfeccionista?

–Al igual que muchos miembros de la comunidad mágica, en algún punto, la sociedad te hizo creer que *tus* fallas son mucho peores que las de los demás –explicó el hada–. Y ahora, como consecuencia, te has convencido a ti misma de que no tener *fallas* es la única manera de ganar aprobación. Tener esos estándares imposibles no es de ninguna forma manera de vivir la vida y, de seguro, no es el camino para educarse. Por el contrario, si piensas tener éxito en esta academia, necesitarás aceptar tus fallas y aprender de tus errores, o sino nunca sabrás qué desafíos tendrás que superar.

Brystal se secó las lágrimas.

–Entonces, ¿no me ha llamado a su oficina para expulsarme?

–Absolutamente no –dijo Madame Weatherberry–. Debo confesar que estoy preocupada por ti. No porque haya perdido la fe en tu magia, sino porque he estado intentando descifrar cómo ayudarte. Lo que has hecho en los últimos días ha sido extraordinario, tu ropa, las mariposas, el grifo, todo demuestra que tienes un poder y potencial excepcional. Luego de lo que ocurrió esta mañana, creo que finalmente descifré por qué tienes tantos problemas para controlar y guiar tus habilidades.

–¿Por qué? –preguntó Brystal desde el borde de su asiento.

–Tienes *magiclexia* –dijo Madame Weatherberry.

–¿Magiclexia? –preguntó–. ¿Estoy enferma?

–No, no, no. Nada de eso –procedió a explicarle Madame Weatherberry–. La magiclexia es un trastorno inofensivo, pero frustrante, que afecta a la comunidad mágica; es una especie de *bloqueo* que evita que las hadas puedan acceder a sus habilidades. Algunas veces, como mecanismo de supervivencia, las hadas reprimen su magia con tanta fuerza que se torna extremadamente difícil sacarla a flote. No tengo duda de que mientras vivías en el Reino del Sur, desarrollaste algunas barreras inconscientes que ahora te están debilitando.

–¿Puede curarse? –preguntó Brystal.

–Por lo general, puede tomar toda una vida identificar y destruir todas las barreras que la reprimen –dijo Madame Weatherberry–. Por suerte, al igual que las gafas que usas para leer, la comunidad mágica tiene herramientas que nos ayudan a solucionar estos padecimientos.

Madame Weatherberry abrió el cajón superior de su escritorio de cristal y tomó un cetro destellante. El objeto estaba hecho de cristal puro y era, con facilidad, la cosa más hermosa que Brystal jamás había visto. Si bien nunca antes lo había visto, sintió una atracción muy fuerte hacia este, como si hubieran estado esperando este momento para encontrarse.

–Esta es una *varita mágica* –dijo Madame Weatherberry–. Es muy, muy antigua y pertenecía al hada que fue mi mentora. La varita te pondrá en contacto con tu magia y te ayudará a manejarla con mayor eficiencia.

–¿Me ayudará a encontrar mi especialidad? –preguntó Brystal.

–Tal vez –dijo Madame Weatherberry–. Pero no quiero que te sientas inferior al resto de los estudiantes hasta que esta se presente. No todas las especialidades son tan fáciles de encontrar como la de Tangerina y Cielene. Algunas veces, aunque es raro, la especialidad de un hada se manifiesta *emocionalmente* más que físicamente. Es muy posible que lo que estés buscando ya sea parte de quien eres. Sea lo que sea, estoy segura de que esta varita te ayudará a descubrirla cuando sea el momento indicado.

Madame Weatherberry le entregó la varita a Brystal como si fuera una espada. Ni bien colocó sus dedos sobre ella, la sensación mágica regresó a su cuerpo. Sin embargo, a diferencia de las otras veces, se sentía como si la magia estuviera completamente bajo su control. Movió la varita en dirección al exhibidor de Madame Weatherberry y, de pronto, todos los sombreros se convirtieron en aves coloridas. La transformación sobresaltó a Brystal, por lo que rápidamente los regresó a su estado original.

–¡Ah, lo siento! No quise… –y luego Brystal tuvo una epifanía y se detuvo en medio de la disculpa–. Un segundo… ¡eso era *exactamente* lo que quería hacer! ¡Al mover la varita, sus sombreros me recordaron a un grupo de aves y *eso* fue en lo que se convirtieron! ¡Ni siquiera tuve que concentrarme mucho! *¡La varita funciona!*

Pero Madame Weatherberry no demostraba el mismo entusiasmo que Brystal. Los ojos del hada quedaron fijos sobre el Mapa de Magia sobre la pared que se encontraba sobre la chimenea. Algo en el mapa le había llamado la atención a la maestra y la dejó boquiabierta.

–¿Qué ocurre? –preguntó Brystal–. Parece preocupada.

En lugar de responderle, Madame Weatherberry se puso de pie y se acercó al mapa. Luego de estudiarlo por algunos minutos, el hada tocó una estrella grande en el mapa que se encontraba cerca de la academia. El nombre de *Brystal Evergreen* apareció a un lado.

–Increíble –susurró Madame Weatherberry para sí misma.

–¿Qué es increíble?

–En cuanto la varita tocó tu mano, tu estrella en el Mapa de Magia creció casi el doble –dijo–. Es del mismo tamaño que mi estrella; tal vez, incluso un poco más grande.

Brystal tragó saliva.

–Pero ¿qué significa?

Madame Weatherberry volteó hacia ella y no pudo ocultar el asombro que apareció en sus ojos.

–Significa que podemos esperar grandes cosas de ti, señorita Evergreen.

CAPÍTULO DOCE

LAS INDESEADAS

Todo cambió para Brystal luego de que Madame Weatherberry le entregara la varita mágica. Para cuando su segunda semana en la academia acabó, Brystal no solo estaba alcanzando a Emerelda y Amarello, sino que también sus habilidades estaban superando las de Tangerina y Cielene. Cumplía cada una de las tareas mágicas de Madame Weatherberry con mayor facilidad y eficiencia que sus compañeros. De hecho, su maestra comenzó a pedirle que hiciera las demostraciones en vez de pedírselo a las aprendices. Y aunque hizo todo lo posible por no molestar a Tangerina y Cielene, su rápido progreso se ganó su resentimiento.

–*No es justo* –le susurró Cielene a Tangerina–. *¿Por qué Brystal tiene una varita?*

–*Supuestamente está* enferma –le respondió susurrando su amiga.

Cielene gruñó.

–Suertuda –dijo–. Yo también quiero estar enferma.

A pesar de sus acotaciones y miradas de desprecio, Brystal estaba demasiado entusiasmada como para dejar que los celos de las niñas opacaran su ánimo. Ahora que estaba en contacto con su magia, se tornó cada vez más obsesionada con ella y la usaba para todo lo que pudiera. Movía su varita para abrir puertas y cajones, para ponerse zapatos y ropa y, a la noche, antes de dormir, bailaba en su habitación mientras hacía que sus libros giraran mágicamente a su alrededor. Durante las comidas, Brystal incluso usaba magia para comer, ya que hacía levitar la comida directamente hacia su boca. Sin embargo, dejó de hacer esto último, porque parecía molestarles a *todos* en la mesa.

–Bueno, ahora ya estás alardeando –dijo Emerelda.

Una vez que los estudiantes lograron controlar sus primeras mejoras y ejercicios de rehabilitación, Madame Weatherberry continuó con la siguiente asignatura de su programa. Llevó a los estudiantes hacia una torre del castillo que se encontraba completamente vacía salvo por el polvo y las telarañas.

–Tal vez, la parte más increíble de la magia es la habilidad de crear *algo* de la *nada* –dijo Madame Weatherberry–. Entonces, para su primera lección de manifestación, quiero que llenen esta habitación de muebles. Tengan en mente que la manifestación es parecida a la mejora, salvo que no existe ningún material con el cual trabajar. Invocar elementos para que aparezcan de la nada requiere una mayor concentración y visualización. Intenten imaginar cada centímetro del objeto que desean crear, concéntrense en sus dimensiones y peso, visualicen en dónde quieren exactamente que aparezca y cómo cambiará su entorno. Brystal, ¿te gustaría ser la primera?

Sin mirarlas, Brystal podía sentir las miradas frías de Tangerina y Cielene por su espalda.

–De hecho, ¿por qué mejor no empiezan Tangerina y Cielene hoy? –sugirió Brystal–. Estoy segura de que tienen mucha más experiencia que yo con las manifestaciones.

Las niñas se sintieron sorprendidas por el reconocimiento de Brystal. Simularon sentirse molestas por la oportunidad, pero muy dentro suyo, Brystal sabía que deseaban un poco de atención. Tangerina se paró en el centro de la torre y manifestó un sillón naranja con almohadones de panal de abejas. Cielene manifestó una tina a un lado del sillón de Tangerina y estaba llena de burbujas de jabón. Luego de que las aprendices terminaran, Emerelda invocó un tocador pintoresco con varias cajas de joyas y Amarello un horno de ladrillos. Brystal no quería opacar a sus compañeros, por lo que movió su varita e hizo aparecer un armario modesto pero elegante.

–Muy bien hecho –le dijo Madame Weatherberry a todos–. Eso solo nos deja con Lucy. Esperen, ¿a dónde se fue?

Nadie se había dado cuenta de que Lucy no estaba con ellos hasta ese momento, por lo que la buscaron alrededor de toda la habitación.

–Está escondida detrás del sillón de Tangerina –dijo Emerelda–. Puedo ver sus botas.

Lucy soltó un quejido cuando sus compañeros la encontraron. Claramente, se estaba escondiendo para escapar de la lección de Madame Weatherberry, pero Lucy afirmó inocentemente que estaba buscando algo en el suelo.

–Lo siento, creí que había visto mi trébol de la buena suerte –dijo Lucy.

–¿Cuándo lo perdiste? –le preguntó Amarello.

–Hace cuatro años –contestó–. Pero uno nunca sabe cuándo ni dónde aparecerán las cosas.

Lucy se puso de pie sin ganas y avanzó hacia el centro de la torre. Pensó por un largo tiempo con mucha intensidad sobre el objeto que quería manifestar y esbozó una sonrisa mientras su cabeza se llenaba de imágenes placenteras de este. Desafortunadamente, se sintió completamente decepcionada cuando una pila de ataúdes de madera apareció en un rincón de la torre.

–En mi defensa, intentaba manifestar una cama –dijo.

Madame Weatherberry le dio una palmada de consuelo a Lucy en la espalda.

–Tienes un diez por el esfuerzo, querida –dijo.

Sin importar cuánto la motivara Madame Weatherberry, Lucy terminaba cada lección sintiéndose peor de lo que ya se sentía. Y ahora que Brystal tenía en su poder una varita mágica, Lucy no tenía a nadie de quién compadecerse. Brystal empatizaba con su amiga, pero no podía imaginar el tormento que estaba atravesando en su mente. Con cada día que pasaba, los miedos más terribles de Lucy sobre *quién* o *qué* era se tornaban más y más reales.

• • ★ • •

La mañana siguiente, la clase de Madame Weatherberry comenzó de inmediato luego de terminar el desayunar. Fue el primer día desde la llegada de Brystal que Madame Weatherberry no había recibido una extraña carta por correo. Brystal no sabía si se lo estaba imaginando, pero el hada parecía más alegre de lo usual, por lo que se preguntaba si no haber recibido la carta tenía algo que ver con ello. Tal vez, no tener noticias eran buenas noticias.

Madame Weatherberry escoltó a sus estudiantes y aprendices por la propiedad pintoresca de la academia y se detuvieron en medio de dos colinas escarpadas. Esta vez, los acompañó la señora Vee, por lo que los estudiantes sentían curiosidad sobre la razón por la que el ama de llaves estaba allí con ellos.

–Ahora que han tenido una introducción a las *mejoras, rehabilitación* y *manifestación*, la clase de hoy se centrará en la cuarta y última categoría de la magia, la *imaginación* –anunció Madame Weatherberry–. Siempre recuerden, las limitaciones de un hada están definidas por los límites de su imaginación. A lo largo de sus carreras profesionales, se encontrarán con problemas y obstáculos con soluciones obvias. Quedará en sus manos y en las de nadie más, crear soluciones para estos dilemas particulares. La señora Vee se ofreció amablemente como voluntaria para ayudarnos con el ejercicio de hoy.

–¡Absolutamente, no tengo idea de en lo me enlisté y estoy genuinamente aterrorizada! *¡JA-JA!* –dijo la señora Vee.

El ama de llaves subió hacia la cima de la primera colina y esperó ansiosamente a que la actividad comenzara.

–Para la tarea de esta mañana, les enseñaré a cada uno de ustedes a usar su *imaginación* para transportar mágicamente a la señora Vee de una colina a otra –explicó Madame Weatherberry–. Intenten hacer que su método sea lo más original posible. Usen lo que han aprendido en nuestras clases de *mejoras*, *rehabilitación* y *manifestación* para que su imaginación cobre vida. Lucy, comenzaremos contigo.

–Ah, rayos –dijo Lucy sin ánimos–. Señora Vee, realmente le pido disculpas por lo que vaya a ocurrir.

La hija de los músicos tronó sus dedos y centró toda la energía en el ama de llaves. De pronto, un sumidero inmenso apareció debajo de la señora Vee y se la tragó por completo. Luego de unos tensos segundos, otro sumidero apareció en la segunda colina y escupió al ama de llaves como si fuera una fruta podrida.

–*¡Ah, gracias a Dios!* –dijo Lucy suspirando de alivio–. ¡Para serle honesta, no estaba segura de que la volviéramos a ver!

La señora Vee se sentía de todas las formas posibles menos aliviada. Se puso de pie y se quitó la tierra de su ropa con unas manos temblorosas.

–¿Madame Weatherberry? –la llamó el ama de llaves–. ¿Podríamos, por favor, agregar una cláusula sobre *seguridad* a sus instrucciones? ¿Para evitar que la lección de hoy me mate? *¡JA-JA!*

–Claro que podemos –dijo Madame Weatherberry, sintiendo que le debía eso–. Niños, no creo que sea un problema para el resto, pero intenten transportar a la señora Vee sin causar un desastre natural. Brystal, tú eres la siguiente.

Para la fortuna de la señora Vee, la estrategia de Brystal

fue mucho más gentil que la de Lucy. Movió su varita y una burbuja gigante apareció alrededor del ama de llaves. La burbuja flotó por el aire y llevó sutilmente a la señora Vee hacia la colina opuesta.

–Bueno, eso fue encantador –dijo la señora Vee–. Gracias, Brystal.

Uno por uno, los estudiantes y aprendices dieron un paso hacia adelante y usaron su propia solución a la tarea. Tangerina envió a cientos de abejas hacia la señora Vee y los insectos la elevaron por el aire hasta dejarla caer en la otra colina. Cielene invocó el agua de un arroyo cercano y transportó a la señora Vee como si estuviera deslizándose por un tobogán de agua. Emerelda movió su mano por el aire, como si estuviera despidiéndose lentamente, y un puente de topacio dorado apareció entre las colinas.

–Maravilloso trabajo, señoritas –dijo Madame Weatherberry–. Amarello, eso nos deja contigo.

Todos voltearon hacia el niño, pero no estaba prestándole atención a la clase. Amarello tenía la mirada perdida en la distancia con una expresión perturbada, como si acabara de ver a un fantasma.

–Madame Weatherberry, ¿quiénes son *ellas*? –preguntó.

Amarello señaló en la dirección en la que estaba mirando y el resto miró hacia allí. En los límites de la propiedad, justo en la barrera de arbustos, había cuatro personas con capas negras idénticas. Las figuras misteriosas se encontraban completamente quietas y miraban al hada y a sus estudiantes en completo silencio. Las visitas instantáneamente hicieron sentir a todos incómodos; nadie las había notado llegar, por lo que nadie sabía desde cuándo estaban allí. Sin embargo, ninguno de los niños estaba tan inquietado por la visita inesperada como su maestra.

–Madame Weatherberry, ¿conoce a esas personas? –preguntó Emerelda.

El hada asintió y una mezcla complicada de ira y miedo brotó en su rostro.

–Desafortunadamente, sí –dijo–. Lo siento, niños, pero necesitamos posponer lo que queda de la lección de hoy.

Una vez que todos supieron de su presencia, las figuras con capas avanzaron lentamente hacia Madame Weatherberry y sus estudiantes. Sus cuerpos estaban completamente cubiertos salvo por sus rostros y, si bien parecían mujeres, cuanto más se acercaban, menos apariencia humana tenían. La primera de ellas tenía ojos redondos y amarillos, y una nariz larga como un pico. Los ojos de la segunda eran rojos con pupilas finas como las de un reptil y una lengua bífida salía y se escondía en su boca. La tercera tenía una piel aceitosa, labios enormes y ojos negros y saltones como los de un pez. La cuarta mujer tenía ojos verdes y bigotes como un gato, y unos dientes inferiores filosos que se asomaban en su boca.

–Hola, Celessste –siseó la mujer con la lengua bífida.

Se sentía mucha tensión entre Madame Weatherberry y las mujeres encapuchadas, y los estudiantes podían haber jurado que el aire se había tornado más denso.

–Niños, ellas son Cuervina Clawdale, Salamandra Vipes, Calamarda Inkerson y Feliena Scratchworth –anunció el hada–. Son viejas conocidas mías.

Lucy se cruzó se brazos y miró a las visitantes con desconfianza.

–¿Asumo que ustedes *eligieron* esos nombres? –dijo.

Feliena giró su cabeza en la dirección de Lucy.

–No *creerías* algunas de las elecciones que hemos hecho –le gruñó.

La mujer de bigotes esbozó una sonrisa perturbadora que dejó a la vista sus dientes afilados. Los estudiantes y aprendices dieron un paso hacia atrás atemorizados y se escondieron detrás de su maestra.

–Está bien, suficiente –ordenó Madame Weatherberry–. Obviamente, han hecho este viaje para hablar conmigo, pero no lo haré frente a mis estudiantes. Continuaremos esta conversación en la privacidad de mi oficina o no lo haremos.

Las mujeres no rechazaron el pedido de Madame Weatherberry. El hada giró sobre sus tacones y escoltó a sus visitas inesperadas hacia el castillo. Brystal y sus compañeros tenían tantas preguntas sobre las visitantes, pero mientras se miraban entre sí en busca de respuestas, todos se sentían igual de confundidos. Incluso Tangerina y Cielene no podían entender qué estaba ocurriendo.

–¿Señora Vee? –preguntó Tangerina–. ¿Quiénes son estas mujeres?

La señora Vee miró con disgusto a las visitantes mientras se movían por la propiedad.

–Esas no son mujeres –dijo–. Son *brujas.*

Los estudiantes y aprendices se quedaron boquiabiertos todos a la vez.

–*¿Brujas?* –preguntó Cielene, anonadada–. Pero ¿cómo lo sabe?

–Siempre puedes distinguir a una bruja por su apariencia –les dijo la señora Vee–. La brujería deja marcas en aquellos que la practican. Cuanta más ejerce una bruja, más a un monstruo se asemeja. Y, si mis ojos no me engañan, *esas cuatro* la han practicado asquerosamente mucho.

A medida que las brujas subían por la escalinata del frente, Cuervina giró su cabeza por completo como si fuera un búho y le lanzó una última mirada de desprecio a los niños antes de entrar al castillo.

–Pero ¿qué hacen en una academia de magia? –preguntó Emerelda–. ¿Qué quieren de Madame Weatherberry?

–No lo sé –contestó la señora Vee–. Pero será mejor que nos mantengamos alejados de ellas.

El consejo del ama de llave era razonable, pero mantenerse alejada era lo último que Brystal quería. Las brujas solo sumaban otro misterio más a los asuntos que estaba tratando Madame Weatherberry, por lo que Brystal ansiaba mucho más que antes obtener respuestas. Ni bien se recordó a sí misma del hueco que se encontraba en su estante de libros, se marchó corriendo tan rápido como se lo permitían sus pies. Solamente esperaba poder llegar a su habitación antes de perderse alguna palabra de la conversación del hada con las brujas.

–Brystal, ¿a dónde vas? –gritó Lucy.

–*¡Al baño!* –le respondió gritando sobre su hombro.

–Cuando la naturaleza llama, la naturaleza llama –dijo la señora Vee–. Lo que me recuerda que debo dejar de agregar tantas pasas de ciruela a la avena. *¡JA-JA!*

Brystal ingresó al castillo y corrió a toda prisa por la escalera flotante hacia su habitación en el tercer piso. Cuando se asomó a la oficina de Madame Weatherberry, vio a su maestra caminando furiosa frente a la chimenea burbujeante. Las cuatro brujas se encontraban a su alrededor, mirándola como buitres que esperan ver morir a su presa.

–¡Cómo se atreven a venir aquí sin previo aviso! –dijo Madame Weatherberry–. ¡No tienen derecho a irrumpir en mi academia de esta forma!

–No nos dejaste opción –chilló Cuervina–. Has dejado de responder nuestras cartas.

–Les dije que ya había *terminado* –dijo Madame Weatherberry–. ¡Ya no vamos a trabajar juntas!

–No es momento para ser reticentes –murmuró Calamarda–. El Conflicto del Norte está llegando a un punto sin retorno. El enemigo está ganando terreno y se está tornando más poderoso cada día. Si no actuamos pronto, seremos derrotadas.

–Entonces busquen a alguien que las pueda ayudar –dijo Madame Weatherberry con brusquedad–. Yo no puedo seguir haciéndolo.

–Celessste, aún queremosss lo misssmo –siseó Salamandra–. Todasss bussscamosss un mundo mássss ssseguro y la aceptación para losss de nuessstro tipo. Ayudarnosss a terminar con el Conflicto del Norte nosss permitirá dar un passso mássss hacia esssa meta.

–¡No insinúes que ustedes y yo somos lo mismo! –exclamó Madame Weatherberry–. ¡Si no fuera por gente como ustedes, la gente como yo no tendría que luchar para ser aceptada en primer lugar!

–Celeste, no te sientas superior –rugió Feliena–. Antes de que tuvieras la brillante idea de comenzar esta academia, todas acordamos que el Conflicto del Norte era la mejor manera de cambiar la opinión del mundo sobre la comunidad mágica. Dejamos de lado nuestras diferencias y creamos el plan juntas. Ninguna de nosotras anticipó que fuera a durar tanto, ninguna de nosotras esperaba que fuera así de agotador, pero te guste o no, el conflicto continúa. La victoria aún es posible, pero si no terminamos lo que comenzamos, todo en lo que hemos trabajado quedará perdido.

Madame Weatherberry se sentó detrás de su escritorio y se cubrió el rostro con su mano enguantada. Brystal nunca antes había visto al hada tan abrumada.

–No lo entienden –dijo–. Todavía tengo fe en nuestro plan, pero no puedo ayudarlas porque no puedo enfrentarme con *ella* otra vez.

Brystal no tenía idea de quién estaba hablando Madame Weatherberry, pero la manera en la que el hada se refirió a esa persona le hizo sentir escalofríos. Nunca se le había ocurrido que su maestra le tuviera miedo a algo o alguien, pero obviamente Madame Weatherberry estaba *terriblemente* asustada de la persona a la que se refería.

–Celeste, tú eres la única que *puede* enfrentarla –chilló Cuervina–. Nadie tiene el poder para enfrentarla más que tú. *Nadie.*

–Cada vez que la enfrento, se hace más fuerte y yo me debilito más –dijo Madame Weatherberry–. Apenas logré sobrevivir a nuestro último encuentro. Si peleo contra ella de nuevo, puede que yo nunca más regrese.

–Sí, pero la última vez casi ganamos –murmuró Calamarda–. Y estabas más dispuesta a hacer sacrificios en ese entonces.

–Las cosas son distintas ahora –dijo Madame Weatherberry–. Tengo una academia entera que depende de mí; no puedo arriesgarme de nuevo. Incluso si resolvemos el Conflicto del Norte, nada nos garantiza que el odio y la hostilidad contra la comunidad mágica se detenga. Pero, una vez que mis estudiantes hayan terminado su entrenamiento, serán *ellos* quienes logren lo que siempre hemos querido.

–Estás poniendo demasiada fe en esta academia –gruñó Feliena–. Pero ¿honestamente crees que un mundo que quema a la gente por deporte podrá ser persuadido por los *actos de bondad* de las hadas? ¡No! Si queremos cambiar el mundo, debemos ganarnos el respeto del mundo. Y terminar con el Conflicto del Norte es la mejor opción que hemos tenido en siglos.

–Pero el General White ha hecho un gran progreso –dijo Madame Weatherberry–. ¡Estoy segura de que ya encontró una manera de destruirla!

–El General White ha hecho un trabajo brillante evitando que el Reino del Norte cayera en la extinción –chilló Cuervina–. Pero todas sabemos que su ejército no es rival para el de *ella*. Solo hay una manera de terminar con el Conflicto del Norte de una vez por toda; y esa eres *tú*, Celeste.

Salamandra se inclinó hacia Madame Weatherberry y la tomó de la mano.

–Únete a nosssotrasss –siseó–. Juntasss podemosss crear un futuro grandiossso, no sssolo para nosssotrasss, sssino también para tusss essstudiantesss.

Madame Weatherberry se quedó en completo silencio mientras consideraba el pedido de las brujas. Algunas lágrimas brotaron de sus ojos y lentamente negó con la cabeza, no porque discrepara con sus visitantes, sino porque sabía que tenían razón.

–Está bien –dijo el hada con pesadez en su corazón–. Les ayudaré a terminar con el Conflicto del Norte. Pero, luego de eso, no quiero verlas a ustedes cuatro nunca más.

–No será ningún inconveniente para nosotras –gruñó Feliena–. Termina con el Conflicto del Norte y nunca más te necesitaremos.

–Bien –dijo Madame Weatherberry–. Que Dios se apiade de mi si no tengo éxito.

Las brujas estaban agradecidas de haberla convencido. Madame Weatherberry guardó algunas de sus pertenencias en un maletín de cristal y salió de su oficina. Brystal salió a toda prisa de su habitación y alcanzó a su maestra con las brujas en el vestíbulo de entrada.

–¿Madame Weatherberry? –la llamó–. ¿Va a algún lado?

Era difícil para Brystal aparentar que no sabía lo que estaba ocurriendo, pero no tan difícil como era para Madame Weatherberry aparentar que todo estaba bien.

–Me temo que me marcharé de la academia por algunos días –le informó el hada–. La salud de la amiga enferma de la que les he contado empeoró.

–¿Usted, ehm… quiero decir, *ella* estará bien? –preguntó Brystal.

–Eso espero –contestó Madame Weatherberry–. ¿Puedes avisarle a la señora Vee y a tus compañeros que me iré?

–Claro –dijo Brystal.

El hada esbozó una sonrisa agridulce y acompañó a las brujas fuera del castillo. Brystal corrió por detrás y detuvo a su maestra en la escalinata frontal del castillo.

–*¡Madame Weatherberry!* –gritó–. *¡Espere!*

–¿Sí, querida? ¿Qué ocurre?

Para la sorpresa del hada, Brystal la envolvió con sus brazos y se despidió de su maestra. Madame Weatherberry miró el comportamiento extraño de la niña, pero no supo qué hacer.

–Por favor, cuídese –dijo Brystal–. Algunas enfermedades pueden ser contagiosas, ¿sabe?

–No te preocupes, estaré bien –dijo el hada–. Por favor, cuida al resto mientras no esté aquí –Brystal asintió y soltó a Madame Weatherberry de su fuerte abrazo. El hada arrojó su broche al suelo y el carruaje dorado creció hasta su tamaño original. Silbó en dirección a un campo cercano y cuatro unicornios galoparon con mucho entusiasmo hacia el carruaje, en donde las riendas mágicamente se sujetaron a ellos. El hada y las brujas subieron a bordo del carruaje dorado y se marcharon a toda prisa de la propiedad. Eventualmente, desaparecieron tras la barrera de arbustos.

Brystal la saludó con su mano, pero apenas estuvieron fuera de vista, se quedó congelada mirando a la distancia con miedo. No podía luchar contra la sensación horrible que le decía que, posiblemente, no volvería a ver nunca más a Madame Weatherberry.

CAPÍTULO TRECE

EL VIGILANTE DEL BOSQUE

Mientras Madame Weatherberry estaba de viaje, Brystal se pasó los días practicando y las noches leyéndole *Las aventuras de Tidbit Twitch* a sus compañeros. Si bien los ejercicios y leer eran productivos, los usaba principalmente como una distracción de sus pensamientos perturbadores. Luego de haber espiado a Madame Weatherberry y a las brujas, Brystal finalmente tenía respuestas a algunas de las preguntas que la acechaban, pero cuanto más entendía, más complejo se hacía el misterio.

Ahora entendía por qué Madame Weatherberry había tenido una reacción tan enérgica ante la mención del Reino del Norte. Algo conocido como el Conflicto del Norte estaba destruyendo al reino y alguien a quien el hada temía era el centro de ello. Las cartas con escamas negras habían sido enviadas por las brujas, no para darle novedades a Madame Weatherberry sobre una *amiga enferma*, sino para pedirle ayuda con el conflicto. Y aparentemente, si Madame Weatherberry ayudaba a las brujas a terminar con el Conflicto del Norte, aseguraría la aceptación mundial de la comunidad mágica.

Pero ¿qué era el Conflicto del Norte? ¿Cómo es que la participación de Madame Weatherberry traería paz a las brujas y hadas? ¿Quién era la mujer que Madame Weatherberry temía enfrentar? Y la que era la pregunta más perturbadora de todas: ¿*sobreviviría* Madame Weatherberry a otro encuentro con ella?

La mente de Brystal nunca descansó de las preguntas desgarradoras. Estaba desesperada por hablar con alguien sobre el tema, pero no sabía con quién hacerlo. Emerelda y Amarello no sabrían más que ella, Lucy ya había tenido suficientes problemas, y Brystal dudaba de que la señora Vee fuera de ayuda. Consideró hablar con Tangerina y Cielene, pero si las niñas escuchaban que Brystal había estado espiando a su maestra, estaba segura de que la delatarían.

Así, Brystal creyó que era mejor guardar sus preocupaciones para ella misma. Las inquietudes le traían pesadez a su corazón, por lo que cuanto más tiempo Madame Weatherberry estuviera lejos, más miedo y soledad sentía Brystal.

En la tercera noche luego de la partida de Madame Weatherberry, Brystal estaba algunos minutos atrasada para la cena. Estaba en medio de un capítulo muy apasionante de *Las aventuras de Tidbit Twitch, volumen tres*, el cual terminó a toda prisa antes de encontrarse abajo con sus compañeros. Ni bien entró al comedor. Brystal notó que algo estaba mal. Tangerina estaba sentada de brazos cruzados y sus mejillas lucían sonrojadas. Cielene se encontraba parada detrás de ella, frotándole los hombros. Emerelda y Amarello estaban sentados con los ojos muy abiertos, como si acabaran de presenciar todo un espectáculo.

–¿Qué ocurre? –le preguntó Brystal a todos en la habitación.

–Pregúntales a *ellos* –dijo Tangerina y señaló a los otros.

–Lucy y Tangerina acaban de pelear –le contó Emerelda–. Fue muy serio.

–¿Por qué? –preguntó Brystal.

–Lucy entró y le pidió a Tangerina que dejara de tapar el lavabo del baño con su miel –le contó Amarello–. Tangerina le dijo que estaba sorprendida de que Lucy supiera dónde estaba el baño, a lo que luego Lucy dijo que la personalidad de Tangerina, no su magia, era la verdadera razón por la que su familia la abandonó. Y finalmente, Tangerina le dijo a Lucy que ella no pertenecía a esta academia y que deseaba que las brujas se la hubieran llevado.

–En ese momento, Lucy estalló en lágrimas y se marchó corriendo hacia arriba –dijo Emerelda–. Personalmente, creo que fue muy entretenido hasta que se puso mal. Me recordaba a las peleas de boxeo entre enanos que solíamos tener en la mina de carbón.

Brystal suspiró.

–Tangerina, ¿por qué dijiste eso? Sabes que Lucy ha estado teniendo dificultades con su magia.

–¡No es *mi* culpa! –exclamó Tangerina–. ¡Lucy fue la que empezó!

–Pero no tendrías que haberle respondido –la regañó Brystal–. Eres una *aprendiz*, ¿lo recuerdas? ¡Deberías ser más madura! Iré arriba a ver cómo está Lucy. Alguien dígale a la señora Vee que regreso enseguida.

Brystal se marchó de la habitación y se encaminó hacia la escalera flotante. Preparó una lista de cosas positivas y alentadoras para decirle a Lucy, pero en caso de que las palabras reconfortantes no fueran suficiente, con un movimiento de su varita hizo aparecer una bandeja de pastelitos de chocolate. Sin embargo, al llegar al corredor del segundo piso, algo muy extraño le llamó la atención. La puerta de la habitación de Lucy había desaparecido y sobre la pared había una nota:

Querida Madame Weatherberry:

Gracias por creer en mí, pero la academia no está funcionando. Me voy de la escuela y regresaré al negocio del espectáculo. Conozco las fechas que tienen programados mis padres, por lo que no será difícil encontrarlos. Le deseo a usted y al resto la mejor de las suertes.

Besos, Lucy

PD: Tangerina apesta.

Brystal se sintió tan alarmada por la nota de Lucy que dejó caer la bandeja de pastelitos al suelo. Sin desperdiciar un minuto, movió su varita e hizo que una chaqueta apareciera sobre sus hombros y bajó a toda prisa por la escalera flotante.

Sus compañeros oyeron la bandeja caerse al suelo, por lo que se asomaron hacia el vestíbulo de entrada para ver qué estaba ocurriendo. Se sorprendieron al ver a Brystal saliendo por la puerta principal en pánico.

–¿Qué se incendió? –preguntó Emerelda.

–¡Es Lucy! –dijo Brystal–. ¡Se ha ido!

–¡Oh, no! –exclamó Amarello–. ¿Qué hacemos?

–Ustedes no van a hacer nada –dijo Brystal–. Madame Weatherberry me pidió específicamente a mí cuidarlos mientras ella no estaba, por lo que *yo* iré a buscarla. Ustedes quédense aquí en caso de que Lucy o Madame Weatherberry regresen.

–¿Quieres decir que irás al *Entrebosque*? ¿Por la *noche*? –preguntó Cielene.

–¡No puedes salir de la academia! –dijo Tangerina–. ¡Va en contra de las reglas!

–Tengo que encontrarla antes de que un monstruo horrible del bosque lo haga primero –dijo Brystal–. No se fue hace mucho, no debería ser difícil seguirle el rastro. ¡Regresaré cuanto antes!

A pesar de las súplicas temerosas y frenética de sus compañeros para que se quedara, Brystal salió a toda prisa por la puerta, bajó corriendo la escalinata de la entrada al castillo y se marchó por el terreno de la propiedad. Cuando llegó al límite de la propiedad, esperó con impaciencia mientras se formaba un arco en la barrera de arbustos. Una vez que terminó, Brystal atravesó el túnel de hojas y emergió en el bosque tenebroso que yacía al otro lado.

–¿Lucy? –gritó hacia la oscuridad del bosque–. ¡Lucy, soy Brystal! ¿En dónde estás?

Brystal miró en todas las direcciones para dar con su amiga, pero apenas podía ver algo. Eventualmente, sus ojos se acostumbraron a la oscuridad; pero, aun así, no veía nada más que árboles retorcidos y rocas dentadas. Avanzó con cuidado por un sendero de tierra que serpenteaba por el Entrebosque y se sobresaltaba con cada ruido que escuchaba.

–*Lucy, ¿estás aquí?* –susurró–. *¿Puedes oírme?*

Con cada paso que daba, Brystal se sentía cada vez más aterrada de su entorno. Pronto, el sendero de tierra se dividió en dos direcciones distintas y Brystal tuvo que elegir un camino. Ambos lucían idénticos, por lo que le preocupaba que se fuera a perder. Para poder avanzar con mayor facilidad, movió su varita e hizo que las rocas que bordeaban el camino brillaran en la oscuridad, marcando de esta manera las partes del bosque que ya había recorrido.

Justo en el momento en que Brystal comenzaba a temer que era demasiado tarde para salvar a su amiga, escuchó a alguien llorando a lo lejos. Brystal siguió el sonido por el bosque y suspiró aliviada cuando finalmente encontró a Lucy bajo un árbol. Tenía la cabeza enterrada en sus brazos mientras lloraba y tenía su maletín de puercoespín y su cantimplora hecha con el cráneo de un castor a un lado.

–¡Lucy! –exclamó Brystal–. ¡Aquí estás! Te he estado buscando por todas partes...

La voz de Brystal sobresaltó a su amiga. Lucy se puso de pie enseguida y la atacó con un palo largo. Brystal cayó al suelo y evitó el golpe por muy poco.

–*¡Lucy, relájate! ¡Solo soy yo! ¡Brystal!* –le dijo.

–¿Qué rayos te pasa? –preguntó Lucy–. ¡No puedes asustar a alguien así en un bosque peligroso!

–Lo siento, no me di cuenta de que había reglas en este lugar –dijo Brystal.

–¿Qué estás haciendo aquí? –le preguntó Lucy.

–Te buscaba a ti –dijo Brystal, poniéndose de pie–. Encontré la nota que dejaste y vine a hacerte entrar en razón.

–Buena suerte con eso –gruñó Lucy y arrojó el palo hacia un lado–. Ya lo he decidido, Brystal. No pasaré otro día en esa academia. Ya sabía que no pertenecía a ese lugar desde el momento en que vi el castillo. Y las clases de Madame Weatherberry solo lo dejaron más en claro.

–Pero eso no es verdad –dijo Brystal–. ¡Nuestro entrenamiento acaba de empezar! Solo necesitas más tiempo y práctica. No dejes que lo que te diga Tangerina te haga renunciar a tus habilidades.

–¡Deja de intentar convertirme en algo que no soy! –gritó Lucy–. Enfréntalo, Brystal, *¡soy una bruja!* ¡Nunca seré un hada como tú y los demás! Y si sigo usando mis habilidades, me convertiré en un monstruo como las amigas de Madame Weatherberry. Prefiero mantener mi rostro sin bigotes y escamas, por lo que voy a quedarme lo más alejada posible de la magia y la brujería. Me voy y no hay nada que puedas hacer para detenerme.

Lucy tomó su maletín de puercoespín, colgó su cantimplora sobre uno de sus hombros y procedió a caminar por el sendero. Mientras Brystal miraba a Lucy marcharse, algo dentro de ella cambió. Toda la empatía que sentía por Lucy se drenó y fue reemplazada por ira. No podía creer que había arriesgado su vida al entrar a un bosque peligroso solo para que Lucy le diera la espalda.

–*¡Lucy Gansa, escúchame bien!* –le ordenó Brystal–. ¡Eres

la mejor amiga que tengo en la academia y no pienso perderte! ¡Ya he perdido a demasiada gente en mi vida como para dejarte ir así! Lo creas o no, Madame Weatherberry nos ha dado una oportunidad única en nuestras vidas y *no* dejaré que la desperdicies para tocar tu *estúpida pandereta* con tus padres.

Lucy quedó impactada por sus palabras.

–*¿Estúpida pandereta?*

–*¡ES ESTÚPIDA Y LO SABES!* –gritó Brystal–. ¡Tienes mucho más que eso para ofrecerle al mundo! ¡Puede que no creas en ti misma, pero *yo creo en ti lo suficiente por las dos*! ¡Entonces, daremos media vuelta y regresaremos a la academia *ahora mismo* y seguiremos con nuestro entrenamiento! ¡Dejarás de sentir lástima por ti, dejarás de poner excusas y comenzarás a trabajar lo más duro que puedas para convertirte en el hada que yo sé que puedes ser! Y si en el camino descubrimos que eres una bruja, *¿qué importa?* ¡Si eres una bruja, serás la *mejor bruja* que jamás haya existido! ¡*Embrujarás* a las *brujas más brujas* de todo el mundo! ¡Pero te prometo que *nunca* te convertirás en un monstruo con mi ayuda! Siempre estaré allí para mantenerte en la línea correcta y evitar que cometas errores, *¡TAL COMO LO ESTOY HACIENDO AHORA!*

Lucy quedó sorprendida por la escena emocional de Brystal, por lo que se la quedó mirando como si fuera la criatura más tenebrosa de todo el bosque.

–¿En verdad crees todo eso que acabas de decir? –preguntó.

–¡Arriesgué mi vida siguiéndote por el Entrebosque! ¿Qué crees?

Lucy se quedó en silencio mientras pensaba lo importante que era el gesto de Brystal.

–Guau –dijo–. Creo que nunca nadie creyó tanto en mí. Y eso que tengo *miles* de admiradores.

–Entonces, ¿te convencí de que regreses a la academia? –le preguntó Brystal.

Una sonrisa dulce apareció en el rostro de Lucy. Aparentemente, el amor duro de Brystal fue mucho más efectivo que cualquier palabra de aliento.

–Sí –dijo Lucy–. Creo que sí.

–Bien –dijo Brystal, riendo–. Porque si mi escena no funcionaba, estaba a punto de arrastrarte de los…

¡FIUU! ¡FIUU! De pronto, oyeron un extraño sonido en las cercanías. *¡FIUU! ¡FIUU!* Brystal y Lucy miraron alrededor del bosque, pero no podían descifrar de dónde provenía el ruido. *¡FIUU! ¡FIUU!* Algo estaba volando por el aire, pero se movía tan rápido que les resultaba imposible saber qué era. *¡FIUU! ¡FIUU!* Brystal sintió una leve brisa sobre su cuello y, repentinamente, dos flechas se clavaron directo en el árbol que se encontraba detrás de ella. *¡FIUU! ¡FIUU!* Lucy miró hacia abajo y vio un par de flechas clavadas en su maletín de puercoespín.

–*¡Nos están disparando!* –gritó Lucy.

–*¿Quién?* –preguntó Brystal, en pánico.

En la distancia, las niñas vieron a tres hombres que salieron de la oscuridad. El primero llevaba un chaleco amarillo y una soga atada a la cintura, el segundo llevaba una capa roja y un hacha sobre su cinturón, y el tercero tenía puesta una capa verde y una horqueta en la mano. Los tres lucían sucios y desalineados, como si hubieran estado en el bosque desde hacía días, y cada uno llevaba una ballesta que apuntaban en la dirección de Brystal y Lucy.

–Vaya, vaya, vaya –dijo el hombre de amarillo–. ¡Parece que es nuestro día de suerte! ¡El Señor nos ha guiado hasta *dos brujas* en el mismo lugar!

–¿Qué les dije, muchachos? –alardeó el hombre de rojo–. ¡Los rumores deben ser ciertos! ¡En algún lugar de aquí hay un *aquelarre entero de brujas*!

–Basuras pecadoras –dijo el hombre de verde entre dientes–. ¿En verdad creyeron que podían vivir en el bosque sin que nadie lo notara? ¡Ellas solas buscan que las cacen!

Ambas intercambiaron una mirada de terror y lentamente se alejaron de los hombres. Brystal susurró:

–*¡Son cazadores de brujas! ¡Y creen que somos brujas!*

–*¿Qué hacemos?* –le preguntó Lucy susurrando.

La mente de Brystal estaba completamente en blanco. Si bien tenía la varita en su mano, todos los entrenamientos de Madame Weatherberry la habían abandonado y solo había una cosa en la que podía pensar.

–*¡CORRE!*

Sin tiempo que perder, Brystal y Lucy echaron a correr hacia el bosque y se alejaron de los hombres lo más rápido que pudieron. Los cazadores de brujas chiflaron y gritaron entusiasmados por la cacería, listos para ir tras las niñas. Los hombres les dispararon flecha tras flecha, pero afortunadamente la densidad del bosque hacía que fuera difícil apuntar. El suelo estaba cubierto por tantas raíces y rocas que también hacía que fuera casi imposible correr sin tropezarse, pero Brystal y Lucy dieron su mejor esfuerzo, ya que un paso en falso podía costarles las vidas.

Al correr, las niñas miraban hacia atrás y adelante, alternando la vista entre sus perseguidores y el camino que tenían por delante. Su escape terminó cuando se toparon contra la ladera plana de una colina que no habían visto en la oscuridad. Los cazadores de brujas las rodearon y esbozaron una sonrisa siniestra. Obviamente, ver a sus presas temblar del miedo era su parte favorita de la cacería.

–Son asquerosamente jóvenes y bonitas como para ser brujas –dijo el hombre de amarillo con una mueca de desprecio.

–¡Porque no somos brujas! –exclamó Brystal–. ¡Somos *hadas*! ¡Están cometiendo un grave error!

Los hombres estallaron en carcajadas, como lobos aullándole a la luna.

–¿Oyeron eso, muchachos? –dijo entre risas el hombre de amarillo–. ¡La niña con el vestido brillante dice que no es una bruja!

–¿A quién le importa lo que sean? –dijo el hombre de rojo–. Nadie en la aldea sabrá la diferencia. ¡Seremos héroes cuando vean sus cuerpos!

–Asegúrense de apuntar justo debajo de sus cuellos –les ordenó el hombre de verde–. Quiero colgar sus cabezas en mi pared.

Los cazadores de brujas recargaron sus ballestas y las levantaron en la dirección de Brystal y Lucy. Las niñas cerraron los ojos y se sujetaron entre sí, aterrorizadas y expectantes de las flechas que las atravesaran en cualquier momento.

Pero justo cuando estaban a punto de presionar el gatillo, se vieron distraídos por unos crujidos que emergieron de entre los árboles cercanos. De pronto, una criatura inmensa emergió del bosque y barrió a los cazadores de brujas. Los hombres fueron derribados al suelo y soltaron sus armas. Antes de que pudieran ponerse de pie, la bestia misteriosa arremetió contra ellos una vez más, pero esta vez aplastó las ballestas de los hombres con sus pies. Brystal y Lucy no sabían si estaban en mayor o menor peligro ahora que la criatura se había unido. Era tan grande y se movía tan rápido bajo la luz de la luna que Brystal y Lucy solo podían ver una parte de esta a la vez. Vieron cuernos y pezuñas, fosas nasales y dientes, pelo y metal, pero nada era suficiente para determinar el origen de lo que estaban mirando.

–*¡Larguémonos de aquí antes de que nos maten!* –gritó el hombre de rojo.

Los cazadores de brujas se marcharon hacia el bosque oscuro, gritando como niños pequeños. Sin embargo, la criatura se quedó con Brystal y Lucy. Se quedó completamente inmóvil, lo cual les dio tiempo a los tres de estudiarse en total silencio. Una vez que su ritmo cardíaco disminuyó y recobró la consciencia, Brystal recordó la varita mágica que tenía en su mano. La movió por el aire y una docena de luces destellantes iluminaron el bosque, lo cual le permitió finalmente ver qué tipo de criatura tenían frente a ellas.

–Oh, por Dios –dijo Brystal, sorprendida.

–Uno no ve eso todos los días –dijo Lucy.

No era solo una criatura, sino dos. Un caballero enorme vestido de pies a cabeza con una armadura plateada se encontraba sentado sobre el lomo de un caballo gigante. El caballero llevaba una celada de cuya parte superior brotaban dos cuernos y una capa larga de piel. El caballo tenía un pelaje negro azabache y una crin de un tinte ébano. Para el asombro de las niñas, el corcel tenía tres cabezas en lugar de una. Todo sobre el caballero extraño y su caballo era increíblemente perturbador, pero ellas también tenían cualidades sobrenaturales. Brystal no podía explicar por qué, pero confiaba en el caballero, como si fuera una especie de ser sagrado.

El caballero extendió una mano abierta hacia las niñas y Brystal dio un paso hacia adelante para sujetarla, pero Lucy rápidamente la llevó hacia atrás.

–¿Estás loca? –dijo Lucy–. ¡No te acerques a esa cosa!

–No, está bien –le aseguró Brystal–. Creo que quiere ayudarnos.

–¿Cómo sabes eso? –preguntó Lucy.

–Acaba de salvarnos la vida –dijo Brystal, encogiéndose de hombros–. Si hubiera querido lastimarnos, probablemente ya lo habría hecho.

Brystal tomó la mano del caballero y la ayudó a subirse al lomo de su caballo de tres cabezas. Seguidamente, le extendió una mano a Lucy y, con un poco de persuasión, Brystal la convenció de que los acompañara. El caballero jaló de las riendas de su caballo y, juntos, él y las niñas viajaron por el bosque oscuro. Pronto, regresaron al sendero de tierra y Brystal divisó la cerca de la academia en la distancia.

–*¿Cómo sabía a dónde llevarnos?* –susurró Lucy.

–*No tengo idea* –le contestó Brystal con otro susurro.

Las niñas se bajaron del caballo de tres cabezas y miraron asombradas al caballero.

–Gracias por salvarnos –le dijo Brystal.

–Sí y gracias por traernos a casa –dijo Lucy–. Te daría propina, pero no tengo efectivo.

–¿Cuál es tu nombre? –le preguntó Brystal.

El caballero no respondió, pero Brystal no se lo tomó

personal. Tenía una leve sospecha de que el caballero permanecía en silencio porque *no podía* hablar.

–Bueno, quien quiera que seas, te estamos muy agradecidas –le dijo.

En ese instante, el sonido de un galope familiar resonó por el bosque. Brystal y Lucy voltearon en la dirección de la que provenía y vieron al carruaje dorado de Madame Weatherberry acercándose hacia ellas. El caballero y su caballo eran tan grandes que bloqueaban todo el camino, por lo que los unicornios se detuvieron abruptamente detrás de él. La puerta del carruaje se abrió y Madame Weatherberry bajó para hablar con el caballero.

–¿Horence? –preguntó el hada–. ¿Qué haces aquí? ¿Está todo bien?

Claramente, el hada y el caballero se conocían. Apartó a su caballo del camino y dejó a la vista a Brystal y a Lucy justo detrás de él.

–¡Madame Weatherberry! –exclamó Brystal con mucho entusiasmo–. ¡Regresó!

Estaba muy contenta de ver a su maestra, pero a medida que Brystal se acercaba a ella, notó que lucía diferente. El hada se veía tan exhausta que parecía diez años más vieja que cuando había partido. Tenía ojeras, su cabello estaba gris a los costados y *ambos* brazos estaban cubiertos por guantes. A pesar de la cálida bienvenida de Brystal, el hada se puso completamente furiosa al ver a sus estudiantes.

–¿Qué están haciendo afuera de la academia? –gritó.

–Nosotras... Nosotras... –respondió Brystal, sin poder encontrar una respuesta.

–Es mi culpa, Madame Weatherberry –confesó Lucy–.

Salí de la propiedad porque pensé que sería divertido explorar el Entrebosque. Brystal sabía que era peligroso y vino a buscarme. Fuimos atacadas por cazadores de brujas, pero, por suerte, este extraño caballero nos salvó.

–¡¿Cómo se atreven a faltarme el respeto al desobedecer las reglas?! –exclamó Madame Weatherberry, furiosa–. Ustedes dos, ¡al carruaje! ¡Ahora!

Brystal y Lucy siguieron sus órdenes y se subieron al carruaje dorado.

–Horence, gracias por tu ayuda esta noche, pero yo me encargaré desde aquí –le dijo Madame Weatherberry al caballero.

El jinete hizo una leve reverencia hacia el hada como si fuera de la realeza y lentamente se marchó con su caballo de tres cabezas hacia el bosque, hasta quedar fuera de la vista. Madame Weatherberry se unió a sus estudiantes en el carruaje y cerró la puerta de un golpe.

–¿Cómo pudiste hacerme esto, Brystal? –preguntó enfadada.

–Madame Weatherberry, ya le dije que fue mi culpa –dijo Lucy.

–¡Pero Brystal dejó que ocurriera! –dijo–. ¡Yo confié en ti, Brystal! ¡Te pedí que cuidaras al resto y me has fallado! ¡No tienes idea de lo decepcionada que estoy!

Escuchar eso provocó que los ojos de Brystal se llenaran de lágrimas.

–Yo… Yo… Lo siento.

–No quiero oír ni una palabra más de ustedes dos –dijo el hada–. En cuanto lleguemos al castillo, ¡las dos irán directo a sus habitaciones y se quedarán allí hasta que yo lo diga! ¿Entendido?

Brystal y Lucy asintieron y se quedaron en silencio. Ninguna de ellas había visto a su maestra tan furiosa antes, ni siquiera sabían que el hada fuera *capaz* se sentir tanta ira. Era como si Madame Weatherberry hubiera regresado a la academia como si fuera una persona completamente diferente.

CAPÍTULO CATORCE

FURIA

Brystal apenas pudo dormir luego de su noche con Lucy en el Entrebosque. No solo estaba destrozada por haber perdido la confianza de Madame Weatherberry, sino porque cada vez que cerraba los ojos, veía los rostros de los cazadores de brujas que habían intentado matarlas. Toda la noche tuvo pesadillas en las que esquivaba los disparos de las ballestas de los hombres. Cada veinte minutos, se despertaba en pánico y tenía que recordarse a sí misma que estaba lejos del bosque en la seguridad de su cama en la academia.

Si bien era aterrador, el encuentro no fue una completa

sorpresa. Brystal sabía que el mundo estaba repleto de gente que odiaba a la magia y que quería hacerles daño a los miembros de la comunidad mágica; pero hasta esa noche, nunca antes había visto tanto odio con sus propios ojos. Fue su primera exposición a un lado horrible de la humanidad y, ahora que lo había presenciado, nunca más volvería a pensar en la humanidad de la misma manera.

La mañana siguiente a su noche de insomnio, alguien llamó a su puerta y al instante Tangerina asomó la cabeza.

–¿Brystal? –dijo–. Madame Weatherberry quiere verte en su oficina.

Enfrentar otra vez la decepción extrema del hada era lo último que Brystal quería, pero de todas formas bajó por la escalera flotante y entró a la oficina de su maestra. Al llegar, la puerta de madera del recinto estaba abierta, por lo que pudo ver a su maestra esperándola parada detrás de su escritorio de cristal, mirando por la ventana hacia el océano destellante. Brystal respiró profundo y se preparó para lo que fuera a ocurrir. Golpeó ligeramente la puerta.

–¿Madame Weatherberry? –preguntó–. Tangerina me dijo que quería verme.

Ni bien el hada volteó, Brystal pudo ver que estaba de mejor humor que la noche anterior. Aún podía ver que el viaje obviamente la había afectado; aún conservaba las ojeras debajo de sus ojos, su cabello aún estaba gris en algunas partes de su cabeza y los guantes aún cubrían ambos brazos; pero el ánimo de su maestra había regresado.

–Hola, querida –dijo–. Por favor, pasa y toma asiento.

Brystal entró a la oficina, cerró la puerta de madera y se sentó frente a Madame Weatherberry en el escritorio.

–Te debo una gran disculpa –dijo el hada–. Estaba demasiado exhausta cuando llegué anoche y exageré demasiado cuando las vi afuera de la academia. Tangerina habló conmigo esta mañana y dijo que todo el asunto fue culpa suya. Dijo que Lucy intentó escapar luego de un intercambio hiriente entre ellas y que tú fuiste al bosque a buscar a Lucy. Fue un acto muy valiente y solidario de tu parte, y por eso no merecías un regaño tan duro. Espero que puedas perdonarme.

Brystal suspiró aliviada y se hundió en la silla.

–No sabe lo agradecida que estoy de oír eso –dijo–. Por supuesto que la perdono, Madame Weatherberry. Imagino que los últimos días debieron haber sido duros para usted. Debió ser muy difícil, ya sabe, *visitar a su amiga enferma*. ¿Cómo se encuentra ella?

Brystal mencionó el tema a propósito con la esperanza de aprender algo más sobre el Conflicto del Norte. Ahora que Madame Weatherberry había regresado, Brystal se preguntaba si su maestra y las brujas habían tenido éxito al ponerle un fin al conflicto. Desafortunadamente, Madame Weatherberry solo elaboró aún más su historia original.

–Me temo que no está bien –dijo Madame Weatherberry–. Pero es toda una luchadora.

–¿Cómo se llama? –le preguntó Brystal.

Madame Weatherberry se quedó en silencio y Brystal asumió que necesitaba tiempo para inventar un nombre para su amiga falsa.

–Reinalda –dijo el hada–. Nos conocemos de toda la vida. Está luchando contra una terrible enfermedad que cada día se complica más, lo cual no nos deja mucho tiempo hasta que la consuma por completo. Si bien no justifica mi comportamiento, espero que eso explique por qué estaba tan angustiada anoche. Es muy duro ver a alguien que quieres pasando por tanto dolor.

Si bien Brystal conocía la verdadera razón por la que Madame Weatherberry se había marchado de la academia, el hada era demasiado convincente cuando hablaba de su "amiga enferma". Brystal se preguntaba si había más honestidad de la que imaginaba en las palabras del hada. Tal vez, "Reinalda" y la mujer que Madame Weatherberry temía enfrentar en el Conflicto del Norte eran la misma persona. O quizás la enfermedad contra la que su amiga estaba luchando era el conflicto mismo.

Mientras Brystal intentaba buscar la verdad en los ojos de su maestra, notó una marca oscura asomándose por debajo de su nuevo guante.

–¿Eso es un golpe? –le preguntó Brystal–. ¿Algo la lastimó?

Madame Weatherberry miró su brazo derecho y se subió rápidamente el guante sobre la herida expuesta.

–Ah, no es nada –dijo el hada, ignorando la pregunta–. Solo una pequeña marca que recibí mientras cuidaba a Reinalda. Pobrecita, odia que la cuiden y no mide su propia fuerza. No quería que nadie se preocupara por lo que la cubrí con un guante. Pero no es nada.

Brystal podía ver que Madame Weatherberry ansiaba cambiar de tema, por lo que no le preguntó nada más sobre el asunto.

–Sigamos con lo nuestro –dijo el hada–. La razón principal por la que te llamé es para saber cómo te sientes. Quería hablar contigo y Lucy individualmente para asegurarles a ambas que, sin tener en cuenta lo que acecha en el Entrebosque, están muy a salvo dentro del perímetro de esta academia. Aun así, estoy segura de que los eventos de anoche fueron traumáticos para ustedes.

–Fue una dosis brutal de realidad –dijo Brystal–. Siempre supe que el mundo odia a la gente como nosotras, pero nunca creí que alguien en verdad quisiera *lastimarme*. Todo se sintió tan personal.

–Todos pensamos que somos inmunes a la discriminación hasta que nos pasa –dijo Madame Weatherberry–. Solo hace falta un evento trágico para cambiar nuestra perspectiva para siempre.

Brystal asintió.

–Anoche, esos hombres nos hablaron como si fuéramos objetos sin sentimientos ni alma. Suplicamos por nuestras vidas y les dijimos que estaban cometiendo un error, pero ni se inmutaron. Y, si bien nosotras no hicimos nada malo, ellos actuaban como si... como si... bueno, no sé cómo decirlo.

–Como si merecieran ser castigadas por el simple hecho de existir –agregó Madame Weatherberry

–Exacto –dijo Brystal–. Gracias a Dios que apareció ese caballero, de lo contrario nos habrían asesinado.

–Su nombre es Horence –dijo Madame Weatherberry–. Y, créeme, mi gratitud hacia él no tiene límites. Me ha rescatado de incontables situaciones peligrosas.

–¿Quién es? –preguntó Brystal–. ¿Es humano?

–Ya no –dijo Madame Weatherberry–. Hace muchos años, Horence era comandante en el ejército del Reino del Norte. En uno de sus viajes, tuvo la desgracia de enamorarse de una bruja, quien solía tener gran cantidad de tierras en este lugar, incluyendo los terrenos sobre los que fue construida nuestra academia. Evidentemente, tal relación estaba prohibida, así que, por más de una década, Horence y la bruja tuvieron un amorío en secreto. Cuando los soldados de Horence descubrieron la relación, traicionaron a su comandante. Quemaron a Horence en la hoguera y obligaron a la bruja a mirar mientras esto ocurría.

–Eso es horrible –dijo Brystal.

–Como te podrás imaginar, la bruja quedó devastada –continuó Madame Weatherberry–. Para aliviar el dolor, conjuró uno de los hechizos más oscuros de la brujería para traer a Horence de regreso a la vida. Sin embargo, hay ciertos hechizos tan espantosos que *nunca* deberían ser conjurados y, durante el proceso, la bruja murió. Horence regresó a la vida como un ser oscuro y sobrenatural, la corteza del hombre que alguna vez fue. Ahora está condenado a deambular por la propiedad de la bruja hasta la eternidad y ha pasado sus días evitando que otros sufran una muerte inoportuna como la suya.

La historia trágica hizo enfurecer tanto a Brystal que sus ojos comenzaron a dolerles.

–Solo querían estar juntos –dijo ella–. ¿Por qué la humanidad tuvo que separarlos? Nunca entenderé por qué el mundo odia a una comunidad que solo quiere ser amada y aceptada. Nunca entenderé por qué la gente es tan cruel con nosotros.

–No se trata de la *presa*, sino del *cazador* –dijo Madame Weatherberry–. La humanidad siempre necesitó odiar y temerle a algo para mantenerse unida. Después de todo, si no tienen nada que conquistar o derrotar, no tendrían nada para alimentar ese sentido de superioridad. Algunos hombres destruirían al mundo por una pizca de autoestima. Pero eso no significa que la humanidad sea una causa perdida. Como le dije a Emerelda en la mina de carbón, esta academia podría crear los cimientos para inspirar a la humanidad a cambiar sus actitudes de odio.

Brystal negó con la cabeza mientras miraba a su maestra con incredulidad.

–No lo entiendo –dijo–. Después de todo lo que han pasado, ¿cómo hace para mantenerse tan optimista? ¿Por qué no estuvo furiosa todo este tiempo?

Madame Weatherberry se quedó en silencio mientras pensaba en la pregunta de Brystal, hasta que una sonrisa de confianza apareció en su rostro.

–Porque *nosotros* tenemos suerte –dijo–. Pelear por amor y aceptación es *saber* lo que es el amor y la aceptación. Y aquel que intente robar activamente esas cualidades del resto deja en evidencia que nunca ha conocido lo que es el amor. La gente que quiere odiarnos y lastimarnos carece tanto de compasión que cree que la única manera de llenar esos vacíos en sus corazones es crear vacíos en los corazones de los demás. Por lo que les quito poder al negarme a aceptar sus vacíos.

Brystal dejó salir un suspiro profundo y bajó la mirada con desesperanza hacia el suelo.

–Es una filosofía de vida linda –dijo–. Solo que es más fácil en la teoría que en la práctica.

Madame Weatherberry se extendió sobre su escritorio y tomó la mano de Brystal.

–*Debemos* compadecernos de la gente que elige odiar, Brystal –dijo–. Sus vidas nunca serán tan significativas como aquellas llenas de amor.

· • ★ • ·

La tensión entre Lucy y Tangerina estaba alcanzando niveles inesperados. Las niñas se pasaron toda la mañana intercambiando miradas de odio sin decirse una palabra, como si estuvieran jugando vengativamente a ver quién parpadeaba primero. Su pelea infantil continuó por la tarde y llegó al punto de molestar a todos. Finalmente, Brystal decidió que ya era suficiente y armó un plan para terminar la disputa. Luego del almuerzo, invitó a todos sus compañeros a su cuarto.

–¿Es una intervención? –preguntó Emerelda.

–Algo así –dijo Brystal–. Les pedí a todos que vinieran aquí para que podamos aclarar las cosas entre Lucy y Tangerina de una vez por todas.

–Buena suerte –dijo Cielene–. Es más fácil aclarar las cosas entre un calamar y una ballena.

Brystal ignoró el comentario y siguió con su plan.

–Como todos saben, Lucy ha estado teniendo problemas con su magia –dijo–. Debido a las formas extrañas y peculiares en las que se manifiestan sus habilidades, existe la posibilidad de que Lucy sea una bruja. Por eso, ella ha perdido toda la confianza en sí misma y Tangerina se ha salido con las suyas para hacer sentir a Lucy como si no perteneciera a nuestra academia. Parece que no habrá paz para nadie hasta que obtengamos una respuesta, por lo que vamos a dejar en claro si Lucy es un hada o una bruja *ahora mismo*.

Todos se quedaron inmóviles y miraron con temor a Lucy.

–¿Cómo vamos a hacer eso? –preguntó Amarello.

–De la misma manera en la que yo descubrí mis habilidades mágicas –dijo Brystal–. Vamos a hacer que Lucy recite un encantamiento para la brujería y un encantamiento para la magia, y veremos a cuál responden sus poderes.

Brystal buscó en su biblioteca y tomó una copia de *La verdad sobre la magia* de Madame Weatherberry. Abrió el libro en la página en la que aparecía el primer encantamiento y se lo entregó a Lucy, pero su amiga no lo aceptó. Lucy miró el texto y tragó saliva aterrorizada, como si en él estuviera el resultado de un examen médico grave.

–No creo que deba hacer esto –dijo–. Tal vez *no saber* sea la mejor opción.

–Lucy, en algún momento lo descubrirás –dijo Brystal–. Cuanto antes lo sepamos, más rápido podremos actuar. Ahora, lee el texto en voz alta para que el resto podamos seguir con nuestras vidas.

Con manos temblorosas, Lucy tomó el libro de Brystal, lo colocó en el suelo y se arrodilló a un lado. Se quedó en silencio por algunos segundos mientras intentaba armarse de coraje, dejó salir un suspiro profundo y recitó de mala gana el encantamiento ancestral para la brujería. Todos sus compañeros se acercaron y deambularon a su alrededor mientras leía.

–Ahkune awknoon ahkelle-enama, telmune talmoon ahktelle-awknamon.

Ni bien terminó de leerlo, Lucy se cubrió los ojos con ambas manos, anticipándose a que algo espantoso estuviera a punto de ocurrir. Los otros estaban tan convencidos de que el encantamiento funcionaría que miraron ansiosamente hacia ambos lados de la habitación, pero nada ocurrió. Esperaron por cinco minutos completos, pero la habitación de Brystal permaneció exactamente igual.

–¡Debe ser *terrible* si están tan callados! –exclamó Lucy–. ¿Todos los libros de Brystal se transformaron en cangrejos asesinos? ¿Cielene se evaporó? ¿Amarello se dio vuelta? ¿Emerelda desapareció? ¿Tangerina se multiplicó? *¡Ya díganme!*

–Lucy, todo está bien –dijo Brystal–. No ocurrió nada.

Lucy no le creyó, por lo que decidió verlo con sus propios ojos entre sus dedos. Quedó completamente asombrada al encontrarse con que nada desagradable y grotesco había aparecido u ocurrido.

–Esto no puede estar bien –dijo–. ¿Estás segura de que este encantamiento funciona? Tal vez, tenga un error de escritura.

–Lee el siguiente para asegurarnos –dijo Brystal.

Lucy pasó a la siguiente página y leyó el encantamiento ancestral para la magia.

–Elsune elknoon ahkelle-enama, delmune dalmoon ahktelle-awknamon.

Al ver que no ocurría nada por segunda vez, Brystal sentía que sus compañeros ya empezaban a dudar de los encantamientos de *La verdad sobre la magia*. Sin embargo, unos momentos más tarde, todos quedaron completamente anonadados. Lentamente, grandes cantidades de malezas comenzaron a crecer entre los estantes de Brystal y rápidamente cubrieron el suelo y el techo.

–Santo giro inesperado –se dijo Lucy a sí misma–. *¿Soy una maldita hada?*

Todos se quedaron estupefactos por el descubrimiento, pero nadie estaba más sorprendido que Lucy. No dejaba de frotarse los ojos para asegurarse de que no le estuvieran jugando un truco, pero por más que lo intentara, la maleza no desaparecía. Brystal le esbozó una sonrisa de orgullo a su amiga.

–Felicitaciones, Lucy y Tangerina, ambas estaban *equivocadas* –dijo Brystal–. Ahora que hemos confirmado que todos estamos en el mismo equipo, ¿tienen algo para decirse ustedes dos?

Para la sorpresa de todos, Tangerina se tragó su orgullo y se acercó a Lucy para hacer las paces.

–Lucy, si bien toda la evidencia indicaba que eras una bruja, lamento haberte hecho sentir como tal –dijo–. Espero que puedas perdonarme y trataré de dar lo mejor de mí para hacerte sentir bienvenida a esta academia.

–Eso estuvo muy bien, Tangerina –dijo Brystal–. ¿Lucy? ¿Hay algo que quieres decirle a Tangerina?

–Claro que sí –dijo Lucy–. Para ser alguien con tanta miel, ¡tienes mucho vinagre por dentro!

–*¡Lucy!*

–*Yyyyy* –continuó Lucy–. Lamento haberte dicho todas esas cosas hirientes, pero ingeniosas. De ahora en más, te trataré como un miembro de mi familia y todos mis insultos serán con amor.

Tangerina se encogió de hombros.

–Eso está bien para mí –dijo.

Las niñas estrecharon las manos y todos sintieron que la tensión entre ambas desapareció.

–¿Ven? Así es como debe ser –le dijo Brystal a todos en la habitación–. Como nos recordaron a Lucy y a mí anoche, hay suficiente gente en el mundo que nos odia y que quiere hacernos daño, no deberíamos estar peleando entre nosotros.

Antes de que nos marchemos, quiero que los seis hagamos un pacto. Prometámonos que siempre nos vamos a alentar, apoyar y proteger, sin importar *quién* o *qué* intente separarnos.

A juzgar por las sonrisas en sus compañeros, Brystal sabía que nadie rechazaría su idea y solo estaban entusiasmados por ella. Lucy buscó en los bolsillos de su vestido y tomó una navaja. Enseguida, comenzó a cortarse la palma de su mano con la pequeña hoja afilada y, al ver la sangre, el resto comenzó a gritar.

–*¡Oh, por Dios! ¡Lucy!* –gritó Tangerina–. *¡¿Qué diablos estás haciendo?!*

–¿Qué? –preguntó Lucy con inocencia–. ¿No íbamos a hacer un pacto de sangre?

–Con un pacto *verbal* es suficiente para mí –dijo Brystal.

–Ah, lo siento –dijo Lucy–. Entendí mal. Continúa, Brystal.

Lucy guardó su navaja otra vez y se limpió la sangre en sus pantalones.

–Entonces, ¿estamos todos de acuerdo? –preguntó Brystal–. ¿Prometemos cuidarnos entre nosotros y ayudar al otro a que tenga éxito y nos inspire?

Extendió una mano hacia el centro del grupo y, uno por uno, sus compañeros colocaron sus manos sobre la suya.

–Lo prometo –dijo Emerelda.

–Secundo la moción –agregó Amarello.

–Tercero la moción –dijo Cielene.

–Yo también lo prometo –dijo Tangerina.

–Yo igual –añadió Lucy.

–Grandioso –celebró Brystal–. Ahora, todos ayúdenme a deshacerme de toda esta maleza.

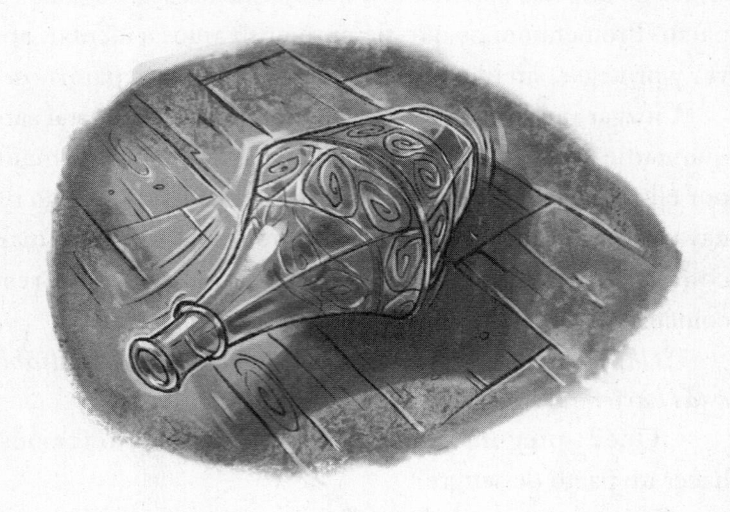

CAPÍTULO QUINCE

LA RONDA DE LOS SECRETOS

La mañana siguiente, la señora Vee hizo sonar las campanillas para anunciar el desayuno. Brystal bajó por la escalera flotante y se encaminó hacia el comedor. Ella y sus compañeros se sentaron alrededor de la mesa, pero extrañamente Madame Weatherberry no estaba allí. Todos asumieron que su maestra llegaría tarde, hasta que la señora Vee comenzó a servir la comida en su ausencia.

–¿Quién tiene hambre? –preguntó la señora Vee–. Hoy estoy probando una pequeña receta que inventé que se llama *sorpresa a la clara de huevo*. ¡El último que averigua cuál es la sorpresa lava los platos! *¡JA-JA!*

–¿No deberíamos esperar a Madame Weatherberry? –preguntó Brystal.

–Ah, Madame Weatherberry no está aquí –dijo la señora Vee–. Recibió una carta tarde por la noche y se marchó del castillo esta mañana.

–¿Mencionó a dónde iba o cuándo regresaría? –preguntó Brystal.

El ama de llaves frunció el ceño mientras se esforzaba por recordar.

–Ahora que lo mencionas, creo que no –dijo la señora Vee–. Probablemente, sea un viaje rápido a visitar a su amiga enferma de nuevo. *Sí* mencionó que quería que todos ustedes siguieran practicando sus ejercicios de mejoras, rehabilitación, manifestación e imaginación mientras ella estaba ausente. ¡Aunque tendrán que encontrar otra voluntaria, porque yo oficialmente me retiré de *ese* puesto! *¡JA-JA!*

Escuchar que Madame Weatherberry se había ido sin despedirse era preocupante. El comportamiento extraño de la maestra seguro quería decir que el Conflicto del Norte aún continuaba, lo cual hizo que Brystal se sintiera una tonta por haber creído que ya se había resuelto. Todos sus miedos y preocupaciones sobre el bienestar de Madame Weatherberry regresaron de inmediato, quitándole el apetito. Se hundió en su asiento y apenas comió algo de la sorpresa a la clara de huevo de la señora Vee.

· • ★ • ·

Los estudiantes y aprendices pasaron el resto de la mañana afuera practicando su magia. Brystal actuaba como si fuera una maestra sustituta y alentaba a sus compañeros mientras realizaban sus ejercicios. Incluso les dio algunas actividades para que perfeccionaran sus habilidades de mejoras, rehabilitación, manifestación e imaginación. Ahora que la verdad ya había sido revelada, Lucy practicaba su magia con mucha más confianza que antes y no se acobardaba por los desafíos como solía hacerlo.

–¡Gran trabajo, Lucy! –la alentaba Brystal–. ¡Te pedí que manifestaras un manantial de aguas termales y eso es *exactamente* lo que hiciste!

–Sí, pero está lleno de estiércol caliente –dijo Lucy.

–*Aun así,* estás haciendo un gran progreso y eso es lo único que importa –dijo Brystal–. Ahora, no lo tomes personal, pero quiero que hagas algo con ese olor antes de que nos desmaye a todos.

Más tarde ese mismo día, los estudiantes y aprendices se vieron obligados a regresar al castillo cuando una poderosa tormenta comenzó a soplar desde el norte y mojó todo el terreno de la academia. Mientras esperaban a que la tormenta pasara, los estudiantes y aprendices se reunieron en la sala de estar y escucharon a Brystal leer *Las aventuras de Tidbit Twitch* en voz alta. Desafortunadamente, la lluvia no se detuvo, por lo que Brystal siguió leyendo hasta el atardecer. Una vez que cayó la noche y la señora Vee se había ido a la cama, los estudiantes y aprendices quedaron tan cautivados por la historia que le rogaron a Brystal que siguiera leyendo. Incluso las cabezas de ciervos y uapití que colgaban de la pared parecían interesadas.

–"Tidbit caminó arduamente por las planicies fangosas del Valle del Pantano durante tres días y cuatro noches" –leyó en voz alta Brystal–. "Mirara en la dirección que mirara, el pantanal inundado lucía exactamente igual hacia todos lados, por lo que el ratón temía haber estado caminando en círculos. La preocupación de nunca más volver a ver a su Reino de los Ratones se apoderó de él, pero repentinamente la neblina comenzó a disiparse y un volcán feroz y resplandeciente apareció frente a él en la distancia. El corazón de Tidbit se aceleró, ya que finalmente había encontrado la guarida secreta del dragón".

Su público festejó al oír el pasaje apasionante, pero no todos estaban encantados por la aventura de Tidbit.

–*Aburridooooooo* –se quejó Lucy.

–¿Qué quieres decir con que es aburrido? –dijo Emerelda–. ¡Esta es la parte que estuvimos esperando! ¡Tidbit finalmente peleará contra el dragón!

Lucy puso los ojos en blanco.

–Miren, sin faltarle el respeto al señor Tidbit, es un pavo real entre pingüinos, ¡pero lo único que estamos haciendo es sentarnos y escuchar a Brystal leer! ¿No quieren hacer algo *diferente* para variar?

–¡Pero ya casi terminamos con la historia! –dijo Amarello–. ¿No quieres oír el final?

–Oh, por favor, todos los cuentos fantásticos para niños son iguales –se quejó Lucy–. Déjame adivinar, nuestro querido pero diferente héroe, Tidbit, eventualmente llega al volcán y enfrenta al malvado dragón. Luego de una pelea emocionante, Tidbit parece haber perdido todas las esperanzas, pero luego, por un giro inesperado del destino, la pequeña rata se las arregla para derrotar al dragón y Tidbit comprende que es mucho más valiente de lo que alguna vez creyó. ¿Es cierto?

Todos voltearon hacia Brystal para saber si Lucy tenía razón. Brystal quedó impactada por la precisión de Lucy y solo quedó boquiabierta.

–Aguafiestas –gruñó Cielene.

–¿Ven? ¡Se los dije! –agregó Lucy–. Ahora, ¡vayamos a hacer algo *divertido*!

–Bueno, ya arruinaste nuestra noche –dijo Tangerina–. ¿Qué quieres hacer?

–No lo sé, algo loco y espontáneo –dijo Lucy y pensó en distintas opciones con entusiasmo–. ¡Ah! ¡Vayamos a *cabalgar unicornios*!

–No voy a salir con esta lluvia –dijo Emerelda–. Si me resfrío, estaré tosiendo esmeraldas por semanas.

–Está bien, tienes razón –dijo Lucy–. Entonces, ¿qué les parece hacerle una broma a la señora Vee? ¡Podemos escabullirnos hacia su habitación y ponerle la mano en un tazón con agua! ¡Es un clásico!

–Un clásico *cruel* –dijo Brystal–. ¿Tienes alguna idea que *no* involucre dañar gente inocente o animales?

Pero a Lucy no se le ocurría nada. Se quedó en silencio y se rascó el cuello mientras pensaba en la actividad perfecta.

–¡Ya lo tengo! –exclamó–. ¡Entremos a la oficina de Madame Weatherberry mientras no esté aquí! ¡Estoy segura de que encontraremos *algo* que valga la pena allí adentro!

Tangerina y Cielene quedaron horrorizadas por la propuesta.

–¡No podemos entrar a la oficina de Madame Weatherberry! –dijo Tangerina–. ¡Está en contra de las reglas! Y, para empezar, ¡no hay muchas reglas!

–¡Y ya rompiste la mitad! –agregó Cielene.

–Solo tendremos problemas si nos atrapan –dijo Lucy–. Madame Weatherberry nunca se enterará de que entramos. Solo nos asomaremos un segundo, echaremos un vistazo y, si no encontramos nada entretenido, prometo que daremos media vuelta y saldremos. ¿Qué dicen?

Por lo general, Brystal nunca aprobaría tal actividad, pero se sentía intrigada por la idea de Lucy. Dado que Madame Weatherberry se marchó de la academia con tanta prisa esa mañana, era posible que haya dejado algo atrás que revelaría su paradero. Tal vez, Brystal encontraría la carta de las brujas que Madame Weatherberry se había olvidado. Tal vez, encontraría una pista que le ofrecería un vistazo a lo que era el Conflicto del Norte. Por lo menos, Brystal podría ver el paradero de Madame Weatherberry en el Mapa de Magia grande que colgaba en la pared de su oficina.

–¡Vamos! –les suplicó Lucy–. ¡Me siento como si estuviera completamente aislada de todo! ¿Podemos *por favor* hacer algo estimulante una vez? ¡Se los ruego!

–Saben, si bien está en contra de las reglas, echarle un vistazo a la oficina de Madame Weatherberry es prácticamente inofensivo –le dijo Brystal a los otros–. Y si hace que Lucy se calle la boca con esto de que está aburrida...

–Está bien, lo intentaré –dijo Tangerina–. Pero sinceramente dudo que podamos entrar. La oficina de Madame Weatherberry probablemente esté protegida por un encantamiento poderoso.

Una sonrisa traviesa apareció en el rostro de Lucy.

–¡Desafío aceptado! –dijo.

Lucy se bajó del sofá de un salto y avanzó hacia el vestíbulo. Los demás la siguieron por detrás hacia la escalera flotante que llevaba al primer piso. Los niños se reunieron frente a la puerta de la oficina de Madame Weatherberry y Lucy intentó abrir la puerta del modo tradicional, pero estas no cedieron. Enseguida, tomó una horquilla de su bolsillo y se arrodilló para examinar la cerradura.

Tangerina y Cielene miraban nerviosamente de un lado a otro, alternando entre las figuras del unicornio y el grifo tallado en la puerta, como si las criaturas mágicas estuvieran juzgando su comportamiento incorrecto.

–Esto es un error –dijo Tangerina–. Deberíamos regresar abajo y encontrar otra cosa para hacer. ¿Tal vez podríamos jugar un juego de mesa? ¿Al escondite? ¿O podríamos disfrazar a las cabezas colgadas en la...?

–¡Puertas abiertas! –anunció Lucy.

–*¿Qué?* –preguntó Tangerina asombrada–. ¿Cómo lograste romper el encantamiento?

–Simplemente destrabé la cerradura –dijo Lucy, encogiéndose de hombros–. ¡Vamos! ¡Entremos!

Lucy empujó la puerta y les dio paso a sus compañeros tímidos. La oficina de Madame Weatherberry siempre era un lugar acogedor y alegre, pero esta vez, ya que estaba estrictamente prohibida durante la ausencia de su maestra, la habitación encantadora se sentía escalofriante. La lluvia torrencial y la tormenta afuera tampoco ayudaban mucho. Con cada destello de un relámpago, los muebles de cristal de Madame Weatherberry se encendían como candelabros.

Una vez dentro, Lucy comenzó a hurgar entre todos los gabinetes y estantes del hada. Apartó pociones y libros de hechizos, como si estuviera buscando algo en particular. Sus compañeros se quedaron cerca, amontonados junto a la puerta, con miedo a tocar algo. Brystal se quedó con los demás, pero inspeccionó la habitación con detenimiento. Intentó buscar algo fuera de lo común, pero desafortunadamente la oficina estaba impecablemente organizada y no vio nada que pareciera estar fuera de lugar.

–¡Ajá! –exclamó Lucy–. ¡Aún la tiene!

–¿Aún tiene qué? –preguntó Cielene.

Lucy tomó una botella de cristal hermosa de un gabinete y se la mostró a sus compañeros. Al presentarles la botella, una sonrisa retorcida apareció en su rostro.

–¿Alguna vez han probado la Soda Fantabujosa? –preguntó Lucy.

–¿Soda Fantabujosa? –preguntó Amarello–. Nunca oí hablar de ella.

–Es una bebida mágica –explicó Lucy con mucho entusiasmo–. La comunidad mágica la bebe en ocasiones muy especiales. Cuando mi familia estaba de gira hace algunos años, un miembro de los Tenores Goblin me dio una botella cuando cumplí once años. Créanme, ¡no se parece a nada que jamás hayan probado! Cuando mis padres me trajeron a la academia, vi que Madame Weatherberry tenía una botella guardada aquí. *¡Tenemos que probarla!*

–¡No podemos beber eso! –dijo Tangerina–. ¡Sabrá que estuvimos aquí!

–¡Regrésala antes de que nos metas en problemas! –dijo Cielene.

–¿Pueden relajarse? –dijo Lucy–. Todo el gabinete está lleno de polvo. Madame Weatherberry ni siquiera notará que no está. *¡Voy a beber el primer sorbo!*

Antes de poderla convencerla de lo contrario, Lucy usó sus

dientes para quitar el corcho y tomó un trago satisfactorio. Luego del primer sorbo, estalló en un ataque de risitas y se sujetó el estómago como si la Soda Fantabujosa estuviera haciéndole cosquillas desde el interior. Comenzó a tener hipo y algunas burbujas rosadas grandes brotaron de su boca.

–Ah, *eso sí* que es calidad –dijo Lucy, riendo–. ¿Quién quiere probar?

–¡Yo no! –dijo Tangerina.

–¡Yo tampoco! –dijo Cielene.

–¡Yo la probaré! –dijo Emerelda.

Tangerina y Cielene se sintieron visiblemente decepcionadas por la voluntad de Emerelda, pero eso no la detuvo. Lucy le pasó la botella a Emerelda y tomó un sorbo. Movió la Soda Fantabujosa en su boca por algunos momentos de un modo elegante. Luego de tragar, Emerelda comenzó a reírse como Lucy y sopló burbujas de su boca de a una a la vez.

–Tiene razón: es deliciosa –dijo Emerelda–. Me recuerda al Brebaje de Carbón que los enanos solían tomar en la mina, salvo que esta no tiene gusto a carbón. Tienen que probarla.

Emerelda le entregó la Soda Fantabujosa a Amarello, quien miró el interior como si fuera veneno.

–No tiene *alcohol*, ¿verdad? –preguntó Amarello.

Lucy tuvo que pensarlo un poco y Brystal se dio cuenta de que no sabía la respuesta.

–Claro que no –dijo Lucy–. ¡Vamos, Chispitas! ¡Pruébala!

Amarello se sintió abrumado por la presión de sus compañeras y le dio un sorbo rápido. La sensación fue mucho más divertida de lo que había predicho, ya que rio tan fuerte que comenzaron a salirle burbujas de la nariz. Luego de mirar la reacción placentera de Amarello, Tangerina y Cielene no quisieron quedarse afuera, por lo que fueron las siguientes en probar la Soda Fantabujosa. Las niñas soltaron risitas y burbujas al eructar. Brystal bebió el último sorbo de la bebida y, al igual que el resto, soltó una risita a medida que el líquido efervescente llenaba su estómago y las burbujas le hacían cosquillas en la lengua como si estuvieran flotando en su boca.

–Muy bien, ya nos divertimos –dijo Tangerina–. Ahora, larguémonos de aquí antes de despertar a la señora Vee.

–¿De qué estás hablando? –dijo Lucy–. ¡Esto recién empieza! –le quitó la botella vacía de las manos a Brystal–. ¡Ya sé lo que tenemos que hacer! *¡Juguemos a la ronda de los secretos!*

–¿Qué es la ronda de los secretos? –preguntó Cielene.

–Es una versión del juego de la botellita que se juega con gente poco atractiva –explicó Lucy–. Sin ofender, pero preferiría que me echaran limón en los ojos antes de besar a alguno de ustedes. El juego es simple. Todos nos sentamos en círculo y giramos la botella. A quien apunte la botella cuando se detenga tendrá que compartir un secreto que nunca le haya dicho a nadie.

Antes de que sus compañeros pudieran negarse a jugar, Lucy colocó a todos en ronda y los sentó en el suelo. Colocó la botella en el centro y la hizo girar con todas sus fuerzas. Al detenerse, Lucy la sopló hasta que la apuntara a ella.

–¡Ah, genial! Yo empiezo –dijo–. Muy bien, ¡tengo uno muy bueno! Hace algunos años, mi familia estaba tocando en un festival en el Reino del Oeste. Bueno, ocurrió que Vinny Von Vic, el panderetero más famoso del mundo entero, iba a tocar en el mismo festival que yo. Evidentemente, yo estaba celosa y me preocupaba que me opacara. Por lo que lo encerré en su camerino y no asistió a su show. Hasta este día, me siento muy culpable cuando pienso en el viejo Vinny Von Vic y, algunas veces, cuando hay silencio, aún puedo escucharlo golpear aquella puerta del camerino.

–*Dudo* que eso haya sido lo peor que jamás hayas hecho –dijo Tangerina.

–Estuvo allí por tres semanas y se perdió en nacimiento de su primer hijo –agregó Lucy–. ¡Está bien, sigamos con otra cosa! ¿Quién sigue?

Lucy giró la botella y esta se frenó en la dirección de Brystal.

–Ah, Dios, esta es difícil –dijo–. De hecho, ahora que lo pienso, creo que no tengo ningún secreto, al menos ya no más. Cuando vivía en el Reino del Sur, todo lo que hacía era en secreto. Tenía una colección secreta de libros, tenía un trabajo secreto en la biblioteca y, por supuesto, ser un hada era el secreto más grande de todos. Asumo que nada de eso importa ahora que estoy aquí. Es divertido cómo un cambio de escenario puede cambiar a una persona por completo.

Lucy se quejó y puso los ojos en blanco.

–Sí, *para morirse de risa* –dijo–. ¡Sigamos!

Giró la botella nuevamente con mucho entusiasmo y, cuando esta finalmente se detuvo, apuntaba directamente a Amarello.

–Yo tampoco tengo secretos –dijo.

–¿Estás *seguro*? –inquirió Lucy.

Cuando los otros no estaban mirando, Lucy le guiñó un ojo a Brystal. De pronto, entendió por qué Lucy quería jugar a la ronda de los secretos: estaba intentando averiguar cuál era el gran secreto de Amarello sobre la noche en la que su padre murió en el incendio.

–En serio –dijo el niño–. Pasé tanto tiempo escondiendo mis poderes que no tenía tiempo para otros secretos.

–Vamos, Amarello, estoy segura de que tienes uno –dijo Lucy–. ¿Nunca hiciste algo que sabías que no debías hacer? ¿Nunca te atraparon portándote mal? ¿Nunca cometiste un acto prohibido que tuvo como consecuencia un evento accidental y horrible?

–Esas son preguntas *muy* específicas –señaló Emerelda.

Amarello estaba confundido por el interrogatorio de Lucy, pero no le tomó mucho tiempo recordar a qué evento se refería. El recuerdo hizo que se quedara pálido. Bajó la mirada hacia el suelo y sus ojos parecían devastados. Enseguida, sujetó su Medalla de Supresión con ambas manos.

–Ah, sí –dijo suavemente–. Supongo que *sí* me ocurrió algo como eso.

–¿Y? –lo presionó Lucy.

–No quiero hablar de eso –dijo Amarello–. Ocurrió la noche en la que mi padre murió.

–Me temo que nos lo tienes que contar –dijo Lucy–. De lo contrario, tendrás siete años de mala suerte.

–*¿Siete años?* –preguntó Amarello en pánico.

–Yo no hago las reglas, solo juego –dijo.

Brystal le tapó la boca a Lucy y tomó el control de la conversación antes de que Amarello quedara aún más traumado.

–Amarello, este juego no te dará mala suerte –dijo–. Es la única manera que tiene Lucy de ayudarte. Todos sabemos lo terrible que se siente guardar un secreto. Los secretos son como parásitos: cuanto más los mantienes adentro, más daño te causan. Entonces, si alguna vez estás listo para hablar sobre la noche en la que tu padre falleció, estaremos ahí para escucharte.

El niño atormentado lo pensó y asintió lentamente.

–Tienes razón –dijo Amarello–. No me hace bien quedármelo para mí. Solo espero que no me vean distinto después de saberlo.

–Claro que no –dijo Brystal–. Hicimos un pacto, ¿lo recuerdas? No podrías deshacerte de nosotras, aunque lo intentaras.

Su sonrisa le dio el coraje que necesitaba. El niño se sentó derecho y suspiró profundo.

–Algunas noches antes de que Madame Weatherberry me reclutara para su academia, estaba solo en casa –le contó al resto–. Esa noche, mi padre regresó del bar mucho más temprano de lo que solía hacerlo. Entró a la casa y me atrapó haciendo algo que yo sabía que no debería estar haciendo, era algo que me había dicho repetidas veces que no hiciera. Empezó a golpearme y, accidentalmente, comencé un incendio que quemó nuestra casa y acabó con su vida.

–¿Qué te atrapó haciendo? –preguntó Emerelda.

Recordar la noche hizo que los ojos de Amarello se llenaran de lágrimas y su mandíbula temblara. Todos en la habitación estaban muy expectantes a su respuesta.

–Él... él... él... –dijo Amarello con dificultad–. *¡Me atrapó jugando con muñecas!*

Luego de la confesión, un aluvión de lágrimas cayó por sus mejillas y se cubrió el rostro avergonzado. Sus compañeras estaban impactadas, no solo porque había confesado, sino porque no estaba ni cerca de lo que esperaban.

–*¿Muñecas?* –exclamó Lucy–. ¿*Ese* es tu gran secreto?

Amarello bajó las manos y miró a sus compañeras.

–¿No creen que está mal? –preguntó.

–*¿Mal?* –preguntó bruscamente Lucy–. Amarello, ¿sabes cuántos hombres juegan con muñecas en el negocio del espectáculo? Déjame ponerlo de este modo, si todos ellos desaparecieran de la noche a la mañana, *¡no habría ningún negocio del espectáculo!*

–¿En serio? –preguntó Amarello–. ¿No estás diciendo eso solo para hacerme sentir mejor?

–¡Nunca digo cosas para hacer sentir mejor a la gente! –dijo Lucy–. Cielos, estoy tan decepcionada ahora. Esperaba que estuvieras fabricando armas o dirigiendo peleas de gallos, o ¡escribiendo manifiestos radicales! Ni en un millón de años habría adivinado que era algo tan simple como *jugar con muñecas*. Si tu padre era lo suficientemente cruel como para golpear a su propio hijo por *eso*, ¡entonces se merece estar muerto!

Toda la habitación se quedó boquiabierta ante la exclamación de Lucy, pero, en muchos sentidos, eso era lo que Amarello necesitaba oír. Brystal sabía lo que estaba pensando sin tener que preguntarle. Amarello había sido criado para creer que sus intereses y preferencias eran vergonzosas y despreciables, pero finalmente tener a alguien que las considerara *simples* y *normales* era el mayor regalo que le podían haber dado. El niño suspiró aliviado como si un peso invisible se hubiera levantado de sus hombros.

–Entiendo cómo te sientes –le dijo Brystal–. Es irónico, pero cuando estaba en el Reino del Sur, a mí me *obligaban* a jugar con muñecas. Me enfurecían mucho las expectativas que les ponían a las niñas, pero nunca había pensado que era igual de injusto para los niños.

Amarello asintió.

–Tal vez fue para mejor –dijo–. Si hubiéramos tenido todo lo que queríamos entonces quizás nunca habríamos encontrado lo que necesitábamos.

Brystal y Amarello compartieron una cálida sonrisa, sabiendo lo agradecidos que estaban por haber dejado el Reino del Sur atrás.

–¡Eso es todo, ya terminamos con este juego! –anunció Lucy–. Jugar a la ronda de los secretos con ustedes es como jugar al veo-veo con topos ciegos. Encontremos otra cosa para hacer.

–Ah, tengo una idea –dijo Tangerina–. ¿Por qué no jugamos a Salir de la Oficina Cuanto Antes?

–Suena horrible –dijo Lucy–. En lugar de jugar a algo, ¿por qué no contamos *historias de fantasmas*? El clima está perfecto para eso.

–¡Suena divertido! –dijo Amarello–. ¿Quién quiere ir primero?

–Yo sé una buena historia –dijo Emerelda–. En la mina de carbón, los enanos solían hablar de una carretilla fantasma que se movía por la cueva sola.

–¡Aaaaaaa, tenebroso! –dijo Lucy–. Sigue.

Una expresión vacía se apoderó del rostro de Emerelda.

–Bueno, había una carretilla fantasma que se movía por la cueva sola –repitió–. ¿Qué más quieren?

–Esa no puede ser la mejor historia que tienes –dijo Lucy.

Emerelda se mordió el labio y miró hacia el techo mientras pensaba en otra.

–De hecho, hay otra historia que podría contarles –dijo–. Y la parte más tenebrosa es que se trata de alguien que aún vive. ¿Alguno de ustedes alguna vez oyó hablar de la *Reina de las Nieves*?

Todos sus compañeros negaron con la cabeza, entusiasmados por descubrir más.

–Es una persona real que está causando grandes problemas ahora mismo –explicó Emerelda–. El Reino del Norte ha intentado mantenerla en secreto para evitar una histeria en masa, pero cuando vives en el Entrebosque como yo, sueles conocer la versión completa de las malas noticias.

–Espera un segundo –dijo Brystal y se inclinó hacia adelante–. ¿Acabas de decir que está causando problemas en el *Reino del Norte*?

–Problemas es decir poco –dijo Emerelda–. La Reina de las Nieves está causando una destrucción que el mundo jamás ha visto. Hace muchos años, la Reina de las Nieves era una simple bruja con una especialidad para controlar el clima. Una noche, una muchedumbre furiosa encontró su hogar y ¡asesinó a su familia! La pérdida dejó devastada a la bruja. Su ira hizo que sus poderes se hicieran más fuertes que antes y se convirtió en la Reina de las Nieves que conocemos hoy en día. Ahora mismo, mientras hablamos, la Reina de las Nieves está atacando el Reino del Norte como parte de su venganza contra la humanidad. Y por lo que escuché, ¡tiene a más de la mitad del reino entre sus congeladas garras!

–Ah, *estoy segura* de haber escuchado algo sobre esta mujer –dijo Lucy–. ¡Es la razón por la que el Norte ha estado tan frío últimamente! ¡Mi familia tuvo que cancelar el circuito del norte en nuestra última gira porque todos los caminos estaban congelados!

Cielene se acercó a Tangerina y le susurró al oído a su amiga.

–Me pregunto si la Reina de las Nieves tiene algo que ver con el Conflicto del Norte.

La conversación de las niñas llamó la atención de Brystal, quien giró la cabeza en su dirección. No podía creer lo que estaba escuchando; Cielene acababa de decir exactamente lo que Brystal estaba pensando.

–¿Acabas de nombrar el *Conflicto del Norte*? –preguntó Brystal.

–Sí –contestó Cielene–. ¿Has oído hablar de eso?

–Una o dos veces –dijo Brystal–. ¿Saben lo que es?

–Eso desearía –dijo Tangerina–. Cielene y yo hemos oído a Madame Weatherberry mencionarlo cuando se reunió con los soberanos para hablar sobre la academia, pero apenas podíamos entender lo que decía. Siempre nos pedía que saliéramos de la habitación para poder hablar sobre ese tema a solas.

–En ese caso, apuesto que la Reina de las Nieves *es* el Conflicto del Norte –dijo Lucy–. Cada espectáculo de renombre tiene a una mujer fuerte al frente.

–Pero ¿cómo podemos estar seguros de que la Reina de las Nieves siquiera existe? –preguntó Brystal–. ¿Cómo sabemos que no es simplemente una historia?

–Mi papá tiene clientes que la han visto con sus propios ojos –dijo Emerelda–. Dicen que la Reina de las Nieves puede invocar una tormenta de nieve en cuestión de segundos. Dicen que lleva una corona gigante hecha con copos de nieve y un tapado de piel hecho con el cabello de sus enemigos. Dicen que secuestra niños de sus hogares y come su carne inocente. Dicen que no importa con cuánta fuerza el ejército del Reino del Norte pelee contra ella, solo se vuelve más y más poderosa. ¡Y lo más aterrador de todo, es que dicen que la Reina de las Nieves no se detendrá hasta que todo el mundo esté bajo su ira congelada!

Como si Emerelda lo hubiera planeado, la conclusión de su historia fue acompañada por una seguidilla de relámpagos que hizo que cada uno de ellos gritara.

–Bueno, *yo* digo que es hora de ir a la cama –dijo Tangerina–. Ya tuve demasiadas travesuras y horror para una noche.

–Estoy de acuerdo –bostezó Cielene–. Voy a tener pesadillas con todo esto.

–No tenemos que *preocuparnos* de la Reina de las Nieves, ¿verdad? –preguntó Amarello–. Quiero decir, no hay ninguna probabilidad de que venga a esta academia, ¿verdad?

–Probablemente no –dijo Emerelda–. El Reino del Norte está tan lejos de aquí que apuesto a que alguien la detendría antes de que se acercara a nosotros.

Todos los alumnos dieron por terminada la noche y se dirigieron hacia la puerta, pero Brystal se quedó sentada en el suelo. Su corazón comenzó a latir a toda velocidad luego de escuchar la historia de Emerelda, no solo porque la había asustado, sino por lo tenebrosamente familiar que sonaba todo.

–Brystal, ¿no vienes? –le preguntó Lucy desde la puerta–. Tengo que cerrar para que no se vea sospechoso.

–En un momento –dijo–. Quiero revisar algo antes de ir.

Brystal colocó una silla debajo del Mapa de Magia que colgaba sobre la chimenea y se subió a esta para mirar más de cerca de las estrellas destellantes que representaban a las distintas hadas y brujas de todo el mundo. Sin embargo, cuando posó los ojos sobre el Reino del Norte, gran parte del terreno estaba vacío. Incluso las áreas que rodeaban las ciudades más grandes y la capital del reino estaban completamente desprovistas de vida mágica. Brystal se preguntaba si solo era una coincidencia o si la comunidad mágica había evacuado la zona para salvarse de la destrucción de la Reina de las Nieves.

Solo un pequeño grupo de cinco estrellas permanecían en la zona oscura del Reino del Norte y, entre ellas, estaba una de las más brillantes de todo el mapa. Una por una, Brystal tocó las estrellas con su dedo y los nombres de Feliena Scratchworth, Cuervina Clawdale, Calamarda Inkerson y Salamandra Vipes aparecieron junto a ellas. Luego, Brystal tocó la estrella más grande del grupo y suspiró al ver el nombre de *Celeste Weatherberry* a un lado.

–Entonces *ese* es el secreto de Madame Weatherberry –dijo Brystal para sí misma–. No ha estado saliendo de la academia para visitar a su amiga enferma. *¡Ha estado yendo al Reino del Norte a pelear contra la Reina de las Nieves!*

CAPÍTULO DIECISÉIS

PROMESAS

Brystal estuvo inquieta toda la noche por pesadillas en las que Madame Weatherberry peleaba contra la Reina de las Nieves. En ellas, el hada era derribada al suelo repetidas veces por un monstruo feroz con un tapado de piel y una corona de copos de nieve. Madame Weatherberry intentó alcanzar a Brystal y le rogó ayuda, pero no había nada que Brystal pudiera hacer, porque estaba congelada en un enorme cubo de hielo. Incluso al despertarse con el sudor frío sobre su cuerpo, las imágenes de su pesadilla habían sido tan reales que Brystal estaba convencida de que eso era lo que estaba ocurriendo. Y por lo que sabía, *así era*.

Entre las pesadillas en las que veía a Madame Weatherberry en peligro y en las que los cazadores de brujas la perseguían por el Entrebosque, Brystal empezaba a pensar que descansaría más si se quedaba despierta. Se levantó de la cama y decidió dar una caminata por el castillo para esclarecer su cabeza.

A medida que Brystal caminaba por el corredor del segundo piso, podía oír a sus compañeros roncando en sus habitaciones. Pasó frente a la puerta de Amarello y recordó su confesión dolorosa en la ronda de los secretos. El corazón de Brystal se llenó de empatía por el niño. Decidió revisar cómo estaba, por lo que lentamente abrió su pesada puerta de acero y se asomó a su habitación. Allí se encontró con Amarello sumido en un sueño profundo en su cama de metal, envuelto en unas sábanas de papel aluminio. Había dejado su Medalla de Supresión en la mesa de noche de metal y, si bien estaba dormido, las llamas del niño aumentaban y disminuían al ritmo de su respiración.

Brystal se sintió algo extraña viéndolo dormir, pero era agradable ver que descansaba en paz. Al haber sacado el secreto de su interior, notó que estaba durmiendo mejor de lo que lo había hecho desde que llegó a la academia. Antes de partir, Brystal movió su varita y una colección de muñecas de aluminio apareció en un rincón de la habitación de Amarello. Una sorpresa divertida que encontraría a la mañana siguiente.

El castillo estaba oscuro y silencioso a medida que Brystal avanzaba por sus pasillos, pero encontraba a la soledad reconfortante. Salió y se quedó quieta en la escalinata del frente, feliz de ver que la lluvia finalmente se hubiera detenido. El cielo nocturno comenzaba a iluminarse a medida que el amanecer llegaba y los grifos, ya despiertos, cazaban su desayuno. Ver a las criaturas majestuosas volar por el aire le recordaba a Brystal lo afortunada que era por vivir en un lugar tan maravilloso. Había estado en la academia desde hacía menos de un mes, pero ya no podía imaginarse viviendo en otra parte del mundo. Y esperaba nunca tener que hacerlo.

Al contemplar el terreno de la propiedad, admirando todos los árboles y flores coloridas, Brystal divisó algo brillante acercándose desde la distancia. El carruaje dorado de Madame Weatherberry había regresado a la academia y Brystal se sintió tan agradecida que se puso de pie enseguida y descendió por la escalinata llena de entusiasmo. Eventualmente, el carruaje se detuvo frente al castillo y Brystal corrió para darle la bienvenida a su maestra.

–¡Madame Weatherberry! –exclamó–. ¡Me alegra tanto que haya vuelto! Me preocupaba...

La puerta del carruaje se abrió de golpe y Brystal se detuvo de inmediato, apenas pudo reconocer a la mujer que se asomó de su interior. Madame Weatherberry había envejecido otra década más y llevaba un tapado violeta grueso que iba desde su cuello hasta sus pies. Sin más, Brystal notó un golpe negro e inmenso en la parte izquierda de su rostro. Miró a Brystal y al castillo con una expresión de aturdimiento, como si no supiera en dónde estaba. Intentó bajar del carruaje, pero estaba tan débil que apenas logró mantenerse en pie, y entonces el hada colapsó en el suelo.

–*¡Madame Weatherberry!* –gritó Brystal.

• • ★ • •

Madame Weatherberry pasó todo el día descansando en su oficina. La única persona que tenía permitido ingresar era la señora Vee, y solo para entregarle vendas y alcohol para las heridas. Brystal caminaba impacientemente al otro lado de la puerta, esperando a que el ama de llaves saliera con noticias. Cuando la señora Vee finalmente salió, la preocupación en su mirada le dijo a Brystal todo lo que necesitaba saber.

–¿Cómo está? –preguntó Brystal.

–Mejor, pero no por mucho –dijo la señora Vee–. Le limpié la herida de su rostro, pero es la única que me dejó ver. Puede que tenga algunos huesos rotos, pero no me deja revisarlos.

–¿No puede sanarse a sí misma con magia? –preguntó Brystal.

–Por lo general, sí –contestó la señora Vee–. A menos que las heridas hayan sido *causadas* por magia.

–¿Le contó lo que ocurrió? –preguntó Brystal.

–Dijo que se resbaló y se cayó cuando visitó a su amiga –dijo la señora Vee.

–¿Una *caída*? –preguntó Brystal–. ¿Dijo que una *caída* le causó esto?

La señora Vee suspiró.

–No quiero empezar rumores, pero si soy honesta contigo, comienzo a sospechar de eso. Con todas las cartas extrañas, los viajes inesperados, las brujas, y ahora *esto*; creo está ocurriendo algo que Madame Weatherberry no nos está contando.

Evidentemente, el ama de llaves creía que su sospecha era un nuevo descubrimiento.

–Me alegra que me hayas encontrado esta mañana –dijo la señora Vee–. Todos sabemos que Madame Weatherberry habría preferido arrastrarse hacia el castillo antes que pedir ayuda. Quiere salvar al mundo, pero, Dios nos libre si alguien tiene que preocuparse por *ella*. ¿Qué le dijiste a tus compañeros?

–Solo que Madame Weatherberry regresó temprano esta mañana y no se sentía bien –dijo Brystal–. Intenté ser lo más general posible para que no se preocuparan.

–Bueno, espero que sirva –dijo la señora Vee–. Madame Weatherberry dijo que le gustaría hablar contigo ahora. Quizás tú tengas más suerte que yo y descubras la verdad. Pero tengo que advertirte que su humor no es el de siempre.

El ama de llaves se marchó por la escalera flotante para guardar las vendas sin usar. Brystal golpeó la puerta de Madame Weatherberry y se asomó a su oficina.

–¿Madame Weatherberry? –llamó Brystal–. La señora Vee dijo que quería verme.

El hada se encontraba sentada detrás de su escritorio de cristal y lucía tan exhausta que Brystal pensó que podría dormirse en cualquier momento. Levantó el cuello de su tapado violeta para ocultar el golpe en su rostro. El velo de su tocado estaba bajo y cubría sus ojos agotados e irritados. Además de estar cansada y lastimada, Madame Weatherberry estaba completamente drenada de alegría y mantenía la vista fija en el suelo con un anhelo melancólico.

–Cierra la puerta –dijo suavemente.

Brystal siguió sus instrucciones y se sentó frente al escritorio de Madame Weatherberry.

–¿Cómo se siente? –le preguntó Brystal–. Oí que tuvo una caída muy fea cuando visitaba a su…

–Puedes dejar de fingir que no sabes nada, Brystal –dijo Madame Weatherberry con aspereza–. Ya sé que sabes más de lo que dices.

El instinto natural de Brystal fue reaccionar como si no supiera nada de lo que el hada estaba hablando, pero a medida que Madame Weatherberry miraba más profundo en sus ojos, Brystal comprendió que seguir actuando era inútil.

–¿Cómo lo sabe? –preguntó.

–Algunas veces la magia tiene mente propia –dijo Madame Weatherberry–. En tu primer día en la academia, me pareció sospechoso que el castillo te haya dado una habitación justo arriba de mi oficina. No fue sino hasta que me marché con las brujas y que me despediste con un abrazo que entendí *por qué*. El castillo te puso en ese cuarto porque *quería* que me espiaras. Sabía que tendríamos esta conversación antes de que yo lo supiera.

–Madame Weatherberry, no entiendo –dijo Brystal–. ¿Qué conversación estamos teniendo?

–Antes de que lleguemos a eso, quiero asegurarme de que estamos en la misma página –dijo el hada–. Estoy segura de que has desarrollado algunas teorías para explicar mi comportamiento cuestionable. Entonces, cuéntame qué es lo que crees que está ocurriendo y yo terminaré de llenar los vacíos.

Brystal estaba muy entusiasmada por tener la oportunidad de finalmente saber la verdad, pero le preocupaba que Madame Weatherberry no estuviera del humor correcto como para darle información.

–¿Está segura de que quiere hacer esto ahora? –preguntó Brystal–. No quiero que se arrepienta más tarde.

–Insisto –dijo Madame Weatherberry.

–Está bien –dijo Brystal–. De la información que he recolectado hasta ahora, lo que sé es que no ha estado saliendo de la academia para visitar a una amiga enferma, sino que ha estado viajando al Reino del Norte para ayudar a resolver algo conocido como el Conflicto del Norte.

–¿Y qué sospechas que es el Conflicto del Norte? –preguntó Madame Weatherberry.

Brystal vaciló al responder.

–Por más ridículo que suene, creo que el Conflicto del Norte es solo un código para referirse a una mujer conocida como la Reina de las Nieves.

–Adelante –dijo el hada.

–Bueno, la Reina de las Nieves es una bruja muy poderosa que ha estado atacando al Reino del Norte –continuó Brystal–. Cubrió a todo el reino con tormentas de nieve y provocó una destrucción nunca antes vista. No importa lo que el ejército del Reino del Norte haga, aún no han podido derrotarla. Antes de tener la idea de comenzar la academia, usted pensó que derrotar a la Reina de las Nieves sería una oportunidad para ganar la aceptación mundial de la comunidad mágica. Pensó que, si alguien *como usted* salvaba al mundo, entonces el mundo finalmente tendría una razón para respetar a la gente *como nosotros*. Entonces se unió a las brujas y crearon un plan para detenerla, pero ha sido más difícil de lo que anticiparon.

Brystal se sintió algo tonta al oírse decir todo eso en voz alta. Una parte de ella esperaba que Madame Weatherberry se riera por la teoría disparatada, pero el hada no hizo ninguna mueca.

–Hay solo una cosa que está mal –dijo Madame Weatherberry.

–¿Qué cosa?

–La Reina de las Nieves *es* la amiga enferma a la que he estado visitando –dijo–. No he mentido sobre eso. Después de una pérdida muy trágica, mi querida amiga Reinalda se infectó con *odio*; y el odio es la enfermedad más poderosa del planeta. Durante años, vi cómo la enfermedad la consumía y la convertía en un monstruo, y, desgraciadamente, no hice nada para ayudarla. Para cuando ya estaba desatando la destrucción sobre el Reino del Norte, era demasiado tarde para razonar con ella. Reinalda ha sido obnubilada por la venganza y ahora la violencia es el único idioma que conoce.

–Pero ¿cómo es que en primer lugar era amiga de una bruja? –preguntó Brystal–. ¿No estaba llena de maldad y oscuridad desde antes?

–Es posible amar a una persona más allá de sus demonios, Brystal –dijo Madame Weatherberry–. Después de todo, había grandes posibilidades de que Lucy fuera una bruja y eso no te detuvo a que la fueras a buscar al Entrebosque. Elegiste querer a Lucy por *quién* es en lugar de por lo *que* es, y yo tomé la misma elección con Reinalda. Pero, a diferencia contigo, yo le fallé como amiga. Cuanto mayor sea la furia y el odio que sienta ella, mayor es la distancia que nos separa. La abandoné cuando más me necesitaba y ahora soy parcialmente culpable por lo que se ha convertido.

–Entonces, aún está con vida ¿verdad? –preguntó Brystal–. Si no la ha derrotado aún, no hablaría de ella en presente.

–Mi amiga ha muerto hace muchos años –dijo–. Pero, desafortunadamente, la Reina de las Nieves está mucho más que viva y más fuerte que nunca.

Brystal miró hacia el Mapa de Magia que se encontraba sobre la chimenea.

–Si es tan fuerte, ¿por qué no aparece en el mapa? –preguntó.

–Me temo que no podrás encontrar a la Reina de las Nieves

en ningún Mapa de Magia –le aclaró Madame Weatherberry–. Hizo que fuera imposible rastrearla para poder atacar sin previo aviso. He intentado evitar que su destrucción se extendiera más allá del Reino del Norte, pero cada encuentro es más agotador que el anterior.

–La enfrentará de nuevo, ¿verdad? –preguntó Brystal.

Madame Weatherberry cerró los ojos y asintió con desesperanza.

–Me temo que no tengo otra opción –dijo–. Nadie más *puede* enfrentar a la Reina de las Nieves. Ahora mismo, yo soy la única que se interpone en su camino hacia la destrucción mundial.

–Pero, Madame Weatherberry, ¡no puede hacerlo! –exclamó Brystal–. ¡Pelear contra ella en este estado sería un suicidio!

Madame Weatherberry levantó una mano para hacer callar a Brystal y sus ojos se llenaron de una urgencia grave.

–Ahora debemos tener la conversación a la que me estaba refiriendo antes –dijo Madame Weatherberry–. Por favor, no compartas esta información con los demás, pero hay una gran probabilidad de que no sobreviva a la Reina de las Nieves. Sigo siendo optimista, pero uno nunca debe dejar que el optimismo se sobreponga a la realidad. Es solo cuestión de tiempo para que regrese al Reino del Norte y, en caso de que perezca, quiero que *tú* te hagas cargo de la academia.

–¿Yo? –preguntó Brystal asombrada–. Pero ¿y qué hay de la señora Vee? ¿O Tangerina? ¿O Cielene?

–La señora Vee y las niñas no son tan fuertes como tú, Brystal –dijo el hada–. Desde el momento en que coloqué la varita mágica en tus manos y vi tu estrella en el Mapa de Magia, sabía que eras la única persona que podía reemplazarme. Por lo que, por favor, si no logro sobrevivir para ver otro año, prométeme que continuarás con mi trabajo, prométeme que ayudarás a tus compañeros a alcanzar su máximo potencial y, prométeme que usarás tu magia para ayudar y sanar a las personas y cambiar la perspectiva que el mundo tiene sobre la comunidad mágica.

Algunas lágrimas cayeron por el rostro de Brystal mientras imaginaba un mundo sin Madame Weatherberry. No podía creer la responsabilidad que su maestra le estaba pidiendo aceptar, pero sabía que, muy en lo profundo de su corazón, no había nada que *no* hiciera por el hada.

–Nadie jamás podrá reemplazarla, Madame Weatherberry –dijo–. Nunca podría devolverle todo lo que le ha dado a mi vida, pero prometo que continuaré con su legado mientras no esté, ya sea que ese día llegue pronto o en décadas.

Una leve sonrisa apareció en el rostro del hada, pero rápidamente desapareció. Brystal sabía que había algo más que Madame Weatherberry quería discutir con ella y era un tema que el hada temía con todo su ser.

–Y ahora me temo que tengo un pedido mucho más grande para ti –le dijo Madame Weatherberry–. Es con mucho dolor que debo poner semejante peso sobre tus hombros, pero no hay otra forma.

Brystal estaba confundida. No podía imaginar un pedido más grande que el que ya había aceptado.

–¿Qué es? –preguntó.

Madame Weatherberry respiró profundo antes de hacer el pedido difícil.

–En caso de que perezca *sin* derrotar a la Reina de las Nieves –dijo con dificultad–, *tú* deberás asesinarla, Brystal.

Brystal sintió como si la hubieran pateado en el

estómago. Su corazón comenzó a latir con más fuerza, sus palmas se tornaron más sudadas y toda la oficina empezó a dar vueltas a su alrededor.

–Madame Weatherberry, ¡no puedo *matar a la Reina de las Nieves*! –exclamó–. ¡Nunca antes le hice daño a nadie! No pude defenderme contra unos cazadores de brujas. ¡Entré en pánico por la presión!

–Esa no fue tu culpa, sino *mía* –dijo Madame Weatherberry–. He cometido un grave error como maestra. Mis clases han sido para prepararte a ti y a tus compañeros para el mundo en el que yo *quiero* que vivan, pero *no* para el mundo que en verdad existe. A partir de mañana, les enseñaré a ti y a los otros cómo usar la magia para defenderse. Puede que no estés lista aún para enfrentarte a la Reina de las Nieves, pero un día lo estarás.

–Pero, Madame Weatherberry, ¡solo tengo catorce años! –le recordó Brystal–. ¡Solo soy una niña! ¡No puede pedirme hacer esto!

–Brystal, puede que seas joven, pero nunca tuviste el lujo de ser una *niña* –dijo Madame Weatherberry–. Has dado pelea desde el día en que naciste. Miraste más allá de los límites que el mundo colocó sobre ti y te esforzaste por tener una vida mejor cada día, y ahora debes mirar más allá de los límites que tú misma te estás colocando y luchar por un mundo mejor. Si ninguna de nosotras puede derrotar con éxito a la Reina de las Nieves, entonces todo el mundo, la academia, la vida como la conocemos, será destruida.

Madame Weatherberry estaba colocando a Brystal en una posición imposible. Nunca antes había matado nada, pero ahora debía quitarle la vida a la bruja más poderosa del mundo. Brystal quería negarse con todo su ser, pero Madame Weatherberry la miraba con tanta desesperación en sus ojos que Brystal no tenía la fuerza para decepcionar al hada. Bajó la vista hacia el suelo y asintió de mala ganas, aceptando lo que le pedía.

–Está bien –dijo Brystal–. Espero y ruego que nunca ocurra, pero si usted no puede derrotar a la Reina de las Nieves... yo lo haré.

Luego de que Brystal hiciera su segunda promesa, Madame Weatherberry cerró los ojos, se reclinó en su silla y suspiró aliviada.

–Gracias, Brystal –dijo el hada–. No tienes idea lo reconfortante que es oírte decir eso. Ahora, si me disculpas, debo descansar. Ambas necesitaremos todas nuestras fuerzas para los días que vienen.

La mañana siguiente, Madame Weatherberry se encontró con sus estudiantes y aprendices en el jardín frontal del castillo para comenzar con su primera clase de defensa personal mágica. El hada no los había acompañado durante el desayuno, por lo que, cuando finalmente apareció, los niños se sorprendieron al ver a su maestra en un estado tan débil. Además de los golpes en su rostro, Madame Weatherberry necesitaba la ayuda de un bastón de cristal y de la señora Vee para bajar por la escalinata. Estaba completamente desposeída de su encanto y energía usual, por lo que tuvo que dirigir la clase sentada en un banco de cristal.

–Por favor, disculpen mi estado delicado –les dijo Madame

Weatherberry a sus pupilos preocupados–. Me estoy recuperando de una caída horrible de cuando visité a mi amiga.

–¿Se cayó de un *precipicio*? –preguntó Lucy.

–Se ve peor de lo que se siente –dijo Madame Weatherberry y cambió de tema rápidamente–. Ahora bien, para la lección del día de hoy, usaremos nuestra magia para un propósito que aún no hemos explorado. No importa cuánta alegría y bienestar brindemos, ya que, debido a los tiempos desafiantes que nos tocan vivir, es muy probable que nos crucemos con personas y criaturas que quieran lastimarnos. Y, cuando la situación está justificada, podemos usar nuestra magia para protegernos a nosotros y a otros del peligro. Su tarea esta mañana será usar magia para defenderse de las fuerzas que intentarán lastimarlos. Amarello, comenzaremos contigo.

Amarello tragó saliva, nervioso, y preguntó:

–¿Y de qué *clase* de fuerzas deberé defenderme?

En lugar de responderle, Madame Weatherberry golpeó su bastón contra el suelo seis veces y seis espantapájaros aparecieron en un campo cercano. El hada golpeó nuevamente su bastón y el primer espantapájaros cobró vida y se soltó del poste de madera. Ni bien sus pies tocaron el suelo, cargó contra Amarello sacudiendo los brazos en todas las direcciones. El niño gritó y el espantapájaros lo persiguió en círculos por toda la propiedad.

–¡No estoy listo para esto! –gritó–. ¡Creo que alguien más debería ir primero!

–Estas situaciones pueden ser alarmantes, pero es importante mantener la calma y la mente en blanco –dijo Madame Weatherberry–. Respira profundo y piensa en la forma más rápida de neutralizar a tu atacante.

A pesar de las recomendaciones del hada, Amarello no podía reunir la tranquilidad necesaria para salvar su vida. Eventualmente, el espantapájaros atrapó al niño y lo derribó al suelo. Sus compañeras estaban desesperadas por ayudarlo, pero Madame Weatherberry no les permitió intervenir. Amarello se quitó la Medalla de Supresión y, gracias a su ansiedad, su cuerpo entero se impregnó de llamas. El espantapájaros ardió hasta achicharrarse por completo y cayó como una pila de cenizas. Las compañeras de Amarello lo alentaron y el niño se quedó en el suelo hasta que recobró el aliento.

–Bien hecho, Amarello –le dijo Madame Weatherberry–. Tangerina, tu turno.

Por el resto de la mañana, los estudiantes de Madame Weatherberry tomaron turnos para defenderse con magia de los espantapájaros encantados. Tangerina cubrió los pies de su atacante con miel y lo dejó atascado al suelo. Emerelda atrapó al suyo dentro de una jaula de esmeraldas antes de que bajara del poste de madera. Cielene señaló a su espantapájaros con un dedo y de la punta erupcionó un poderoso geiser y lo hizo pedazos. Brystal movió su varita y una bandada de palomas blancas levantó al espantapájaros por el aire y lo dejó caer hacia el océano destellante que se encontraba detrás del castillo. Lucy juntó las manos y un piano inmenso cayó del cielo sobre el espantapájaros.

–¡Por fin! ¡Algo en lo que soy buena! –exclamó Lucy.

La clase de defensa persona de Madame Weatherberry fue, por mucho, la clase que más disfrutaron los estudiantes y aprendices. Rieron y celebraron a medida que cada uno de ellos derrotaba a los espantapájaros uno por uno. Brystal sentía envidia de la diversión que sus compañeros estaban teniendo, ya que ellos no sabían que estaba diseñada específicamente para *ella* y que los ejercicios eran para prepararla para un posible enfrentamiento con la Reina de las Nieves. Le resultaba difícil disfrutarlo, ya que el destino del mundo dependía en lo bien que perfeccionara sus habilidades.

–Todos hicieron un trabajo estupendo –dijo Madame Weatherberry y aplaudió con la poca energía que tenía–. Han hecho un trabajo maravilloso al defenderse de *un* atacante, pero veamos cómo se las arreglan cuando son superados en…

–*¡Madame Weatherberry!* –exclamó repentinamente Cielene–. *¡Las brujas regresaron!*

Todos giraron en la dirección hacia la que señalaba Cielene y, como era de esperarse, vieron a las cuatro figuras con capas en los límites de la propiedad. Al igual que su visita anterior, las brujas hicieron sentir instantáneamente incómodos a los niños, pero nadie les temía más que Brystal. Sabía que solo había *una* razón por la que las brujas habían ido a la academia.

En cuanto su presencia dejó de ser un secreto, Cuervina, Salamandra, Feliena y Calamarda avanzaron lentamente hacia el hada y sus estudiantes. Madame Weatherberry estaba tan fatigada que le fue difícil controlar la reacción a su visita inesperada. El hada lentamente se puso de pie y las observó acercarse con una expresión estoica. Antes de intercambiar una simple palabra frente a los niños, Madame Weatherberry se dirigió hacia el castillo y las brujas la siguieron.

–Supongo que esto significa que se pospone el resto de la lección –le dijo Brystal a los demás–. Creo que tomaré una siesta corta antes del almuerzo.

Brystal entró a toda prisa al castillo y corrió por la escalera flotante hacia su habitación. Para cuando se asomó por el hueco en su estante y miró hacia la oficina de Madame Weatherberry, su maestra ya se encontraba sentada detrás de su escritorio de cristal. Las brujas deambulaban sobre el hada como depredadoras que la acechaban. Madame Weatherberry descansó su cabeza sobre una mano y no levantó la vista hacia sus visitantes.

–¿Y bien? Adelante –dijo el hada con un tono de voz débil–. ¿Qué noticias traen esta vez?

–El rey Nobleton está muerto –dijo Cuervina. Madame Weatherberry se enderezó en su silla.

–*¿Qué?* –preguntó, asombrada–. ¿No evacuó los Altos de Tinzel antes de que ella atacara?

–No –agregó Calamarda, con un tono acuoso–. El General White le advirtió que ella estaba cerca y le sugirió que abandonara la capital, pero el rey se comportó con terquedad e ignoró su consejo. Él y la familia real estaban en medio de la cena en el palacio cuando atacó. Nadie sobrevivió.

–Ese tonto –dijo Madame Weatherberry furiosa, mientras negaba con la cabeza–. Siempre supe que su orgullo le causaría la muerte.

–Solo queda una ciudad en el Reino del Norte –dijo Feliena con una voz áspera–. Toda la población ha huido hacia Villa Manzaton; se encuentra a pocos kilómetros de los Altos de Tinzel. No le falta mucho tiempo al General White para rendirse, y cuando lo haga, ¡el reino entero enfrentará la extinción!

–¿Qué hay de los otros soberanos? –preguntó Madame Weatherberry–. ¿Por qué el rey Champion, la reina Endustria o el rey Belicton no enviaron refuerzos? ¿No entienden que sus reinos corren el mismo riesgo que el norte?

–Los soberanos se niegan a aceptarlo –dijo Cuervina con una voz chillona–. Nobleton les aseguró que tenía la situación bajo control y *eso* es lo que los monarcas prefieren creer. El General White ha esparcido las noticias sobre la muerte de Nobleton, pero ¡*aun así* han negado su pedido de ayuda!

–Los soberanos creen que el conflicto puede detenerse cerrando las fronteras –gruñó Feliena–. Han cerrado los Caminos Protegidos y ahora los refugiados del norte quedaron atrapados. La verdad es que Champion, Endustria y Belicton no reconocerán la amenaza hasta que la destrucción cruce hacia sus reinos.

–¡Esos idiotas egoístas! –gritó Madame Weatherberry y golpeó su escritorio con los puños cerrados–. ¡Me reuní con ellos y les advertí del peligro! ¡Todo esto podría haberse evitado si le hubieran enviado refuerzos al General White desde un principio!

Madame Weatherberry cerró sus ojos agotados y se masajeó la sien mientras pensaba qué hacer.

–Creí que tendría más tiempo para descansar… –dijo con debilidad–. Quería recobrar fuerzas antes de tener que enfrentarla de nuevo… No creí que fuera a ser tan pronto…

–¡Celessste, debemosss atacar! –siseó Salamandra–. ¡Esssta podría ssser nuessstra última oportunidad para asssegurar el ressspeto que merecemosss!

Para la sorpresa de Brystal, Madame Weatherberry miró hacia el techo en el lugar exacto desde el que ella la estaba mirando. Sabía que lo próximo que saldría de la boca de Madame Weatherberry era para ella.

–Te equivocas, Salamandra –dijo el hada–. Si no tenemos éxito, *alguien más* asegurará la aceptación de nuestra comunidad en el futuro. Y tengo absoluta confianza en esa persona.

El mensaje era tan intimidante y directo que Brystal se recordó a sí misma que no estaba en la habitación con Madame Weatherberry. Las brujas no estaban seguras de *quién* estaba hablando el hada, por lo que miraron alrededor de la oficina confundidas. Madame Weatherberry se puso de pie con dificultad y tomó su maletín.

–Si así debe ser, que así sea –les dijo a las brujas–. Nos iremos ni bien termine de despedirme de mis alumnos.

Madame Weatherberry caminó con dificultad hacia fuera de su oficina y las brujas la siguieron por detrás. Brystal no podía creer el coraje del hada. Apenas podía mantenerse en pie y aun así estaba dispuesta a enfrentarse a la Reina de las Nieves a pesar de su estado. Brystal tenía un nudo en el estómago ya que le preocupaba perder a su maestra y cumplir con las promesas que le había hecho.

Para cuando ella y los otros se reunieron en la puerta del castillo, Madame Weatherberry ya había anunciado su partida.

–¿Se marcha *de nuevo*? –preguntó Tangerina–. ¿Tan pronto?

–Desafortunadamente, sí –dijo Madame Weatherberry–. Mi amiga está muy enferma y no le queda mucho tiempo. Necesito despedirme mientras pueda.

–¿Cuándo regresará? –preguntó Cielene.

–No lo sé –contestó Madame Weatherberry–. Puede que me vaya por mucho tiempo, por lo que necesitaré que continúen con su entrenamiento. Brystal estará a cargo hasta mi regreso, así que por favor escúchenla y trátenla con el mismo respeto con el que me tratan a mí.

Los ojos de Madame Weatherberry se llenaron de lágrimas al despedirse.

–Los voy a extrañar mucho, mucho –dijo el hada–. Ser su maestra ha sido el mayor privilegio de toda mi vida y verlos convertirse en hadas ha sido mi mayor felicidad. Sean buenos entre ustedes, niños.

Quedaron confundidos por los comentarios sensibles de su maestra. Madame Weatherberry abrazó a cada uno de sus estudiantes, aprendices y a la señora Vee. Cuando fue el turno de Brystal, la niña abrazó a su maestra con todas sus fuerzas para poder susurrarle algo al oído sin que el resto la escuchara.

–*Por favor, no se vaya* –le susurró Brystal–. *No estamos listos para perderla.*

–*Desearía poder quedarme* –le respondió Madame Weatherberry–. *Pero el universo tiene otros planes para mí.*

–Entonces, lléveme con usted –le rogó Brystal–. Enfrentemos a la Reina de las Nieves juntas. No tiene que hacer esto sola.

–El resto te necesita más que yo –dijo el hada–. Cuídalos, Brystal. Y por favor, recuerda lo que me prometiste.

Madame Weatherberry arrojó su broche al suelo y el carruaje dorado tomó su tamaño real. Cuatro unicornios aparecieron de un campo cercano y las riendas del carruaje mágicamente se sujetaron a ellos. Las brujas ayudaron a Madame Weatherberry a subir al carruaje y se sentaron a su lado. A medida que viajaban por la propiedad, Madame Weatherberry miró por la ventanilla hacia el terreno, el castillo y los estudiantes de su amada academia; a quienes, con una sonrisa agridulce, el hada les envió mil despedidas.

–Eso fue extraño –dijo Emerelda–. Regresará, ¿cierto?

La señora Vee y los niños voltearon hacia Brystal en busca de una respuesta. Incluso luego de que el carruaje de Madame Weatherberry desapareciera por la barrera de arbustos, Brystal se quedó mirando hacia la distancia para que el resto no notara la mentira en sus ojos.

–Claro que regresará –dijo Brystal–. Madame Weatherberry nunca nos abandonará. *Nunca.*

• • ★ • •

Dos semanas enteras pasaron sin ningún tipo de novedad de Madame Weatherberry. Brystal no creía que fuera posible preocuparse más de lo que ya estaba, pero sus preocupaciones se multiplicaban cuanto más tiempo pasara. Prácticamente, vivía en la escalinata del frente del castillo desde que el hada se había marchado y pasaba gran parte de cada día mirando hacia los límites de la propiedad, con la esperanza de que el carruaje dorado de su maestra reapareciera en la distancia.

Cuando ya habían pasado algunas horas, Brystal se asomaba hacia la oficina de Madame Weatherberry para revisar los paraderos del hada en el Mapa de Magia. Afortunadamente, las estrellas de su maestra y las brujas aún brillaban en el Reino del Norte, por lo que Brystal sabía que Madame Weatherberry aún estaba con vida.

Para el final de la segunda semana sin Madame Weatherberry en la academia, Brystal estaba tan consternada que no podía ocultar su angustia. Se mantenía recluida y evitaba lo más que podía a sus compañeros. Apenas hablaba y, cuando lo hacía, solo era para dar órdenes o hacer comentarios pasivo-agresivos mientras supervisaba las lecciones de defensa personal. Los estudiantes se tornaron tan buenos en los ejercicios que cada uno ya podía luchar contra una docena de espantapájaros por su cuenta, pero Brystal aún los obligaba a entrenar cada día más duro y por más tiempo.

–*¡Tangerina, esa miel necesita estar más espesa! ¡Amarello, esas llamas necesitan ser más altas! ¡Cielene, esa agua no será suficiente para detener a un hombre con armadura! ¡Emerelda, esa jaula necesita ser más fuerte! Y, Lucy, la defensa personal es más que simplemente dejar caer instrumentos pesados sobre tus enemigos; ¡piensa en otra cosa! ¡Todos háganlo de nuevo!*

Sus compañeros se estaban cansando de la actitud de Brystal, pero nadie estaba más irritado que Lucy. Las órdenes y críticas constantes de Brystal la hacían enfadar hasta el límite. Eventualmente, perdió la paciencia.

–¡Ya basta! –gritó Lucy–. ¡Ya no vamos a entrenar más!

Antes de que Brystal pudiera invocar un nuevo grupo de espantapájaros para la lección, Lucy le quitó la varita a Brystal de la mano y la levantó por encima de su cabeza.

–¡Lucy, devuélveme mi varita! –le ordenó Brystal.

–¡No! –dijo–. ¡Estoy cansada de que nos regañes!

–¡Deja de ser tan inmadura! –le dijo Brystal–. ¡Madame Weatherberry les pidió que me respetaran!

–¡Te respetaré cuando la *Brystal real* aparezca! –dijo Lucy–. ¿Qué te ocurre, Brystal? Has estado actuando con maldad y mal humor desde que Madame Weatherberry se marchó. ¡Yo sé que algo anda mal y no te devolveré la varita hasta que nos digas qué está pasando!

–¡No está pasando nada! –mintió Brystal–. ¡Madame Weatherberry me dejó a mí a cargo! ¡Estoy intentando entrenarlos!

–¿Y para *qué* nos estás entrenando? –preguntó Lucy–. ¡Pareciera que lo estás haciendo para que vayamos a la guerra!

–*¡BUENO, TAL VEZ SEA PARA ESO!* –les gritó Brystal.

Ni bien sus palabras salieron de su boca, Brystal supo que no había vuelta atrás. Su arrebato emocional probó que la sospecha de Lucy era correcta, y el resto de sus compañeros quedaron igual de preocupados. Brystal quería explicarse desesperadamente, pero Madame Weatherberry le había pedido específicamente que no compartiera la verdad con sus compañeros. Brystal no supo qué hacer y pronto se sintió abrumada. Se sentó en los escalones del frente del castillo y sus ojos se llenaron de lágrimas.

–Brystal, ¿qué ocurre? –preguntó Emerelda–. ¿Por qué estás llorando?

–Desearía poder decírselos –dijo Brystal.

–Claro que puedes decirnos –dijo Tangerina.

–Tal vez podamos ayudarte –dijo Cielene.

–No, es algo entre Madame Weatherberry y yo –dijo Brystal–. No quiero preocuparlos.

–Es un poco tarde para eso –dijo Lucy–. Vamos, sea lo que sea que te esté atormentando no puede ser tan malo como piensas. Quiero decir, tampoco es que sea el fin del mundo.

El cometario de Lucy hizo llorar aún más a Brystal. Amarello se sentó a su lado y colocó una mano sobre su hombro para reconfortarla.

–Por favor, cuéntanos qué ocurre –dijo con dulzura–. Los secretos son como parásitos, ¿lo recuerdas?

La curiosidad de sus amigos hacía que la situación fuera mucho más sofocante, por lo que Brystal se dio por vencida ante la presión. Sabía que confesar la verdad no resolvería nada, pero solo si disminuía una gota de la agonía que la atormentaba en su interior, valdría la pena romper la confianza de su maestra.

–Madame Weatherberry no ha estado yéndose de la academia para visitar a una amiga enferma. Al menos, no de la forma que creen –dijo–. Ha estado viajando al Reino del Norte para luchar contra la *Reina de las Nieves*.

–*¿Quéee?* –dijo Lucy, asombrada.

–¡Sé que parece una locura, pero es verdad! –agregó Brystal.

–¿Cómo sabes eso? –preguntó Emerelda.

–Madame Weatherberry me lo contó –dijo Brystal–. ¡*Ese* es el Conflicto del Norte que ha estado discutiendo con los soberanos y las brujas en secreto! La Reina de las Nieves se ha vuelto tan poderosa que Madame Weatherberry es la única persona que puede detenerla. Hasta ahora, ha evitado que la destrucción de la Reina de la Nieves se esparciera más allá del Reino del Norte, pero cada encuentro debilita más a Madame Weatherberry. Le rogué que me dejara ir con ella, pero insistió con ir sola.

–¿Dices que Madame Weatherberry está en peligro? –preguntó Tangerina.

–Todo el peligro en el que puede estar alguien –dijo Brystal–. Dijo que es optimista, pero ya ha hecho planes en caso de que no sobreviva. Si muere al derrotar a la Reina de las Nieves, Madame Weatherberry quiere que yo me haga cargo de la academia. Y si fallece *antes* de derrotar a la Reina de las Nieves, dijo que ¡*yo* soy quien debe matarla!

Al principio, les resultaba difícil a sus compañeros creer en todo lo que estaba diciendo, pero cuanto más pensaban en ello, más sentido tenía el comportamiento misterioso de

Madame Weatherberry. Brystal no culpaba a sus amigos por ser tan escépticos. Ella sabía la verdad desde hacía semanas y *aun así* le resultaba difícil de creer.

–Bueno, ahí se complica –dijo Lucy y colocó las manos sobre su cintura.

–Brystal, ¿por qué no nos lo dijiste antes? –preguntó Cielene.

Brystal suspiró.

–Madame Weatherberry no quería que lo supieran –les confesó–. Es por eso que yo he estado actuando como una completa lunática. ¡Ha sido una tortura mantener todo en secreto! No estoy lista para perder a Madame Weatherberry, ¡y de seguro no estoy lista para asesinar a la Reina de las Nieves! ¡Nunca antes me sentí tan inútil en toda mi vida! ¡Y ahora solo lo he empeorado más al atormentarlos a ustedes con mis problemas!

–¿*Tus* problemas? –preguntó Emerelda–. Brystal, aprecio tu lealtad, ¡pero estás loca si crees que estos son *tus* problemas! Si Madame Weatherberry está en peligro ¡nos concierne a todos! ¡No deberías haber pasado por todo esto sola!

–Emerelda tiene razón –dijo Lucy–. No me importa lo que te pidió que hicieras, si Madame Weatherberry no sobrevive, ¡*nunca* te dejaríamos enfrentar a la Reina de las Nieves sola!

–¡Sí! –exclamó Amarello–. ¡Hicimos un pacto para ayudarnos y protegernos entre nosotros! ¡Siempre nos tendrás de respaldo!

Brystal se sintió conmovida por el apoyo de sus amigos. Su voluntad de ayudarla le levantó un poco el peso que Madame Weatherberry había puesto sobre sus hombros.

–Gracias –les dijo– ¡Solo desearía que hubiera algo que pudiera hacer más que esperar! He estado esperando y rogando que Madame Weatherberry derrote a la Reina de las Nieves y viva para contarnos la historia, pero eso no...

De pronto, Brystal se quedó en silencio, ya que se vio distraída por algo extraño en la distancia, lo cual provocó que toda la propiedad se viera consumida por una sombra oscura. Los estudiantes y aprendices miraron hacia arriba y vieron que la oscuridad era provocada por una densa capa de nubes grises que provenían del norte y tapaba el sol. Brystal pensó que simplemente era otra tormenta, pero luego notó algo blanco y suave cayendo desde el cielo. Extendió una mano y quedó sorprendida al ver un copo de nieve sobre su palma.

–¿Es nieve? –preguntó Cielene.

–No puede ser –dijo Tangerina–. Nunca antes nevó aquí.

–Ni siquiera hace frío afuera –dijo Emerelda.

Un susurro débil avanzó entre los niños mientras intercambiaban miradas de temor. Sabían que todos estaban pensando lo mismo, solo había *una* explicación posible.

–¡Es la Reina de las Nieves! –exclamó Lucy–. ¡Sus poderes deben estar creciendo si su tormenta llegó hasta nosotros!

–¡Y Madame Weatherberry está en problemas! –exclamó Amarello.

El resto comenzó a entrar en pánico, pero mientras Brystal miraba el copo de nieve que se derretía en su mano, tuvo una corazonada: no perdería más tiempo viviendo con *miedo*. No gastaría más energía *preocupándose*. Estaba cansada de *esperar* y *suplicar* que Madame Weatherberry regresara a salvo. Luego de haberse sentido desesperada durante semanas, Brystal sabía exactamente lo que necesitaba hacer.

–No se ustedes, pero me niego a quedarme y dejar que la vieja bruja de hielo nos quite a Madame Weatherberry.

–¿Qué debemos hacer? –preguntó Amarello.

Brystal volteó hacia sus compañeros y esbozó una sonrisa de determinación.

–Todos traigan sus abrigos –dijo–. Iremos a salvarla.

CAPÍTULO DIECISIETE

EL ENTREBOSQUE

Justo antes de preparar la cena, la señora Vee entró al comedor para preparar la mesa y se sorprendió al ver a los estudiantes y aprendices reunidos allí. Los niños ya habían llenado la mesa con tazones y cubiertos, y una olla con estofado ya estaba lista.

–¡Sorpresa! –le dijeron los niños al ama de llaves al unísono.

–¿Qué es todo esto? –preguntó la señora Vee–. No puede ser mi cumpleaños porque dejé de tener de esos cuando cumplí cincuenta. *¡JA-JA!*

–Queríamos prepararle algo especial, señora Vee –dijo

Brystal–. Trabaja tan duro cocinando y limpiando para nosotros todos los días que, como una muestra de agradecimiento, pensamos que sería agradable prepararle a *usted* la cena.

La señora Vee se llevó una mano hacia su corazón.

–Bueno, ¡es muy considerado de su parte! –dijo el ama de llaves–. Saben, no me importa lo que los de mi generación digan de la gente joven, ustedes *no* son una montón de haraganes egoístas que solo buscan llamar la atención. ¡Algunos son absolutamente agradables! *¡JA-JA!*

Amarello tomó una silla para la señora Vee, Emerelda colocó una servilleta en su camisa, Cielene le llenó el vaso con agua y Tangerina le entregó una cuchara. Lucy abrió la tapa de la olla y dejó que el aroma exquisito impregnara el ambiente, y Brystal le sirvió una porción generosa del estofado en su tazón.

–Huele celestial –dijo la señora Vee–. ¿Qué prepararon?

–El estofado cremoso de hongos y patatas de mi madre –dijo Brystal–. Es una vieja receta familiar de los Evergreen. Espero que le guste.

El ama de llave movió la cuchara con mucho entusiasmo como si fuera un pez y tomó el primer sorbo con muchas ganas.

–¡Está absolutamente delicioso! –dijo la señora Vee–. ¡*Un poco salado*, pero delicioso de todos modos! Muchas gracias por prepararme una comida tan especial. No puedo explicarles lo maravilloso que se siente ser querida y apreciada por ustedes. No quiero ser muy sensible, pero algunas veces los considero como si fueran mis propios hijos. *Vaya que está salado*, ¡me hincharé tanto que no me van a entrar los zapatos mañana! *¡JA-JA!* Pero, dejando todas las bromas de lado, esto es, honestamente, la cosa más agradable que alguien jamás ha...

¡PUM! La señora Vee se cayó sobre su tazón y salpicó a toda la habitación con el estofado.

–Eso fue rápido –dijo Lucy–. Creí que tomaría más tiempo.

Tangerina cuidadosamente le sacó la cabeza del tazón al ama de llaves y la colocó sutilmente sobre la mesa. Colocó una cuchara limpia debajo de la nariz de la señora Vee para asegurarse de que aún estuviera respirando, pero el ama de llaves no exhalaba.

–Cielene, ¿cuánta Sal Somnolienta de Sueño Simple le pusiste al estofado? –preguntó.

–Solo seguí las instrucciones que estaban al dorso –le dijo Cielene y tomó el pote de la Sal Somnolienta de Sueño Simple de su bolsillo–. Las instrucciones dicen una *pizca de sal* pondrá a dormir a la persona por una semana.

Tangerina tomó el frasco de su amiga y lo miró por su cuenta. Mientras lo examinaba, notó algo extraño y limpió el pote con una servilleta.

–¡Cielene! –exclamó Tangerina–. ¡Las instrucciones decían *media pizca de sal* pondrá a dormir a alguien por una semana, ¡no una pizca entera!

Cielene se quedó pálida y con los ojos bien abiertos.

–Ups –dijo.

–*¡Oh, por Dios, acabamos de matar a la señora Vee!* –exclamó Amarello, desesperado.

–¡Todos, tranquilícense! –dijo Brystal–. Encontramos la sal en el gabinete de Madame Weatherberry. Si fuera letal, dudo que la guarde en su oficina.

Para el alivio extremo de todos, el ama de llaves inconsciente soltó un ronquido fuerte y comenzó a respirar con normalidad.

–La viejita estará lejos por un rato, pero estará bien –dijo Lucy y le dio una palmada en la espalda a la señora Vee.

–¿Hicimos lo correcto? –preguntó Emerelda–. Se siente raro ponerla a dormir así.

–Ya lo hablamos –dijo Brystal–. Si la señora Vee se despierta mañana por la mañana y descubre que no estamos aquí, ¡le dará un ataque cardíaco! Y, si descubre que viajamos al Reino del Norte, ¡vendrá tras nosotros! Dejarla descansar mientras no estamos es mejor que preocuparla. Ahora, llevémosla a su habitación antes de que la Reina de las Nieves se vuelva más fuerte.

Fue necesario que los seis niños levantaran al cuerpo inconsciente de la señora Vee de la silla y la sacaran del comedor. Era mucho más pesada de lo que esperaban y requirió de todas sus fuerzas. La llevaron por la cocina hacia su habitación con el mayor cuidado posible e hicieron lo mejor para evitar golpearle la cabeza, brazos y piernas con los marcos de las puertas. Para cuando la soltaron sobre la cama, los estudiantes estaban completamente sudados y sin aliento.

–Esperen un segundo –dijo Lucy–. ¿Por qué no usamos *magia* para transportarla?

Sus compañeros soltaron un quejido ante su estupidez colectiva.

–Ah, rayos –dijo Amarello–. Me sigo olvidando que esa es una opción.

Antes de aventurarse hacia el Reino del Norte, cada uno de los estudiantes y aprendices hicieron aparecer un abrigo único para mantenerlos cálidos durante el viaje. Brystal movió su varita y un tapado azul brillante con puños blancos y mullidos apareció sobre su traje de pantalones. Emerelda creó una manta con incrustaciones de esmeraldas que hacían juego con su capa de esmeraldas. Tangerina creó una chaqueta gruesa hecha con parches de panales acolchonados. Cielene cubrió su cuerpo con una capa de agua cálida que la envolvía como un traje transparente. Y, finalmente, Lucy chasqueó sus dedos y manifestó un abrigo hecho con plumas de pavo oscuras.

–No es exactamente el ave que quería, pero servirá –dijo Lucy.

–¿Amarello? ¿No necesitas un abrigo? –preguntó Cielene.

–Voy a estar bien –dijo–. Nunca tengo frío.

–Entonces, ya estamos casi listos –dijo Brystal–. Solo necesito juntar un par de cosas antes de partir.

Brystal empacó una bolsa con comida, agua y otras provisiones, y las encogió hasta hacerlas del tamaño de un bolso de mano para que fuera más fácil de llevar durante el viaje. Tomó prestados algunos cuchillos afilados de la cocina de la señora Vee y se dirigió hacia la oficina de Madame Weatherberry. Se paró sobre la silla de cristal y cortó un trozo del Mapa de Magia en el que se encontraba el Reino del Norte. Se sintió agradecida de ver que la estrella de Madame Weatherberry aún estaba brillando y esperaba poder salvarla antes de que desapareciera. Enrolló el trozo de papel y lo guardó en su abrigo.

Antes de bajar, hizo una parada rápida en su habitación. Tomó un libro enorme de geografía de su estante que contenía mapas detallados del Entrebosque y el Reino del Norte. Luego, movió su varita y lo encogió hasta hacerlo del tamaño de una caja de cerillos para poder guardarlo en el bolsillo. Una vez que recogió el mapa y el libro de geografía, se encontró con sus compañeros abajo junto a la puerta de entrada.

–Bueno, eso es todo –dijo–. Lo que estamos a punto de hacer puede ser peligroso, tenebroso y puede que salgamos heridos en el proceso.

–Para mí es como cualquier *sábado* en el mundo del espectáculo –dijo Lucy.

–Hablo en serio –dijo Brystal–. Una vez que crucemos esa puerta y salgamos de la academia, no hay vuelta atrás. Todos sabemos en lo que nos estamos metiendo, ¿verdad?

Brystal miró detenidamente a los ojos de cada uno de sus compañeros para asegurarse de que entendían los riesgos. En lugar de encontrar dudas, vio a los estudiantes y aprendices asintiendo con confianza, sabiendo exactamente para lo que se habían enlistado.

–Estoy dispuesta a repartir algunos golpes por Madame Weatherberry –dijo Emerelda.

–Igual que yo –dijo Amarello.

–Secundo –agregó Tangerina.

–Tercero –dijo Cielene.

–Suena *exactamente* al tipo de diversión que quería –se regodeó Lucy.

Brystal se sentía con mucha energía por el entusiasmo de sus compañeros, pero de todas formas suspiró con ansiedad antes de abrir la puerta del frente.

–Muy bien entonces –dijo–. Aquí vamos.

Los niños salieron del castillo y avanzaron por la propiedad hacia la barrera de arbustos. A medida que esta se abría delante de ellos, Brystal y sus compañeros respiraron profundo y se sujetaron las manos con coraje. Caminaron por el túnel de hojas y dieron sus primeros pasos en el Entrebosque. De este modo, daban inicio a su viaje.

Apenas empezaba a anochecer cuando Brystal y sus amigos partieron de la academia, pero en el bosque denso la oscuridad hacía que pareciera medianoche. A pesar de contar con habilidades de defensa personal nuevas, los estudiantes y aprendices se sintieron intimidados por el bosque tenebroso. Cada graznido de cuervo o ulular de algún búho parecía advertirles que dieran la vuelta, pero los alumnos resistieron y avanzaron por el camino serpenteante. Brystal movió su varita e iluminó el bosque con unas luces titilantes que los seguían por el Entrebosque como un enjambre de luciérnagas.

Los niños lograron avanzar por más de un kilómetro sin problema, pero eso rápidamente cambió cuando terminaron su segundo kilómetro. De pronto, una criatura enorme con cuernos emergió de entre los árboles retorcidos y les bloqueó el camino. Al acercarse a las luces parpadeantes, Brystal y Lucy se sintieron aliviadas al reconocer a Horence en su caballo de tres cabezas, pero sus amigos gritaron al ver al caballero y se prepararon para pelear.

–No teman –les dijo Lucy–. Este sujeto es un amigo.

–¡Claro! ¡¿Cómo no se me había ocurrido que Lucy era amiga de un caballero demoníaco?! –exclamó Tangerina.

–¡No me sorprende! –dijo Cielene.

–No, quiero decir que no nos hará daño a nosotros –dijo Lucy–. Él es quien nos salvó a Brystal y a mí de los cazadores de brujas.

Sus compañeros se relajaron un poco luego de escuchar esto, pero solo levemente. Brystal dio un paso hacia adelante para saludar a la entidad extraña.

–Hola, Horence –dijo–. ¿Qué estás haciendo aquí?

En lugar de responderle verbalmente, el caballero señaló

al camino que se encontraba detrás de los estudiantes. Por razones que no podía explicar, Brystal no necesitaba palabras para entender lo que Horence quería decir.

–Ya sé que el bosque es peligroso, pero no podemos regresar –dijo Brystal–. Madame Weatherberry está en problemas y necesita de nuestra ayuda. Está luchando contra una bruja horrible conocida como la Reina de las Nieves. Si no logramos llegar al Reino del Norte y la salvamos, puede morir.

–*¿Cómo sabe lo que está diciendo?* –le susurró Emerelda a Lucy.

–*Tienen algo raro* –le respondió Lucy, también susurrando–. *Solo no le des importancia.*

Luego de otro momento de silencio, Horence le asintió a Brystal y le señaló el camino que se encontraba por delante. Una vez más, el caballero no dijo ni una sola palabra, pero Brystal sabía exactamente lo que estaba diciendo.

–Gracias –le dijo Brystal–. ¡Eso sería maravilloso!

–Ehm, ¿Brystal? –preguntó Lucy–. ¿Qué está ocurriendo?

–Horence nos escoltará por el bosque –dijo Brystal–. Quiere protegernos de las demás criaturas que habitan en el Entrebosque.

El caballero giró su caballo de tres cabezas en dirección al camino y los niños lo siguieron. Brystal caminó a un lado de Horence durante el viaje, pero el resto mantuvo distancia. No podía culpar a sus amigos por ser tímidos, ella también se había asustado la primera vez que vio a Horence; pero cuanto más lejos viajaban, más confianza ganaban.

–Entonces, ¿qué es Horence? –preguntó Emerelda–. ¿Es un hombre? ¿Un soldado? *¿Un ciervo?*

–Creo que es más bien un *espíritu* –explicó Brystal–. Madame Weatherberry me contó que Horence estaba enamorado de una bruja que solía poseer algunas tierras por estos lugares, incluyendo la propiedad de la academia. Luego de que Horence fuera asesinado, la bruja usó brujería para traerlo de regreso a la vida. El hechizo fue tan oscuro y siniestro que la bruja murió en el proceso y Horence regresó a la tierra como una versión sobrenatural de sí mismo. Madame Weatherberry dice que ahora deambula por las tierras de la antigua bruja y actúa como ángel de la guarda con la gente que está en peligro.

–*Si* esa *es la versión que Brystal tiene de un ángel de la guarda, no quisiera saber cuál es su versión de un demonio* –le susurró Tangerina a Cielene.

–¡Oye, Horence! –lo llamó Lucy–. ¿Podemos llamarte *Cuernos* para que sea más fácil?

El caballero negó con la cabeza y, esta vez, todos entendieron su mensaje.

Brystal y sus amigos lo siguieron por la noche hasta la mañana siguiente. Podrían haber jurado que vieron lobos y osos observándolos entre los árboles, pero los animales no se atrevieron a acercarse a ellos, siempre y cuando estuvieran acompañados por el caballero. Eventualmente, el camino se topó con un arroyo y los estudiantes y aprendices cruzaron un pequeño puente de piedra. Brystal y sus compañeros lo cruzaron sin problema, pero cuando voltearon vieron a Horence quieto al otro lado.

–¿Qué estás haciendo, Horence? –le preguntó Brystal–. ¿No vienes con nosotros?

El caballero lentamente negó con la cabeza y señaló hacia

un árbol que se encontraba a un lado del arroyo. Brystal se acercó y vio que en este había tallado un corazón con dos pares de iniciales:

Al principio, Brystal no tenía idea de por qué Horence le mostraba esto o quienes eran HM y NW. Sin embargo, no le tomó mucho tiempo recordar la historia de vida del caballero, por lo que rápidamente entendió por qué se había detenido en el arroyo.

–Esas eran tus iniciales y las de la bruja, ¿verdad? –dijo Brystal–. Debieron haberla tallado en ese árbol cuando estaban con vida. Y no puedes ir más allá de este lugar, porque las marcas establecen los límites de su antigua propiedad.

Horence asintió lentamente. El caballero luego hizo una serie de gestos que le resultaron confusos a Brystal. Primero, señaló en la dirección en la que ella y el resto estaban viajando y luego con la misma mano, levantó dos dedos y bajó uno repetidas veces en la dirección de Brystal: señalar, dos dedos, un dedo; señalar, dos dedos, un dedo; señalar, dos dedos, un dedo; pero no importaba cuántas veces lo repitiera, Brystal no podía entender qué era lo que Horence le intentaba decir.

–¿La distancia? ¿Dos dedos? ¿Un dedo? –preguntó

mientras él repetía el gesto–. ¿La distancia? ¿Dos dedos? ¿Un dedo?

Cualquiera fuera la razón, la conexión entre ellos se había roto y ya no podían comunicarse con la misma facilidad que antes. Brystal se preguntaba si era porque estaba parada al otro lado del arroyo. Antes de poder cruzar el puente y obtener una respuesta más clara, Horence jaló de las riendas de su caballo y desapareció entre los árboles.

–¿Qué te estaba diciendo? –le preguntó Lucy.

–De hecho, no tengo idea –dijo Brystal–. Pero creo que era una *advertencia*.

· • ★ • ·

A medida que la mañana se convertía en tarde, Brystal y sus amigos ya sentían los rastros del agotamiento y el dolor en sus pies hinchados y palpitantes dentro de sus zapatos. Habían estado viajando por casi un día entero y se habían detenido muy pocas veces para tomar un descanso. Sin la protección de Horence, Brystal temía que, si se quedaban quietos en algún lugar por mucho tiempo, su olor y sonidos llamaran la atención de algún depredador. Por eso, hizo que sus compañeros pusieran al límite su fatiga y se obligaran a seguir avanzando.

–¿Cuánto más falta para llegar al Reino del Norte? –preguntó Amarello.

–Según mi libro de geografía, recién recorrimos un cuarto del viaje –dijo Brystal.

–¿Solo *un cuarto*? –preguntó Cielene, asombrada–. ¡Creí que ya estábamos por llegar! El aire se siente cada vez más frío.

–Y se va a poner mucho peor –dijo Brystal–. Créanme que nos daremos cuenta cuando hayamos llegado. El Reino del Norte está cubierto por las tormentas de nieve de la Reina de las Nieves.

–¿A qué parte del Reino del Norte estamos yendo? –preguntó Lucy.

Brystal tomó el Mapa de Magia de su abrigo y lo desenrolló para sus compañeros.

–El mapa muestra que Madame Weatherberry está en algún lugar entre Villa Manzaton y la capital del reino, los Altos de Tinzel –dijo Brystal–. La Reina de las Nieves atacó recientemente los Altos de Tinzel, por lo que imagino que Madame Weatherberry está tratando de evitar que su destrucción siga esparciéndose. Si la Reina de las Nieves llega a Villa Manzaton, el Reino del Norte está condenado.

Su miedo mutuo avivó más su fuerza y los niños continuaron avanzando sin quejarse. Algunos kilómetros adelante por el mismo camino, Brystal y sus amigos se encontraron con un claro agradable a la luz del sol, un banco de piedra, bayas coloridas para comer y un manantial fresco para beber agua. No se parecía en nada a todo lo que habían visto en el Entrebosque desde que salieron de la academia, por lo que las aprendices se vieron tentadas a detenerse.

–¡Lo siento, pero *debo* tomar un descanso! –se quejó Tangerina.

–¡Yo también! –agregó Cielene–. Incluso yo me siento deshidratada.

Brystal había estado exigiéndole tanto a sus compañeros que comprendió que se habían ganado un descanso rápido. No dijo nada cuando Tangerina y Cielene abandonaron el camino y avanzaron hacia el banco de piedra, pero Lucy miró al claro con sospechas y detuvo a las aprendices antes de que se sentaran.

–¡Esperen! ¡No se sienten! –exclamó.

–¿Por qué no? –preguntó Tangerina.

–Porque no estamos a salvo aquí –dijo Lucy–. Obviamente, es una trampa.

–Lucy, estás siendo paranoica –dijo Tangerina–. ¡Esta es la parte más decente que he visto del bosque!

–¡Exacto! –dijo Lucy–. Es encantadora, *¡demasiado encantadora!* Estaremos mucho más seguros si seguimos caminando y buscamos otro lugar más tenebroso y poco atractivo.

–¡Grandioso, los veremos allí! –dijo Tangerina–. Pero si no me siento por unos cinco minutos, se me van a caer los pies de mis…

¡WUUSH! Como una trampa para ratones gigante, apenas Tangerina y Cielene tocaron el banco de piedra, una red enorme cayó sobre ellas. Las niñas gritaron y lucharon para liberarse, pero cuanto más se esforzaban por liberarse, más se enredaban. Brystal, Lucy, Amarello y Emerelda corrieron para ayudar a sus amigas, pero la red era tan gruesa que no podían liberarlas.

De repente, escucharon el sonido de un cuerno en las cercanías y una tribu de criaturas extrañas emergió de entre los árboles. Rápidamente, los niños quedaron rodeados por cientos de trolls.

Los trolls eran criaturas pequeñas con piel anaranjada y sucia, y cuerpos peludos. Tenían ojos grandes, narices grandes, pies grandes, dientes grandes y cuernos pequeños.

Llevaban ropa hecha con pieles de zorros, mapaches y ardillas, y colgantes hechos con los huesos de sus presas. Cada troll llevaba un palo pesado que mecía de un lado a otro para incitar miedo. Un troll grande en particular con una corona de plumas exóticas se acercó para observar a los niños, por lo que Brystal asumió que era el jefe de la tribu.

–*Todos permanezcan tranquilos* –les susurró Lucy a sus compañeros asustados–. *Los trolls son criaturas increíblemente estúpidas, tienen la vista de un zorrillo ciego y la audición de un conejo sin orejas. Si nos quedamos quietos y en silencio, ni siquiera notarán que estamos aquí.*

Los estudiantes y aprendices siguieron el consejo de Lucy y permanecieron lo más quietos posible.

–De hecho, nuestra visión es *perfecta* y nuestra audición es *infalible* –dijo el jefe con una voz grave.

–Maldición –musitó Lucy–. Estaba pensando en un topo.

–No hará falta que *piensen* en el lugar al que los llevaremos –dijo el jefe y volteó hacia su tribu–. ¿Qué hacemos con nuestros prisioneros? ¿Son *esclavos* o *bocadillos*?

Los trolls golpearon sus palos en celebración por haber atrapado a los niños y luego gritaron sus opiniones sobre si debían *comérselos* o *esclavizarlos.*

–Dios, ¿por qué no hay una tercera opción? –se quejó Amarello.

–Brystal, ¿qué hacemos? –preguntó Emerelda.

–¡Estoy pensando, estoy pensando! –dijo Brystal.

La tribu hacía tanto ruido que Brystal apenas podía escuchar sus propios pensamientos. Los trolls eventualmente decidieron tomarlos como *esclavos* y se acercaron para sujetar a los niños.

–Está bien, a la cuenta de tres –les dijo Brystal a sus compañeros–. Cuando llegue a tres, voy a mover mi varita y crearé una distracción, vamos a sujetar la red y luego saldremos corriendo lo más lejos de este claro. ¿Entendido?

–¡No quiero que me saquen arrastrando de aquí! –dijo Cielene.

–Uno... –comenzó Brystal–. Dos...

Antes de poder dar la última señal, el suelo comenzó a temblar. Los trolls parecían aterrorizados y se alejaron del claro.

–¡Gran trabajo, Brystal! –dijo Lucy–. ¡Eso sí que fue una distracción!

–¡No soy yo! –dijo Brystal–. ¡Aún no hice nada!

De pronto, cientos de manos verdes con uñas afiladas emergieron de la tierra. Una colonia de goblins brotó del suelo justo debajo del claro. Los goblins eran criaturas altas y delgadas con una piel verdosa y brillante. Tenían orejas puntiagudas, dientes pequeños y dentados y fosas nasales sin nariz. Su ropa estaba hecha de piel de murciélagos, topos y reptiles. Todos los goblins llevaban lanzas filosas con las cuales amenazaban a los trolls. Un goblin mayor con una faja hecha de un ciempiés muerto enfrentó al jefe troll cara a cara.

–¡Cómo te atreves a cazar en nuestro territorio! –gritó el goblin mayor.

–¡Este es *nuestro* territorio! –le respondió el jefe troll, también gritando–. ¡Todo lo que está por encima de la superficie nos pertenece! ¡Regresen al pozo del que salieron!

El jefe atacó con su palo al anciano, pero el goblin le bloqueó el ataque con su lanza.

–¡Ya se roban nuestra comida, nuestra agua y nuestra

tierra! –gritó el anciano–. ¡*No* permitiremos que también nos quiten nuestros esclavos! ¡Lárguense del bosque de inmediato o sufran las consecuencias!

–Los trolls no nos acobardamos por nada, ¡mucho menos por la *escoria goblin*! –declaró el jefe.

La tensión entre ambos líderes escaló y a los niños les preocupaba quedar atrapados en medio de una batalla intensa entre las especies.

–*¡No se preocupen, yo me encargo de esto!* –les susurró Lucy a sus amigos.

–¡Por favor, no! –le rogó Tangerina.

Para el horror de sus compañeros, Lucy caminó con tranquilidad por el claro y se paró entre el troll jefe y el anciano goblin.

–Oh, oh, oh –dijo–. Muchachos, ¡tranquilícense antes de que todos salgamos heridos!

La interrupción enfureció a ambos líderes.

–¿Quién te crees que eres? –rugió el troll jefe.

–¿No me reconocen? –preguntó Lucy–. Soy Lucy Gansa de la mundialmente conocida Tropa Gansa. Estoy segura de que han asistido a alguno de nuestros espectáculos. Mi familia y yo hemos tocado para trolls y goblins a lo largo de todo el Entrebosque. Éramos algo importante por estos lados.

El anciano goblin entrecerró la vista y se rascó la barbilla.

–Ah, sí –dijo–. Te recuerdo. Eras esa pequeña niña gorda que golpeaba esa caja odiosa con campanitas que me hacía doler la cabeza con mucha intensidad.

–Se llama *pandereta* –lo corrigió Lucy–. Miren, entiendo que las cosas son algo duras. Y no quieren empeorar todo poniéndose en ridículo frente a una celebridad como yo. Por lo general, no hago esto, pero si nos permiten a mí y a mis amigos marcharnos del claro en paz, prometo que regresaré y les daré un concierto gratis. Vamos, ¿qué dicen? No hay conflicto en el mundo que no pueda resolverse con una buena dosis de entretenimiento de la vieja escuela.

Los estudiantes y aprendices se sintieron incómodos por el intento de negociar de Lucy. El anciano goblin volteó hacia el troll jefe y le hizo una oferta.

–Te diré una cosa –dijo el goblin–. *Tú* puedes quedarte con la panderetera, pero *nosotros* nos quedaremos con los otros.

–¡No! –gritó el jefe–. ¡*Tú* quédate con la panderetera y *nosotros* nos quedamos con los otros!

El jefe sopló un cuerno en el rostro del anciano y se desató una batalla brutal entre trolls y goblins. Brystal y sus compañeros la miraron en completo terror, nunca habían visto tanta violencia en todas sus vidas. Las criaturas se apaleaban con rudeza y se clavaban sus armas entre sí y, cuando sus armas no servían más, recurrieron a romperse las narices y arrancarse las orejas. Brystal se sentía tanto desconsolada como perturbada; si la humanidad no hubiera expulsado a los trolls y goblins de sus reinos, no tendrían que estar peleando por recursos de esta manera. Sin embargo, Brystal estaba agradecida de que los goblins hayan llegado cuando lo hicieron, fueron la mejor distracción que podían haber tenido.

–¡*AHORA!* –les gritó a sus compañeros.

Brystal, Emerelda y Amarello sujetaron la red y salieron corriendo del claro, arrastrando a Tangerina y Cielene por detrás. Lucy guiaba el camino, empujando a los trolls y goblins para que se apartaran del camino. Al principio, las criaturas estaban tan ocupadas peleando entre sí que no la notaron, pero luego vieron a los niños marchándose del lugar.

–*¡LOS ESCLAVOS SE ESTÁN ESCAPANDO!* –gritó el jefe troll.

–*¡TRAS ELLOS!* –ordenó el anciano goblin.

Los trolls y goblins persiguieron a los niños y las criaturas con lanzas avanzaron por el Entrebosque como una fuerza unida. Los estudiantes y aprendices corrieron por el bosque tan rápido como les permitían sus piernas cansadas y usaban su magia para evitar que las criaturas se acercaran demasiado. Brystal movió su varita y sacó volando a los trolls en burbujas gigantes. Emerelda arrojó puñados de rubíes y diamantes al suelo para hacer que los goblins se resbalaran. Amarello se quitó su Medalla de Supresión y encendió árboles enteros para espantarlos. Pero, a pesar de todos sus esfuerzos mágicos, los trolls y goblins nunca se detuvieron.

Lucy iba al frente y fue la primera en ver un nuevo problema alarmante en la distancia.

–¡Oigan, muchachos! –los llamó desde su hombro–. ¡Estamos avanzando hacia un acantilado!

Justo cuando llegaron al borde, se encontraron con un cañón profundo y rocoso. Lucy chasqueó los dedos y un puente colgante de madera algo inestable apareció frente a ellos. Los alumnos corrieron por el puente y comenzaron a mecerse como si estuvieran en un columpio gigante. El movimiento hizo que Amarello se tropezara y se cayera de cara contra la madera. Su Medalla de Supresión se le resbaló de las manos y cayó hacia el cañón abajo. El niño instantáneamente comenzó a entrar en pánico a medida que las llamas lo envolvían.

–*¡No, no, no, no, no!* –repitió con dificultad.

—*¡Amarello, escúchame!* —dijo Brystal—. *¡Tienes que calmarte! ¡Si avivas más las llamas, el puente se va a…*

Era demasiado tarde. El fuego de Amarello quemó las cuerdas y las tablas de madera y el puente se partió en dos, haciendo que los niños cayeran hacia el cañón. Todos gritaron a medida que caían por el aire hacia la tierra rocosa que los esperaba abajo. La caída le recordó a Brystal el capítulo final de *Las aventuras de Tidbit Twitch*, pero, a diferencia de lo que le había ocurrido al personaje, no había ningún río cerca para salvarlos a ellos. Brystal intentó manifestar algo suave sobre lo cual aterrizar, pero al mover su varita, la velocidad de la caída se la quitó de la mano.

Con desesperación, intentó sujetarla en medio del aire… estaba cayendo justo a su lado, a unos pocos centímetros… estiró su brazo lo más que pudo… la punta de sus dedos la rozaron… cerró los dedos alrededor de su empuñadura de cristal y…

¡PUF! Los niños se estrellaron contra el fondo del cañón y una nube de polvo se elevó por el aire. Los trolls y goblins se asomaron por el acantilado y no esperaron a que el polvo se disipara para regresar al bosque.

Nada podría haber sobrevivido a *esa* caída.

CAPÍTULO DIECIOCHO

LA NIÑA DE LAS FLORES Y EL ÁRBOL DE LA VERDAD

Brystal se despertó por una esencia floral fuerte. Abrió los ojos para ver qué era lo que producía el aroma, pero lo único que vio fue *amarillo* por todas partes. Esperó a que su vista se ajustara, con la esperanza de que el color se desvaneciera o se convirtiera en algo reconocible, pero el amarillo, y *solo* el amarillo, permaneció a su alrededor. Se encontraba recostada sobre algo suave, pero no sabía en dónde estaba ni cómo había llegado allí.

Pronto, recordó la sensación de *caer*... Recordó lo difícil que había sido respirar con el aire sobre su rostro... Recordó extender la mano para sujetar algo mientras caía... Recordó rozar la varita con la punta de sus dedos... Y recordó la desesperación con la que la necesitaba...

Se levantó sobresaltada a medida que todos sus recuerdos regresaban a ella. Recordó estar escapando de los trolls y goblins con sus compañeros, recordó a Amarello perdiendo su Medalla de Supresión mientras cruzaban el puente colgante y, lo peor de todo, recordó estar cayendo hacia el suelo rocoso del cañón. Sin embargo, no habían caído sobre el suelo duro, como temía, sino que la caída había sido interrumpida por una rosa amarilla enorme.

Una vez que se puso de pie y se asomó por los pétalos inmensos, descubrió que estaba en medio de un jardín encantado. Mirara a dónde mirara, Brystal veía flores, hongos, arbustos y otras plantas que eran del tamaño de unas casas. Sus compañeros estaban dispersos por todo el jardín y por suerte la caída de ellos también había sido interrumpida por las flores gigantes; al igual que a Brystal, el impacto los había dejado inconscientes. Emerelda se encontraba dentro de un tulipán púrpura alto, mientras que Lucy descansaba a un lado de una lila gigante. Amarello se encontraba en un clavel rojo inmenso que ahora estaba parcialmente quemado, gracias a las llamas del niño. Tangerina y Cielene aún estaban enredadas en la red de los trolls, pero habían aterrizado a salvo sobre un girasol.

–¿Están todos con vida? –gritó Brystal.

Uno por uno, sus compañeros comenzaron a quejarse y a levantarse lentamente. Se frotaron la cabeza, estiraron los brazos y piernas y miraron a su alrededor sorprendidos.

–Bueno, este es el *peor* lugar en el que jamás me he despertado –dijo Lucy.

–¿En dónde estamos? –preguntó Emerelda.

–En una especie de jardín gigante –dijo Brystal.

–Pero ¿cómo llegamos aquí? –preguntó Amarello.

Todos levantaron la vista y vieron que el cañón aún estaba sobre ellos. Lo más extraño era que el jardín se encontraba *debajo* del suelo rocoso del cañón, por lo que este los cubría como un techo transparente.

–El suelo del cañón debió haber sido una barrera mágica –especuló Tangerina–. ¡Tal como los arbustos que rodean nuestra academia! ¡Debemos haber caído en otra residencia mágica!

Los niños lentamente descendieron de sus flores gigantes e inspeccionaron el entorno extraño. Amarello encontró su Medalla de Supresión colgada de una margarita y la colgó sobre su cuello de inmediato. Brystal miró alrededor del jardín en busca de su varita y la encontró junto a unas flores de algodoncillo. Movió su varita hacia Tangerina y Cielene y la red que las envolvía se desvaneció, las niñas se unieron al resto abajo.

–Podrías haber hecho eso *antes* de que nos arrastraran por todo el bosque –dijo Cielene.

–Lo siento –dijo Brystal–. Todavía me estoy acostumbrando a estas situaciones de *vida o muerte*.

Los estudiantes y aprendices buscaron una forma de salir del jardín, pero no encontraron una salida por ningún lado. Siguieron un camino de tierra que serpenteaba entre las plantas encantadas, pero la propiedad parecía interminable. A medida que caminaban, las abejas de Tangerina zumbaban con entusiasmo por todas las flores que había a su alrededor. Volaban con alegría hacia las flores gigantes y regresaban a la colmena de Tangerina con más néctar del que les sería útil.

Eventualmente, los niños oyeron a alguien tarareando cerca del jardín. Tomaron una esquina y encontraron a una niña de seis años regando unas amapolas de tamaño normal. La niña tenía cabello rojizo y brillante y llevaba un vestido hecho con pétalos de rosas grandes. Les tarareaba una melodía alegre a las amapolas mientras las regaba y, una vez que terminó, dejó la regadera a un lado y giró sus dedos en el aire sobre las flores. Las amapolas comenzaron a crecer hasta tener la altura de un árbol.

–Buen truco –le dijo Lucy–. ¿Haces fiestas?

La pequeña no estaba preparada para encontrarse con los niños, por lo que gritó. Corrió hacia una de las amapolas gigantes y se escondió de los visitantes detrás de ella. Brystal se sintió terrible por asustarla, por lo que se acercó con una sonrisa de disculpa.

–Lo siento, no quisimos asustarte –le dijo–. No tienes que temer, somos hadas al igual que tú. Estamos un poco perdidos y esperábamos que alguien pudiera mostrarnos una forma de salir de... bueno, *dondequiera* que estemos.

–No debo hablar con extraños –dijo la pequeña.

–Entonces, arreglemos eso –le contestó–. Mi nombre es Brystal Evergreen. Ellos son mis amigos Lucy Gansa, Emerelda Stone, Amarello Hayfield, Tangerina Turkin y Cielene Lavenders. ¿Cómo te llamas?

El encanto amigable de Brystal se ganó la confianza de la pequeña, quien se asomó de detrás de las amapolas.

–Mi nombre es Rosette –dijo–. Rosette Meadows.

–Un gusto conocerte, Rosette –dijo Brystal–. Ahora que ya nos conocemos, ¿puedes decirnos, por favor, en dónde estamos?

–Están en el Cañón Invernadero –dijo–. Es el jardín botánico más grande del mundo y el hogar de las plantas con mejoras mágicas.

–¿Tú sola te encargas de plantar las flores? –le preguntó Brystal.

–Es la especialidad de mi familia –dijo Rosette–. Los Meadows somos los más verdes de toda la comunidad mágica. Obviamente, no somos verdes, es solo una metáfora. Aunque una vez el pulgar de mi tío *sí* se puso verde, pero solo era una infección. *Vaya que lo extraño.* Esperen. Si no sabían del Cañón Invernadero, ¿cómo terminaron aquí?

–Unos trolls y goblins nos estaban persiguiendo y nos caímos por el acantilado –le explicó Brystal–. Caímos por el cañón, pero por suerte sus flores nos salvaron la vida.

–¿Los persiguieron trolls y goblins reales? –preguntó Rosette sorprendida–. ¡Eso es maravilloso! Nunca antes vi a un troll o a un goblin en la vida real. Una vez, creí haber visto uno, pero era solo un oso hormiguero. Esperen. *¿Dijeron que nuestras flores les salvaron la vida?* ¡Guau, eso es increíble! Mi familia podría usar eso como material publicitario. Ya puedo visualizar el anuncio: *"Flores Meadows: ¡No solo son hermosas, sino también salvadoras!"*. Es difícil atraer a nuevos clientes a un lugar secreto.

–Ah, imagino debe ser realmente difícil vender así...

–Nuestros clientes usuales son todos viejos y huelen a queso. *¿Por qué creen que sea eso?* ¡Ustedes son las personas más jóvenes que jamás he visto en el cañón! Rara vez tengo la oportunidad de hablar con alguien de mi propia edad. Dios, esto es agradable. También lo es para ustedes, ¿verdad? *¡Paso MUCHO tiempo con las plantas!* Dicen que hablarles a las plantas las ayuda a crecer. Pero no estoy segura de que sea muy sano para mí. Las plantas son muy buenas oyentes, supongo, pero no es lo mismo que hablar con la gente. Algunas veces uno simplemente necesita oír algo más aparte de su propia voz, ¿saben a lo que me refiero? *Oigan, ¿quieren hacer un recorrido por los jardines mientras están aquí?*

Obviamente, Rosette estaba muy entusiasmada por tener compañía, pero hablaba tan rápido que el resto apenas podía entenderla.

–Nos encantaría quedarnos, pero tenemos algo de prisa –dijo Brystal–. ¿Te importaría mostrarnos cómo regresar al Entrebosque?

Rosette miró a los jardines curiosamente y se rascó la cabeza.

–De hecho, no estoy segura de cómo salir de aquí –dijo–. Créanlo o no, nunca antes estuve afuera del cañón. Mi familia es muy sobreprotectora. *¿Sabían que el mundo está lleno de gente que quiere lastimarnos?* Fue toda una revelación para mí. Mi familia también dice que soy *demasiado* para las personas. Dicen que soy mejor en *dosis pequeñas,* lo que sea que eso signifique. Aunque me lastima. Todos expresan el amor en distintos idiomas. ¿Ustedes saben cuáles son sus idiomas de amor? El mío es *tiempo de calidad*. Solía ser *contacto físico*, pero *eso* no estaba funcionando bien, así que lo cambié. La gente es demasiado quisquillosa con su espacio personal y...

–¿Hay alguien *más* con quien podamos hablar? –la interrumpió Lucy.

–Tendrán que hablar con la Hechicera –dijo Rosette–. Ella conocerá la forma de salir.

–¿Acabas de decir *Hechicera*? –preguntó Emerelda.

–Sí, es mi tía –dijo Rosette–. Vengan conmigo, los llevaré con ella.

Los niños siguieron a la pequeña por los jardines y, en el camino, Rosette les dio el recorrido que no querían. Hablaba con sumo detalle sobre cada flor y planta que se cruzaban. Brystal sospechaba que había tomado el camino largo a propósito para tener más tiempo para hablar con ellos. Pronto, pasaron por un conjunto de arbustos con frutos coloridos que le llamaron la atención a Amarello.

–Reconozco esos –dijo–. Madame Weatherberry los tenía en su carruaje dorado.

–Esos son nuestras *Bayas de Comida* –dijo Rosette–. Son las que más se venden. Crecen distintos tipos de comidas dependiendo de la hora del día.

–¿Qué hay por allí? –preguntó Cielene.

–Ah, esa es nuestro *Huerto de Objetos* –dijo–. ¡Vengan! ¡Definitivamente tienen que ver esto!

Rosette brincó hacia el huerto y les hizo un gesto para que la siguieran. Lucy miró a sus compañeros con ferocidad mientras caminaban.

–*¡Dejen de hacerle preguntas!* –susurró–. *¡Ya está tardando suficiente!*

La pequeña les mostró un terreno con árboles plantados en hileras rectas. Todos los árboles en el huerto eran idénticos, pero, en lugar de frutas o flores, de cada uno de ellos colgaban diferentes objetos de la casa. Había árboles con barras de jabón, cubetas y trapeadores, almohadas y sábanas, velas y candelabros, mesas y sillas, espátulas y sartenes de freír, cepillos y peines, zapatos y soquetes, e incluso árboles con animales de peluche.

–Mi familia puede hacer crecer casi cualquier cosa de los árboles –alardeó Rosette–. Nos llegan pedidos de brujas y hadas de todo el mundo. *Dinero* es lo que más quiere la gente siempre. Pero, probablemente, no sea una sorpresa. Antes de que lo pregunten, la respuesta es *no*; no cultivamos árboles de dinero. Al menos, *ya no más*. La última vez que vendimos uno el Reino del Oeste tuvo una crisis económica. Aún no se han recuperado de...

–Rosette, ¿cuánto falta para que lleguemos a dónde está la Hechicera? –preguntó Lucy–. Nosotros estamos en una especie de crisis ahora.

–Ya casi llegamos –dijo Rosette–. Nuestra casa está pasando el Viñedo de los Vicios y la Granja de las Fragancias. ¡No puedo esperar a mostrarles esas!

Eventualmente, el recorrido terminó en una casa de campo inmensa de cuatro pisos. El lugar estaba construido completamente con enredaderas y tenía un techo espiralado de espinas. Por dentro, la casa tenía el suelo de paja y las paredes hechas con arbustos coloridos. Mientras Rosette escoltaba a sus huéspedes por el lugar, los niños oyeron el sonido de varias criaturas diferentes provenir de algún lugar en el interior de la casa. Cuando entraron al salón principal, Brystal y sus amigos descubrieron un zoológico de plantas que los miraba y las cuales se movían y rugían como animales. Había rosas caninas que ladraban, mentas gateras que maullaban, orquídeas caras de monos que chillaban, y flores de aves del paraíso que aleteaban.

Justo al fondo del gran salón, una anciana vertía una caja llena de gallinas vivas a dentro de un ramo inmenso de venus atrapamoscas. Las plantas atraparon a las aves con sus hojas, las cuales cerraron rápidamente para tragarlas enteras. Era una escena bastante aterradora para encontrarse a primera vista, por lo que los niños se quedaron quietos a mitad de camino, mientras Rosette avanzaba felizmente hacia la anciana sin vacilar.

–¡Tía Floraline, tenemos visita! –anunció.

Floraline Meadows era una mujer muy baja con una boca ancha y unos lóbulos anormalmente largos bajo sus orejas. Tenía dos trenzas en su cabello plateado y llevaba una blusa hecha con hojas de otoño. Para la angustia de las venus atrapamoscas, la anciana tapó la caja de gallinas y se tomó un descanso de darles de comer para saludar a sus huéspedes.

–Tía Floraline, ellos son mis nuevos amigos, Brystal, Lucy, Emerelda, Amarello, Tangerina y Cielene –los presentó Rosette–. Nuevos amigos, ella es mi tía, la Hechicera Floraline Meadows.

La Hechicera inspeccionó a los niños con desconfianza.

–¿Son *clientes*? –les preguntó.

–No –dijo Brystal.

–¿Son *abogados*?

–No.

–¿Entonces qué hacen en mi cañón?

–Llegamos por accidente –explicó Brystal–. Una tribu de trolls y una colonia de goblins nos persiguieron hasta que nos caímos por el acantilado. No queríamos molestarla, pero apreciaríamos mucho si nos pudiera decir cómo salir de aquí.

La Hechicera aún sospechaba de los niños por lo que levantó una ceja.

–Son demasiado jóvenes como para estar en el Entrebosque solos –dijo–. ¿De dónde vienen?

–De la Academia de Magia de Madame Weatherberry –contestó Cielene.

–Ajá, suena sofisticado –dijo la anciana–. No sabía que *había* academias para gente como nosotros.

–Es la primera en su tipo –agregó Cielene y esbozó una sonrisa con orgullo.

–Bueno, *bla bla* –dijo la Hechicera–. Para salir del cañón, vayan hacia la esquina noroeste de los jardines y doblen a la izquierda en el Bosquecillo de Cristalería. Encontrarán una escalera que los llevará de regreso al Entrebosque.

–Gracias –dijo Brystal–. Seguiremos el camino. Fue un gusto conocerlas.

–Gracias por venirse abajo –dijo Rosette–. ¡Sin ánimos de ofender!

Los niños se encaminaron hacia la puerta, pero cuando Brystal volteó para despedirse, notó que Tangerina no se había movido. La aprendiz alternaba la vista entre la Hechicera y el ramo de venus atrapamoscas.

–Solo por curiosidad –dijo Tangerina–, cuando dijo *gente como nosotros*, ¿a qué se refería? ¿Las Hechiceras practican magia o brujería?

–Magia gran parte del tiempo –dijo la anciana–. Pero, alguna que otra vez, también me he comportado un poco como una *bruja*. Depende de mi humor.

La hechicera se rio ante su propia broma, pero los estudiantes y aprendices no entendía qué era tan gracioso. Por el contrario, el comentario solo los confundió más.

–No está hablando en serio, ¿verdad? –preguntó Tangerina.

–Claro que sí –dijo la anciana–. No conseguí estas orejas practicando magia durante todos estos años. No la uso a menudo, pero en ocasiones un poco de brujería aparece en el camino.

–Pero eso no es posible –dijo Tangerina–. Una nace hada o bruja. Nadie puede *elegir*.

La Hechicera quedó impactada por la afirmación de Tangerina.

–Jovencita, ¿de qué rayos estás hablando? –le preguntó–. Tener habilidades mágicas no es una elección, pero nadie en la comunidad mágica *nace* para ser un hada o una bruja. Todos podemos ser *lo que queramos, cuando queramos*. Personalmente, nunca me sentí identificada con ninguna de las dos, por eso me considero una *hechicera*.

–Eso… eso… no es verdad –discutió Tangerina–. Las hadas nacen con bondad en sus corazones y, por lo tanto, *solo* pueden practicar magia. Las brujas nacen con maldad en sus corazones y, por eso, *solo* pueden practicar brujería.

–¿Y quién te enseñó esa tontería? –preguntó la Hechicera.

–Nuestra maestra –dijo Tangerina.

–Bueno, odio romperte la ilusión, pero tu maestra está *equivocada* –dijo la anciana–. Nada en este universo es blanco o negro. Incluso las noches más oscuras tienen algo de luz y los días más brillantes tienen una pizca de oscuridad. El mundo está lleno de dualidades y nosotros podemos *elegir* en dónde pararnos entre todas ellas.

La Hechicera era muy persuasiva al enunciar su opinión, pero los niños no podían aceptarla. Si estaba diciendo la verdad, entonces todo lo que sabían sobre la magia y los mismos cimientos de la academia de Madame Weatherberry era *toda* una mentira.

–¡No, no le creo! –objetó Cielene–. ¡Madame Weatherberry

jamás nos mentiría! ¡Usted claramente es una *bruja* porque está tratando de engañarnos!

–Miren, pueden creer lo que quieran, pero yo no estoy intentando engañar a nadie –dijo la Hechicera–. Vean, se los mostraré.

La anciana señaló hacia el suelo y una flor creció entre la paja. Era la planta más hermosa que los niños jamás habían visto y sus pétalos rosados eran tan vibrantes que la flor prácticamente brillaba por sí sola. Luego de que la admiraran y se enamoraran de ella, la Hechicera cerró el puño y la flor comenzó a marchitarse. El color se desvaneció, sus pétalos se desprendieron y su tallo se debilitó, haciendo que la planta cayera sobre un montículo de tierra.

–¿Ven? –dijo la anciana–. Magia *y* brujería.

La demostración fue rápida y simple, pero demostró que la Hechicera tenía razón. Brystal y sus compañeros se sintieron angustiados al mirar los restos de la flor. Sus mentes estaban reevaluando todo lo que Madame Weatherberry alguna vez había dicho.

–Pero ¿*por qué* nos mentiría? –preguntó Brystal–. ¿Por qué Madame Weatherberry actuaría como si las hadas y las brujas fueran especies diferentes si solo era una *preferencia*?

–Puedes preguntárselo al Árbol de la Verdad –sugirió Rosette.

–¿Un Árbol de la Verdad? –preguntó Lucy–. Está bien, ahora nos estás tomando el pelo.

–¡No, es real! –dijo Rosette–. El Árbol de la Verdad es un árbol mágico que produce honestidad. Quizás pueda responder sus preguntas sobre su maestra. Solo queda uno en el Cañón Invernadero. Tuvimos que dejar de venderlos porque estaban volviendo locos a nuestros clientes.

–¿Es seguro? –preguntó Brystal.

–Siempre y cuando puedas manejar la verdad –dijo la Hechicera–. Muchos no pueden.

Brystal no confiaba en que ella pudiera. Haber descubierto que Madame Weatherberry les había mentido sobre algo tan significativo era lo suficientemente demoledor, pero Brystal quedaría devastada si descubría que el hada les había mentido por las razones más deshonestas. Sin embargo, nada parecía más abrumador que otra pregunta sin respuestas, por lo que Brystal aceptó la oportunidad de descubrir la verdad.

–Está bien –dijo–. Llévenme al árbol.

Rosette y la Hechicera escoltaron a sus visitas hacia la parte opuesta del Cañón Invernadero. Al final de un sendero de tierra, sobre una pequeña colina, encontraron un pequeño árbol blanco. A primera vista, el Árbol de la Verdad lucía completamente normal, pero a medida que se acercaban, notaron que su corteza estaba cubierta por ojos humanos tallados sobre la madera. Brystal subió a la colina con cuidado y se paró frente al árbol, pero no sabía qué hacer.

–¿Cómo funciona? –preguntó.

–Toma una de las ramas con la palma de tu mano –le explicó la Hechicera–. Luego cierra los ojos, pon la mente en blanco y haz las preguntas que tengas en tu mente.

Brystal respiró profundo y sujetó la rama. En cuanto cerró la mano a su alrededor, fue transportada muy lejos del Cañón Invernadero. Ya no estaba en una colina en medio de los jardines, sino en una colina que flotaba a kilómetros de distancia del suelo. Las nubes fluían por debajo como un río torrentoso, mientras que las estrellas destellaban con tanta claridad sobre ella que parecían estar al alcance de la mano.

Cuando miró otra vez al Árbol de la Verdad, los ojos tallados que tenía en el tronco y ramas de pronto se abrieron y se convirtieron en ojos humanos reales. Cada uno de ellos miró fijamente a Brystal. Asumió que todo estaba en su mente, pero no se sentía menos real.

–¿Tienes una pregunta? –dijo una voz profunda que resonó por el cielo a su alrededor.

–Depende –dijo Brystal–. ¿En verdad das respuestas honestas?

–No puedo predecir el futuro ni leerle la mente a nadie, pero conozco todo lo que es y todo lo que fue –respondió la voz.

Brystal aún tenía dudas sobre el Árbol de la Verdad, por lo que comenzó con preguntas simples para poner a prueba la autenticidad del árbol.

–¿En dónde nací? –le preguntó.

–En Colinas Carruaje –respondió la voz.

–¿Y a qué escuela fui?

–La Escuela para Futuras Esposas y Madres de Colinas Carruaje.

–¿Qué hace mi madre para ganarse la vida?

–Todo lo que tu padre no hace.

La última pregunta había sido algo engañosa, pero Brystal quedó impresionada por cómo el Árbol de la Verdad la había respondido. Decidió que no quería perder más el tiempo poniendo a prueba su precisión y pasó a las preguntas por las que estaba allí.

–¿Es verdad que todos los miembros de la comunidad mágica nacen como iguales? ¿Y que ser un hada o una bruja es solo cuestión de preferencias? –le preguntó Brystal.

–Sí –dijo el árbol.

–Entonces, ¿por qué Madame Weatherberry nos mintió? –le preguntó.

–Por la misma razón por la que todos mienten –dijo el árbol–. Para ocultar la verdad.

–Pero ¿por qué necesitaba ocultarla? ¿Por qué Madame Weatherberry nos quiere hacer creer que existe una diferencia entre las hadas y las brujas cuando en realidad no?

–No puedo ver su motivación exacta, pero puedo iluminarte sobre por qué *otros* dicen mentiras similares –le ofreció el árbol.

–¿Por qué? –preguntó Brystal.

–Cuando se enfrenta a la discriminación, es común que la gente divida a sus propias comunidades con las definiciones que tienen sus opresores del *bien* y el *mal*. Al categorizar a las hadas como *buenas* y a las brujas como *malas*, es posible que Madame Weatherberry esté intentando ganar la *aceptación de las hadas* alimentando *el odio hacia las brujas*.

La teoría tenía sentido, pero si el árbol tenía razón, eso significaba que Madame Weatherberry estaba alentando a la humanidad a *odiar* y *lastimar* a miembros de su propia comunidad; y Brystal no podía imaginar a Madame Weatherberry deseando *odiar* o *lastimar* a nadie.

–Entonces, ¿esa es la *verdadera razón* por la que publicó *La verdad sobre la magia*? ¿Los encantamientos se suponen que son para ayudar a la humanidad a descubrir y a perseguir a las brujas?

–El encantamiento para la brujería es falso –dijo el árbol–. El encantamiento para la magia es el único hechizo genuino de su libro.

La revelación confundió aún más a Brystal. Comenzaba a creer que el Árbol de la Verdad debería ser llamado el Árbol de la Frustración, porque cada cosa que decía hacía que la situación fuera más complicada. Su mente caía en espiral hacia todas direcciones, pero mientras Brystal se concentraba en los hechos, lentamente comprendía por qué Madame Weatheberry había hecho lo que hizo.

–Creo que ya lo entiendo –dijo Brystal–. Si Madame Weatherberry convence a la humanidad de que solo tiene que discriminar a las *brujas* y convence a todos en la comunidad mágica que en realidad son *hadas*, ¡salvaría a todos! Solo aparentó que la comunidad estaba dividida para protegerla de la humanidad, ¡mientras *aún* le daba a la humanidad algo para odiar y temer! ¿Cierto?

–Las personas nobles usualmente mienten por causas nobles –dijo la voz–. Lamentablemente, nunca lo sabrás hasta que se lo preguntes tú misma.

–¿Cómo está Madame Weatherberry ahora? ¿Sigue viva?

–Tu maestra aún está con vida, pero fue tomada de rehén por una fuerza maligna –dijo el Árbol de la Verdad–. Muy poco queda de Madame Weatherberry y la vida a la que se aferra está siendo drenada por su captora. No pasará mucho tiempo hasta que pierda la pelea.

–¿Ha sido *capturada*? –preguntó Brystal, en pánico–. ¿En dónde está? ¿Tenemos tiempo de salvarla?

–Madame Weatherberry está prisionera en las profundidades del Palacio de Tinzel en la capital del Reino del Norte. Sin embargo, si sigues avanzando por el Entrebosque, las posibilidades de que la rescates son muy bajas.

–¿Existe alguna ruta más rápida para llegar?

–Diez millas al norte del Cañón Invernadero, al fondo de la Cueva del Oso Negro, encontrarás la entrada a un túnel de goblins abandonado. Toma el túnel y llegarás a los Altos de Tinzel en la mitad del tiempo.

–¡Muy bien, eso haremos! –dijo Brystal–. ¡Gracias!

Brystal soltó la rama del Árbol de la Verdad y regresó al jardín en el Cañón Invernadero. El viaje de regreso se sintió como si estuviera cayendo hacia la tierra sin parar, por lo que gritó e hizo que sus compañeros se asustaran.

–¿Algo te mordió? –preguntó Amarello.

–¡Lo siento! –dijo Brystal–. No esperaba un viaje tan turbulento.

–¿A qué te refieres con *viaje*? –preguntó Emerelda.

–No importa, ¡ya tengo las respuestas que queríamos! –dijo Brystal–. Madame Weatherberry *sí* nos mintió sobre la magia y la brujería, pero solo lo hizo para proteger a la comunidad mágica. ¡Se los explicaré más tarde porque tenemos que irnos! ¡Si no nos marchamos del Cañón Invernadero ahora mismo, puede que no volvamos a ver a Madame Weatherberry nunca más!

CAPÍTULO DIECINUEVE

EL FRENTE DEL NORTE

Brystal y sus compañeros se apresuraron a salir del Cañón Invernadero y avanzaron por el Entrebosque tan rápido como pudieron. Cuanto más se acercaban al Reino del Norte, más disminuía la temperatura, y cada kilómetro que hacían se sentía drásticamente más frío que el anterior. Los niños se apretujaron en sus abrigos con fuerza para soportar el frío, pero el clima no era tan molesto como sus ánimos decaídos. La conversación de Brystal con el Árbol de la Verdad fue tan difícil de procesar y escuchar para sus amigos que los afectó notoriamente. Incluso aunque Madame Weatherberry les había mentido por razones justas, los estudiantes y aprendices de todos modos se sentían traicionados por su maestra. Con la cabeza baja, caminaron sombríamente por el bosque en silencio.

Cuando el grupo hizo la mitad del recorrido entre el Cañón Invernadero y la Cueva del Oso Negro, tomaron su primer descanso desde su partida de los jardines encantados. Se sentaron sobre un tronco caído para descansar los pies y Brystal decidió hablar del tema que tanto los preocupaba antes de seguir avanzando.

–Entiendo que estén decepcionados –dijo–. Nunca es fácil descubrir que alguien que quieres te mintió, pero si lo piensan mejor, la verdad sobre las hadas y las brujas no cambia para nada. Aún seguimos siendo las mismas *personas* que éramos en la academia y Madame Weatherberry aún sigue siendo la misma *persona* que decidimos salvar. Todo lo que ha hecho, escribir *La verdad sobre la magia*, luchar contra la Reina de las Nieves, abrir la academia, ha sido para proteger a la comunidad mágica y ganar su aceptación en el mundo. De seguro podemos perdonarla por haber cometido algunos errores durante el camino, ¿verdad?

Los estudiantes pensaron en las intenciones de Madame Weatherberry y, finalmente, aceptaron la perspectiva de Brystal, pero las aprendices no estaban tan convencidas.

–¿Tangerina? ¿Cielene? –dijo Brystal–. Ya sé que es más difícil para ustedes porque conocen a Madame Weatherberry desde hace mucho tiempo. Está perfectamente bien sentirse como se sienten ahora mismo, pero creo que un día mirarán hacia atrás y...

–No se trata solo de Madame Weatherberry –confesó Tangerina–. Siempre pensé que las hadas éramos mejores que las brujas y me *gustaba* sentirme mejor que algo más. Me ayudaba a canalizar todo el odio que recibimos del mundo. Creer que nací de esa manera me hacía sentir que valía más, como si el universo estuviera de mi lado.

–A mí también –dijo Cielene–. Y odiamos a las brujas del mismo modo que la humanidad nos odia a nosotras. Pero ahora sabemos que no somos mejores que las brujas y que tampoco somos mejores que la humanidad.

Brystal se arrodilló frente a sus amigas afligidas y colocó una mano sobre sus rodillas.

–Solo estamos a unos pocos errores de convertirnos en las personas que detestamos –dijo–. Entonces no piensen *mal* de ustedes mismas, sino dejen que todo esto cambie *su forma* de pensar. Comiencen a valorarse por *quienes* son más de por lo *que* son. Demuestren que son mejores que la mayoría mostrando más *aceptación* y *empatía*. Y alimenten su orgullo con lo que *ganan* y *crean*, en lugar de solo por las cosas con las que nacieron.

Tangerina y Cielene se quedaron en silencio mientras consideraban la propuesta alentadora de Brystal. Los cambios que sugería no eran fáciles y les tomaría mucho tiempo y trabajo duro, pero su mensaje las inspiró a intentarlo.

–Realmente eres buena dando discursos motivacionales –dijo Tangerina–. Como que a veces es *raro* lo buena que eres.

Brystal rio.

–Tengo una buena maestra –dijo–. Todos la tenemos.

Luego de un breve descanso, los niños continuaron por el Entrebosque hacia la Cueva del Oso Negro. Cada cierta cantidad de pasos, Brystal revisaba su libro de geografía compulsivamente para asegurarse de que estaban avanzando en la dirección correcta. Al cabo de una hora, llegaron a una cueva enorme a un lado de una colina. La entrada estaba rodeada por varias rocas negras amontonadas una encima de la otra para hacer que la cueva luciera como la boca de un oso gigante.

–Asumo que *esa* es la Cueva del Oso Negro –dijo Emerelda.

–Esperen, ¿creen que haya *osos* allí? –preguntó Amarello.

–Probablemente –dijo Lucy–. Dudo que la Cueva del Oso Negro haya obtenido su nombre por ser el hogar de unos flamencos.

–¿Soy el único al que le preocupa? –preguntó–. Es decir, ¿de verdad entraremos a una cueva de osos con una niña llena en *miel*?

Todos voltearon con preocupación hacia Tangerina y a su chaqueta de panales de abejas.

Antes de poder encontrar una forma de ser precavidos, los niños se vieron distraídos por un viento congelado que sopló desde el bosque. Al viento le siguió una conmoción estruendosa y pronto todo el bosque oscuro se tornó cada vez aún más oscuro. El grupo miró hacia arriba y vio una tormenta de nubes grises avecinándose desde el norte. A medida que las nubes cubrían el cielo, una tormenta poderosa azotó al Entrebosque como un tsunami blanco.

–¿Qué está ocurriendo? –preguntó Tangerina.

–¡Es una tormenta de nieve! –exclamó Brystal–. *¡Todos a la cueva! ¡AHORA!*

Los niños avanzaron a toda prisa por el bosque y la tormenta los persiguió por detrás como un monstruo blanco de remolinos. Llegaron a la entrada de la cueva justo cuando la tormenta arremetió contra la ladera de la montaña. Brystal y sus compañeros continuaron avanzando por la cueva hasta que los vientos congelados de la tormenta ya no los podían alcanzar.

–Esa no fue una tormenta normal, ¿no lo creen? –preguntó Cielene.

–No –dijo Brystal–. ¡La destrucción de la Reina del Norte está saliendo del Reino del Norte! Esto ya no se trata solo de salvar a Madame Weatherberry. ¡Tenemos que llegar a los Altos de Tinzel para detener a la Reina de las Nieves antes de que todo el mundo sea consumido por una tormenta inmensa!

El futuro parecía desalentador y, a medida que avanzaban más hacia las profundidades de la Cueva del Oso Negro, su entorno se tornó cada vez más oscuro. Pronto, la cueva quedó sumida en una oscuridad total y los niños apenas podían verse entre sí. Oyeron otra conmoción estruendosa por delante y les preocupó que la tormenta haya encontrado una forma de entrar.

–*¡AHHHHH!* –gritó repentinamente Lucy.

–¿Qué ocurrió? –le preguntó Amarello.

–Lo siento, solo sentí algo peludo rozándome la pierna –dijo Lucy–. Tangerina, ¿fuiste tú?

–Muy graciosa –dijo Tangerina–. Pero estoy detrás de ti.

Brystal movió su varita e iluminó la cueva con luces destellantes. Todos gritaron cuando comprendieron que estaban rodeados por más de cien osos negros. Se sujetaron entre sí y miraron a la cueva aterrorizados, pero por fortuna, su pánico era innecesario, ya que todas las criaturas estaban completamente dormidas en el suelo. Los ronquidos de los osos eran incluso más fuertes que la tormenta afuera.

–¿Acaso alguien también les dio la Sal Somnolienta de Sueño Simple? –preguntó Cielene.

–No, están hibernando –dijo Emerelda.

–Pero es demasiado pronto para que los osos hibernen –dijo Amarello–. Aún es primavera.

–El frío debe haberlos confundido –dijo Emerelda–. Dudo que hayan tenido tiempo de juntar suficiente comida como para sobrevivir por más tiempo.

–Nada los hará sobrevivir un invierno que dure por siempre –dijo Brystal–. Ahora, todos busquen el túnel abandonado de los goblins. El Árbol de la Verdad dijo que está en algún lugar al fondo de la cueva.

Los niños inspeccionaron cada rincón de la cueva, hasta que finalmente encontraron un túnel con dos estatuas de goblins espeluznantes a cada lado. Brystal movió su varita y todas las luces destellantes de la cueva volaron hacia el túnel para iluminar el pasaje. En ese instante, notaron que era perfectamente redondo y sus paredes estaban talladas con símbolos del idioma antiguo de los goblins, incluso parecía no tener fin a medida que se extendía en la distancia.

Antes de que sus compañeros pudieran sentirse intimidados por la longitud del túnel, Brystal los guio hacia su interior. Caminaron por horas y horas, el pasaje parecía extenderse en una línea perfectamente recta por debajo del Entrebosque. Brystal intentó seguir sus pasos en el libro de geografía, pero el túnel no figuraba en ninguno de los mapas, por lo que era imposible decir exactamente en dónde estaban. Eventualmente, el túnel se dividió en dos direcciones distintas y Brystal tuvo la ardua tarea de elegir qué camino tomar.

–¿Y bien? –le preguntó Emerelda–. ¿Hacia dónde vamos?

Brystal miró nuevamente a los túneles y a su libro de geografía, pero no tenía idea qué camino tomar.

–Creo que los Altos de Tinzel están a la derecha… esperen, a la izquierda… *¡No, a la derecha!*

Brystal marchó hacia el túnel de su derecha, confiada de que había tomado la decisión correcta. Sus compañeros la siguieron, pero al hacer varios metros por el nuevo túnel, notaron que alguien no los seguía. Brystal miró hacia atrás y vio a Lucy apartada a lo lejos.

–Lucy, ¿qué estás haciendo? –le preguntó Brystal.

–Estamos yendo por el camino incorrecto –dijo Lucy–. Deberíamos tomar el túnel de la izquierda.

–No, el túnel de la derecha tiene más sentido –le dijo Brystal–. Confía en mí, ya lo he pensado. La Cueva del Oso Negro está al sudeste del Reino del Norte, lo que significa que este túnel avanza hacia el noroeste. Si el túnel avanza en línea recta, es mucho más probable que los Altos de Tinzel estén a nuestra derecha que a nuestra izquierda.

–Deja de pensar con lógica –dijo Lucy–. Los goblins no son criaturas lógicas. A ellos no les importa qué tan recto sea el túnel, simplemente cavan hasta encontrar algo.

–Pero mis instintos me dicen que deberíamos ir hacia la derecha –dijo Brystal.

–Bueno, pero *mis* instintos me dicen que deberíamos ir hacia la izquierda –dijo Lucy–. Mira, siempre hacemos bromas sobre que tengo una especialidad para los problemas y, ahora mismo, siento *muchos* problemas en el camino de la izquierda. Por favor, tienes que confiar en mí. Puedo sentirlo hasta en mis huesos.

Brystal estaba indecisa sobre cambiar de rumbo. Sus ojos

se alternaron entre Lucy y el libro de geografía, pero no podía decidirse sobre qué instintos seguir. Si tomaban el camino incorrecto, nunca llegarían al Reino del Norte a tiempo para salvar a Madame Weatherberry. Pero, afortunadamente, Brystal no tenía que tomar la decisión sola.

–Creo que debemos confiar en Lucy –dijo Tangerina.

Todos quedaron asombrados por la fe que tenía Tangerina en Lucy.

–¿De verdad? –preguntó Brystal–. ¿Así lo crees?

–Absolutamente –dijo Tangerina–. Si hay una cosa que Lucy sabe hacer es encontrarse con situaciones problemáticas. Sus instintos nunca nos llevan a un lugar seguro.

Lucy abrió la boca, lista para discutir, pero prefirió quedarse en silencio, ya que sabía que Tangerina tenía razón. Ninguno de sus compañeros rechazó la sugerencia de Tangerina, todos sabían que Lucy tenía facilidad para encontrar problemas. Brystal respiró hondo y rogó que sus amigos tuvieran razón.

–Está bien –dijo–. Iremos a la izquierda.

Luego de algunos kilómetros en el túnel de la izquierda, Brystal finalmente pudo respirar con tranquilidad. El pasaje comenzó a doblar hacia la derecha y encaminarse en la dirección que ella había pensado que el otro túnel los llevaría. Revisó el Mapa de Magia y se sintió extremadamente aliviada al ver su estrella y la de sus compañeros aparecer en el Reino del Norte.

–¡Tenías razón, Lucy! –dijo Brystal–. ¡Ya casi llegamos a los Altos de Tinzel!

Lucy se encogió de hombros como si no fuera necesario tanto alboroto.

–Ni lo menciones –dijo–. Tengo un sexto sentido para el peligro.

–No quiero interrumpir este momento cálido de reconocimiento –dijo Emerelda–. Pero ¿tenemos un plan sobre *cómo* vamos a salvar a Madame Weatherberry y detener a la Reina de las Nieves una vez que lleguemos a los Altos de Tinzel?

Brystal había estado pensando en una estrategia desde que entraron a la Cueva del Oso Negro, pero estaba tan concentrada en llegar que no le había dicho al resto qué esperar cuando llegaran.

–El Árbol de la Verdad me dijo que la Reina de las Nieves tiene a Madame Weatherberry de rehén en el Palacio de Tinzel –les contó–. Iremos al palacio y llamaremos la atención de la Reina de las Nieves con una distracción. Una vez que se marche, entraremos y buscaremos a Madame Weatherberry. Luego, esperaremos a que regrese la Reina de las Nieves, la tomaremos por sorpresa, y... y... y...

–¿Y la *mataremos*? –preguntó Cielene.

–Sí –contestó Brystal con dificultad.

–¿Cómo vamos a hacer eso? –preguntó Amarello–. Supongo que hay más posibilidades ahora que sabemos que la brujería es una opción.

Brystal sabía que *esa* parte del plan era inevitable, pero lo que no sabía era cómo la llevarían a cabo. A pesar de todo el sufrimiento y daño causado por la Reina de las Nieves, Brystal no podía siquiera pensar en *hacerle daño*, mucho menos en acabar con su vida.

–Aún no estoy segura –le confesó al resto–. Pero ya se me ocurrirá algo.

• • ★ • •

Al llegar a las afueras de los Altos de Tinzel, el túnel de goblin abandonado terminó frente a una enorme pila de rocas. Sobre estas, podían ver algunos rayos de luz ingresar al túnel desde arriba del suelo. Brystal supuso que este sería un buen lugar para salir, por lo que transformó las rocas en una escalera y subieron por ella hacia la superficie.

Una vez que el grupo emergió de la tierra, el aire se sintió tan frío que la brisa pasajera les quemó la piel. Cada centímetro del lugar, por kilómetros y kilómetros a la redonda, estaba cubierto de una nieve densa, la cual no dejaba de caer de las nubes grises que cubrían el cielo.

Habían llegado a la base de una inmensa montaña de picos pronunciados y laderas escarpadas. A lo lejos, hacia el norte, divisaron las torres del Palacio de Tinzel asomándose por detrás de las montañas. A lo lejos, hacia el sur, en el corazón de un valle en la base del cordón montañoso, se encontraba el pequeño pueblo de Villa Manzaton. El poblado era el único lugar del Reino del Norte que no había sido destruido y era obvio que toda la población estaba allí. Las cabañas y negocios estaban rodeados por tiendas que albergaban a todos los refugiados que habían huido en esa dirección.

No solo se encontraron en el centro de una tormenta invernal, sino que también emergieron en medio de una zona de guerra. La base de la montaña estaba llena de soldados que frenéticamente se preparaban para la batalla. Un hombre alto de barba negra les daba órdenes a unos soldados mientras estos corrían a su alrededor. Brystal asumió que se trataba del General White del que tanto había escuchado hablar.

–¡Pongan en posición esos cañones! –gritó el general–. Y el resto, ¡quiero que formen una fila detrás de mí y dos por delante! ¡Debemos usar todas las armas y toda la fuerza que tengamos disponible! ¡Es nuestra última oportunidad de salvar el reino! No podemos permitir que cruce las montañas, repito, ¡no podemos permitir que cruce las montañas!

Solo unas pocas docenas de hombres era lo único que quedaba del ejército del Reino del Norte. Luego de meses de combate, cada soldado lucía exhausto, golpeado y lastimado, y la mayor parte de sus armaduras estaban dañadas o perdidas. Sin embargo, los hombres ignoraban el dolor con valentía y seguían las órdenes de su general.

–Estos sujetos no van a soportar otra batalla –les dijo Lucy a sus compañeros–. Tenemos que hacer algo.

–Estoy de acuerdo –dijo Brystal–. Ayudaremos primero a los soldados y luego iremos al palacio.

Los estudiantes y aprendices avanzaron por la nieve hacia el General White. El general estaba tan ocupado dándoles órdenes a sus soldados que no notó a los niños hasta que estuvieran a pocos metros de él.

–¿Qué rayos están haciendo ustedes aquí? –les gritó.

–¡General White, vinimos a ayudarlo! –dijo Brystal.

–¡Este no es lugar para niños! –dijo el general–. ¡Regresen al pueblo de inmediato!

–No entiende, ¡somos alumnos de Madame Weatherberry!

–¿De quién? –preguntó el general.

–¡Madame Weatherberry! –dijo Brystal–. Ella es la mujer que lo ha estado ayudando a luchar contra...

–¡No tengo tiempo para esto! –gritó el General White–. ¡Regresen a la aldea antes de que los asesinen!

Brystal no quería perder más tiempo, necesitaba mucho más que *palabras* para ganarse la confianza del General White.

Con un movimiento ágil de su varita, todas las armaduras dañadas de los soldados se repararon mágicamente y todas las partes faltantes fueron reemplazadas por unas nuevas. El General White y sus hombres no podían creer lo que estaban viendo, mientras la magia de Brystal reparaba los huecos en sus escudos rotos, quitaba las abolladuras de sus celadas aplastadas y hacía reaparecer sus guantes y calzados.

–Muy bien, se pueden quedar –le dijo el general–. Pero no digan que no se los advertí.

–Díganos cómo podemos ayudarlo –dijo Brystal–. ¿Qué necesitan usted y sus hombres?

–Un *milagro* –dijo.

En ese instante, uno de los soldados sopló un cuerno y todo el ejército volteó hacia las montañas. Los niños miraron hacia arriba y vieron a una figura amenazante en la cima de la montaña más cercana. La figura llevaba una corona alta que tenía la forma de un copo de nieve gigante y un tapado grande hecho con piel blanca, mientras cargaba un cetro hecho con un carámbano largo. Brystal tomó prestado un catalejo de un soldad y vio que la figura era una mujer de ojos rojos y destellantes y piel oscura congelada. Sus manos eran tan delgadas y huesudas que se asemejaban a las ramas de un árbol.

Sin dudarlo, los estudiantes y aprendices sabían que estaban mirando a la infame Reina de las Nieves. Su primer vistazo a la bruja más poderosa de todo el mundo fue algo escalofriante, por lo que temblaron mucho más que solo por el aire frío.

–*¡Está aquí!* –gritó el General White–. *¡Prepárense para la batalla!*

A medida que los soldados se colocaban en posición, otras cuatro personas con vestimenta similar se unieron a la Reina de las Nieves sobre la cima de la montaña. Los niños quedaron boquiabiertos al reconocer a las cuatro mujeres que se encontraban a un lado de la Reina de las Nieves.

–¡Son Cuervina, Salamandra, Calamarda y Feliena! –dijo Cielene.

–¡No puede ser! –dijo Tangerina.

–¿Qué están haciendo con la Reina de las Nieves? –preguntó Amarello–. ¡Se supone que deberían estar ayudando a Madame Weatherberry!

Brystal sintió cómo una ira ardiente se apoderaba de su cuerpo. Solo habría una razón para explicar por qué las brujas se encontraban junto a la Reina de las Nieves.

–¡Deben haber engañado a Madame Weatherberry! –exclamó Brystal–. ¡Las brujas ahora están trabajando para la Reina de las Nieves!

–¡Esas *malditas embusteras*! –gritó Lucy.

Ahora tenía sentido por qué las brujas estaban tan desesperadas por hacer que Madame Weatherberry regresara al Reino del Norte cuando aún no estaba lista. Cuanto más débil estuviera el hada, más fácil sería para la Reina de las Nieves vencerla. No había ninguna manera de saber hacía cuánto las brujas habían estado planeando su traición, pero Brystal tenía un presentimiento de que ese había sido su plan desde el principio.

–*¡Carguen los cañones!* –ordenó el General White.

–*¡Señor, no tenemos nada para cargarlo!* –le gritó un soldado–. *¡Nos quedamos sin municiones!*

–¡Yo puedo ayudarlos! –dijo Emerelda.

Se arrodilló en el suelo y rápidamente comenzó a juntar la nieve para formar bolas de nieve inmensas. Una vez que tenían el tamaño de una bala de cañón, Emerelda transformó las bolas de nieve en esferas de esmeraldas pesadas y se las pasó a los soldados.

–¿Estas sirven? –preguntó.

No les tomó mucho tiempo a los hombres entender lo que Emerelda estaba haciendo. Los soldados se arrodillaron en el suelo y comenzaron a hacer más bolas de nieve para que Emerelda las transformara y luego las cargaron en sus cañones.

–*¡Prepárense para disparar!* –gritó el General White–. *¡A la cuenta de tres! Uno... dos...*

Antes de poder disparar la primera ronda, la Reina de las Nieves señaló al ejército con su cetro y una tormenta masiva descendió desde el cielo. Había tanta nieve que era lo único que podían ver a su alrededor los soldados y los niños. Los vientos eran tan poderosos que Brystal y sus amigos se sujetaron de los brazos para evitar caerse.

–¡FUEGO! –ordenó el General White.

–¡Señor, no podemos ver nada con toda esta nieve! –le gritó un soldado.

–¡Yo lo puedo solucionar! –dijo Tangerina.

La aprendiz cerró los ojos y se concentró con toda su fuerza. Sus abejas abandonaron su cabello y volaron directo hacia la tormenta. Sus compañeros no entendían qué estaba haciendo, pero enseguida notaron que toda la concentración de Tangerina excedía sus expectativas. Miles y miles de abejas volaron hacia la tormenta desde todas partes del Reino del Norte. El enjambre avanzó por el área como una red gigante de insectos zumbadores que atrapaban los copos de nieve con sus pequeñas patas. Pronto, el aire quedó tan despejado que la tormenta no era nada más que una ráfaga de viento vacía.

El General White no desaprovechó el momento.

–*¡AHORA!* –ordenó–. *¡Fuego a discreción!*

Los soldados encendieron sus cañones y bombardearon la montaña con las municiones de Emerelda. Cada esfera de esmeralda caía cada vez más cerca de dónde se encontraba la Reina de las Nieves. La bruja rugió furiosa y levantó su cetro hacia las nubes. Conjuró un rayo del cielo y lo apuntó hacia la base de la montaña. De pronto, el suelo comenzó a temblar bajo los pies de los soldados. Uno por uno, cientos de hombres de nieve aterradores emergieron de la nieve y avanzaron lentamente hacia los soldados como una legión de zombies de hielo.

–*¡ATAQUEN!* –gritó el General White.

El ejército cargó hacia adelante y luchó contra los guerreros congelados. Los soldados lucharon con valentía contra los hombres de nieve, pero los superaban ampliamente en número. Brystal sabía que ella y sus compañeros tenían que intervenir antes de que los soldados estuvieran en problemas.

–¡Emerelda, sigue haciendo balas de cañón! ¡Tangerina, sigue despejando el aire con tus abejas! Lucy, Amarello y Cielene, ¡síganme! ¡Iremos a ayudar a los soldados a luchar contra los hombres de nieve! –dijo.

–¡Pateemos algunos traseros de *HIELO*! –exclamó Lucy, entusiasmada.

Los niños corrieron hacia la base de la montaña y se unieron a los hombres en combate. Brystal movió su varita y envió a algunos hombres de nieve por el aire dentro de burbujas gigantes y usó arcoíris como hondas coloridas para regresarlos a las montañas. Lucy los aplastó con pianos, tubas y arpas que caían del cielo, mientras también creaba sumideros profundos justo por debajo de sus pies. Amarello y Cielene combinaron su magia y derritieron a los hombres de nieve con chorros de agua hirviendo. Con la ayuda de los niños, el ejército del Reino del Norte destrozó a los hombres de nieve como si estuvieran hechos de papel. La Reina de las Nieves estaba tan enfadada de ver a sus adversarios ganar, que no pudo evitar demostrar su descontento desde la cima de la montaña.

–¡Esto es perfecto! –dijo Brystal.

–¿En serio? –preguntó Lucy–. ¿Tienes otras batallas con la cual comparar?

–¡No, me refiero a que es la distracción perfecta! –dijo Brystal–. ¡Me escabulliré hacia el Palacio de Tinzel y rescataré a Madame Weatherberry mientras la Reina de las Nieves está ocupada!

–¡Brystal, no! –se opuso Cielene.

–¡No te dejaremos enfrentarte a la Reina de las Nieves sola! –agregó Amarello.

–No planeo hacerlo –dijo–. ¡Si la Reina de las Nieves regresa al palacio, entonces síganla y encuéntrenme allí! ¡Pero, ahora mismo, está ocupada con el ejército del Reino del Norte! ¡Esta puede ser la mejor oportunidad que tengamos para salvar a Madame Weatherberry!

El plan de Brystal hacía que sus compañeros se sintieran nerviosos, pero al ver la mirada decidida de la Reina de las Nieves sobre el General White y sus hombres, entendieron que Brystal tenía razón.

–¡Ten cuidado! –le dijo Lucy–. ¡Soy demasiado joven para verte morir!

–¡Lo haré! –contestó Brystal–. ¡Cuida al resto mientras no esté!

Cuando estuvo segura de que las brujas no estaban mirando, Brystal se lanzó hacia la ladera de la montaña con discreción y subió hacia las torres del Palacio de Tinzel. Brystal seguía vigilando a la Reina de las Nieves a medida que avanzaba cuidadosamente alrededor de la bruja sin que ella notara su presencia.

Eventualmente, los soldados y los niños le llevaron la ventaja a los hombres de nieve. La Reina de las Nieves decidió que era hora de enviar refuerzos, por lo que les asintió a las brujas que se encontraban a su lado. Cuervina, Salamandra, Calamarda y Feliena descendieron de la montaña y entraron a la batalla.

Si bien siempre habían caminado como personas, las brujas dejaron caer sus tapados y revelaron que sus cuerpos eran más animales que humanos. En lugar de brazos, Cuervina tenía un par de alas plumosas inmensas y patas como las de un halcón. Salamandra tenía un torso escamoso y largo que se retorcía como el cuerpo de una serpiente. Calamarda tenía ocho extremidades flexibles con tentáculos como los de un pulpo. Feliena tenía todo el cuerpo recubierto por pelaje y, en lugar de manos y pies, tenía patas con garras muy afiladas. Cada una de las brujas fijó su atención en un niño diferente y se abalanzaron sobre ellos.

Cuervina extendió sus alas y se elevó por los aires, desde donde levantó a Lucy del suelo como un águila atrapando a una ardilla. Levantó a la niña tan alto en el cielo que prácticamente colgaba por encima de las nubes. Lucy se sacudió incansablemente bajo las garras de la bruja, mientras reía al verla resistirse.

–¡Espero que disfrutes de tu *caída* tanto como has disfrutado de nuestro invierno! –graznó Cuervina.

Lucy cerró los ojos e intentó invocar a una fuerza poderosa para que la salvara. Ni bien Cuervina estaba a punto de soltarla, una bandada de gansos apareció en el horizonte para rescatarla. Los gansos atacaron a Cuervina usando sus picos. Le arrancaron las plumas y le agujerearon sus alas, hasta que estas quedaron tan dañadas que ya no podía mantenerse a flote. Así, la bruja se desplomó hacia las montañas. Los gansos sujetaron a Lucy con sus picos y la llevaron a salvo hacia la tierra.

–Bueno, no son las aves de presa que me estaba imaginando, pero son lo mejor que una niña podía pedir –les dijo Lucy a los gansos.

Abajo en el suelo, Amarello y Cielene quedaron espalda con espalda al ser rodeados por Salamandra y Calamarda. Intentaron golpear a las brujas con estallidos de fuego y agua, pero Salamandra y Calamarda esquivaron sus intentos con facilidad.

Con un movimiento giratorio y escurridizo, Calamarda golpeó a Amarello en el rostro con sus ocho tentáculos. El niño cayó al suelo y quedó tendido con los ojos cerrados, mientras las llamas de su cuerpo se desvanecían. Calamarda se acercó al niño inconsciente y lo envolvió con todas sus extremidades, lista para apretarlo hasta la muerte.

–¡Es hora de extinguir tus llamas para siempre! –gruñó Calamarda.

Sin embargo, Amarello tenía otros planes. Cuando Calamarda menos se lo esperaba, Amarello se despertó de su desmayo fingido y le ató la Medalla de Supresión sobre el cuello a la bruja. Calamarda intentó quitársela frenéticamente, pero sus tentáculos no podían desatar el nudo pequeño de Amarello. A medida que sus poderes desaparecían, Calamarda colapsó en el suelo y se movió de un lado a otro como un pez fuera del agua. La bruja se deslizó por la nieve y accidentalmente cayó en uno de los sumideros de Lucy, del cual nunca más resurgió.

–Cielene, ¿viste eso? –le preguntó Amarello–. ¡Apagué las llamas yo solo! ¡Ni siquiera necesité de la Medalla de Supresión! *¿Cielene?*

Su amiga no respondió porque tenía las manos ocupadas. Estaba señalando a Salamandra mientras le disparaba los geiseres más poderosos que podía invocar. Desafortunadamente, el agua no era suficiente para evitar que Salamandra se acercara cada vez más a ella. La bruja se zambulló hacia el interior del geiser de Cielene y nadó a través de este como si fuera un río. Se deslizó hasta estar lo suficientemente fuerte como para sujetar a Cielene, a quien levantó del cuello.

–¡Niña essstúpida! –siseó Salamandra–. ¿En verdad creíssste que un poco de agua me detendría?

–Si te soy honesta –dijo Cielene–, no *essstaba* intentando detenerte.

Salamandra no tenía idea de lo que la niña quería decir, pero de pronto, la bruja quedó muy dura. Su cuerpo húmedo comenzó a congelarse con el viento frío y, enseguida, Salamandra quedó sólida como una estatua. Cielene la empujó y cayó al suelo, en donde estalló en un millón de pedazos.

–¡Cielene, eso fue brillante! –dijo Amarello–. ¿Cómo sabías que funcionaría?

–La magia no es ninguna excusa para ignorar a la ciencia –dijo, encogiéndose de hombros.

En otro lado, Tangerina aún estaba sumida en una profunda concentración mientras reducía la tormenta con sus abejas. Pero Feliena se escabulló por detrás de la aprendiz y la derribó al suelo, dejándole unas marcas de sangre en el rostro. La niña intentó atrapar a la bruja con su miel, pero Feliena se quitó del camino y evadió cada intento.

–Tú y tus amigos nunca ganarán esta pelea –gruñó Feliena.

–Estoy bastante segura de que *estamos* ganando –dijo Tangerina–. Mis amigos ya derrotaron a las tuyas.

Los ojos verdes de Feliena miraron hacia la base de la montaña y rugió furiosa cuando comprendió que la Reina de las Nieves y ella eran las únicas brujas que quedaban en pie.

–¡Puede que mis hermanas no estén aquí, pero *yo* aún tengo siete vidas! –gruñó.

Feliena arremetió contra Tangerina, pero justo cuando estaba por golpear a la niña, se vio interrumpida por alguien que se aclaró la garganta cerca. La bruja miró por detrás de su hombro y vio a Emerelda parada justo detrás de ella.

–Puede que tengas siete vidas, pero los *diamantes* duran para siempre –dijo.

Emerelda sujetó la pata de Feliena y la presionó con todas sus fuerzas. Centímetro a centímetro, el cuerpo de la bruja se transformó en una joya gigante, y Feliena nunca más volvió a rugir, arañar o saltar.

–¡Tú eres una verdadera joya, Emerelda! –dijo Tangerina–. Gracias.

A medida que los estudiantes y aprendices derrotaban a las brujas, el General White y sus soldados conquistaron al último bastión de hombres de nieve. Su defensa exitosa enfureció a la Reina de las Nieves, por lo que la bruja gritó con tanta fuerza que su voz resonó por toda la montaña.

–No se ve muy feliz –dijo Tangerina.

–¿Qué creen que hará? –preguntó Cielene.

–Sea lo que sea, no será lindo –dijo Emerelda.

–¡General White! –lo llamó Lucy–. ¡La Reina de las Nieves está a punto de mostrarnos el as que tiene bajo la manga! ¡Vaya a Villa Manzaton y evacúela mientras pueda! ¡No salvará a su reino quedándose aquí! ¡Ayude a su gente a cruzar a salvo el Entrebosque y llévelos al Reino del Sur! ¡Nosotros mantendremos ocupada a la Reina de las Nieves todo lo que podamos!

–Gracias –dijo el General White y saludó a los niños–. Buena suerte, niños.

El General White guio a su ejército hacia Villa Manzaton y los niños se quedaron en la base de la montaña, esperando casi sin aliento a que la Reina de las Nieves hiciera su movimiento. Una sonrisa inquietante apareció en el rostro congelado de la bruja mientras tramaba su nuevo ataque. La Reina de las Nieves golpeó con su cetro la montaña y causó un terremoto poderoso que hizo temblar todo el cordón montañoso. La nieve comenzó a deslizarse por las pendientes y pronto se formó una avalancha de proporciones catastróficas que avanzó en dirección a los niños. Si no hacían algo para detenerla, *y rápido*, los niños, la aldea y toda la población del Reino del Norte sería diezmada en cuestión de minutos.

–¡Amarello, creo que esta es para ti, amigo! –dijo Lucy.

–¿Qué? –preguntó Amarello sorprendido–. ¡No puedo detener una avalancha!

–Eres el único con la habilidad perfecta para esto –dijo–.

¡Tienes que crear un estallido de calor que sea lo suficientemente poderoso como para vaporizar esa cosa!

–Yo... yo... ¡no tengo ese tipo de poder! –dijo Amarello.

–¡Claro que sí! –dijo Lucy–. ¡Tienes que creer en ti o destruirá todo el reino!

La avalancha estaba creciendo y ganando velocidad a medida que descendía de la montaña. Era tan fuerte que derribaba todos los árboles con los que se topaba en el camino como si fueran ramas y movía rocas que nunca habían sido movidas. Cuanto más cerca estuviera, más asustado se sentía. Las palabras de ánimo de Lucy no lo estaban ayudando, por lo que ella decidió intentar otra estrategia.

–¡Piensa en la noche que murió tu padre! –le dijo. Amarello estaba muy confundido.

–*¿Por qué?* –preguntó.

–¡Piensa en cómo tu padre te golpeó por jugar con muñecas! –continuó Lucy–. ¡Piensa en el fuego que lo asesinó y quemó tu casa! ¡Piensa en toda la vergüenza y culpa con la que tuviste que vivir desde entonces! ¡Piensa en cómo querías ahogarte en el lago!

Los recuerdos traumáticos hicieron que las llamas de Amarello se avivaran sobre su cabeza y hombros.

–No lo entiendo –dijo–. ¿Qué tiene que ver todo eso con...?

–¡Piensa en todo el tiempo que pasaste odiándote a ti mismo! ¡Piensa en todos los días que viviste con miedo a ser descubierto! ¡Piensa en toda la gente que te dijo que estaba mal ser quién eres! ¡Piensa en lo mucho que querías ser otra persona!

Lucy estaba haciendo sentir mal a Amarello y su cuerpo pronto quedó sumido en llamas.

–¿Por qué me recuerdas esto *ahora*? –preguntó.

–¡Porque sé que una parte de ti aún se odia a sí misma por ser diferente! ¡Parte de ti aún vive con miedo a la verdad! ¡Parte de ti aún cree que no mereces existir! ¡Y parte de ti aún cree que nunca serás amado por lo que eres! ¡Sé lo mal que te sientes, porque *todos* nos sentimos de esa forma!

El fuego comenzó a brotar de Amarello como lava de un volcán.

–¡Detente, Lucy! –gritó–. ¡No quiero hacerlo!

–Y no tienes que hacerlo más… ¡ninguno de nosotros debe! ¡Deja de cargar con toda esa culpa! ¡Deja de querer cambiarte! ¡Deja de pensar que nadie amará a quien realmente eres! ¡Ninguno de nosotros tiene algo por lo cual sentirse avergonzado! ¡Ninguno de nosotros tiene que cambiar nada! ¡Y siempre nos querremos y aceptaremos los unos a los otros! ¡Entonces, deja salir todo ese odio y miedo que la gente ha depositado en ti! ¡Déjalo salir para nunca sentirlo otra vez!

La avalancha llegó hasta la base de la montaña y los niños estaban a solo segundos de ser pulverizados.

–*¡Esta es tu oportunidad, Amarello!* –gritó Lucy–. *¡Libera todo ese dolor y evita que esa avalancha abandone la montaña!*

–*¡No!* –gritó Amarello–. *¡No puedo hacerlo!*

–*¡Sí, sí puedes!* –gritó ella–. *¡Déjalo salir, Amarello! ¡Déjalo salir!*

–*¡AAAAAAAHHHHHH!*

El niño cayó sobre sus rodillas y una explosión inmensa brotó de su interior. A medida el estallido feroz de Amarello colisionaba con la avalancha, todo el cordón montañoso quedó sumido en una luz enceguecedora. Emerelda sujetó a Lucy, Tangerina y Cielene con fuerza entre sus brazos y creó un iglú de esmeralda para protegerlos del calor y la nieve. Para cuando la luz se desvaneció, no solo la avalancha había desaparecido por completo, sino que toda la nieve en la base de la montaña se había derretido.

Los niños se asomaron del iglú de Emerelda y miraron a su alrededor, sorprendidos. Amarello tampoco podía creer lo que había hecho y miró el terreno con los ojos bien abiertos y desconcertados. El niño volteó hacia sus amigos con una sonrisa tímida.

–*Eso se sintió muy bien* –susurró.

–Vaya, me alegra que haya funcionado –dijo Lucy.

La Reina de las Nieves estaba tan enfurecida de que los niños hayan detenido la avalancha que sus manos congeladas parecían temblar. La bruja volteó indignada y se encaminó de regreso al Palacio de Tinzel.

–¡Miren, se está marchando! –exclamó Cielene.

–¿Qué está haciendo? –preguntó Tangerina.

–¡Se está retirando! –dijo Lucy–. ¡Vamos! ¡Tenemos que llegar al palacio antes de que encuentre a Brystal!

CAPÍTULO VEINTE

LA REINA DE LAS NIEVES

Brystal subió por las Montañas del Norte tan rápida y silenciosamente como pudo. Sentía tanto frío que estaba convencida de que nunca más volvería a sentir calor y se sentía tan cansada que le preocupaba colapsar en la nieve y nunca llegar al Palacio de Tinzel. Temía que la Reina de las Nieves notara su presencia escabulléndose entre las montañas si usaba magia, por lo que se abstuvo de arrojar algún hechizo para asistirse, y decidió hacer todo el viaje a pie.

La mayor parte del cordón montañoso era tan empinada que Brystal necesitaba ambas manos para escalarlo, lo cual la obligó a llevar su varita en la boca la mayor parte del viaje. Estaba haciendo un gran progreso hasta que llegó a una cuesta que era tan resbaladiza que casi era imposible cruzarla. No importaba de donde se sujetara o en dónde colocara sus pies, Brystal no dejaba de caerse y trepar la pendiente una y otra vez. Luego de su quinto intento, empezó a perder las esperanzas; pero, afortunadamente, le llamó la atención algo que le hizo recobrar la fe.

Asomándose entre la nieve densa a su lado había un narciso amarillo. No era una flor excepcionalmente bella, ya que su color se había desvanecido y sus pétalos se habían marchitado por el viento frío, pero, por una especie de milagro, el narciso había sobrevivido al clima helado. Si bien la flor era muy pequeña, le entregó el mensaje exacto que Brystal necesitaba: *Si el narciso era lo suficientemente fuerte como para soportar la tormenta de la Reina de las Nieves, entonces ella también lo era.*

Brystal se puso de pie, subió por la pendiente por sexta vez, usando todas sus fuerzas para llegar hasta la cima resbaladiza.

Pronto, Brystal se encontraba tan alto que el aire comenzó a escasear y le resultaba difícil respirar. La batalla entre el ejército del Reino del Norte y la Reina de las Nieves había quedado muy por detrás y no era más que un murmullo distante. Sabía que se estaba acercando al Palacio de Tinzel, ya que las torres se elevaban cada vez más alto hacia el cielo con cada paso que daba. Luego de una excursión exhaustiva, subió hasta el pico más alto y así llegó finalmente a la capital del Reino del Norte.

Los Altos de Tinzel eran una ciudad inmensa en el centro

de las Montañas del Norte. Debido al espacio limitado, todas las casas y tiendas estaban amontonadas una encima de la otra, lo que daba lugar a que varios caminos angostos se abrieran paso por toda la capital como un laberinto gigante. El Palacio de Tinzel constituía el centro mismo de la ciudad y se erguía hacia unas alturas que superaban a las montañas que lo rodeaban. El palacio era tan alto y delgado, y sus torres tan punzantes, que toda la estructura parecía un grupo de lápices afilados. Brystal no podía decir de qué color o materiales era, ya que toda la ciudad estaba recubierta por una capa de hielo blanca. Caminó lentamente y con cuidado por la capital para evitar resbalarse en los caminos congelados.

No solo el lugar estaba literalmente congelado, sino que los Altos de Tinzel también parecían inquietantemente congelados en el tiempo. Las calles estaban repletas de gente que había sido paralizada por el frío mientras hacían sus compras diarias. Brystal se asomó por las ventanas y vio cientos de clientes en las carnicerías, panaderías y herrerías que permanecían congelados en el interior de los negocios. Las casas estaban repletas de padres, madres y niños congelados mientras realizaban sus tareas hogareñas. Obviamente, la Reina de las Nieves había atacado a la capital con tanta velocidad que la gente no tuvo tiempo de *reaccionar*, y mucho menos de escapar hacia un lugar seguro.

Eventualmente, Brystal llegó al Palacio de Tinzel y cruzó el puente que pasaba sobre el foso de hielo. Las puertas frontales estaban congeladas, por lo que Brystal tuvo que usar su varita como una antorcha para derretirlas y abrirlas. Al ingresar, la primera vista del palacio la hizo quedar estupefacta, no por el daño que la Reina de las Nieves había causado, sino por lo hermoso que este era. Algunos carámbanos colgaban del techo y de los arcos como candelabros puntiagudos, las paredes estaban recubiertas con una capa de hielo que brillaba como cristal, al igual que el suelo, cuya superficie se asemejaba a la de un lago congelado. Brystal no tenía idea de cómo lucía el palacio antes de que la Reina de las Nieves atacara, pero no podía imaginar que fuera más espectacular que lo que estaba viendo.

Brystal inspeccionó el Palacio de Tinzel, pero no encontró a Madame Weatherberry por ningún lado. Ocasionalmente, se topaba con alguien al final de un corredor largo o una habitación espaciosa, y su corazón comenzaba a latir con más fuerza, ante la esperanza de que fuera su maestra, pero solo eran guardias o sirvientes congelados.

–*¿Madame Weatherberry?* –gritó en el palacio frío–. *Madame Weatherberry, ¿en dónde está?*

Entró al comedor y quedó impresionada por la imagen devastadora. Allí, se encontró a la familia real del Reino del Norte congelada alrededor de una mesa larga. El Rey Nobleton, la reina, los dos príncipes adolescentes y las cuatro jóvenes princesas estaban disfrutando de una comida lujosa cuando la Reina de las Nieves atacó. Si bien su piel lucía pálida y no había rastros de color en sus ojos, la familia real parecía mucho más que viva. Los príncipes habían quedado congelados en medio de una guerra de comida, la reina mientras discutía con sus hijas, y el rey mientras los regañaba a todos. Una parte de Brystal esperaba que la familia se moviera en cualquier momento y continuara con sus actividades, pero nunca despertaron de su sueño congelado.

Extrañamente, toda la comida y los platos había sido

removidos de la mesa y fueron reemplazados por una colección de mapas. Brystal los inspeccionó y descubrió un Mapa de Magia, un mapa que mostraba el paradero del ejército del Reino del Norte y un mapa que mostraba el clima en todos los reinos. Al mirar con mayor detenimiento al mapa del clima se tapó la boca, horrorizada: la tormenta de nieve poderosa que los niños se habían encontrado en el Entrebosque se había extendido hacia todo el mundo.

De pronto, las puertas del frente del palacio se abrieron y el sonido resonó por toda la residencia real. Inmediatamente, la temperatura se desplomó otros diez grados. Alguien, con pisadas fuertes y respiración entrecortada había ingresado a toda prisa al palacio y Brystal supo que solo podía ser una persona. Las pisadas comenzaron a sonar cada vez más cerca del comedor, lo cual ocasionó que Brystal entrara lentamente en pánico. Había pensado que tendría más tiempo para encontrar a Madame Weatherberry antes de que la Reina de las Nieves regresara. No sabía qué más hacer, por lo que se escondió dentro de un aparador gigantesco.

La Reina de las Nieves ingresó furiosa al comedor y derribó cada vasija y candelabro que había en la habitación antes de avanzar lentamente hacia la mesa. Miró su mapa del ejército del Reino del Norte y vio al General White y a sus soldados evacuando a la gente de Villa Manzaton. La Reina de las Nieves rugió furiosa y golpeó la mesa con sus puños cerrados. Luego, pasó hacia el mapa del clima y, mientras veía a su tormenta consumir todo el mundo. Pronto, su ira se convirtió en placer. Dejó salir una risa rasposa y dejó expuestos sus dientes podridos y filosos.

La Reina de las Nieves le daba la espalda al aparador

mientras inspeccionaba los mapas, por lo que Brystal pudo asomarse y pensar en la maravillosa oportunidad que tenía frente a ella. Esta podía ser la posición más vulnerable en la que la Reina de las Nieves jamás había estado; allí y en ese momento, con un movimiento rápido de su muñeca, Brystal podría terminar con el reinado de terror de la bruja para siempre. Solo necesitaba conjurar el hechizo adecuado para el trabajo. Brystal se asomó del aparador y apuntó su varita directo hacia la Reina de las Nieves.

Sin embargo, mientras Brystal pensaba en *cómo* matar a la Reina de las Nieves, su mente deambuló por los momentos que le *seguirían* a su muerte. Miles de vidas serían salvadas, pero ¿podría Brystal vivir con ella misma luego de haber hecho eso? ¿Cómo se sentiría matar por la espalda a una mujer? ¿Tomar una vida cambiaría lo que ella era? ¿Estaría llena de culpa o arrepentimiento una vez que todo esto terminara? Quedó paralizada por su consciencia perturbada y, eventualmente, supo que no podría hacerlo.

–¿Y bien? –rugió la Reina de las Nieves–. *Hazlo.*

Brystal se asustó al oír el sonido de su voz rasposa. Quedó confundida sobre a quién le estaba hablando la Reina de las Nieves, Brystal había estado tan callada que no había manera de que la bruja la hubiera oído o visto escondida en el aparador. Miró a su alrededor para ver si había alguien más había entrado a la habitación, pero Brystal y la Reina de las Nieves eran las únicas allí.

–¿Qué ocurre? –rugió otra vez–. ¿Tienes *miedo*?

Para el horror absoluto de Brystal, entendió que la Reina de las Nieves le estaba hablando a *ella*; *¡la bruja podía ver su reflejo en un espejo que se encontraba al otro lado del comedor!*

Antes de que Brystal tuviera la oportunidad de decir o hacer algo, la Reina de las Nieves giró y embistió el aparador. Sujetó a Brystal por el cuello y la levantó por el aire. Brystal soltó su varita y usó ambas manos para intentar sacar los dedos huesudos de la bruja de su cuello, pero la estaba apretando con demasiada fuerza. Intentó patearla, pero la bruja era tan fuerte como una pared de ladrillos.

–*¡Deberías haberme matado cuando tuviste la oportunidad!* –rugió.

A medida que la Reina de las Nieves la ahorcaba, Brystal quedó tan cerca del rostro de la bruja que podía ver cada grieta de su piel congelada, cada diente torcido de su dentadura filosa y las pupilas de sus ojos rojos y destellantes. Sin embargo, había algo sobre los ojos de la bruja que Brystal podría haber jurado reconocer y, una vez que lo notó, el resto del rostro de la Reina de las Nieves también se tornó muy familiar.

–*No* –logró decir Brystal con el poco aire que tenía–. *No, no puede ser...*

La idea era inquietante. Brystal pateó con más fuerza y sus pies golpearon el cetro de la Reina de las Nieves. Este cayó y estalló en mil pedazos en el suelo. En el instante en que el cetro se resbaló de su mano, la Reina de las Nieves perdió todas sus fuerzas y dejó caer a Brystal al suelo, y colapsó a un lado. La Reina de las Nieves intentó alejarse arrastrándose de Brystal, pero estaba tan débil sin su cetro que apenas podía moverse.

Una vez que Brystal recuperó el aliento, sujetó a la Reina de las Nieves de los hombros y obligó a voltear para poder estar cara a cara con ella. Sus ojos rojos destellantes lentamente se desvanecieron y se convirtieron en un par de ojos que Brystal había visto muchas veces.

No había forma de negarlo; Brystal sabía *exactamente* quién era la Reina de las Nieves, y descubrirlo hizo que su corazón se partiera en dos.

–*¿Madame Weatherberry?* –dijo casi sin aliento–. *¡Es usted!*

Brystal nunca había experimentado algo tan traumático en toda su vida. A medida que trataba de digerir la realidad, el cuerpo entero de Brystal comenzó a adormecerse hasta el punto de no poder sentir el aire congelado que rodeaba el palacio. Su mente fue bombardeada con millones de preguntas, pero solo una palabra logró salir de su boca.

–*¿Cómo?*

El hada expuesta se sintió humillada y tapó su rostro congelado. Se arrastró hacia la mesa y usó la silla para ponerse de pie.

–Nunca quise que lo descubrieras –dijo Madame Weatherberry–. Se suponía que debías matarme antes de descubrir la verdad.

–Pero... pero... ¿cómo es siquiera posible? ¿Cómo es que *usted* es la Reina de las Nieves?

–Algunas veces la gente buena hace cosas malas por las razones justas.

–¿Cosas malas? –dijo Brystal, sin poder creerlo–. ¡Madame Weatherberry, nada justifica todo lo que ha hecho! ¡Me ha mentido desde el momento en que la conocí! ¡Ha cubierto a todo el mundo con una tormenta devastadora! ¡Ha destruido un reino entero y se ha cobrado miles de vidas!

–*¡NADA SE COMPARA CON LAS VIDAS QUE SE COBRARON DE NOSOTROS!*

Por una fracción de segundo, la Reina de las Nieves había regresado al cuerpo de Madame Weatherberry. El hada gritó en agonía, como si la criatura estuviera intentando emerger desde su interior. Brystal tomó su varita, lista para defenderse de la bruja. Al mirar a Madame Weatherberry luchar con ella misma, Brystal comprendió que su maestra y la Reina de las Nieves *no eran* la misma persona, sino dos seres muy distintos que peleaban por tener el control de un mismo cuerpo. Eventualmente, el hada recobró el control y suprimió a la bruja como una enfermedad latente.

–Nunca quise que todo esto ocurriera –dijo Madame Weatherberry–. Lo único que quería era hacer que el mundo fuera un mejor lugar para la gente como nosotros. Lo único que quería era asegurar la aceptación de la comunidad mágica. Pero me perdí en el camino y la creé a *ella*.

–¿Cómo puede alguien perderse *tanto*?

Brystal estaba tan confundida que creía estar a punto de desmayarse. Madame Weatherberry bajó la cabeza, avergonzada, y respiró hondo antes de explicárselo.

–¿Recuerdas la conversación que tuvimos el día que fueron atacadas por los cazadores de bruja? Estábamos sentadas en mi oficina y tú me preguntaste cómo hacía para ser tan optimista. Me preguntaste por qué no era consumida por la ira. Y te contesté que era porque nosotros somos los *afortunados*. Te contesté que pelear por el amor y la aceptación significa *saber* lo que son el amor y la aceptación y esa noción es la que me daba paz. ¿Lo recuerdas?

–Sí, lo recuerdo –dijo Brystal.

–Bueno, te mentí –dijo Madame Weatherberry–. La verdad es que he estado enfadada toda mi vida. Cuando era joven, era muy sensible a la crueldad del mundo y me llenaba de una ira insoportable. Ignoraba todas las cosas buenas en mi vida y me concentraba solo en las injusticias que me rodeaban. Me amargué, me deprimí y me *desesperé* por deshacerme de mi furia. Pero seguí los pasos adecuados para ayudarme. Estaba muy avergonzada y era muy orgullosa como para buscar el tratamiento que necesitaba. En cambio, enterré toda mi ira muy dentro de mí y esperé que, si la hacía llegar lo más profundo posible, nunca más la encontraría. Con el pasar de los años, agregué más y más ira a mi colección secreta y, eventualmente, creé un monstruo en mi interior.

–¿Quiere decir que la Reina de las Nieves vive dentro de usted? –preguntó Brystal.

–Sí –dijo Madame Weatherberry–. Me pasé la mayor parte de mi vida ignorándola, pero siempre supe que estaba allí, haciéndose cada vez más fuerte con cada sufrimiento. Con el tiempo, noté que mucha gente de la comunidad mágica también sufría lo mismo. Nuestra ira se manifestaba de diferentes formas: algunos bebían muchas pociones para ahogar su dolor, otros se pasaban a la brujería como una forma de liberarla; pero, uno por uno, vi a mis amigos perderse con sus demonios interiores. No quería que otra generación de hadas o brujas experimentara lo que sentíamos, por lo que decidí dedicar mi vida a asegurar la aceptación para nuestra comunidad, para que en el futuro no exista el odio de la humanidad.

–Entonces escribió y publicó *La verdad sobre la magia* –dijo Brystal–. Intentó convencer a todo el mundo de que había una diferencia entra las hadas y las brujas, intentó redefinir a la comunidad mágica para salvarla.

Madame Weatherberry asintió.

–Sin embargo, el esfuerzo fue contraproducente. Mi libro fue prohibido en todos los reinos y me convertí en una paria mundial. Como castigo, el Reino del Norte envió un desfile de soldados a mi casa en el Entrebosque. Ataron a mi esposo a un poste de madera y lo quemaron vivo mientras me obligaban a mirar.

–*¡Horence!* –dijo Brystal, con los ojos bien abiertos–. ¡Usted es la bruja de la historia! Horence intentó advertirme eso antes de que viniera aquí. No entendí lo que decía en ese momento, ¡pero me estaba advirtiendo de *usted*! ¡Me estaba diciendo que *dos cosas* estaban a punto de convertirse en *una*! ¡Las iniciales talladas en el árbol eran *sus* iniciales!

–Horence Marks y Nieves Weatherberry –dijo–. Se siente como si hubiera pasado toda una vida.

–¿Nieves es su verdadero nombre? –le preguntó Brystal–. Eso no puede ser una coincidencia.

–No lo es –dijo–. Las hadas me llamaron *Nieves Celeste Weatherberry* por mi especialidad. Dicen que comencé a causar tormentas desde el momento en que nací.

Brystal había estado tan concentrada intentando descubrir su propia especialidad que nunca le preguntó a Madame Weatherberry cuál era la *suya*. Ahora que tenía la respuesta, no podía creer que no lo había descubierto antes, ya que su nombre tenía mucho que ver con el *clima*.

–En nuestra primera noche en la academia, hubo una tormenta horrible –dijo Brystal–. Conjuró esa tormenta porque sabía que nos asustaríamos y nos uniríamos, ¿verdad? ¡Luego de que Lucy y yo fuéramos al Entrebosque, envió otra tormenta para que no saliéramos del castillo mientras usted no estaba! Y hace dos días, ¡envió esos copos de nieve a la academia para que yo viniera al Reino del Norte! ¡Ha estado usando el clima para manipularnos desde el principio!

El hada asintió nuevamente. Pero Brystal frunció el ceño porque había algo sobre la historia de Madame Weatherberry que no tenía sentido.

–Pero ¿por qué las *hadas* le pusieron ese nombre? –preguntó–. Cuando reclutamos a Emerelda de la mina de carbón dijo que fue criada por una familia humana. Incluso dijo que intentaron matarla y que así fue como obtuvo las quemaduras en su brazo izquierdo.

–Mentí –dijo Madame Weatherberry–. Solo conté esa historia para convencer a Emerelda de que se uniera a la academia. Las quemaduras en mi brazo no fueron causadas por el fuego, sino por el *frío*. El mismo frío que me cubre ahora.

–Entonces, todas esas marcas fueron causadas por hacer brujería –dijo Brystal–. Es por eso que comenzó a cubrirse con guantes y tapados. Y esa es la razón por la que no dejó que la señora Vee curara sus heridas. Los golpes en su rostro también eran por el frío, ¿verdad? Cuanto más daño causaba como la Reina de las Nieves, más daño le hacía el frío a usted.

Madame Weatherberry miró sus manos huesudas y ennegrecidas y suspiró profundamente.

–Correcto –dijo–. Y cuanto más me cubriera por fuera, más me consumía por dentro.

–Pero ¿qué la llevó a practicar brujería en primer lugar? –preguntó Brystal–. ¿Cómo pasó de escribir *La verdad sobre la magia* a destruir un reino entero?

–Luego de que Horence fuera asesinado, usé brujería por primera vez para traerlo de regreso de la muerte –explicó–. El hechizo fue un completo desastre. Horence regresó a la tierra como un ser sobrenatural y mi brazo izquierdo cambió para siempre; pero no fue lo único que cambió. Te dije que la bruja de la historia de Horence murió luego de conjurar ese hechizo, eso no era del todo mentira, porque una parte de mí *sí* murió ese día.

–¿Cómo? –preguntó Brystal.

–Mi esposo nunca cometió un crimen ni le hizo daño a nadie en toda su vida, pero la humanidad simplemente lo asesinó para darme una lección. Y, de hecho, aprendí una lección muy valiosa. Pronto, entendí que había sido una tonta por creer que *La verdad sobre la magia* era suficiente para cambiar a la humanidad; nunca serían persuadidos por la *lógica* o la *empatía* de un libro. La única manera de lograr que la humanidad aceptara a la comunidad mágica por medio del *miedo* y la *necesidad* de contar con la comunidad mágica. *Nosotros* teníamos que darles un problema y *nosotros* tendríamos que darles la solución. Y al posar mis ojos sobre mi piel congelada por primera vez, supe exactamente qué problema crear.

–¿A la Reina de las Nieves?

–Precisamente –dijo Madame Weatherberry–. Para convertirme en la Reina de las Nieves, tuve que reflotar toda la ira que había reprimido durante todos estos años. Del mismo modo que tu varita te puso en contacto con tu magia, el cetro me puso en contacto con mi ira. Desafortunadamente, tenía demasiada ira contenida en mi interior, por lo que la tarea se tornó abrumadora. Cada vez que tomaba el cetro, la Reina de las Nieves se hacía cada vez más fuerte y se me hacía cada vez más difícil luchar contra ella. Le pedí a Feliena, Salamandra, Calamarda y Cuervina que me acompañaran para realizar la transición; pero las brujas se preocupaban más por obtener venganza que aceptación. Dejaron que la Reina de las Nieves tomara el control y la usaron como un arma.

–Pero ¿por qué no las detuvo? –preguntó Brystal–. Si la Reina de las Nieves la estaba consumiendo así, ¿por qué continuó regresando al Reino del Norte?

–Porque el mundo no la estaba tomando el serio –dijo Madame Weatherberry–. Mi plan solo funcionaría si *todo el mundo* veía a la Reina de las Nieves como una amenaza imparable. Los llevaría hasta una completa desesperación y no tendrían más remedio que acudir a las brujas y las hadas en busca de ayuda. Pero el Rey Nobleton constantemente les mintió a los otros monarcas sobre la destrucción que la Reina de las Nieves había causado. Por lo que, para obtener la atención de los otros soberanos, incrementé los ataques e hice que cada uno fuera más grande que el anterior. Sin embargo, no importaba cuán duro atacara la Reina de las Nieves al Reino del Norte, el resto de los monarcas la ignoraban. La única manera de que el Rey Champion, la Reina Endustria y el Rey Belicton le prestarían atención era si su destrucción se tornaba mundial.

–Y ahora ha cubierto a todos los reinos con una tormenta de nieve –dijo Brystal–. Le ha dado el problema definitivo a la humanidad, pero, entonces ¿cómo es que la comunidad mágica es la solución? ¿A quién se supone que tengan que acudir para recibir ayuda?

Madame Weatherberry vaciló un poco antes de responder y Brystal sabía que su respuesta sería difícil de escuchar.

–A la academia –confesó.

–*¿Qué?* –preguntó Brystal, asombrada.

–Si el mundo hubiera sabido del primer ataque de la Reina de las Nieves, nunca habría involucrado a nadie más –dijo Madame Weatherberry–. Yo podría haber sido el problema *y* la solución de mi plan. Pero como los ataques continuaron, comprendí que era muy probable que la Reina de las Nieves me consumiera antes de que pudiera terminar con mi misión. Por lo que decidí reclutar a un grupo de hadas para terminar lo que empecé en caso de que me viera comprometida.

–¿Entonces *esa* es la verdadera razón por la que abrió la academia? –preguntó Brystal, sin poder creerlo–. No nos estaba entrenando para ayudar y cuidar a las personas, ¿nos estaba entrenando para *asesinarla*?

–No les mentí cuando les dice que ser su maestra había sido el mayor privilegio de toda mi vida –dijo Madame Weatherberry–. Verlos a cada uno de ustedes florecer me trajo una felicidad que nunca antes había sentido. Estoy profundamente arrepentida de haberlos puesto en esta posición, pero, para que podamos tener éxito, me temo que tienes que cumplir con la promesa que me hiciste.

Brystal sintió como si su estómago se hubiera salido de su cuerpo.

–¡Madame Weatherberry, no! –gritó–. ¡*Nunca* podría *matarla*!

–Sí, claro que sí –dijo Madame Weatherberry–. Cuando la humanidad descubra que *tú* salvaste el mundo de la aniquilación, finalmente tendrán una razón para respetar y aceptar a la comunidad mágica. Tú y tus compañeros guiarán al mundo hacia una nueva era en donde la gente como nosotros nunca tendrá que esconderse en las sombras, donde podrán vivir abiertamente sin miedo y nunca sean consumidos por su ira.

–¡No! –exclamó Brystal–. ¡Tiene que haber otra forma!

–Esta es la única forma –dijo Madame Weatherberry–. ¡Créeme, desearía que hubiera una salida más fácil, pero esta es la mejor oportunidad que las hadas y brujas han tenido en siglos! ¡Si no lo hacemos *ahora*, puede que tenga que pasar otro milenio para que tengamos una segunda oportunidad!

–¡No, encontraremos una mejor solución! –dijo Brystal–. ¡Regresemos a la academia! ¡Encontraremos una cura para la Reina de las Nieves!

–Ya es demasiado tarde –dijo Madame Weatherberry–. Con el cetro o sin él, la Reina de las Nieves me consumió hasta un punto de no retorno. Me quedan días, quizás *horas*, antes de que me consuma por completo. Y no quiero pasar el resto de mi vida encerrada en su interior.

Madame Weatherberry levantó la muñeca de Brystal para que la punta de su varita le apuntara directamente a su frente congelada.

–¡Por favor, te lo suplico! –dijo el hada.

–¡No! ¡No puedo hacerlo!

–¡No tenemos otra elección!

–Lo siento, Madame Weatherberry, pero yo…

–*¡NUNCA PODRÁS DERROTARME, NIÑA INCOMPETENTE Y ESTÚPIDA!*

De pronto, la Reina de las Nieves emergió del cuerpo de Madame Weatherberry. La bruja sujetó a Brystal del cuello y comenzó a ahorcarla. Brystal no podía respirar, comenzó a perder la visión y la consciencia. Si no hacía algo rápido, moriría en las manos de la Reina de las Nieves. Brystal levantó su varita, apuntó a la bruja y tomó una decisión de la que se arrepentiría el resto de su vida.

¡BAM! Un estallido poderoso y brillante brotó de la varita de Brystal y golpeó a la Reina de las Nieves directo en el pecho. La bruja salió despedida hacia atrás y quedó desplomada sobre el suelo del comedor. Brystal mantuvo su varita en lo alto, siendo cuidadosa al acercarse al cuerpo inmóvil de la Reina de las Nieves. La bruja abrió los ojos, pero en lugar de ver el resplandor rojizo de los ojos de la Reina de las Nieves, se encontró con Madame Weatherberry.

–¿Qué… qué… qué acaba de ocurrir? –preguntó.

–Tomé mi decisión –dijo Brystal–. Y no voy a matar a nadie.

–¡Tendrías que haber acabado con ella! ¡Todo esto podría haber terminado ahora!

–Puede que tenga razón –dijo Brystal–. Y puede que más tarde me arrepienta, pero no tanto como me arrepentiría de acabar con su vida. Nunca entenderé por qué eligió la violencia como una forma de alcanzar la paz, nunca entenderé por qué eligió el miedo como un remedio para el odio, pero yo *no* repetiré sus errores. Si voy a continuar por el camino que usted ha pavimentado, entonces lo voy a caminar a mi modo.

–¡Brystal, la humanidad necesitará una *prueba* de que asesinaste a la Reina de las Nieves! ¡Mi muerte es la única manera en la que se ganará su confianza!

–¡Está equivocada! –dijo Brystal–. No tiene que morir para que su plan funcione; por el contrario, toda la destrucción que ha ocasionado, todo el miedo que ha instalado y todas las vidas que se ha tomado ¡no tendrán sentido si usted no está!

–¿De qué estás hablando? –preguntó Madame Weatherberry.

–Usted misma lo dijo. La única manera en que la humanidad respetará y aceptará a la comunidad mágica es si *necesitan* a la comunidad mágica –le explicó Brystal–. Pero ni bien la Reina de las Nieves sea destruida, la humanidad ya no nos *necesitará*. Se olvidarán de que existió, reescribirán la historia y dirán que *ellos* fueron quienes la derrotaron, y el mundo seguirá odiando a las hadas y brujas, tal como antes. Pero si sigue viva y el mundo sigue temiendo que la Reina de las Nieves ataque de nuevo, la comunidad mágica *siempre* tendrá influencia sobre la humanidad.

–Pero no puedo seguir peleando contra ella de esta forma –dijo Madame Weatherberry.

–Eso no me lo creo ni por un segundo –dijo Brystal–. Usted dijo que solo le quedaban *días* u *horas* antes de que la Reina de las Nieves la consumiera por completo; bueno, yo digo que le quedan *años* o *décadas* en su interior. Se está rindiendo porque no *quiere* pelear más contra ella, pero la Madame Weatherberry que conozco y aprecio nunca me dejaría rendirme de esa forma y yo tampoco lo haré con usted.

–¿Qué me sugieres que haga? ¿A dónde me sugieres que vaya?

–Le sugiero que use toda la fuerza y tiempo que le queda para irse lo más lejos posible de la civilización. Vaya a las Montañas del Norte y ocúltese en una cueva en algún lugar. Encuentre un lugar que esté tan alejado que ni siquiera el Mapa de Magia pueda encontrarla. Envíe una tormenta de nieve por los reinos de vez en cuando para recordarle a la humanidad que aún está cerca, pero haga lo que haga, manténganse con vida.

–Pero ¿y si ella me consume y regresa?

–Entonces, estaremos listos para enfrentarla –dijo Brystal–. Encontraremos a otras hadas alrededor del mundo y las reclutaremos en la academia. Las entrenaremos con las lecciones que usted nos enseñó y las prepararemos para enfrentarla. Crearemos una alianza de hadas tan fuerte que la Reina de las Nieves nunca tendrá oportunidad contra nosotros.

Las puertas del frente del Palacio de Tinzel se abrieron y se oyeron varias pisadas por los corredores. Lucy, Emerelda, Amarello, Tangerina y Cielene entraron a la residencia real y Brystal podía oír sus voces apagadas a medida que la buscaban.

–¡Son tus compañeros! –dijo Madame Weatherberry–. ¡No me pueden ver así! ¡Si descubren la verdad, quedarán devastados y perderán toda la fe en todo lo que les he enseñado!

–Entonces no se los permita –dijo Brystal–. ¡Siga mi plan! ¡Lárguese de este lugar antes de que la vean!

–Pero ¿qué les dirás? ¡Nunca pueden saber lo que hice!

–Les diré la verdad –dijo Brystal–. Les diré que luego de una larga batalla, la Reina de las Nieves finalmente logró apoderarse de usted, pero que antes logró ahuyentarla y aislarla. Eso es todo lo que necesitan saber.

Las pisadas de sus compañeros sonaban cada vez más cerca en el corredor que llevaba al comedor. Madame Weatherberry miraba a la puerta abierta y al rostro suplicante de Brystal, pero no se decidía qué hacer.

–Por favor, Madame Weatherberry –dijo Brystal–. ¡Sé que no es lo que tenía planeado, pero estoy segura de que *esto* es lo mejor para todos! Y *esa* es una promesa que puedo mantener para siempre.

No había tiempo para pensar en una mejor opción. Madame Weatherberry soltó un suspiro que brotó desde lo más profundo de su alma exhausta y aceptó la propuesta de Brystal.

–Busca las luces del norte –dijo el hada.

–¿A qué se refiere? –le preguntó Brystal.

–Las luces serán mi señal para ti –dijo Madame Weatherberry–. Siempre que haya luces del norte en el cielo, sabrás que estoy ganando la pelea. Cuando desaparezcan, significará que la Reina de las Nieves ha regresado.

–Está bien –dijo Brystal–. Buscaré las luces.

–Bien –dijo el hada–. Ahora, ayúdame a llegar a la puerta en ese rincón. Me iré por el corredor de los sirvientes antes de que los demás me encuentren.

Brystal ayudó a Madame Weatherberry a ponerse de pie y la escoltó hacia una puerta que se encontraba en un rincón del comedor. Antes de que el hada se marchara, tenía una última cosa que decirle a Brystal. Madame Weatherberry le sujetó ambas manos y la miró a los ojos con una expresión sombría.

–Escúchame con atención, Brystal, porque esta es la lección más importante que jamás te enseñaré –dijo–. No cometas los mismos errores que yo. No importa lo cruel o injusto que sea el mundo, *nunca* abandones tu felicidad. Y no importa lo mal que alguien te trate, *nunca* dejes que el odio de otra persona te quite la compasión. La batalla entre el bien y el mal no se libra en el campo de batalla, sino en cada uno de nosotros. No permitas que la ira en tu interior tome las decisiones por ti.

A medida que Madame Weatherberry se marchaba por el

corredor de los sirvientes, los niños entraron a toda prisa al comedor. Respirando con dificultad, miraron a su alrededor frenéticamente y con miedo, pero se sintieron aliviados al ver que Brystal estaba a salvo.

–¡Ah, gracias a Dios! –exclamó Lucy–. ¡Temía tener que tocar la pandereta en tu funeral!

–Estoy bien –dijo Brystal–. Me alegra que ustedes también estén aquí.

–¿En dónde está la Reina de las Nieves? –preguntó Amarello.

–Se rindió y escapó hacia las montañas –dijo Brystal.

Los niños se sintieron muy entusiasmados por las noticias, por lo que compartieron un abrazo de celebración, pero Brystal miró al suelo, con una expresión de tristeza.

–Brystal, ¿qué ocurre? –preguntó Cielene.

–Son noticias maravillosas –dijo Tangerina–. ¿Verdad?

–Un segundo –dijo Emerelda–. ¿En dónde está Madame Weatherberry? ¿La encontraste?

Brystal bajó aún más la cabeza y comenzó a llorar. No fue sino hasta que le preguntaron por Madame Weatherberry que finalmente había entendido la verdad.

–*Se ha ido* –lloró Brystal–. *Se ha ido...*

CAPÍTULO VEINTIUNO

DEMANDAS

Una tormenta de nieve poderosa e inesperada sopló por el Reino del Sur durante cinco días seguidos. Nunca antes hubo una tormenta de estas características, por lo que todos los ciudadanos quedaron atrapados dentro de sus hogares mientras esperaban a que los vientos congelados y la nieve interminable disminuyeran. Sin tiempo para prepararse para el clima catastrófico, los ciudadanos se vieron sumidos en medio de un desastre natural. Las propiedades fueron severamente dañadas, las granjas perdieron casi todas sus cosechas y ganado, y pronto, las familias se quedaron sin leña y tuvieron que quemar muebles para mantenerse cálidos.

A medida que el Reino del Sus afrontaba el quinto día de la terrible tormenta, muchos comenzaron a temer que esta durara para siempre. Sin embargo, justo antes de la medianoche, el viento comenzó a disminuir y la nieve comenzó a derretirse, a medida que las nubes se disipaban del cielo. El clima volvió completamente a la normalidad, como si nada hubiera pasado.

En los campos del este de Colinas Carruaje, había pasado menos de una hora desde que la tormenta había desaparecido cuando el Juez Evergreen recibió un misterioso llamado a su puerta. Lo atendió en pijama y quedó sorprendido al ver al carruaje real esperándolo afuera.

–¿Qué está pasando? –preguntó.

–El Rey Champion convocó una reunión de emergencia en el castillo, señor –dijo el cochero–. Solicita que todos los Jueces Supremos y Jueces Ordinarios se acerquen de inmediato.

Sin dudarlo, el Juez Evergreen sabía que la reunión se había convocado para discutir la reciente tormenta. Rápidamente se puso su larga toga negra y su sombrero alto y cuadrado y subió a bordo del carruaje. Para cuando llegó al castillo, el salón del trono del Rey estaba repleto de Jueces Supremos y Jueces Ordinarios por igual.

–¿Cómo se recuperará el reino de todo esto? –preguntó el Juez Supremo Mounteclair–. Necesitaremos una fortuna enorme para reconstruir todos los daños, ¡y el tesoro no tiene muchos fondos, así como está!

Uno por uno, los Jueces le dieron sus recomendaciones a Mounteclair.

–¿Quizás podríamos pedirle al rey que venda uno de sus palacios de verano?

–No, Su Majestad jamás aprobaría eso –dijo Mounteclair.

–¿Quizás podamos comenzar una guerra con el Reino del Este y apoderarnos de sus recursos?

–No, nos llevaría mucho tiempo inventar una razón para la guerra –dijo Mounteclair.

–¿Quizás podríamos reducir los salarios hasta que el reino se recupere?

–¡No, *eso* sí que está fuera de cuestionamiento! –dijo Mounteclair–. ¡Vamos, amigos! ¡Tenemos que pensar en *una* propuesta decente antes de que llegue el rey!

El siniestro Juez Oldragaid miró a sus colegas desde un rincón del salón y rayó una de las paredes de piedra con sus largas uñas para llamar la atención de sus compañeros. El sonido hizo que todos se estremecieran del dolor y se cubrieran los oídos.

–Sí, ¿Oldragaid? –preguntó Mounteclair–. ¿Cuál es tu propuesta?

–Creo que *este* es el mejor momento para implementar el impuesto a los pobres por el que tanto he estado abogando –dijo Oldragaid.

El Juez Evergreen resopló fuerte al oír a su rival.

–Es la recomendación más absurda que he escuchado –dijo–. Los pobres no tienen dinero para pagar un impuesto, por eso son *pobres*.

–Gracias, Juez Evergreen, pero sé lo que es un *pobre* –dijo Oldragaid con desdén–. Pero el *dinero* no es la única manera de reparar este dilema. Al introducir el impuesto a los pobres, todos aquellos que se encuentren en el Reino del Sur serán acusados inmediatamente de evasión de impuestos. Sin embargo, en lugar de sentenciarlos a pasar tiempo en prisión, los sentenciaremos a realizar servicio comunitario, y así, los obligaremos a trabajar gratis para restaurar el reino.

Los Jueces asintieron mientras consideraban el impuesto y luego aplaudieron la propuesta calculadora de Oldragaid.

–Es una idea estupenda –dijo Mounteclair–. Ahora bien, ¿cómo le explicaremos la tormenta de nieve a la gente? Querrán saber qué causó el extraño fenómeno.

–¿Quizás podamos suplicarles a los científicos a que investiguen el caso?

–No, lo último que necesita el gobierno es más ciencia –dijo Mounteclair.

–¿Quizás podamos encuadrarlo como un acto divino?

–Sí, eso es mucho mejor –dijo Mounteclair–. Pero *¿por qué* Dios nos envió eso? ¿Con quién debería estar furioso esta vez?

–¿Quizás Dios está furioso con los amantes de los gatos?

–No, no funcionaría porque yo tengo un gato –dijo Mounteclair.

–¿Quizás Dios está furioso con los vegetarianos?

–No, perdimos a la mayor parte de nuestro ganado en la tormenta –dijo Mounteclair–. No podemos hacer que la gente pelee por comida, ¡por el nombre de Dios! Ya intentamos eso y nos llevó a un caos total.

Una vez más, el Juez Oldragaid rasguñó la pared de piedra.

–¡Oldragaid, levanta la mano si tienes una propuesta! –lo regañó Mounteclair.

–Entendido, su señoría –dijo Oldragaid–. Mi recomendación es decirle a nuestro reino que Dios está furioso con los *pobres*. Si enmendamos el Libro de la Fe y hacemos que la pobreza sea un pecado, nos salvaremos de cualquier contragolpe potencial por imponer el impuesto a los pobres.

–¡Otra maravillosa idea! –anunció Mounteclair–. Compartiremos nuestras propuestas con Su Majestad ni bien…

Las puertas de la oficina privada del soberano se abrieron de golpe y el Rey Champion se unió a los Jueces en el salón del trono. Los hombres se reclinaron ante el monarca a medida que este cruzaba el salón hacia su trono. El soberano se sentó y se sintió inmediatamente irritado por los Jueces que tenía a su alrededor, lo cual dejó en evidencia con un suspiro de disgusto.

–Buenos días, Su Majestad –dijo Mounteclair–. Justo a tiempo, como siempre. Los otros Jueces y yo hemos creado un plan de acción para tratar el reciente…

–No será necesario –dijo el Rey Champion–. Ya me encargué de eso.

Algunos susurros nerviosos comenzaron a sonar entre los Jueces; no les gustaba cuando el rey tomaba decisiones sin consultarlas con ellos.

–Señor, como presidente de su Consejo Asesor, debo insistir en que comparta con nosotros sus planes antes de hacerlos oficiales –dijo Mounteclair.

–No los llamé a que vinieran para que me insistan para hacer algo; los llamé aquí para que me *escuchen* –anunció el Rey Champion–. No hay una forma fácil de comenzar esta discusión, así que iré directo a los hechos. Durante los últimos meses, el Reino del Norte ha estado bajo ataque por una bruja poderosa conocida como la Reina de las Nieves. Para evitar la histeria mundial, el Rey Nobleton lo mantuvo en secreto. Para cuando le informó al resto de los soberanos sobre la Reina de las Nieves, ya había destruido más de la mitad del Reino del Norte, pero Nobleton no fue del todo honesto con nosotros sobre el alcance de su destrucción. Nos aseguró que podía manejar la situación, por lo que no hicimos nada y lo dejamos solo. Ahora Nobleton está muerto y todo, salvo una pequeña aldea en el reino entero, ha sido destruido. Esta semana, el Reino del Sur casi sufre el mismo destino que el norte, pero, afortunadamente para nosotros, la Reina de las Nieves fue detenida antes de que la tormenta arrasara con nosotros.

Las noticias hicieron que todos los Jueces se sintieran incómodos y se miraran entre sí con miedo.

–Discúlpeme, su alteza –dijo Mounteclair–. Pero ¿dice que una *bruja* causó la tormenta?

–Ah, bien, están escuchando –se burló el Rey Champion–. A principio de la última semana, la destrucción de la Reina de las Nieves se extendió hacia más allá del Reino del Norte. No solo la tormenta se filtró hacia nuestro reino, sino que alcanzó las cuatro puntas del continente.

–Pero ¿*qué* o *quién* la detuvo? –preguntó Mounteclair.

El Rey Champion miró a sus adversarios con una sonrisa engreída.

–Técnicamente, *yo* –dijo–. Hace varios meses, me visitó una mujer llamada Madame Weatherberry. Estaba por iniciar una academia de magia y vino al castillo, sin previo aviso, para pedirme permiso para reclutar niños en el Reino del Sur. Naturalmente, rechacé su propuesta, pero luego Madame Weatherberry me informó sobre el terrible poder de la Reina de las Nieves. Me convenció de que sus futuros estudiantes podrían derrotar a la Reina de las Nieves si la bruja llegaba a cruzar al Reino del Sur. En un momento de lo que ahora considero nada más que *brillantez absoluta*, decidí otorgarle a

Madame Weatherberry el permiso que buscaba. Y así fue, esos estudiantes fueron exactamente quienes detuvieron a la Reina de las Nieves y nos salvaron a todos de su helada ira.

El Juez Supremo Mounteclair guio al salón en una ronda de aplausos entusiastas para el rey. El soberano puso los ojos en blanco y silenció a sus hombres con la mano.

–Si bien la Reina de las Nieves fue detenida, la bruja está prófuga –dijo el Rey Champion–. Madame Weatherberry, desafortunadamente, falleció durante el conflicto, pero sus estudiantes sobrevivieron. Se han prestado para restaurar nuestro reino con magia y continuar protegiéndonos de la Reina de las Nieves. Sin embargo, a cambio de sus servicios, los niños tienen algunas demandas.

–¿Demandas? –preguntó Mounteclair–. ¿Qué clase de demandas?

El Rey Champion volteó hacia la puerta de su oficina privada.

–*¡Salgan ahora!* –gritó el rey–. *¡Los Jueces ya están listos!*

De pronto, la habitación de hombres viejos con togas negras se partió en dos a medida que un grupo de niños muy coloridos entró a la oficina. Brystal, Lucy, Emerelda, Amarello, Tangerina y Cielene ingresaron a la habitación y se pararon a un lado del rey. Los Jueces quedaron enfurecidos al ver miembros de la comunidad mágica en la residencia real. Les gritaron blasfemias e insultos a los niños, pero ellos simplemente los ignoraron y mantuvieron la frente bien en alto.

Era difícil para Brystal pararse en una habitación con tantos hombres que habían intentado oprimirla personalmente durante tanto tiempo, pero no lo demostró ni un poco. Por el contrario, Brystal lo dejó en claro al mirar al Juez Mounteclair, al Juez Oldragaid y al Juez Evergreen directo a los ojos para que supiera que no les tenía miedo. Había cambiado tanto desde la última vez que su padre la había visto que le tomó un momento reconocer a su hija. A pesar de todos los esfuerzos del Juez Evergreen, Brystal se había convertido en una muchacha calma, confiada y digna, por lo que se quedó boquiabierto, sin poder creerlo.

–¿Podrías, jovencita, informarles a los Jueces las demandas que hemos discutido? –le pidió el Rey Champion.

Brystal movió su varita y un pergamino largo y dorado apareció en su mano. En el documento se encontraban las demandas que le había dado al rey por escrito. Los niños se pasaron el pergamino y tomaron turnos para leer cada una de sus demandas en voz alta.

–"Número uno" –leyó Brystal–. "La magia será oficialmente legalizada en el Reino del Sur. Todos los prisioneros que han sido condenados por actos de magia no ofensivos o quienes esperan enfrentar un juicio por actos de magia no ofensivos serán liberados de las prisiones y hospicios a lo largo de todo el reino. Esto también incluye centros de detención privados, como el Correccional Atabotas. El Reino del Sur creará programas sociales para disminuir la discriminación directa hacia la magia; sin embargo, si alguien de la comunidad mágica quisiera desarrollar sus habilidades, los invitamos a que se unan a nosotros en la Academia de Magia "Celeste Weatherberry" en la parte sudeste del Entrebosque. Un caballero llamado Horence los estará esperando para escoltarlos a salvo por el bosque".

–"Número dos" –leyó Emerelda al tomar el pergamino de las manos de Brystal–. "El Entrebosque será dividido en territorios iguales para las personas y criaturas que vivan allí. El oeste le será entregado a los enanos, el noroeste a los duendes, el sudoeste a los ogros, el noreste a los goblins, el sudeste a la comunidad mágica y el resto a los trolls. El Reino del Sur también enviará comida, medicamentos, materiales de construcción y otras provisiones a esos territorios para que nunca más vuelvan a pelear por recursos".

–"Número tres" –leyó Amarello–. "El Reino del Sur establecerá la *igualdad educativa y laboral.* Se derogarán las leyes que les prohíben a las mujeres leer, entrar a las bibliotecas o perseguir la profesión que ellas deseen. Los niños y niñas podrán asistir a las escuelas que deseen, incluyendo la Universidad de Derecho y la Escuela para Futuras Esposas y Madres de Colinas Carruaje".

–"Número cuatro" –leyó Cielene–. "A partir del día de hoy, el Libro de la Fe original será el único Libro de la Fe al que los funcionarios del Reino del Sur podrán referirse. Los Jueces Supremos ya no enmendarán o manipularán la religión para el beneficio de su propia agenda política. Además, asistir a misa en la Catedral de Colinas Carruaje o en cualquier otro lugar de adoración divina será estrictamente opcional y no una obligación".

–"Número cinco" –leyó Tangerina–. "Todos los libros prohibidos serán reimpresos y estarán disponibles para el público general. También los Jueces escribirán disculpas públicas a las familias de todos los autores a los que "silenciaron" y les explicarán a los ciudadanos los métodos y medios que utilizaron para encontrarlos y acabar con ellos".

–"Número seis" –dijo Lucy–. "Todas las normas y restricciones relacionadas a la libertad creativa y a las expresiones artísticas serán removidas de la ley. También, la pandereta será considerada el instrumento oficial del Reino del Sur y todos los ciudadanos deberán tocarla por un mínimo de…".

Tangerina le quitó el pergamino de las manos a Lucy antes de que siguiera leyendo.

–Está inventando toda esa última parte sobre la pandereta –le aclaró Tangerina a los hombres–. Pero el resto está todo ahí.

Una vez que los niños terminaron de leer el pergamino con sus demandas, el salón del trono estalló con objeciones. Los Jueces gritaron sus desacuerdos y reservas hasta quedar prácticamente rojos.

–¡Esto es indignante!

–¡No tienen derecho a darnos ordenes!

–¡Cómo se atreven estos *paganos* a exigirnos todo eso!

–¡Tienen que estar en prisión, no en el salón del trono!

–¡Nunca recibiremos órdenes de los de su tipo!

Brystal levantó su mano hacia el techo y un estallido estruendoso brotó de su varita. Todos los jueces se quedaron en silencio y se asustaron.

–¡Todo esto es *su* culpa! –les gritó Brystal–. Si hubieran creado un mundo en el que todos fueran tratados con igualdad, un mundo que valorara las diferencias de las personas y un mundo que reconociera el potencial de cada ciudadano, *¡no estaríamos teniendo esta conversación!* ¡Pero se han pasado todas sus vidas alimentando el odio, la discriminación y la opresión que *crearon* a la Reina de las Nieves! *¡Su hielo está en sus manos!* Entonces, si quieren que nosotros limpiemos todo el desastre que han ocasionado, entonces *acatarán* todas nuestras demandas. Y si no lo hacen, entonces les sugiero que vayan a comprar abrigos, caballeros, porque pasarán un invierno muy, muy largo.

Los Jueces se quedaron sin palabras al oír las palabras de Brystal. Era extraño para todos que los hombres recibieran un ultimátum, pero una niña nunca antes les había hablado así. Lucy intentó aplaudir lentamente, pero ninguno de sus compañeros pensó que fuera el momento adecuado.

–Su Majestad, no puede estar considerando seriamente estas demandas –le dijo Mounteclair.

–Ya las acepté –anunció el Rey Champion.

–¿Sin consultarlo con nosotros? –preguntó Mounteclair.

–Sí, *Mounteclair*, sin ustedes –le contestó engreídamente el Rey Champion–. Como lo demuestra la situación actual, tiendo a tomar mis *mejores* decisiones cuando los Jueces no están cerca. El Rey Belicton, la Reina Endustria y el Rey White ya han firmado estas demandas para que se promulguen como leyes en sus reinos y, a partir de mañana, el Reino del Sur hará lo mismo.

–¿Quién es el *Rey White*? –preguntó Oldragaid.

–El nuevo soberano del Reino del Norte –explicó el rey.

–¿Bajo la autoridad de quién? –lo presionó Oldragaid.

–¡La *nuestra*! –anunció Lucy–. ¿Y sería mucho pedir que tome un baño y se corte esas horribles uñas? ¡Pensé que era un perezoso hasta que abrió la boca!

Oldragaid se cruzó de brazos y se marchó hacia un rincón.

–¿Y quién se supone que son ustedes? –le preguntó Mounteclair a los niños–. Además de los niños más mandones de todo el planeta.

Brystal y sus amigos miraron a los hombres con expresiones vacías. Aún no habían decidido un nombre, pero antes de que pensaran que no estaban preparados, Brystal eligió el primer nombre que se le vino a la mente.

–Pueden llamarnos el *Consejo de las Hadas* –dijo–. Y, si nos disculpan, tenemos un reino que reconstruir y un mundo que salvar.

Brystal guio a sus compañeros triunfantemente por el salón del trono hacia la puerta. A medida que se marchaban, el Juez Evergreen siguió a su hija e intentó llamar su atención desesperadamente.

–¡Brystal, espera! –la llamó el Juez Evergreen–. ¡Brystal, detente!

No tenía absolutamente nada que decirle a su padre, por lo que simplemente lo ignoró y siguió caminando. El Juez Evergreen se sintió tan avergonzado de semejante falta de respeto en frente de sus colegas que perdió el temperamento y sujetó el brazo de su hija con fuerza.

–*¡Brystal Lynn Evergreen, detente en este instante!* –le gritó–. *¡No permitiré que mi propia hija me ignore!*

Todos en el salón del trono se quedaron inmóviles y en silencio, incluso el Rey Champion lucía tenso en su trono. Las palabras del Juez Evergreen penetraron la piel de Brystal. Su padre nunca antes la había considerado parte de la familia, pero ahora que había salvado al mundo, de pronto parecía querer que todos supieran que era su hija. Ella le quitó la mano del brazo y volteó para enfrentarlo con la varita en alto apuntándole al cuello.

Por primera vez en su vida, el Juez Evergreen tuvo miedo de su propia hija, por lo que lentamente se apartó de ella.

–Que sea la última vez que me pones una mano encima –le dijo Brystal–. Y no te atrevas a volver a llamarme hija. Tú ya no eres mi padre.

CAPÍTULO VEINTIDÓS

UN CUENTO DE MAGIA

Una estampida de unicornios corría por el Entrebosque con docenas de niñas a sus espaldas. Los corceles majestuosos sacaron a todas las trabajadoras del Correccional Atabotas y las llevaron hacia la Academia de Magia "Celeste Weatherberry". Las niñas exhaustas y agotadas se sintieron completamente rejuvenecidas por las criaturas encantadas sobre las cuales viajaban, muchas incluso reían y festejaban por primera vez en años, otras, por primera vez en sus vidas, mientras admiraban el bosque que las rodeaba con ojos grandes y sonrisas llenas de entusiasmo.

Al cabo de dos horas de su partida, los unicornios cruzaron

la barrera de arbustos y las jóvenes vieron por primera vez la propiedad pintoresca de la academia. Quedaron absolutamente maravilladas por todos los árboles y flores coloridas, los arroyos y lagos cristalinos, el océano brillante en el horizonte, y los grifos y hadas pequeñas que surcaban el cielo azul. Los unicornios las dejaron frente a la escalinata del castillo, en donde Brystal, Lucy, Emerelda, Amarello, Tangerina, Cielene y la señora Vee esperaban con mucho entusiasmo la llegada de sus nuevas alumnas.

–¡Pip! –exclamó Brystal.

De inmediato, vio a su pequeña amiga entre las recién llegadas, por lo que bajó a toda prisa para darle un gran abrazo de bienvenida.

–¡Me alegra tanto verte! –dijo Brystal–. ¡Pensé en ti cada día desde que me marché del correccional! ¡Espero que estés bien!

–¡Estoy mucho mejor ahora que estoy aquí! –dijo Pip.

–¿Esos Edgar horribles te trataron mal cuando me marché? –le preguntó Brystal.

–Nada de lo que no estuviera acostumbrada –dijo Pip, encogiéndose de hombros–. ¡Deberías haber visto la expresión del señor y la señora Edgar cuando recibieron la orden de que nos liberaran de la institución! ¡Acababan de aceptar una orden de quinientos mil pares de botas del Reino del Este! ¡Ahora tendrán que hacerlas ellos solos!

Brystal estalló en risas.

–Por lo general no disfruto la desgracia ajena, pero esta vez, creo que está bien reírse un poco –dijo.

Pip miró hacia el castillo, hipnotizada por sus paredes doradas y brillantes.

–No puedo creer que lo hiciste –dijo.

–¿Qué cosa? –preguntó Brystal.

–¡Encontrar una casa con vista al mar! –dijo Pip–. ¡Incluso es mucho mejor que la que solíamos soñar!

–Es un lugar maravilloso para vivir –dijo Brystal–. Creo que serás muy feliz aquí.

–Ya lo soy –dijo Pip.

Una vez que todas las niñas bajaron de sus unicornios, Brystal avanzó hacia arriba de la escalinata frontal del castillo para darles la bienvenida.

–Hola a todas y bienvenidas a la Academia de Magia "Celeste Weatherberry" –anunció–. Permítanme presentarles a mis amigos, la señora Vee, Lucy Gansa, Emerelda Stone, Amarello Hayfield, Tangerina Turkin y Cielene Lavenders.

–Pueden llamarme *Madame* Lavenders –le dijo Cielene a las niñas.

–Para las que no me recuerden del Correccional Atabotas, mi nombre es Brystal Evergreen –dijo.

–¡Ah, sí que te recordamos! –dijo una niña.

–¿Cómo podríamos olvidarnos? –agregó otra.

–Bueno, me alegra que estemos todas reunidas –dijo Brystal–. Esta academia fue fundada por nuestra querida mentora, Madame Weatherberry, y fue gracias a ella que tenemos un lugar para aprender y crecer. Vamos a honrar su legado ayudándolas a mejorar y expandir sus habilidades mágicas. Y una vez que hayan dominado su talento, nos aventuraremos hacia más allá de la academia y usaremos nuestra magia para ayudar y sanar a toda la gente que nos necesite.

–Durante las próximas semanas, les enseñaremos a dominar las cinco categorías de la magia: *mejoras, manifestación, rehabilitación, imaginación* y *protección* –dijo Emerelda–. Pero antes de que hagamos un recorrido por el castillo o el terreno, queremos compartir con ustedes algunas reglas que esperamos que sigan mientras estén en la academia.

–Regla número uno –dijo Amarello–. Nunca salir de los terrenos de la academia sin un instructor.

–Regla número dos –dijo Tangerina–. Siempre tratar a todos con respeto.

–Regla número tres –dijo Cielene–. No tengan miedo de cometer errores, de eso se trata aprender.

–Y regla número cuatro –dijo Lucy–. No hagan nada de lo que yo haría.

Luego de que las reglas fueran anunciadas, un sonido estruendoso comenzó a sonar por arriba y, rápidamente, todos miraron hacia el castillo. De pronto, una torre enorme creció en el corredor del segundo piso, con suficientes habitaciones como para albergar a todas las jóvenes que se unían a la academia.

–Parece que sus habitaciones ya están listas –dijo la señora Vee–. Antes de que se acomoden, síganme directo hacia el comedor para que tengamos un banquete más que necesario. Pero déjenme advertirles que, por experiencia personal, si *alguien* en el castillo les ofrece comida, ¡corran lo más rápido que puedan! *¡JA-JA!*

El ama de llaves jovial guio a las jovencitas por la escalinata del frente hacia su nuevo hogar. Brystal, Lucy, Emerelda, Amarello, Tangerina y Cielene esbozaban una sonrisa de orgullo mientras miraban a sus nuevas alumnas ingresar a la academia.

–¡No puedo creer que tengamos *estudiantes* a cargo! –dijo Cielene.

–Yo tampoco –dijo Lucy–. ¿Creen que seamos lo suficientemente responsables para esto? Quizás deberíamos haber empezado cuidando una planta o un pececito.

–Creo que estaremos bien –dijo Tangerina–. Me *encanta* decirle a la gente lo que tiene que hacer.

–Esperen un segundo –dijo Amarello–. Si ahora *somos* maestros, ¿entonces supongo que ya no somos *alumnos*? ¿Verdad?

–No, creo que significa que nos hemos graduado oficialmente de *hadas* –dijo Emerelda.

–Pero no somos *solo* hadas –bromeó Cielene–. Somos el *Consejo de las Hadas*, ¿lo recuerdan?

–Es una lástima que a Brystal no se le ocurriera un nombre mejor –dijo Lucy–. Tengo un presentimiento de que ese se va a quedar por mucho tiempo.

Las hadas comenzaron a reír, pero Brystal no estaba prestando atención. Miró hacia el otro extremo de la propiedad, hacia la barrera de arbustos, decepcionada.

–Oh-oh –dijo Lucy–. Brystal lo está haciendo de nuevo.

–¿Qué cosa? –preguntó Brystal.

–Mirando a la distancia –le contestó Amarello–. Lo haces todo el tiempo.

–¿Sí? –preguntó Brystal.

–Oh, sí –dijo Tangerina–. Y ahora tendremos que pasar un mínimo de cinco minutos intentando convencerte de que nos digas qué es lo que tienes en mente.

–Bueno, es que no quiero…

–¿Preocuparnos con tus problemas? –preguntó Emerelda–. Ya lo sabemos. Pero lo más gracioso es que nos preocupas más manteniendo el suspenso.

–Solo dilo –dijo Cielene.

Brystal se sonrojó al oír los comentarios divertidos de sus compañeros y esbozó una sonrisa en contra de su voluntad.

–Saben, tener amigos tan cercanos puede ser una molesta a veces –dijo–. Esperaba que viniera más gente hoy, por eso parezco triste. La magia ha sido legalizada por primera vez en siglos, y ¡creí que la gente vendría corriendo a unirse a nuestra academia! Supongo que la comunidad magia aún no está lista para salir de las sombras.

–Todos lo harán a su propio tiempo –dijo Amarello–. Solo tenemos que ser pacientes y optimistas, y continuar avisándoles que estaremos aquí cuando estén listos.

Brystal asintió.

–Tienes razón, Amarello –dijo–. Tienes *toda* la razón.

Luego de que los nuevos estudiantes se unieran al banquete abundante en el comedor, las hadas ayudaron a las niñas a acomodarse en sus habitaciones. Una vez que todas estuvieron instaladas, Brystal se dirigió hacia abajo para seguir mirando hacia la barrera de arbustos con la expectativa de ver a algún otro visitante. Pero, cuando estaba bajando por la escalera flotante, la puerta de la oficina de Madame Weatherberry le llamó la atención.

Brystal había estado evitando la oficina desde que regresó a la academia. Quería creer que Madame Weatherberry aún estaba adentro y se convenció a sí misma que una parte del hada siempre estaría allí si mantenía la puerta cerrada. Incluso imaginaba al hada sentada detrás de su escritorio, esperando con mucho gusto a que alguna alumna llamara a su puerta y solicitara sus palabras reconfortantes de sabiduría. Sin embargo, ahora que Madame Weatherberry ya no estaba aquí, los nuevos estudiantes buscarían a *Brystal* para obtener consejos y una oficina vacía no le haría bien a nadie. En tal sentido, se obligó a sí misma a abrir la puerta de madera y entró.

Todo en la oficina, las nubes que deambulaban por el techo alto, las burbujas que brotaban de la chimenea, los estantes con los libros de hechizos, el aparador con las pociones, los muebles de cristal, lucía exactamente igual que como Madame Weatherberry lo había dejado. La única diferencia era la pieza faltante del Mapa de Magia que Brystal se había llevado. Movió su varita y el trozo faltante del Reino del Norte reapareció en el mapa. Tal como lo habían planeado, Madame Weatherberry había encontrado un lugar tan aislado en las Montañas del Norte que no aparecía por ningún lugar en el mapa.

Brystal apuntó su varita hacia un rincón de la oficina y manifestó un globo terráqueo. Sin embargo, a diferencia de uno regular, el de Brystal le mostraba al planeta visto desde el espacio. Giró el globo para inspeccionar el Reino del Norte y se alegró al ver a las luces del norte destellando sobre las Montañas del Norte.

–Hola, Madame Weatherberry –le susurró Brystal al globo–. Espero que esté bien.

Brystal avanzó hacia la ventana y observó la barrera de arbusto a lo lejos, pero aún no había señales de nadie de la comunidad mágica. Dejó salir un suspiro largo y se sentó detrás del escritorio de cristal de Madame Weatherberry. Fue una decisión inconsciente sentarse en el antiguo lugar de su maestra, pero una vez que entendió lo que había hecho, se puso de pie a toda prisa. No estaba lista para eso todavía.

–Asumo que esta es tu oficina ahora, ¿eh?

La voz inesperada asustó a Brystal. Miró hacia el otro lado de la oficina y vio a Lucy de pie en la entrada.

–Asumo que sí –dijo Brystal–. El castillo aún se siente tan extraño sin ella, ¿no lo crees? Me pregunto si siempre se sentirá incompleto.

–Probablemente –dijo Lucy–. Por suerte para nosotros, Madame Weatherberry puso a cargo a una maravillosa suplente antes de marcharse.

–Gracias –dijo Brystal–. Espero poder estar a la altura.

–No te preocupes, tengo mucha fe en ti –dijo Lucy.

Ella y Brystal intercambiaron una sonrisa dulce y, por un breve momento, Lucy le hizo sentir que era la indicada para estar detrás del escritorio de Madame Weatherberry. Lucy, por otro lado, no tuvo problemas en sentarse en el asiento de su maestra. Se puso cómoda en la silla de cristal y levantó los pies sobre el escritorio.

–Todo será diferente para ti ahora –dijo Lucy–. Personalmente, creo que voy a disfrutar ser la mejor amiga de la persona más poderosa del mundo. Toda líder necesita, al menos, a *una* amiga controversial a su lado; además, puedo mantener al público distraído si alguna vez te ves envuelta en un escándalo.

–Ah, vamos –dijo Brystal–. No soy la persona más poderosa del mundo.

–Claro que sí –dijo Lucy–. ¿No te escuchaste cuando le hablaste a esos Jueces? ¡Los tenías a ellos y a los soberanos en la palma de tu mano! Estaban tan asustados de la Reina de las Nieves que harían cualquier cosa que les dijeras.

–Ah, por Dios, *tienes razón* –dijo Brystal, sin poder

creerlo–. ¡En solo unos meses, pasé de ser una simple niña a una líder en un mundo libre! ¿Cómo es que ocurrió eso?

–Eso sí es ascender en la política –dijo Lucy–. ¿Qué harás ahora que eres tan poderosa? Si me lo preguntas a mí, no tiene sentido tener poderes si no tienes un título elegante. ¿Qué tal *Comandante de Magia*? No, suena a una novela romántica. *¿Canciller de las Hadas?* No, ese era el nombre de un unipersonal horrible que vi una vez. *¿La Emperatriz de las Hadas?* No, suena a perfume. *¿Hada Suprema?* No, demasiado pretencioso. ¡Ah, ya sé! ¿Qué tal *Hada Madrina*? Para mí es como decir *Sí, soy una persona agradable, pero también sé de negocios.*

–No estoy lista para un título de ese estilo –dijo Brystal–. Aún no puedo creer que esté a cargo de la academia. Necesitaré algunos días antes de poder aceptar que también soy la...

Brystal se quedó en completo silencio antes de terminar la oración. De pronto, comprendió que estaba mucho más preparada para el puesto inesperado de lo que había imaginado.

–De hecho, quizás sí sabía que este día llegaría –pensó en voz alta–. A pesar de todos estos años en los que me dijeron que no importaba, a pesar de toda la gente que me dijo que nunca llegaría a nada, siempre supe que estaba destinada a cumplir con algo mayor. No tenía sentido que una niña del Reino del Sur creyera en esas cosas. En ese momento, solo teníamos permitido ser esposas y madres; pero si no hubiera sido por esas pequeñas voces de aliento que sonaban en mi interior, nunca habría llegado tan lejos. De cierto modo, siento que todo lo que ocurrió en mi vida me había estado preparando para este momento. Quizás, esa haya sido mi especialidad todo este tiempo, ¿la *fe* en mí misma?

–No, eso solo es narcisismo –dijo Lucy–. Yo ya descubrí tu especialidad hace mucho tiempo, me sorprende que tú todavía no lo hayas hecho.

–¿Y bien? –preguntó–. ¿Cuál es?

–Piensa en todas esas veces que pusiste a los otros por delante de ti –dijo Lucy–. Ayudaste a tu hermano a estudiar para un examen que ni siquiera tenías permitido rendir. Te hiciste cargo de la culpa en nombre de Pip cuando la atraparon llevándose las mantas de la institución. Pasaste tu primera noche en la academia leyéndole al resto *Las aventuras de Tidbit Twitch* para que no tuvieran miedo de la tormenta. Me horneaste un pastel entero tú sola para hacerme sentir bienvenida. Y luego, cuando escapé ¡fuiste al bosque peligroso a buscarme! Incluso ahora, en lugar de dejar que el nuevo poder te corrompiera, concentraste toda tu fuerza en hacer del mundo un mejor lugar. Obviamente, tu especialidad es la *compasión*.

Brystal se sintió conmovida por las palabras de Lucy.

–¿En verdad crees que mi especialidad es la compasión? –preguntó–. No me estás diciendo solo cosas lindas porque soy el *Hada Madrina o lo que sea*, ¿verdad?

–No, lo digo en serio –dijo Lucy, asintiendo con confianza–. Además, sería *raro* lo mucho que te preocupas por ayudar a los demás.

En ese instante, la puerta de madera se abrió y Emerelda, Amarello, Tangerina y Cielene entraron a toda prisa a la oficina. Las mejillas de las hadas estaban ruborizadas y respiraban con dificultad, como si hubieran estado corriendo.

–¡Ah, aquí están! –dijo Emerelda–. ¡Hemos estado buscándolas por todo el castillo!

–¡Brystal, deberías venir afuera! –dijo Amarello–. *¡Ahora!*

–¿Por qué? ¿Qué ocurre? –preguntó–. ¿Las estudiantes están bien?

–Sí, están bien –dijo Tangerina–. ¡Empezó a llegar gente de toda la comunidad mágica!

–¡Maravilloso! –exclamó Brystal–. ¿Cuántos vinieron? ¿Una docena? ¿Diez? ¿Cinco, al menos?

–Ehm... –dijo Cielene con dificultad–. No soy la mejor con los números, pero diría que son más bien... *todos.*

Brystal pensó que sus amigos le estaban haciendo una broma, pero lucían tan abrumados que casi ni pestañearon. Volteó hacia el Mapa de Magia que se encontraba sobre la chimenea y quedó sorprendida al ver que la mayoría de las estrellas avanzaban por el sudeste del Entrebosque hacia la academia. Brystal corrió hacia la ventana, miró hacia la barrera de arbustos en la distancia y no pudo creer lo que vio.

En los límites de la propiedad, Horence y su caballo de tres cabezas estaba cruzando la barrera de arbustos con cientos de personas por detrás. La fila era interminable y solo terminó una vez que miles de miembros de la comunidad mágica se encontraban en el terreno de la academia.

Los viajeros eran jóvenes y viejos, algunos habían viajado en grupo o con sus familias, mientras que otros lo habían hecho completamente solos. Claramente, provenían de lugares cercanos y lejanos. La mayoría habían salido recientemente de prisión, mientras que otros habían pasado todas sus vidas escapando o escondiéndose. Sin importar sus diferencias, cada uno tenía la misma expresión de asombro puro al observar los alrededores de la propiedad, y no solo por las plantas coloridas y los animales encantados, sino porque, por primera vez en sus vidas, veían un lugar en el que estarían a salvo de ser perseguidos; un lugar en el que podrían ser ellos mismos sin ser discriminados y, lo más importante de todo, un lugar al que finalmente podrían considerar su hogar.

–Necesitaremos un castillo mucho más grande –dijo Brystal.

–Y etiquetas con nombres –dijo Lucy–. Muchas etiquetas.

Sin desperdiciar otro segundo, Brystal, Lucy, Emerelda, Amarello, Tangerina y Cielene salieron a toda prisa de la oficina, bajaron por la escalera flotante y recibieron a los recién llegados desde la escalinata del frente para darles la bienvenida. Los viajeros se reunieron alrededor del castillo y miraron a las hadas en busca de guía.

–*¡Psst, Brystal!* –susurró Lucy–. *Di algo.*

–*¿Qué digo?* –le preguntó, también susurrando.

–*No lo sé* –dijo Lucy–. *Algo inspirador como siempre haces.*

Los amigos de Brystal asintieron para darle el valor necesario y saludó con una mano a la enorme multitud. Al ver todos los ojos agotados de la comunidad mágica, Brystal recordó sus últimos momentos con Madame Weatherberry y supo exactamente lo que quería decir.

–Hola a todos –dijo–. Solo puedo imaginar por todo lo que tuvieron que atravesar para llegar hasta aquí, tanto en la vida como en el camino. Este día histórico es posible gracias a una larga historia de hombres y mujeres valientes que hicieron sacrificios enormes. Y si bien la lucha por la aceptación y la libertad puede parecer que ya está ganada, nuestro trabajo aún no ha terminado. El mundo nunca será un mejor lugar para nosotros hasta que hagamos que sea un mejor lugar para todos. Y no importan los desafíos que nos esperen por delante, no importa el apoyo que tengamos que ganarnos, no podemos permitir que el odio de alguien nos quite nuestra compasión y apague nuestra ambición en el camino.

»La verdad es que –continuó Brystal–, siempre habrá una pelea que dar, siempre habrá puentes que cruzar y piedras que voltear, pero *nunca* debemos dejarle nuestra alegría a los tiempos en los que vivimos. Cuando renunciamos a nuestra habilidad de ser felices, quedamos igual de defectuosos que las batallas a las que nos enfrentamos. Y se perdieron muchas vidas para que nosotros perdamos de vista todo aquello por lo que estamos luchando ahora. Entonces, honremos a esa gente que dio sus vidas para que llegara este momento. Valoremos su memoria y vivamos cada día con toda la libertad, orgullo y felicidad con la que ellos hubieran querido que lo hagamos. Juntos demos inicio a un nuevo capítulo para nuestra comunidad y asegurémonos de que, cuando cuenten nuestra historia en el futuro, *el cuento de magia* tenga un final feliz y próspero.

AGRADECIMIENTOS

Me gustaría agradecerles a Rob Weisbach, Derek Kroeger, Alla Plotkin, Rachel Karten, Marcus Colen y Heather Manzutto por toda su guía y asistencia.

A toda la gente maravillosa de Little, Brown, incluyendo a Alvina Ling, Megan Tingley, Nikki Garcia, Jessica Shoffel, Siena Koncsol, Stefanie Hoffman, Shawn Foster, Danielle Cantarella, Jackie Engel, Emilie Polster, Janelle DeLuise, Ruqayyah Daud, Jen Graham, Sasha Illingworth, Virginia Lawther y Chandra Wohleber, por hacer que *Un cuento de magia…* fuera posible.

También a Jerry Maybrook por dirigirme con el audiolibro y, por supuesto, al increíble Brandon Dorman por su increíble trabajo artístico.

Y, por último, a todos mis amigos y familia por su apoyo y amor continuo.

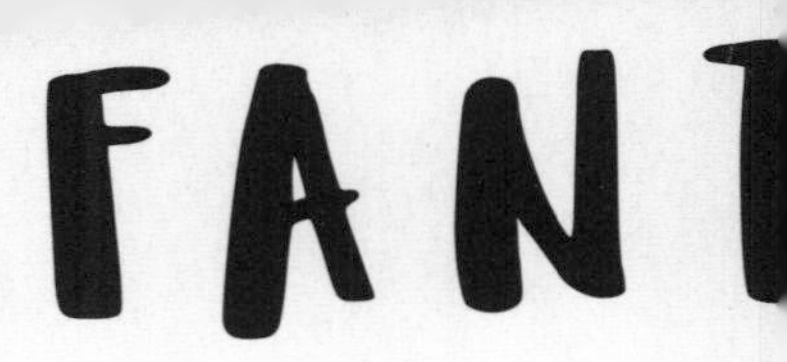

Bandos enfrentados que harán temblar el mundo

EL ÚLTIMO MAGO - *Lisa Maxwell*

RENEGADOS - *Marissa Meyer*

¿Crees que conoces todo sobre los cuentos de hadas?

EL HECHIZO DE LOS DESEOS - *Chris Colfer*

Protagonistas que se atreven a enfrentar lo desconocido

EL FUEGO SECRETO - *C. J. Daugherty Carina Rozenfeld*

JANE, SIN LÍMITES - *Kristin Cashore*

HIJA DE LAS TINIEBLAS - *Kiersten White*

Dos jóvenes destinados a descubrir el secreto ancestral mejor guardado

ASY...

En un mundo devastado, una princesa debe salvar un reino

LA REINA IMPOSTORA - *Sarah Fine*

LA CANCIÓN DE LA CORRIENTE - *Sarah Tolcser*

REINO DE SOMBRAS - *Sophie Jordan*

Una joven predestinada a ser la más poderosa

EL CIELO ARDIENTE - *Sherry Thomas*

CINDER - *Marissa Meyer*

La princesa de este cuento dista mucho de ser una damisela en apuros

¡QUEREMOS SABER QUÉ TE PARECIÓ LA NOVELA!

Nos puedes escribir a vrya@vreditoras.com

con el título de este libro en el asunto.

Encuéntranos en

COMPARTE

tu experiencia con
este libro con el hashtag